I0745900

AUGUST
BOOKS

Das Buch

Es ist eine Weile her, dass der international erfolgreiche Bestsellerautor Lee Child uns in seinem ersten Roman *Größenwahn* mit seinem Helden Jack Reacher bekannt gemacht hat. Sechzehn Jahre und ebenso viele Romane später lässt sich Reacher immer noch ohne festen Wohnsitz und persönliche Bindungen durchs Land treiben. Doch nun erhalten die FBI-Agenten Kim Otto und Carlos Gaspar – aus Gründen, die weitaus geheimnisvoller sind, als die beiden ahnen – den Auftrag, den als kaltblütigen Killer bekannten Reacher ausfindig zu machen. Eine gefährliche Angelegenheit, wie sie schnell merken. Die Spurensuche in Margrave, Georgia, bringt die kriminellen Machenschaften der Vergangenheit ans Tageslicht, denn noch immer herrschen Angst und Misstrauen und noch immer gibt es rätselhafte Todesfälle. Welche Rolle spielt Jack Reacher dabei? Um den Geheimnissen der Gegenwart auf die Spur zu kommen, müssen Gaspar und Otto herausfinden, wer Jack Reacher ist und was damals geschehen ist.

Die Autorin

Diane Capri begann mit dem Schreiben nach einer erfolgreichen Karriere als Anwältin und hat seither zahlreiche Romane veröffentlicht. Sie engagiert sich bei den International Thriller Writers, den Mystery Writers of America und den Sisters in Crime. *Findet Jack,* der erste Teil ihrer neuen Roman-Reihe *Jagd auf Jack Reacher*, in der sie Lee Childs Helden wieder aufleben lässt, eroberte in den USA und in Großbritannien bereits die Krimi-Bestsellerlisten. Diane Capri ist mit ihrer Collegeliebe verheiratet. Sie liebt ihr Nomadendasein als Zugvogel und zieht jeden Sommer von Florida nach Michigan.

Diane Capri

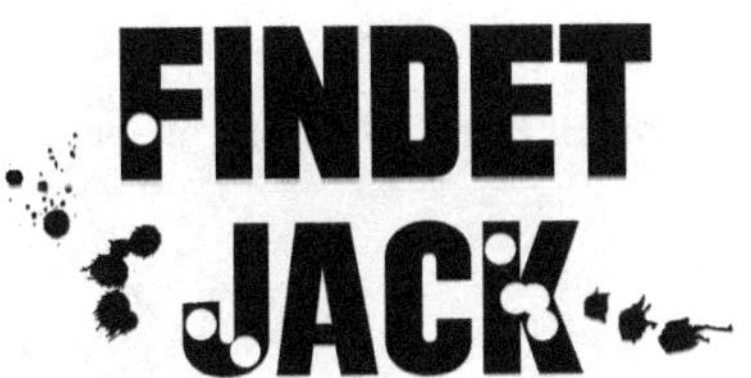

Thriller

Übersetzt von Antje Kaiser

Die Originalausgabe erschien unter dem Titel
»Don't Know Jack« bei August Books.

In der Reihe »Jagd auf Jack Reacher« sind bei AugustBooks bisher
auf Deutsch erschienen:

Verabredung mit Jack
Jack auf der Spur
Jack in Grün

Band 5 *Get Back Jack* (Originaltitel) erscheint 2015

ISBN: 978-1-942633-02-0

augustbooks.com

Für Robert

*Wie immer für Lee Child
in nicht endender Dankbarkeit*

VORWORT

Mitunter fragen mich Leser, woher ich meine Ideen habe. Dann antworte ich meistens scherzhaft: »Ich bestelle sie bei Ideen.com.« Doch in Wahrheit weiß ich das gar nicht immer so genau. Die Ideen blitzen irgendwann auf, entfachen mein Interesse und explodieren manchmal in einen Roman oder in eine Romanreihe. Aber im Fall von *Findet Jack* erinnere ich mich genau an den Moment.

Vor ein paar Jahren plauderte ich auf einer Veranstaltung mit Lee Child über seine Kult-Figur.

»Wo versteckt Reacher sich?«, wollte ich wissen.

»Reacher versteckt sich nicht«, sagte Lee – etwas pikiert vielleicht?

Lee ist viel größer als ich. Und er schreibt über Gewalt wie ein Mann mit Erfahrung. Ich habe ihn immer für einen sanftmütigen Riesen gehalten, aber … Die Sache musste etwas vorsichtiger angegangen werden.

»Ja, aber wo lebt Reacher?«

»Wo es ihm gerade gefällt«, sagte der große Mann. Irgendwie kam da ein gewisser herausfordernder Tonfall durch.

Ich trat einen Schritt zurück, außer Reichweite, bevor ich nachhakte. »Er wartet, bis der Ärger ihn findet, und dann pflastert er seinen Weg mit den Schurken. Wunderbar. Aber was macht er zwischen den Büchern?«

Lee zuckte mit den Schultern und sagte nichts.

In meiner Sturheit versuchte ich es weiter.

»Reacher hat im Laufe der Zeit eine Menge Leute umgebracht. Sechzehn Bücher. Viele Leichen. Irgendjemand sinnt doch sicher auf Rache, glaubst du nicht?«

Lee warf mir diesen typischen Reacher-Blick zu. »Welcher halbwegs vernünftige Mensch würde nach Reacher suchen? Du etwa?«

Stimmt. Nur ein todessüchtiger Idiot – oder eine FBI-Agentin, die keine Ahnung von Reachers ... sagen wir, Talenten hat, würde sich auf eine so törichte Suche begeben. Und wenn sie eine Ahnung hätte, würde sie es nicht tun, wenn sie die Wahl hätte.

Aber sich intellektuell mit Jack Reacher zu messen, das wäre doch interessant, dachte ich, auch wenn es sehr wohl tödlich enden könnte. Aber wie sagt man doch? Je höher der Baum, desto schwerer sein Fall. Wer immer Reacher zu Fall bringen würde, könnte in einigen Kreisen zu einer Legende werden.

Und wenn nun eine entschlossene, ehrgeizige Frau ...

KAPITEL 1

Montag, 1. November
4:00 Uhr
Detroit, Michigan

Nur Fakten. Und zwar nicht besonders viele. Das Dossier über Jack Reacher war zu fade und zu dünn, um glaubwürdig zu sein. Kein Mensch konnte so unsichtbar sein, wie Reacher es zu sein schien, egal ob er nun gerade aufoder abgetaucht war. Entweder die Unterlagen waren gesäubert worden oder Reacher war der unsichtbarste Paranoiker, von dem Kim Otto je gehört hatte.

Was hatte sie übersehen?

Um vier Uhr morgens hatte ihr nicht ortbares Handy auf ihrem Nachttisch vibriert. Sie hatte knapp hundert Minuten geschlafen. Sie räusperte sich, klappte das Handy auf, schwang die Beine aus dem Bett und sagte: »FBI Special Agent Kim Otto.«

Der Mann sagte: »Tut mir leid, dass ich so früh anrufe, Otto.« Sie erkannte die Stimme, obwohl sie sie seit Jahren nicht gehört hatte. Er war immer noch höflich. Immer noch anspruchslos. Denn er brauchte keine Ansprüche zu stellen. Seiner Bitte wurde stets Folge geleistet. Niemand behinderte ihn je, in keinerlei Weise und aus keinem Grund. Niemals.

Sie sagte: »Ich war wach.« Sie log und sie wusste, dass er es wusste, und sie wusste, dass es ihm egal war. Er war der Boss. Und sie stand in seiner Schuld.

Sie ging ins Badezimmer und knipste das Licht an. Es war grell. Sie zeigte ihrem Spiegelbild eine Grimasse und spritzte sich kaltes Wasser ins Gesicht. Als hätte sie gestern Abend ein Dutzend Tequilas runtergestürzt, aber sie war froh, dass das nicht der Fall war.

Die Stimme fragte: »Schaffen Sie den Flug um fünf Uhr dreißig nach Atlanta?«

»Sicher«, antwortete Kim automatisch und überlegte gleichzeitig, wie sie das anstellen sollte.

Innerhalb von neunzig Minuten duschen, anziehen und im Flugzeug sitzen? Locker. Ihre Wohnung lag zehn Blocks vom Detroit Field Office des FBI, wo stets ein Hubschrauber bereitstand, entfernt. Sie schnappte sich ihr Privathandy und fing an, eine SMS an den diensthabenden Piloten zu schreiben, damit er sie in zwanzig Minuten auf dem Landeplatz traf. Von dort waren es knappe fünfzehn Minuten zum Flughafen. Sie hätte alle Zeit der Welt.

Doch als könnte er die lautlosen Tasten hören, sagte er: »Kein Hubschrauber. Halten Sie die Sache unter dem Radar. Zumindest, bis wir wissen, womit wir es zu tun haben.«

Diese direkte Anordnung überraschte sie. Zu unverblümt. Kein Spielraum. Untypisch. Von jedem anderen weiter unten in der Nahrungskette wäre die Anordnung auch illegal gewesen.

»Sicher«, sagte Kim wieder. »Verstehe. Unter dem Radar. Kein Problem.« Sie löschte den halb fertigen Text. Er hatte nicht »Undercover« gesagt.

Das FBI arbeitete im Licht aller möglichen Scheinwerfer. Wenn sie etwas unter dem Radar halten sollten, sorgte das für zusätzliche Komplikationen. Unter dem Radar bedeutete: keine öffentliche Anerkennung. Auch keine Hilfe. Inoffiziell. Sie musste sich nicht verstecken, musste aber vorsichtig sein, was sie wem erzählte. Es kam vor, dass Agenten bei Einsätzen, die unter dem Radar durchgeführt wurden, starben. Auch Karrieren wurden dabei beendet. Also hörte Otto auf ihr inneres Warnsystem und versetzte sich in Alarmzustand Rot. Sie fragte nicht, wem sie Bericht zu erstatten hatte, denn das wusste sie bereits. Er hätte sie nicht direkt angerufen, wenn er gewollt hätte, dass sie über die normalen Wege Bericht erstattete. Stattdessen konzentrierte sie sich auf das unmittelbar zu lösende Problem.

Wie sollte sie es schaffen, einen Linienflug zu erwischen,

der – sie warf einen Blick auf den Wecker – in achtundachtzig Minuten startete? Die Motor City hatte keine verlässliche U-Bahn oder andere öffentliche Verkehrsmittel. Ein Auto war die einzige Möglichkeit, trotz des Verkehrs und der Baustellen. An den meisten Tagen brauchte sie neunzig Minuten, um von ihrer Wohnung zum Flughafen zu gelangen.

Jetzt hatte sie noch achtundachtzig.

Und stand noch immer nackt in ihrem Badezimmer.

Es gab nur eine Lösung: Drei Blocks weiter stand ein schmuddeliges Motel, das auf die stundenweise Vermietung an Nutten und Drogenhändler spezialisiert war. Ihr Büro überwachte Terroristen, die dort einkehrten, nachdem sie von Windsor her über die kanadische Grenze gekommen waren. Schießereien gab es jede Nacht. Aber eine Reihe von Taxis stand draußen immer bereit, mit laufenden Motoren, denn die Trinkgelder dort waren gut. Eines dieser Taxis könnte sie rechtzeitig zum Flieger bringen. Sie fröstelte.

»Agent Otto?« Sein Tonfall war ruhig. »Schaffen Sie das? Oder müssen wir das Flugzeug aufhalten?«

Tief in ihrem Hirnstamm hörte sie die Stimme ihrer Mutter: *Wenn du nur eine Möglichkeit hast, ist es die richtige Möglichkeit.*

»Ich bin in zehn Minuten hier weg«, sagte sie und verscheuchte ihr Unbehagen im Spiegel.

»Dann rufe ich in elf noch mal an.«

Sie wartete auf die tote Leitung, schnappte sich dann ihre Zahnbürste und stieg unter das Duschwasser, das direkt aus dem eiskalten Detroit River gepumpt wurde. Der kalte Regen wärmte ihre eisige Haut.

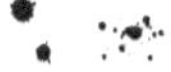

Sieben Minuten später saß sie außer Atem und mit pochendem Herzen angeschnallt auf dem Hintersitz eines schmuddeligen Taxis. Der Fahrer war ein Araber. Sie versprach ihm den doppelten Fahrpreis, sollten sie den Delta-Terminal in weniger als einer Stunde erreichen.

»Ja, sicher, Miss«, erwiderte er, als sei die Bitte nichts Ungewöhnliches in seinem Unternehmen, was sie wahrscheinlich auch nicht war.

Sie öffnete das Fenster einen Spalt. Benzinschwangere Luft schlug ihr entgegen, strömte in ihre Lungen und verscheuchte den noch widerlicheren Gestank im Taxi. Sie rückte das Handy in der Tasche ihres Jogginganzuges zurecht, damit es bequemer an ihrer Hüfte lag.

Zwanzig nach vier am Morgen. Östliche Sommerzeit. Noch drei Stunden bis zum Sonnenaufgang. Der Mond schien nicht hell genug, um die Dunkelheit zu überwinden, aber die Straßenlampen halfen. Der Verkehr aus der Stadt heraus kroch stetig vor sich hin. Die Teams auf den Nachtbaustellen würden in vierzig Minuten Feierabend machen. Keine Verkehrsstörungen, vielleicht. So Gott will.

Bevor das Telefon drei Minuten später wieder vibrierte, hatte sie die noch feuchten schwarzen Haare zu einem tiefen Dutt zusammengebunden, die Wimpern mit Mascara und die Lippen mit Gloss überzogen, Rouge auf die Wangen getupft und ihre schwarze Armbanduhr am linken Handgelenk angelegt. Sie brauchte noch ein paar Minuten, um sich fertig anzuziehen. Stattdessen zog sie das Handy aus der Tasche. Solange sie in dem Taxi saß, dachte sie, konnte er nicht sehen, dass sie nur einen Jogginganzug, Clogs und keine Unterwäsche trug.

Dieses Mal nannte sie ihren Namen nicht, als sie das Gespräch annahm, und gab nur kurze Antworten. Taxifahrer konnten genau das sein, was sie zu sein schienen, aber Kim Otto ging keine unnötigen Risiken ein, insbesondere nicht während der Alarmstufe Rot.

Sie nahm sich einen Augenblick Zeit, um ihre Atmung zu kontrollieren, und antwortete ruhig: »Ja.«

»Agent Otto?«, fragte er, vielleicht um sicherzugehen.

»Ja, Sir.«

»Das Flugzeug wartet. Keine Bordkarte nötig. Zeigen Sie Ihren Dienstausweis bei der Sicherheitskontrolle. Ein Beamter der Transportsicherheitsbehörde namens Kaminsky erwartet Sie.«

»Ja, Sir.« Sie konnte die Anzahl der Gesetze, die sie brechen würde, schon nicht mehr zählen. Allein der Papierkram, der nötig war, um die Art des ihr gerade erklärten Boardings zu rechtfertigen, hätte sie für Tage aus dem Verkehr gezogen. Dann lächelte sie. Dieses Mal kein Papierkram. Bei dem Gedanken verbesserte sich ihre Laune. Sie fand vielleicht doch noch Gefallen daran, unter dem Radar zu arbeiten.

»Sie müssen rechtzeitig am Zielort eintreffen«, sagte er. »Nicht später als elf Uhr dreißig. Kriegen Sie das hin?«

Ihr schoss durch den Kopf, was alles schiefgehen konnte. Die Liste war endlos. Sie wussten beide, dass nicht alles vermeidbar war. Dennoch antwortete sie: »Ja, Sir, sicher.«

»Haben Sie Ihren Laptop?«

»Ja, Sir, habe ich.« Sie blickte zur Laptoptasche, um sich noch einmal zu versichern, dass sie sie nicht vergessen hatte, als sie aus der Wohnung gestürmt war.

»Ich habe Ihnen eine codierte Datei geschickt. Verschlüsseltes Signal. Laden Sie sie jetzt herunter, bevor Sie zum überwachten Kommunikationsbereich des Flughafens kommen.«

»Ja, Sir.«

Eine kurze Pause, dann sagte er: »Elf Uhr dreißig, denken Sie daran. Seien Sie rechtzeitig da.«

Sie spürte eine Dringlichkeit in der Wiederholung. »In Ordnung, Sir«, sagte sie und wartete erneut auf die tote Leitung, bevor sie das Handy zuklappte und wieder in die Tasche steckte. Dann nahm sie ihren Bürocomputer aus dem Fußraum und schaltete ihn ein. Er fuhr innerhalb von vierzehn Sekunden hoch und das war eine Sekunde schneller, als die Regierung durch die Zahlung von viel Geld garantiert hatte.

Der Computer fand den geschützten Satelliten und sie lud die verschlüsselte Datei herunter. Sie verschob sie in einen irreführenden Ordner namens »Nicht beruflich – Diverses« und klappte den Laptop zu. Jetzt war keine Zeit zum Lesen. Sie merkte, dass sie mit dem Fuß auf den klebrigen Boden des Taxis klopfte. Sie durfte nicht zu spät kommen. Keine Ausreden.

Zu spät wofür?

Um genau 5:15 Uhr hielt der Taxifahrer vor den Delta-Abflug-terminal McNamara. Fünfundfünfzig Minuten von Haus zu Haus. So weit, so gut, aber sie saß noch nicht im Flugzeug.

Sie bezahlte dem Fahrer wie versprochen den doppelten Fahrpreis in bar. Sie ignorierte den kalten Novemberwind, nahm ihre Taschen aus dem Auto und joggte so schnell hinein, wie sie es sich traute. Rennende Leute machten die Flughafenangestellten nervös. Flughäfen waren heutzutage sensible Orte, besonders solche, die als Ankunftsund Abflugorte für Terroristen bekannt waren. Der Detroit Metro Airport hatte zwei strategische Vorteile für die Bösewichte. Die Nähe zur kanadischen Grenze ermöglichte einen raschen Einsatz, nachdem sie das Land betreten hatten, und sie konnten sich leicht unter die Menge mischen. Der Großraum Detroit war die Heimat von mehr Arabischstämmigen als jede andere Stadt außerhalb des Nahen Ostens. Genau deshalb hatte Otto auch die Stationierung in Detroit beantragt: An vorderster Front gab es mehr Gelegenheiten für eine Beförderung.

In diesem Moment dachte sie, sie wäre woanders besser dran gewesen.

Sie ging nun normal weiter. Überall waren Kameras. Sie war unter dem Radar, aber sie war nicht unsichtbar.

Sie kam zum Sicherheitscheck und schaute sich nach ihrer Kontaktperson um. Sie sah einen Mann mit *Kaminsky* auf seinem Namensschild, der die Schlange mit der Crew abfertigte und dabei jeden Mitarbeiter ebenso durchleuchtete wie die normalen Passagiere. Er konzentrierte sich auf seine Arbeit.

Komm schon, komm schon, komm schon.

Sie zwang ihn, sie zu bemerken. Als es soweit war, bückte sie sich unter dem Seil hindurch und ging zu ihm. »Sie erwarten mich«, sagte sie.

»Korrekt.«

Er warf einen Blick auf ihren Ausweis und führte sie mit ihrem Gepäck, den elektronischen Geräten und ihrer Waffe um den Metalldetektor herum. Hinter ihr rief ein Pa ssagier: »Hey! Was ist an der denn so besonders?«

Mist, dachte sie. *Jetzt wird sich jemand an mich erinnern, wenn er gefragt wird, ganz sicher.* Sie schaute sich nicht um, damit der Kerl ihr Gesicht nicht noch einmal sah. Sie rannte einfach die letzten knapp hundert Meter zum Gate, wo ein anderer Sicherheitsbeamter wartete und den Eingang versperrte. Sie zückte ihren Ausweis. Er nickte und trat zur Seite. Sobald sie die Schwelle übertreten hatte, schloss er die Tür hinter ihr. Sie eilte durch den Tunnel und stieg in das Flugzeug. Die Stewardess schloss und verriegelte die Tür hinter ihr, die Fluggastbrücke wurde eingefahren und die Maschine setzte zurück. Der Pilot hatte nur eine zehnminütige Verspätung aufzuholen.

Falls jemand fragen sollte.

Ihr Platz war in der ersten Klasse. Der Sitz neben ihr war frei, ebenso wie der auf der anderen Seite des Ganges. Wahrscheinlich kein Zufall. Sie verstaute ihre Taschen und legte den Sicherheitsgurt fest an. Sie lehnte den Kopf zurück und schloss die Augen. Die Armlehne umklammerte sie, bis ihre Finger wehtaten.

Gott, wie sie das Fliegen hasste.

Experten sagten, Flugangst sei irrational. Das waren Idioten. Kim wusste einfach zu viel, um diesen Unsinn zu glauben. Flugzeuge gaben mächtige Waffen ab und die Menschen hatten Mutter Natur nichts entgegenzusetzen. Außerdem war Kim ohnehin nicht in guter Verfassung. Die Säure in ihrem Magen hatte schon gebrodelt, als das nicht ortbare Handy in der Nacht zuvor eingetroffen war. Sie löste eine Hand von der Lehne gerade lang genug, um eine Magentablette zwischen die Lippen zu schieben. Kim drückte sie mit der Zunge gegen ihren Gaumen und während sie sich auflöste, versuchte die Agentin, ihren rasenden Puls unter Kontrolle zu bringen. Die Augen blieben geschlossen, bis das Flugzeug sicher in der Luft war und Kim wieder atmen konnte. Sie bat um einen schwarzen Kaffee und klappte ihren Laptop auf, um herauszufinden, warum zum Teufel sie auf dem Weg nach Atlanta war.

Sie hatte zwei Stunden und achtunddreißig Minuten Zeit, um alles zu erfahren, was sie wissen musste.

Die verschlüsselte Datei, die sie im Taxi heruntergeladen hatte, war gezippt. Sie fand fünf einzelne Dokumente vor. Das erste enthielt eine kurze Notiz, die ihren Auftrag erklärte. Die anderen vier Dateien trugen die Namen von ihr unbekannten Personen: 1. Carlos Marco Gaspar, 2. Beverly Roscoe (Trent), 3. Lamont Finlay, Ph. D., und 4. Jack Reacher.

Jack Reachers Datei war die größte und sie endete vor fünfzehn Jahren. Die anderen drei waren kurze Lebensläufe.

Sie fing an zu lesen.

Der Auftrag schien recht eindeutig zu sein: vollständige Zuverlässigkeitsüberprüfung für den potenziellen Mitarbeiter Jack-Niemand-Reacher. Sie hatte Dutzende solcher Checks durchgeführt, seit sie für die SPTF, die Task Force für Spezialisiertes Personal, eingesetzt wurde. Doch dieser Auftrag war in jeder Hinsicht anders als normalerweise. Es gab keinen Hinweis darauf, für welchen Job dieser Reacher in Betracht gezogen wurde. Ebenso wenig erklärte die Notiz die Gründe für die Heimlichtuerei, die Eile oder warum der Boss damit zu tun hatte. Alles daran fühlte sich falsch an.

Sie hatte die Anweisung, in Margrave, Georgia, anzufangen. Nichts weiter.

Das zweite Dokument war kurz, aber normal. Es enthielt begrenzte Informationen über Special Agent Carlos Marco Gaspar, ihren Partner bei diesem Auftrag. Sie war Gaspar noch nie über den Weg gelaufen und die Datei erzählte ihr sehr wenig über ihn. Er war vierundvierzig Jahre alt, verheiratet, hatte vier Kinder und war zurzeit dem Miami Field Office unterstellt.

Das einzig Seltsame war die ausdrückliche Anweisung, dass sie die Führung zu übernehmen hatte, obwohl Gaspar zehn Jahre Erfahrung mehr hatte.

Sie hatte bei einem SPTF-Einsatz noch nie die Führung übernommen. War das ein Test ihrer Führungsqualitäten? Wurde sie für eine Beförderung in Betracht gezogen? Nein, zu früh. Was dann? Noch ein Geheimnis. Sie hasste Geheimnisse, es sei denn, es waren ihre eigenen. Sie warf noch eine Magentablette ein und betrachtete Gaspars offizielles Ausweisfoto, prägte sich sein Gesicht ein. Dann verbrachte sie die nächsten zwei Stunden damit, zu lesen, zu analysieren und die begrenzten Informationen auswendig zu lernen, die in den drei restlichen Dateien enthalten waren.

Je mehr sie las, umso unwohler wurde ihr, aber sie war schon auf Alarmstufe Rot und es gab in ihrem System keine höhere Stufe.

Sie fing mit dem potenziellen Mitarbeiter an. Sein Dossier war einfach zu dünn. In ihrem Metier war weniger sicher nicht mehr. Wo waren seine Steuererklärungen? Kreditkartenabrechnungen? Grundbucheintragungen? Eintragungen im Strafregister? Hatte Reacher je ein Auto gekauft? Eine Wohnung gemietet? Ein Handy besessen? Im Internet gesurft? War er mal festgenommen worden? Was war mit Kontoauszügen? Wie kam er zu seinem Geld?

Es musste mehr Material über Jack-Niemand-Reacher geben, aber man hatte ihr keine Zeit zugestanden, um mithilfe der umfangreichen Mittel des FBI eine eigene gründliche Vorbereitung vorzunehmen. Und sie konnte nicht anrufen und um Mithilfe bitten. Sie war unter dem Radar. Nur zwei Leute durften ihr helfen: Einen hatte sie noch nicht kennengelernt und den anderen konnte sie nicht fragen. Sie schloss die Augen wieder.

KAPITEL 3

Letzten Endes gelangte Special Agent Kim Otto zögerlich zu der einzig möglichen Schlussfolgerung: Reachers Dossier war absichtlich dünn. Es musste mehr geben. Der Rest wurde zurückgehalten.

Und das machte sie nervös. Die Dinge, die sie nicht wusste, machten sie immer nervös. Was man nicht wusste, konnte einen umbringen. Sie konnte alles in den Griff kriegen, aber nur, wenn sie es kommen sah. Zwei Magentabletten dieses Mal, heruntergespült mit dem Kaffee, den sie bisher nicht angerührt hatte. Sie drückte auf den Knopf, damit die Stewardess ihre Tasse auffüllte. Dann kopierte sie die wenigen Informationen über Reacher in ihre eigenen verschlüsselten Ordner. Sobald sie wieder Zugang zum Satelliten hätte, würde sie ihre persönlichen Dateien an einem sicheren Ort abspeichern.

Denn zu viele Leute hatten Zugang zu FBI-Dateien. Sie hatte sich schon einmal verbrannt, als vertrauliche Berichte in die Hände von unberechtigten Empfängern geraten waren, die nur zu gern darüber geredet hatten. Sie machte nie den gleichen Fehler zweimal. Während des Einsatzes verließ sie sich einzig auf ihr Gedächtnis. Ihre offiziellen Berichte wurden sorgfältig formuliert und den Vorschriften entsprechend abgelegt, aber ihre privaten Aufzeichnungen gehörten ihr. Man konnte nie vorsichtig genug sein.

Sie machte auch eine Kopie der Dateien über Roscoe und Finlay. Sie enthielten nüchterne Informationen, etwas ungewöhnlich, aber nichts Geheimnisvolles. Nichts davon erklärte, warum Roscoe und Finlay als zu befragende Personen ausgewählt worden waren, abgesehen von vielleicht einer möglichen Verbindung: Margrave, Georgia.

Das heutige Ziel.

Vor fünfzehn Jahren waren sowohl Roscoe als auch Finlay in Margrave gewesen. Reachers ehrenhafte Entlassung aus der Armee lag da sechs Monate zurück. Ob Reacher in Margrave gewesen war, ob sie alle sich dort getroffen hatten und was zwischen ihnen vorgefallen war, waren nur drei von den tausend Fragen, die Kim zu beantworten hatte. Aber irgendetwas war vorgefallen. Sonst hätte der Boss sie nicht dorthin geschickt.

Sie schaute auf die Uhr. Bis zur Landung war noch Zeit. Sie sah noch einmal das Material über Reacher durch.

Geburtsurkunde (West-Berlin 1960); Schulnachweise zeigten Aufenthalte auf Militärstützpunkten auf der ganzen Welt, einschließlich eines Jahres in Saigon, Vietnam. Kim las sich diesen Punkt zum zehnten Mal durch, bis der Elektroschock, der sie beim ersten Mal durchfahren hatte, nachließ. Kims Mutter war Vietnamesin; ihr Vater hatte in der U. S. Army in Vietnam gedient. Es gab doch damals keine Verbindung zu Reacher, oder?

Nein. Reacher war noch ein Kind, als Kims Eltern das Land verlassen hatten. Reachers Vater war bei den Marines gewesen. Army und Marine Corps hatten in Vietnam nicht gerade viel Kontakt. Es konnte keine Verbindung zwischen ihnen geben. Aber war Vietnam der Grund dafür, dass der Boss ihr die Leitung bei diesem Auftrag gegeben hatte?

Sie verdrängte diese neue Sorge. Dafür war im Moment keine Zeit und in fünfunddreißigtausend Fuß Höhe konnte sie ohnehin nichts unternehmen.

Reacher hatte seinen Abschluss auf der U. S. Military Academy in West Point gemacht (1984). Eltern verstorben (Vater 1988, Mutter 1990). Ein Bruder, ebenfalls verstorben (1997).

Über West Point und danach, bis er ehrenvoll entlassen wurde, bestand das Dossier aus der üblichen Ansammlung von militärischen Formeln und Armeeslang. Nicht eingeweihte Leser bräuchten einen Übersetzer, um den Haufen Abkürzungen zu entschlüsseln. Als Kim den Inhalt von Reachers Datei in ihre eigenen persönlichen Ordner kopierte, fügte sie die vollständigen Sätze und Definitionen hinzu, prägte sie sich sorgfältig ein, fragte sich selbst ab und erweiterte so ihr Wissen. Sie gab diesem Teil des Dossiers den Namen »Leistungen«, aber die Überschrift war viel zu gutmütig, wenn man wusste, was jeder Eintrag bedeutete. Reacher hatte gegen einige der am besten ausgebildeten Soldaten der Welt ermittelt, sie verhaftet, gebändigt und auf andere Weise mit jenen zu tun gehabt, die allesamt zu äußerster Gewalt fähig gewesen waren.

Das hatte er getan, indem er ihrer Gewalttätigkeit seine eigene entgegengesetzt hatte.

Er war ein Killer.

Was also wollte das FBI jetzt von ihm?

Er war mehrere Male ausgezeichnet worden, jedes Mal für irgendeine außerordentliche Heldentat, einen herausragenden Dienst oder eine ungeheure militärische Leistung. Er war im Einsatz verwundet worden und mit dem Purple Heart ausgezeichnet worden. Er war als Heckenschütze ausgebildet und preisgekrönt. Kurzum: Reacher hatte alles in den Griff gekriegt, was sich ihm entgegengestellt hatte. Er hatte dem Feind gegenübergestanden und überlebt. Mehr als einmal. Kim hatte die Art Mann genau vor Augen. Er war selbstbewusst, schwer zu überzeugen, zu manipulieren oder zu überwältigen. In keinerlei Hinsicht glich er irgendeinem anderen potenziellen Mitarbeiter, den sie zuvor überprüft hatte.

Kein Wunder, dass das Projekt unter dem Radar stattfand. Aber wie zum Teufel sollte sie das anstellen?

Der Pilot kündigte den Anflug auf Atlanta an. Viel Zeit für elektronische Geräte blieb nicht mehr. Sie arbeitete weiter. Reachers Dossier enthielt keine Einzelheiten über die Fälle, die er als Militärpolizist bearbeitet hatte. Sie waren zum Zeitpunkt der jeweiligen Ermittlung wahrscheinlich separat abgelegt worden. Kim machte sich eine Notiz, dass sie diese Unterlagen noch finden musste. Die Suche versprach, nicht einfach zu werden, aber die Jahre, die Reacher in seinem Job gearbeitet hatte, waren wahrscheinlich die letzten, für die es eindeutige und vollständige Berichte gab, und diese Berichte waren dann wohl die einzigen Hinweise auf seine gegenwärtigen Tätigkeiten und seinen jetzigen Aufenthaltsort. Wenn sie verstand, wie er damals gearbeitet hatte, würde ihr das den Mann und seine Methoden näherbringen. Und sie vor Angst um den Verstand bringen, wenn sie dann noch über einen Funken Verstand verfügte. Das Dossier endete mit Reachers Entlassungspapieren der Armee, gefolgt von einer Notiz, dass er seit über fünfzehn Jahren ohne festen Wohnsitz lebte. Keiner wusste, wo er sich aufhielt. Weder die FBI-Akten noch die Unterlagen des Heimatschutzministeriums enthielten Informationen zu Major Jack (kein zweiter Vorname) Reacher,

U. S. Army, im Ruhestand.

Niemals, vermerkte sie in ihren Notizen. *Das gibt's nicht.*

War er tot? Im Gefängnis? Zeugenschutzprogramm? Geheimauftrag? Reacher selbst oder jemand anderes wollte nicht, dass er gefunden wurde.

Vielleicht war er unauffindbar.

Und vielleicht war das die gute Nachricht.

Zwanzig Minuten vor Atlanta fing das Flugzeug an, herumzubocken wie ein Ochse auf Kokain. »Clear Air Turbulence«, also Turbulenzen in wolkenfreier Luft, nannte der Pilot das, aber Kim nahm ihm das nicht ab. Eher ein verheerender Mechanikschaden. Sie zog ihren Sicherheitsgurt so straff wie möglich. Der Gurt konnte sie in dem breiten Sitz nicht sicher halten.   Sie würde morgen bestimmt einige blaue Flecken haben. Wenn es ein Morgen gab. Und niemand würde ihre blauen Flecken sehen. Das Plundergebäck, das sie gegessen hatte, drohte wieder hochzukommen. Sie wollte nach dem Spuckbeutel greifen, aber dafür hätte sie ihre Finger von der Armlehne lösen müssen.

Dann hüpften die Räder des Flugzeugs zweimal auf der Rollbahn und rutschten ein langes, lautes und vernebeltes Stück weiter, bis sie die Piste so erfassten, dass ihr Kopf nach vorn und wieder zurück geschleudert wurde. Sie atmete aus und kam sich blöd vor, wie immer. Dann wuchs ihre Scham auf das Zweifache, als sie an sich hinunterblickte und ihr bewusst wurde, dass sie sich nie fertig angezogen hatte.

Kim wartete in der Haltezone hinter dem Lenkrad eines gemieteten Chevy Traverse. Auf ihrem Smartphone rief sie die Webseite der Airline mit dem Flugstatus auf. »Terrorist.com« nannte sie das, denn für jeden Linienflug war der aktuelle Status stets abrufbereit. Die Maschine aus Miami mit Agent Gaspar war gerade gelandet. Bald würde er zu ihr stoßen. Sie steckte sich die letzte Magentablette aus dem Röhrchen in den Mund. Als sie schmolz, spülte sie den kreidigen Geschmack mit einem Schluck schwarzem Kaffee hinunter.

Dann klappte sie ihren Computer auf und sah sich erneut genau das Gesicht von Jack Reacher an, analysierte das ganze Foto, speicherte jedes einzelne Pixel im Kopf ab. Das armeeübliche Schwarz-Weiß-Porträt ließ Reachers Größe erahnen, bestätigte aber weder die angegebenen eins fünfundneunzig noch seine Haarfarbe, die irgendwo als blond beschrieben war, noch seine Augenfarbe, die blau war, oder seinen kräftigen Körper, der mit gut hundertzehn Kilo angegeben wurde.

Ein Schaudern überkam Kim. Im Inneren war sie zu hundert Prozent die geschmeidige, hoch aufgeschossene, eindrucksvolle Deutsche, ganz wie ihr Vater. Aber äußerlich war sie genau einen Meter zweiundfünfzig groß, wie ihre Mutter, und wog – an ihren dicken Tagen – fünfundvierzig Kilo. Reacher war mehr als das Doppelte von ihr; sie hoffte nur, sie war mehr als doppelt so clever. Gehirn, nicht Muskelmasse, musste ihre Waffe sein.

Deshalb brauchte sie ein besseres Foto. Ein Armeefoto reichte nicht. Die Leute würden sich an Reacher erinnern. Er war nicht nur auffällig, er war eher unvergesslich. Doch Patriotismus war in Margrave, Georgia, zweifellos noch sehr lebendig und die Leute dort würden nichts Negatives über einen Mann in grüngoldener Armeeuniform mit einer Brust voller Auszeichnungen sagen. Mögliche Zeugen könnten sogar leugnen, ihn zu kennen, obwohl es eine Straftat war, einen FBI-Agenten im Rahmen einer Ermittlung zu belügen.

In der Ausbildung hatte Kim gelernt, die Reaktion von Zeugen auf Fotos zu beobachten. Es war schwer für Zeugen, es zu verbergen, wenn sie die Person erkannten, und noch schwerer war es, glaubhaft zu lügen, wenn einem ein Bild gezeigt wurde. Die Leute konnten sich nur schwer an Namen erinnern, aber Gesichter prägten sich in einem anderen Bereich des Gehirns ein und konnten leichter abgerufen werden. Sie würde also wissen, ob ein Zeuge Reacher erkannte, selbst wenn er log. Sie würde es sehen. Doch Fehler durften nicht passieren, daher brauchte sie ein anderes Foto.

Sie rief das bearbeitete Foto auf, das sie im Flugzeug erstellt hatte. Sie hatte Reachers Armeeuniform rausgeworfen und seine Mütze entfernt. War ihre Bildbearbeitung gut genug, um Reacher seinen ungerechten Vorteil zu nehmen?

Es klopfte laut am Seitenfenster des Traverse. Kim klappte den Laptop zu und schaute zu dem fragenden Gesicht auf, das nur wenige Zentimeter von ihrem entfernt war. Sie ließ das Fenster hinunterfahren. Bevor sie etwas von sich geben konnte, sagte Special Agent Gaspar schon: »Tut mir leid, ich wollte Sie nicht erschrecken. Ich hab versucht, die Heckklappe aufzumachen, aber die ist abgeschlossen. Geben Sie mir den Schlüssel. Ich werf meine Taschen rein und dann können wir los.«

»Klar«, sagte sie. Sie zog den Zündschlüssel ab, gab ihn Gaspar und stieg aus dem SUV. Sie ging zu ihm hinter das Auto, sah zu, wie er ihre Tasche herausnahm, seine nach unten und ihre auf seine stellte.

Ein umsichtiger Kerl. Sehr ordentlich.

Sie streckte ihm die Hand entgegen: »Kim Otto.«

»Carlos Gaspar«, erwiderte er und begrüßte sie mit einem festen Händedruck, weder zu fest noch zu weich. Ein respektvoller Händedruck. Überhaupt nicht machohaft. Sie mochte ihn bereits.

Er sagte: »Margrave ist etwa eine Stunde entfernt. Ich war schon mal da. Ich fahre.«

»Eigentlich würde ich lieber fahren«, sagte sie. Sie fühlte sich unwohl, wenn jemand anderes hinter dem Lenkrad saß. Vor allem, wenn sie diesen Jemand nicht kannte und noch nie mit ihm unterwegs gewesen war. Sie hatte keine Ahnung, was für eine Art Fahrer er war. Ihr empfindlicher Magen könnte das vielleicht nicht überleben und sie wollte sich auf keinen Fall vor diesem Kerl übergeben. Jetzt nicht. Und auch sonst nicht.

»Ich bin ein guter Fahrer«, sagte er. »Und ich bin schneller, weil ich den Weg kenne.«

Er machte die Fahrertür auf und schob den Sitz zurück, um Platz für seine längeren Beine zu machen.

Vielleicht doch nicht so ordentlich und respektvoll. Vielleicht war er einer dieser anmaßenden Latino-Männer.

Er saß jetzt im Auto. Er steckte den Kopf zum Fenster hinaus und fragte: »Kommen Sie oder nicht? Wir müssen uns so schon beeilen, um rechtzeitig da zu sein.«

Wenn es nur eine Möglichkeit gibt, ist es die richtige Möglichkeit.

Sie setzte sich auf den Beifahrersitz und Gaspar drückte aufs Gaspedal, als sie gerade die Tür schloss.

Carlos Gaspar hatte Schmerzen, aber das war nichts Neues. Innerlich und äußerlich, mental und körperlich lebte er mit Schmerzen. Er hatte schlecht geschlafen und es schon vor drei Uhr morgens aufgegeben. Er hatte sich aus dem Schlafzimmer in die Küche geschleppt und seinen Tag mit Paracetamol und Kaffee begonnen, wie immer. Nichts Stärkeres, obwohl er weiß Gott in Versuchung geraten könnte. Aber das würde ihn zugrunde richten und er konnte es sich nicht leisten, seine Gesundheit noch mehr kaputt zu machen, als sie es ohnehin schon war. Er hatte eine Frau und vier Kinder und noch zwanzig Jahre Arbeit vor sich, bevor er die Füße hochlegen konnte.

Er duschte, rasierte sich und zog einen hellbraunen Popeline-Anzug von Banana Republic an, der ihn in Washington D. C. das Leben gekostet hätte, aber im Miami Field Office das übliche Outfit war. Er ging zurück in die Küche, schluckte noch eine Paracetamol, trank noch mehr Kaffee, saß ganz ruhig da und stellte sich vor, er könne seine Familie atmen hören.

Sein Telefon klingelte um drei Minuten nach vier. Nicht sein normales Telefon. Auch nicht sein Privattelefon, sondern ein einfaches Motorola, das ihm vom internen Postdienst des FBI in Luftpolsterfolie verpackt zugeschickt worden war. Er wusste, wer es geschickt hatte. Er hatte es eingeschaltet, die Nummer notiert und durch die Datenbanken laufen lassen. Es existierte nicht.

Er ging ran und eine Stimme fragte: »Gaspar?«

Er sagte leise: »Ja, Sir«, um seine Familie nicht zu wecken und weil eine leise Stimme bei diesem Typen angebracht schien.

Die Stimme sagte: »In Ihrem Eingangsordner sind Dateien.

Lesen Sie sie im Flugzeug. Sie fliegen nach Atlanta.«

»Wann, Sir?«

»Jetzt.«

Dann folgte eine Pause. Nur eine ganz kurze, aber Gaspar hörte sie. Die Stimme sagte. »Sie sind bei diesem Einsatz die Nummer zwei. Sie unterstehen Otto, aus Detroit. Das ist nicht persönlich gemeint.«

Was natürlich Unsinn war. Alles war persönlich gemeint. Aber vielleicht war dieser Typ, Otto, auch irgendein großes Tier. Leute, von denen man mit dem Vornamen sprach, waren das meistens. Gaspar fragte sich, ob er schon mal von ihm gehört haben musste. Hatte er aber nicht. Er hatte noch nie in Detroit gearbeitet. Wusste nichts über das Büro dort oder die Stadt, außer dass dort früher Autos hergestellt wurden.

Er sagte: »Kein Problem«, doch er sagte es zu niemandem, denn die Stimme war schon weg. Er steckte das Telefon in seine Reisetasche, die immer gepackt und startbereit dastand, einschließlich Laptop, Hemd, Unterwäsche und Paracetamol. Die Tasche hatten die gleichen Leute hergestellt, die auch Schweizer Armeemesser machten, was in Ordnung war, aber sie hatte Räder und einen Griff, und das war es nicht. Eine Tasche hinter sich herzuziehen, war nur einen Schritt vom Rollstuhlfahren entfernt.

Es war, wie es war.

Zum Flughafen fuhr er in seinem Dienstwagen, einem blauen Ford Crown Victoria mit einem Kennzeichen der Regierung. Den konnte er überall abstellen. Er legte seinen Laptop auf den Beifahrersitz, fuhr einhändig und stach auf die Tasten ein, um seine E-Mails aufzurufen – nicht über ein 3G-Netz, sondern über eine sichere Satellitenverbindung. Eine neue Nachricht, wie erwartet. Ein Anhang, gezippt und verschlüsselt. Kein Begleitschreiben. Kein Hallo, keine guten Wünsche. War nicht anders zu erwarten. Er verschob die Datei auf seinen Desktop und klappte den Computer zu. Zehn Minuten später rollte er seine verhasste Tasche in den Terminal.

Ein leitender Sicherheitsbeamter gab ihm die Bordkarte und führte ihn durch den Zugang für die Crew. Dann wurde er an einen leitenden Mitarbeiter des luftseitigen Bereiches übergeben. Das Flugzeug wartete auf ihn. Die Kabinentür schloss sich hinter ihm. Er hatte den Platz 1A, den die Fluggesellschaften normalerweise für Spätbucher reservierten. Er hasste 1A. Man musste seine Tasche in den Klappfächern über sich verstauen, wozu er absolut nicht in der Lage war. Er konnte sie nicht über den Kopf heben. Aber 1A-Passagiere waren einen bestimmten Servicestandard gewöhnt, also nahm er seinen Laptop heraus und ließ die Tasche im Gang stehen, sodass eine Stewardess herbeieilte und sich darum kümmerte.

Dann setzte er sich vorsichtig auf seinen Platz. Er war zweimal angeschossen worden, einmal in die rechte Seite des Oberkörpers und einmal in das rechte Bein. Die Verletzung am Oberkörper hatte das Muskelnetzwerk dort zum Zusammenbruch gebracht und folglich war das Sitzen schmerzhaft. Das Gewicht seines Oberkörpers zerdrückte die Organe, im wahrsten Sinne des Wortes, so als seien seine Rippen und sein Becken die Backen eines Schraubstocks. Seine Ärzte machten sich keine Sorgen. Sie waren quasi wie Mechaniker, die ein Auto mit Totalschaden wieder zusammengebaut hatten, und von kleinen Kratzern im Lack wollten sie nichts hören.

Seine Beinverletzung war als unbedeutend abgetan worden. Die Kugel hatte das Schienbein getroffen, aber nicht einmal gebrochen. Doch im Alltag war es viel schwieriger auszuhalten als der rechte Oberkörper. Es schmerzte permanent, so als wäre jemand mit einer Bohrmaschine aus dem Baumarkt da drin. Daher die Schmerztabletten.

Er schluckte noch zwei davon und wartete respektvoll, bis das Flugzeug in der Luft war und all die Geschäftsmänner um ihn herum ihre erlaubten Elektronikgeräte hochfuhren. Er klappte seinen Laptop auf, der Bildschirm wurde lebendig und er lehnte sich nach links – einerseits, um den Druck auf seiner rechten Seite zu verringern, und andererseits, um den Bildschirm von seinem Nachbarn abzuwenden. Er ließ die Software den Text entschlüsseln und die Dateien entzippen.

Fünf Dokumente. Vier davon Routine, eines davon eine große Überraschung.

Die vier Routinedokumente waren der Auftrag, die Zielperson und zwei Quellen. Ein Typ namens Jack Reacher war die Zielperson und Beverly Trent, geborene Roscoe, und Lamont Finlay waren die Quellen.

Nichts Besonderes.

Das Besondere war das Überraschungsdokument. Otto war nicht der Vorname von irgendeinem berühmten Agenten. Er war keine FBI-Legende. Er war nicht einmal ein Er. Er war eine Sie. Kim Otto, jünger als Gaspar, neuer, mit weniger Erfahrung. Die Leiterin des Teams.

Nicht persönlich gemeint.

Was, so nahm er an, im Grunde genommen auch zutraf. Ein oder zweimal hatte er früher ältere Agenten unter sich gehabt. Prinzipiell hatte er keine Einwände dagegen. Und selbst wenn, so wären sie sofort abgewiesen worden, vom FBI natürlich und von ihm selbst. Er war auf der Intensivstation aufgewacht und sein erster Gedanke war gewesen: *Was zum Teufel mache ich jetzt?* Er hatte eine Frau, vier Kinder und noch zwanzig Jahre vor sich. Dann hatte ihn der Leiter seines Field Office besucht und ihm mitgeteilt, dass er noch immer einen Job hatte und auch immer haben würde. Andere Aufgaben natürlich, hauptsächlich am Schreibtisch, nicht so wie vorher. Aber ein Job. Gaspar war von Dankbarkeit erfüllte gewesen, ganz einfach, und diese Dankbarkeit behielt er im Bewusstsein, so wie andere Glücksanhänger in ihrer Tasche mit sich herumtrugen, und er berührte sie oft, um sich zu trösten, sich zu beruhigen. Nummer zwei? Na und? Dann holte er eben den Kaffee.

Er las alle vier Dokumente. Fotos waren auch dabei. Kim Otto war unwahrscheinlich süß. Asiatisch und winzig. Reacher war ein undurchsichtiger Ex-Armee-Psychopath. Ein perfekter Kandidat, wenn man es genau betrachtete. Trent, geborene Roscoe, und Finlay waren Polizisten in einem Ort in Georgia gewesen, an dem Reacher wahrscheinlich das erste Mal nach seinem Ausscheiden aus der Armee wieder auf dem offiziellen Radar aufgetaucht war. Dieser Ort namens Margrave lag südlich von Atlanta. Gaspar war schon einmal dort gewesen, weshalb er wahrscheinlich den Auftrag erhalten hatte, obwohl der Mann, der ihm das Phantomtelefon geschickt hatte, auch nicht gerade eine große Auswahl an Arbeitskräften hatte.

Gaspar versuchte weiterzulesen, aber von Norden kam ein starker Gegenwind, sodass die Motoren beansprucht wurden und das Vibrieren ihn schläfrig machte. Ein willkommenes Geschenk, das er glücklich annahm, während er den Kopf an das Fenster zu seiner Linken lehnte und seine rechte Seite ausnahmsweise einmal wunderbar unbelastet war.

KAPITEL 5

Carlos Gaspar wachte auf, als die Stewardess ihn anmeckerte, er solle vor der Landung seinen Computer ausmachen, doch dann machte sie das wieder gut, indem sie seine Tasche für ihn herunterholte, bevor sie zum Ausgang gingen. Er zog die Tasche eine gefühlte Meile hinter sich her, bis er anhielt, den Griff einfuhr und die Tasche wie ein richtiger Kerl schulterte, als er den Bürgersteig vor sich sah. Er nahm an, Otto würde in einem Mietwagen im Haltebereich stehen, und er wollte keinen schlechten ersten Eindruck machen. Er fand sie ziemlich schnell, in einem Chevrolet Traverse. Sie schaute nach unten. Sie las. Eine Einserschülerin. Auch asiatisch. Vielleicht ihr erstes Mal als Teamleiterin. Sie wollte bereit sein.

Er wollte die Heckklappe öffnen, aber die war verschlossen. Er klopfte ans Fenster. Sie schaute auf. Nicht über eins fünfzig, nicht mehr als fünfundvierzig Kilo, vielleicht weniger. Sie stieg aus und er verstaute die Tasche, wobei er sich den Schmerz nicht anmerken ließ. Er bot ihr an zu fahren, was ihr zunächst anscheinend nicht ganz recht war, aber was soll's? Sie war Nummer eins und er war Nummer zwei. Nummer zwei fuhr, so einfach war das. Es war, wie es war. Und sie waren schon spät dran. Keine Zeit für lange Diskussionen. Er stieg ein und als sie zu seiner Rechten eingestiegen war, fuhr er los.

Margrave lag eine Stunde und etwa hundert Jahre südlich von Atlanta. Wie immer war der Verkehr zunächst dicht und wurde dann besser. Auf Ladenzeilen folgte Landwirtschaft. Rote Erde, Erdnüsse, das volle Programm.

Georgia, meine Güte!

»Sind Sie müde?«, fragte Gaspar.

»Etwas.«

»Lassen Sie mich raten. Er rief Sie um genau vier Uhr an.«

»Woher wissen Sie das?«

»Weil er mich um drei Minuten nach anrief.«

»War das in Ordnung für Sie?«

»Ich war schon wach.«

»Ich meine, ist es für Sie in Ordnung, Nummer zwei zu sein?«, fragte Otto.

»Für mich ist jede Nummer in Ordnung«, sagte Gaspar.

»Wirklich?«

Gaspar lächelte in sich hinein. Asiatisch, eine Frau, ehrgeizig. Sie wollte ganz nach oben. Sie wollte Direktorin werden. Er fragte sich, wie sie damit zurechtkäme, ein Krüppel zu sein. Ein Sozialfall. Sie würde wahrscheinlich durchdrehen.

»Wissen Sie«, fragte er, »wie er heißt?«

»Wer?«

»Sie wissen schon. Der Typ, der Sie um vier Uhr und mich um drei Minuten nach angerufen hat?«

»Ja«, sagte sie, »ich weiß, wie er heißt. Und Sie?«

»Ja«, sagte er. »Werden Sie es laut sagen?«

»Nein.«

»Ich auch nicht.«

Sie fragte: »Haben Sie die Dateien gelesen?«

»Ich hab mir die Fotos angeschaut.«

»Mehr nicht?«

»Doch, natürlich habe ich sie gelesen.«

»Und?«

Zeit fürs Vorsprechen. Erste Pflicht der Nummer zwei war es, seiner Nummer eins das Gefühl zu geben, einen kompetenten Mitarbeiter zu haben. Zweite Pflicht war es, einen kleinen Wettstreit anzuzetteln. Er sagte: »Ich bin nicht ganz sicher, waum wir den Anruf um vier Uhr morgens bekamen. Sieben hätte auch gereicht. Flüge nach Atlanta aus anderen Großstädten der USA sind nicht selten. Wozu also die Eile? Und die Datei über die Zielperson wirft mehr Fragen auf, als sie beantwortet. Keine Steuerinfos, nichts von den Banken, keine Schulden oder Darlehen oder Pfandrechte, keine Besitzrechte an Häusern, Autos, Booten oder Wohnmobilen, keine Verhaftungen, keine kleineren oder größeren Verurteilungen, keine Mieterlisten, kein Festnetz oder Mobilfunk, zu keinem Zeitpunkt, keine Provider-Daten und er ist nicht im Gefängnis. Er ist in keinem Zeugenschutzprogramm oder für irgendeine der anderen Drei-BuchstabenAgenturen undercover tätig, oder warum würden wir sonst nach ihm suchen? Dann würden wir ja wissen, wo er ist. Also wurde entweder seine Akte größtenteils überarbeitet oder er ist der am tiefsten unter dem Radar fliegende Typ, den es je gab.«

Otto schwieg einen Augenblick lang. *Ins Schwarze*, dachte Gaspar. *Home-Run*. Er hatte alles gesehen, was sie gesehen hatte. Ihm war nichts entgangen.

»Ich bin mir nicht sicher, ob ich ihn mag«, sagte sie.

»Wir müssen ihn nicht mögen.«

Sie fuhren weiter ins Landesinnere. Der Traverse war ein untermotorisiertes Stück Scheiße und die Reifen waren für Asphalt vollkommen ungeeignet. Gaspar wünschte, Otto hätte eine Limousine genommen. Er hätte es.

»Kann ein Mensch so tief unterm Radar fliegen?«, fragte sie.

»Es ist schwer«, antwortete er. »Aber wenn man sich's richtig überlegt, denke ich, es ist möglich.«

»Glauben Sie, er wäre ein guter Mitarbeiter?«

»Der perfekte. Sonst wären wir nicht hier.«

»Ich bin auch nicht sicher, ob mir das gefällt.«

»Das wird über unserer Gehaltsklasse entschieden«, erwiderte Gaspar.

Er fuhr von der Interstate ab, über die Ausfahrt in großem Bogen auf die Landstraße. Vierzehn Meilen bis zum Ort. Auf der rechten Seite stand ein abgebranntes Lagerhaus. Schon seit Jahren, so lange Gaspar zurückdenken konnte. Dann, viel später, links ein Diner. Dann kam das Polizeirevier, das man nach einem Feuer auf die Schnelle wieder aufgebaut hatte. Er parkte davor. Sie gingen hinein. Hinter einer Theke saß ein Sergeant. Gaspar ging zu ihm und sagte: »Wir müssen mit Chief Roscoe sprechen. Oder Trent. Ich weiß nicht genau, welchen Namen sie jetzt benutzt.«

Hinter ihm tappte Otto mit dem Fuß. Leise, aber er hörte es. Sie war sauer. Sie hatte zuerst sprechen wollen. Pech gehabt. Es war die Aufgabe der Nummer zwei, den Weg freizumachen. Das wusste jeder.

Der Typ hinter dem Counter fragte: »Wer sind Sie?«

Gaspar antwortete: »FBI.« Er zog seinen Ausweis heraus und hielt ihn hoch.

Der Typ hinter dem Counter sagte: »Den Flur entlang, zweite Tür rechts.«

KAPITEL 6

Kim Otto sah Carlos Gaspar hinterher, als er auf das Büro von Chief Roscoe zuging und die Distanz zwischen ihnen vergrößerte. Die große Uhr an der Wand über dem Kopf des Sergeants zeigte zehn nach elf an. Ihre erste Vorgabe war unmissverständlich gewesen: vor elf Uhr dreißig in Roscoes Büro eintreffen. Erledigt. Mit zwanzig Minuten Puffer.

Und jetzt? Informationen zu Reacher sammeln, klar, aber abgesehen von der Anweisung des Bosses, mit Roscoe anzufangen, wussten sie nicht, wonach sie suchten oder wie sie es finden sollten, und es war immer ein Fehler, vorschnell zu handeln. Aber angesichts Reachers Talent, für Ärger zu sorgen, war es wahrscheinlich, dass Chief Roscoe nicht nur über relevantes, sondern auch möglicherweise wichtiges Wissen über ihn verfügte, was sie in einer gut geführten Befragung vielleicht mitteilen würde, aber anders wohl nicht. Solche Dinge erforderten Geduld. Und Überlegung. Doch lange bevor Kim die Bürotür erreichte, klopfte Gaspar auch schon gegen die Holztür und öffnete sie, ohne eine Antwort abzuwarten.

»Chief Roscoe? Tut mir leid, dass wir so hereinplatzen«, sagte er, während er über die Schwelle stürmte und so gar nicht leidvoll klang. »Ich bin Carlos Gaspar, FBI.«

Kim kam hinzu, als Margrave Police Chief Beverly Roscoe sich gerade aus dem riesigen braunen Ledersessel hinter dem Schreibtisch erhob. Sie war größer als Kim, aber wer war das nicht? Und sie war attraktiver als das Foto in ihrer Akte, aber wer war das nicht? Sie war schlank und alles andere als flachbrüstig. Sie hatte einen karamellfarbenen Teint, dunkle lockige Haare im Großstadtstil geschnitten, die ihr übers ganze Gesicht fielen. Sie hatte bemerkenswert dunkle Augen. Sie waren – wie bei einem Kinderbild von der Sonne – hervorgehoben durch eine hellere Haut, die in Richtung Schläfen strahlte. Vielleicht irgendwelche indianischen oder afroamerikanischen Wurzeln. Roscoes Familie sollte seit über hundert Jahren im Norden von Georgia gelebt haben; jede dieser ethnischen Gruppen wäre plausibel.

Kim sagte: »Ich bin FBI Special Agent Otto.« Sie gab ihr den Ausweis und fügte hinzu: »Es wäre nett, wenn Sie ein paar Minuten für uns erübrigen könnten, Chief Roscoe.«

»Okay«, sagte Roscoe. Sie nahm Kims Ausweis und wartete, bis Gaspar seinen herausgekramt hatte. Sie betrachtete beide Ausweise sorgfältig und griff zum Telefonhörer, um den Sergeant vom Eingang zu sich zu rufen. Als er kam, sagte sie:

»Brent, machen Sie von diesen beiden eine Kopie und bringen Sie sie dann wieder zu mir.«

»Ja, Ma'am«, sagte der Sergeant und schloss die Tür hinter sich. Roscoe bedeutete Kim und Gaspar auf den beiden grünen Ledersesseln gegenüber vom Schreibtisch Platz zu nehmen. Roscoe schob ihren Sessel zurück und schlug die Beine übereinander. Beide Unterarme lagen auf einem Knie, die Hände waren verschränkt. Sie trug einen Ehering aus Platin. Seit vierzehn Jahren verheiratet, stand in ihrer Akte. Die Feier fand ein Jahr, nachdem Reacher angeblich in Margrave Station gemacht hatte, statt.

»Wie kann ich Ihnen helfen?«, fragte sie.

Die Worte waren angemessen, aber die mitschwingende Stimmung zeugte einerseits von Verärgerung und andererseits von Sorge. Kein Polizeichef eines kleinen Ortes freute sich über einen Überraschungsbesuch vom FBI, schon gar nicht am Montagmorgen. FBI-Ermittler im Büro bedeuteten, es war unerwarteter Ärger im Verzug oder vielleicht schon genau hier in ihrem Zuständigkeitsbereich zugegen. Weder das FBI noch der Ärger waren willkommen, zu keiner Zeit, aber vor allem nicht montags.

»Wir werden nicht viel von Ihrem Tag in Anspruch nehmen,

Chief«, sagte Gaspar mit einem langen, langsam gesprochenen

Satz. Er spielte auf Zeit. Er wusste genauso wenig wie Kim, wonach sie eigentlich suchten.

»Ich hab viel zu tun«, sagte Roscoe. »Dies ist ein kleiner Laden und mein Sergeant für die Tagesschicht ist nicht aufgetaucht. Sergeant Brent macht jetzt schon Überstunden.«

»Sobald Sergeant Brent zurück ist, fangen wir an«, sagte Gaspar. »Wir möchten nicht unterbrochen werden.«

Spielte immer noch auf Zeit.

Roscoe schaute auf die runde Silberuhr an ihrem linken Handgelenk. Die Ziffern waren groß genug, dass man sie von Kims Position auf der gegenüberliegenden Schreibtischseite lesen konnte. Sie zeigte elf Uhr fünfzehn an.

»Wie verspätet ist er?«, fragte Gaspar.

»Wer?«, fragte Roscoe.

»Ihr Sergeant, der heute nicht gekommen ist. Wann fing seine Schicht an?«

»Halb acht. Mein Budget lässt keine Springer zu. Ich habe also wirklich nicht viel Zeit übrig. Lassen wir es auf eine Unterbrechung ankommen. Was ist los?«

Gaspar antwortete nicht darauf. Kim auch nicht. Irgendwas an dem Büro kam ihr seltsam vor. Irgendetwas Merkwürdiges. Was war das? Unauffällig nahm sie den Raum in Augenschein, jedes Detail.

Zuerst bemerkte sie den Geruch. Eine vertraute, aber verblasste Erinnerung. *Ahhh.* Der Geruch von Old Spice und ein Hauch von Irish-Spring-Seife hingen in der Luft. Beides kam aus dem kleinen Bad in der Ecke hinter der Tür. Das Büro roch wie das Zimmer ihres Vaters, eine dunkel vertäfelte Männerhöhle. Alles an Roscoes zweitem Zuhause erinnerte eher an neuenglischen Adel als an eine Polizeichefin aus Margrave.

Nicht nur seltsam, entschied Kim. *Richtig unheimlich.*

In der Männerwelt der höheren Ämter im Polizeidienst waren Frauen in den Spitzenpositionen so rar wie ein unschuldiger Verbrecher. Selbst in so kleinen Orten wie Margrave in der Nähe von größeren Städten wie Atlanta. Roscoe hatte ihre Stellung zweifellos durch jahrelange harte Arbeit und schiere

Charakterstärke erreicht. Sonst hätte sie es nie geschafft. Roscoe hatte alles Recht der Welt, stolz auf sich zu sein.

Und dennoch war dieser Raum seit acht Jahren ihr Büro, ohne dass sie ihn zu ihrem eigenen gemacht hätte? Kim hätte innerhalb von acht Minuten alles umdekoriert. Aber natürlich wäre Kim auch nicht acht Jahre in demselben Job geblieben. Aufwärts oder raus war die bessere Strategie. Doch Roscoe war noch hier. Hatte sie ihren Zenit überschritten?

Kim sah sich noch einmal genau um. Überprüfte den ganzen Raum erneut. Versicherte sich, dass sie beim ersten Mal richtig gelegen hatte. In dem Raum befand sich nichts Persönliches, abgesehen von dem Foto einer jüngeren Roscoe mit einem uniformierten Marinesoldaten. Wahrscheinlich der Ehemann. Keine Fotos ihrer Kinder. In der Akte stand, sie habe eine vierzehnjährige Tochter und einen elfjährigen Sohn.

Die üblichen Fotos waren allesamt grinsende Shakehands: Roscoe mit dem Gouverneur, Roscoe mit dem jetzigen Bürgermeister von Atlanta und auch dem früheren, Roscoe mit Jimmy Carter. Aber das letzte Foto war ein Volltreffer: Roscoe mit einem großen, attraktiven Schwarzen, der ein Tweedsakko und einen Pullunder trug.

Bingo.

Kim erkannte ihn sofort von dem Foto in seinem Dossier: Lamont Finlay, Ph. D., Gesprächspartner Nummer zwei. Ein Harvard-Mann. Eindeutig der Typ, der dieses Büro eingerichtet hat. Roscoes Vorgänger als Chief. Vielleicht auch ihr Mentor. Standen sie noch in Verbindung? Sodass sie es nicht ertragen konnte, seine Gegenwart auszulöschen?

Seltsam, aber gut zu wissen. Ein möglicher Ansatzpunkt. Kim hatte Roscoe nicht als den sentimentalen Typ eingeordnet. Ein deutlicheres Bild der Frau kam zum Vorschein.

Sie sagte: »Nettes Büro, Chief Roscoe.«

»Danke«, erwiderte Roscoe. Sie bot Kim nicht an, auf die offizielle Anrede zu verzichten.

Sergeant Brent kam mit den Ausweisen zurück. Er war schlaksig, hatte rote Haare und Sommersprossen. Er wirkte jung für seinen Job. Er legte die Kopien auf Roscoes Schreibtisch und gab die Originale den Eigentümern zurück. Seine Arme unterhalb des kurzärmeligen Uniformhemdes waren von einem Wirrwarr roter Härchen bedeckt. Sogar auf seinen Fingern waren Sommersprossen.

»Besteht die Möglichkeit, dass wir einen Kaffee bekommen?«, fragte Gaspar ihn.

Brent schaute zu seiner Vorgesetzten. Roscoe nickte.

»Wie nehmen Sie ihn?«, fragte Brent.

»Vier Stücke Zucker«, sagte Gaspar.

Brent schaute ihn entsetzt an, als ob kein echter Mann, und schon gar kein Special Agent des FBI, einen Kaffee so verunreinigen würde.

»Was ist?«, fragte Gaspar. »Ich bin eine Naschkatze. Was dagegen?«

Brent schien zu merken, dass Gaspar ihn auf den Arm nahm. Er grinste und Gaspar fügte hinzu: »Vielleicht noch ein paar Donuts dazu?«

Brent lachte laut auf. Roscoe schwieg. Brent wandte sich an Kim, um ihre Bestellung aufzunehmen. Sie fragte: »Sie hätten nicht vielleicht Zichorienkaffee, oder?«

Sein Sommersprossengesicht zeigte aufrichtige Anteilnahme.

»Ich wünschte, wir hätten welchen, Ma'am«, sagte er. »Ich hatte keinen mehr, seit meine Louisiana-Oma gestorben ist.«

»Macht nichts. Normaler Kaffee ist in Ordnung.«

So als wolle er den Zichorien-Mangel wiedergutmachen, fragte Brent: »Möchten Sie auch einen Donut?«

»Ich merke, Sie üben einen schlechten Einfluss aus«, sagte sie. Er verneigte sich schüchtern. Er war noch ein Junge. Anfang zwanzig, höchstens. »Aber wenn doch nur alle Männer so aufmerksam wären«, fügte sie mit einem spöttischen Seitenblick zu Gaspar hinzu.

»Sie machen mich fertig, Boss«, sagte Gaspar.

Brent ging und Roscoe sagte: »Okay, Sie haben einen neuen Freund. Auftrag erledigt. Gut gemacht. Aber ich bin älter und weiser. Wie kann ich Ihnen helfen?«

Niemand sagte etwas, Brent brachte den Kaffee und die Donuts und schloss dann die Tür wieder leise hinter sich. Kim nahm ihren Becher und atmete zufrieden den Duft ein, bevor sie an ihrem Kaffee nippte und zu einem zweiten Schluck ansetzte.

»Wie kann ich Ihnen helfen?«, fragte Roscoe erneut.

»Großartiger Kaffee«, sagte Kim und spielte ebenfalls auf Zeit. Sie ging im Kopf durch, was sie über Roscoe wusste, und suchte nach einem harmlosen Auftakt.

Gaspar entschied sich für den falschen.

»Haben Sie Kinder?«

Die Frage war ein Schlag auf Roscoes roten Knopf. Kim konnte es beobachten. Roscoes Halsschlagader pulsierte heftig. Kim zählte fünfundzwanzig Schläge in zehn Sekunden, hundertfünfzig Schläge in der Minute. Schnell, wie bei einem Sprint zu einem Feuer.

Mit kontrolliertem, professionellen Tonfall sagte Roscoe: »Hören Sie, wenn Sie eine Zeit lang in der Stadt sind, können Sie mich irgendwann mal nach der Arbeit auf einen Drink einladen und ihre besten Smalltalk-Techniken ausprobieren. Aber bis dahin habe ich, wie ich wohl schon erwähnte, sehr viel zu tun. Versuchen Sie also nicht, mir Honig um den Bart zu schmieren. Wenn Sie schlechte Neuigkeiten haben, dann raus damit, okay?« Kim antwortete, bevor Gaspar wieder entgleiste. Sie sagte: »Es geht nicht um eine Strafverfolgung, Chief. Wir hoffen, dass Sie uns ein paar Hinweise geben können, das ist alles. Denn wir wissen im Grunde genommen nicht, wo wir anfangen sollen. Wir brauchen Informationen.«

So verbindlich wie möglich, nur ein Gefallen unter Beamten.

»Was für Informationen brauchen Sie?«, wollte Roscoe wissen. Kim sah Vorsicht in diesen großen, dunklen Augen. Der Puls raste noch. Aber der Tonfall war weniger feindselig. Vielleicht ein kleiner Fortschritt.

»Agent Gaspar und ich gehören der Task Force für Spezialisiertes Personal an.«

»Und was genau wäre das?«

Roscoes Puls verlangsamte sich etwas. Kim zählte zwanzig Schläge in zehn Sekunden. Noch schnell, aber besser. Wie um ein wildes Tier zu zähmen, versuchte Kim, durch harmlose Routine zu beruhigen. Seit 9 /11 widersetzten sich Polizeibeamte nie einer halbwegs plausiblen FBI-Anfrage, ob sie die Gründe dafür verstanden oder nicht. Nur Wenige außerhalb des FBI kannten die inneren Vorgänge oder erwarteten eine gewisse Transparenz in dem ewigen Kampf gegen den Terrorismus.

»Wir führen Ermittlungen über den Hintergrund von möglichen Mitarbeitern durch. Unsere Aufgabe ist es, das Dossier zu erstellen. Oberflächliche Unterlagen zu ergänzen. Ein eindeutiges Bild zu bekommen. Damit die Leute in den oberen Etagen fundierte Entscheidungen treffen können.«

»Ich meinte, mit was für spezialisiertem Personal Sie es zu tun haben.«

Immer noch auf der Hut. Hatte sich diese Frau zuvor schon mal verbrannt? Kim zählte fünfzehn Pulsschläge in zehn Sekunden. Besser.

»Potenzielle Bewerber, die in Situationen eingesetzt werden, für die das FBI gegenwärtig nicht über Fachleute verfügt.«

»Zum Beispiel?«

Roscoe hakte mehr nach, als es Polizisten normalerweise taten. Kim hätte es vielleicht genauso gemacht, aber nur wenn sie etwas zu verbergen gehabt hätte. Sie sagte: »Ich kann nicht für die ganze SPTF sprechen, aber ich habe zum Beispiel Dossiers über Dolmetscher seltener Sprachen erstellt. Oder Experten für Finanzstrafsachen in Nischenbranchen. Oder Wissenschaftler, die unbekannte Chemikalien bestimmen können. Dinge, die keine permanente Fachkraft innerhalb des FBI erfordern.«

»Routine also?«

»Hauptsächlich.«

Roscoe nickte. Sie fragte nicht, warum das FBI keinen Termin mit ihr ausgemacht hatte. Wäre die Besprechung Routine gewesen, hätte man einen Termin vereinbart. Stattdessen sagte sie: »Ich nehme an, diese potenziellen Mitarbeiter haben noch keine Sicherheitsfreigabe?«

Eine scharfsinnige Frage. Reacher hatte laut seiner Akte mal eine Sicherheitsfreigabe gehabt. Beverly Roscoe und Lamont Finlay ebenso. Und Daniel Trent, Roscoes Ehemann, übrigens auch.

»Für gewöhnlich nicht«, antwortete Kim. Sie beobachtete

den Puls an Roscoes Hals: stabile fünf bis sechs Schläge in zehn Sekunden. Ein Ruhepuls unter fünfundfünfzig bei normalen Bedingungen. Gut für eine Frau in Roscoes Alter.

Als Test fügte Kim hinzu: »Wenn eine bestehende Sicherheitsfreigabe vorliegt, macht es unseren Job einfacher. Dann müssen wir sie nur aktualisieren.«

Der Puls raste wieder auf hundertzwanzig hoch. Was immer Roscoe verbarg, lag tief unten in seinem Versteck, fühlte sich dort aber nicht sicher.

»Wie gesagt, ich helfe gern, wenn ich kann«, sagte Roscoe. Dann zögerte sie, nur ganz kurz, aber Kim bemerkte den angehaltenen Atem, bevor die Frage kam: »Wem gilt Ihr Interesse?«

Kim schaute kurz zu Gaspar hinüber. Er nickte kaum merklich. Sie würden heute nicht weit mit Chief Roscoe kommen, wenn es ihnen nicht gelänge, sie etwas aus der Reserve zu locken. Wenn sie ein anderes Mal wiederkommen müssten, würde sie ihre Antworten zu geschliffener Nutzlosigkeit geglättet haben.

Jetzt oder nie.

»Wir wurden gebeten, Hintergrundinformationen über einen ehemaligen Armeesoldaten einzuholen«, sagte Kim bedächtig, während sie Roscoes Verhalten genau beobachtete. Fast wie bei dem Kinderspiel Heiß Kalt, nur dass die Methode weniger davon abhing, was Roscoe sagte, sondern mehr davon, wie sie reagierte. Standardmethoden der Befragung, die Kim tausend Male angewendet hatte. Wenn Roscoe sich wegen jemandem Sorgen machte, der kein ehemaliger Armeesoldat war, dann müsste sie sich jetzt etwas entspannen.

Aber sie entspannte sich nicht.

Gaspar bluffte: »Wir wissen, dass er vor etwa fünfzehn Jahren hier in Margrave war. Vielleicht lebt er jetzt hier. Die Polizei könnte Kontakt zu ihm gehabt haben.«

Erhöhter Puls, stabil bei hundertzwanzig. Irgendetwas hatte Gaspar gesagt, was Chief Roscoe noch mehr in Alarmbereitschaft setzte. Gut.

Roscoe sagte: »Aufgrund der Ausbreitung von Atlanta ist unsere Bevölkerung ziemlich gewachsen. Aber ich kenne wohl jeden, der länger als ein paar Monate hier gelebt hat. Wie heißt er?«

Wie sie fragte, die Anspannung, die in ihrem Blick und ihren Schultern zu erkennen war, das Timing, die ausbleibende Atmung. Puls bei hundertfünfundzwanzig. Sehr besorgt. Doch der Großraum Atlanta wies eine beträchtliche Veteranendichte auf. Sie könnte sich über etwas ganz anderes Sorgen machen.

Aber Kim war aufgefallen, dass in den Informationen, die sie vom Boss bekommen hatte, fünfzehn Männer erwähnt wurden. Und nur zwei Frauen: Reachers Mutter, die seit zwei Jahrzehnten tot war.

Und die erste Quelle: Beverly Roscoe.

Die auch nicht mit ihrem Ehenamen aufgeführt wurde. Roscoe, nicht Trent. Der Name, den sie getragen hatte, als Reacher in Margrave aufgetaucht war. Der Name, den sie noch immer in jedem offiziellen Schriftstück benutzte. In einer altmodischen kleinen Stadt, in der jeder wusste, dass sie Mrs Trent war.

Kim stellte ihren Kaffeebecher auf den Tisch zwischen ihrem und Gaspars Stuhl. Sie wischte sich die Hände ab. Sie holte das Foto aus ihrer Tasche.

»Hier, sehen Sie selbst«, sagte Kim und schaute dabei direkt in Roscoes Gesicht, um jegliche noch so winzige Regung wahrzunehmen, und senkte dabei ihre Stimme, um Roscoes volle Aufmerksamkeit zu haben, wenn sie ihr das Foto zeigte. Dann sagte sie: »Der Name des Mannes ist Jack Reacher.«

Roscoes Gesicht alterte augenblicklich. Das formelle Lächeln, das einen Moment zuvor noch in ihrem Gesicht zu sehen war, verschwand zeitgleich mit all der Lebendigkeit ihrer riesigen Augen. Ihr Blick war nun leer und entsetzt zugleich.

Eine ganze Sekunde verging. Vielleicht zwei. Roscoe starrte weiterhin auf das bearbeitete Foto von Jack Reacher. Ihr Puls war unregelmäßig und rasend.

Und dann weinte sie.

KAPITEL 7

Tränen stiegen Roscoe in die Augen. Eine kullerte ihre Wange hinunter, bevor sie nach einem Taschentuch griff. Die Tränen liefen immer weiter. Ihr Kinn zitterte. Sie atmete einmal tief und abgehackt durch, und noch einmal. Die Tränen flossen weiter. Sie drehte sich in ihrem Sessel herum, wandte Kim und Gaspar den Rücken zu und verbarg ihr Gesicht. Sie hörten ihren gleichmäßigen Atem, mit dem sie versuchte, sich wieder unter Kontrolle zu bringen.

Sie glich den Hunderten von Verbrechensopfern, die Kim nach unvorstellbaren, tragischen, zutiefst persönlichen Unglücken befragt hatte. Was zum Teufel hatte Reacher ihr angetan? Nichts in Reachers Akte deutete auf Gewalt gegen Frauen hin, obwohl er dazu sicher fähig war. *Dieser Mistkerl.* Wieso war sie nicht auf den Gedanken gekommen, dass Reacher dieser Frau etwas angetan haben könnte?

Kim schaute zu Gaspar hinüber. Offenkundige Gefühle waren auch nicht auf seiner Liste der erwarteten Reaktionen gewesen. Was sollten sie jetzt tun? Gaspar schien keine Ahnung zu haben. Roscoes tiefe Atemzüge waren noch ein, zwei Minuten lang zu hören, bis sie sich endlich gefasst hatte und sich wieder zu ihnen umdrehte. Ihr Blick war klar und ihr Kinn fest. Ein schwaches Lächeln, ein Nippen am Kaffee, Zeit gewinnen, vielleicht die Stimme festigen.

»Es tut mir leid«, sagte Roscoe leicht stockend. Sie nahm noch einen Schluck und hatte sich wieder unter Kontrolle.

»Nein, Chief Roscoe, mir tut es leid«, sagte Kim. »Ich wusste es nicht. Ehrlich, ich hatte keine Ahnung, dass Reachers

Foto Sie so aufwühlen würde. Ich entschuldige mich aufrichtig.«

Roscoe zog die Augenbrauen hoch, legte den Kopf zurück und streckte das Kinn vor – wie ein Hund, der ein weit entferntes Geräusch ausmacht. Die Lippen gingen an einer Seite leicht nach oben, belustigt.

Lacht sie mich jetzt aus? Kim fühlte sich auf den Arm genommen. Aber sie verstand das Spiel nicht. Ärger kam in ihr auf.

»Reacher ist nicht hier«, sagte Roscoe. »Ich fürchte, Sie haben Ihre Zeit vergeudet.«

Gaspar ergriff das Wort: »Es ist lange Zeit her, dass ich einen Cop gesehen habe, der beim Anblick des Fotos einer vermissten Person weint, Chief Roscoe. Ich glaube sogar, das ist eine Premiere für mich. Wie sieht's bei Ihnen aus, Agent Otto?«

»Auch eine Premiere«, antwortete Kim kurz angebunden. Roscoe reagierte mit Sarkasmus. »Es tut mir leid. Mein Benehmen ist wirklich schockierend. Wo Sie doch so offen zu mir waren. Ich hätte wirklich hilfreicher sein sollen.«

Gaspar ließ nicht locker. »Sie weigern sich also, FBI-Ermittlungen zu unterstützen?«

Roscoe war jetzt auch in der Offensive. »Hören Sie, Sie platzen in meinen Ort, in mein Büro herein. Unangekündigt. Unerwartet. Lügen mich an. Als Sie mich fragten, wussten Sie, dass Reacher nicht hier ist, oder? Ich schulde Ihnen gar nichts.«

Leise fragte Kim: »Was hat Sie zum Weinen gebracht? Was hat Reacher Ihnen angetan?«

Roscoe atmete tief ein, dann noch einmal, und sagte: »Nicht, dass es Sie etwas angeht, aber ich wurde emotional, weil, nun, ich war … erleichtert.«

»Ich komme nicht mit«, sagte Gaspar. »Irgendein Typ greift Sie an, oder schlimmer, und Sie sind erleichtert, dass wir glauben, er könnte sich wieder in Ihrem Bezirk aufhalten?«

Roscoe sagte: »Er hat mich nicht angegriffen. Und ich bin erleichtert, weil das FBI denkt, er ist noch am Leben. Ich habe nichts von ihm gehört, seit er Margrave verlassen hat.«

»Hatten Sie erwartet, von ihm zu hören?«, fragte Kim. Gaspar schien es auch zu kapieren. »Sie kannten ihn also gut?« Roscoe zögerte zu lang.

Kim konnte fast sehen, wie sie eine Antwort nach der anderen verwarf. Warum so viel Sorge um eine Auskunft über einen Vagabunden, der vor über einem Jahrzehnt kurz in ihrem Bezirk aufgetaucht war?

Schließlich kam ein schwaches »Ich kannte ihn ziemlich gut«.

Was durchaus Sinn ergab und dann auch wieder gar nicht. *So war es also.* Gleich gefolgt von: *Aber wie konnte das wahr sein?*

»Wo haben Sie ihn kennengelernt?«, fragte Gaspar.

Roscoes freundlicher Gesichtsausdruck kehrte zurück. Sie hatte ihr Gleichgewicht wiedergefunden. Kim spürte, dass sich die Dynamik zugunsten von Roscoe verlagerte. Sie würde kooperieren, aber nur zu ihren Bedingungen. Wie immer die aussehen würden.

»Im Verhörraum auf der anderen Seite des Flures im alten Reviergebäude.« Roscoe wies mit dem Kopf in die Richtung. Sie grinste. »Ich hab seine Fingerabdrücke abgenommen und ein Foto von ihm gemacht, nachdem er verhaftet worden war.«

Gaspar schaute sie überrascht an. »In unseren Unterlagen ist kein Vermerk über eine Verhaftung.«

»Nicht?« Roscoes Telefon auf dem Schreibtisch klingelte.

»Kaum zu glauben, dass dem FBI so etwas entgangen ist.« Sie warf einen Blick auf das Telefon, um zu sehen, woher der Anruf kam, und ignorierte ihn dann.

»Wir bräuchten Kopien«, sagte Gaspar. »Können wir sie jetzt bekommen, wo wir gerade da sind?«

Roscoe gab sich bedauernd. »Ich fürchte nicht. Wir hatten ein Feuer. Das Polizeirevier und alles, was sich darin befand, wurde leider zerstört.«

Gaspar fuhr sich durch die Haare. Er sah so verärgert aus, wie Kim sich kurz zuvor gefühlt hatte. »Weswegen wurde er verhaftet?«

»Wegen etwas, das er nicht begangen hatte.«

Unwahrscheinlich, dachte Kim. Wenn Reacher wegen etwas verhaftet wurde, dann hatte er zehnmal Schlimmeres getan und war nicht geschnappt worden. Reacher war jemand, der alle Probleme so nachhaltig wie möglich löste.

Roscoes Telefon klingelte weiter. Ein tiefes, hartnäckiges Summen. Zwei, drei, vier, fünf Mal.

Gaspar hakte nach. »Was hatte er nicht begangen?«

Das Telefon summte weiter. Irgendjemand wollte unbedingt, dass Roscoe den Hörer abnahm.

»Mord«, sagte sie.

Kim war nicht überrascht. Ein in der Armee ausgebildeter Profikiller, der seit fünfzehn Jahren unter allen vorhandenen Radaren flog und selbst für das allmächtige FBI unsichtbar war. Was außer Mord hatte Reacher sonst getan? Das war die relevante Frage. Gaspar wirkte ebenso skeptisch. Er hatte das gleiche Dossier gelesen wie Kim. Er glaubte sicher auch auf keinen Fall, dass Reacher keinen Mord begangen hatte.

Vielleicht war sie von ihrer Reaktion enttäuscht, denn Roscoe verriet ihnen nun ein überraschendes Detail: »Und dann hat er mir auch noch das Leben gerettet.«

Roscoe lächelte angesichts ihres Staunens. Schließlich griff sie zum Telefonhörer: »Ja, Brent?« Und dann erstarb ihr Lächeln. Sie sagte: »Was?« Jetzt ganz geschäftsmäßig. Kurze präzise Fragen, längere Phasen des Zuhörens. Kontrolliert. Keine Tränen.

»Ist er sich sicher? Wann?« Konzentration, geschlossene Augen, zusammengezogenen Brauen. »Okay, rufen Sie die Spurensicherung an, Krankenwagen und den Gerichtsmediziner auch. Nur per Telefon. Halten Sie Zuhörer raus, solange es geht.«

Roscoe stand auf, hielt den Hörer mit dem Kinn gegen die Schulter, um die Hände frei zu haben, klopfte ihre Hüfte an zwei Stellen ab – dort, wo die Waffe stecken sollte, und dort, wo ihre Dienstmarke wahrscheinlich saß. Sie sagte: »Gute Idee. Beide unterwegs?« Sie schaute sich nach einem Handy um, fand es, steckte es in ihre Jackentasche. Sie legte den Hörer auf und nahm ihren Autoschlüssel. Sie schaute über den Schreibtisch und sagte: »Mein Sergeant, der heute nicht gekommen ist. Er wurde getötet.« Ihre Stimme war sanft, aber ihr übriges Verhalten vollkommen professionell. »Können wir also später weiterreden?«, fragte sie auf dem Weg zur Tür.

Gaspar reagierte schnell. »Wir könnten mitkommen, quasi

als zusätzliche Hilfe. Wenn Sie möchten. Ganz informell.«

Roscoe zögerte, fasste sich an den Nasenrücken und atmete tief durch. Dann sagte sie: »Ja, das wäre toll.«

Bevor Kim eine Gelegenheit hatte, überhaupt etwas zu sagen, ging Gaspar schon mit den Autoschlüsseln zur Tür hinaus. »Ich fahre. Sie können uns auf dem Weg alles erzählen. Lassen Sie Brent Ihren Wagen hinbringen.«

Roscoe folgte dicht hinter ihm und gab Brent auf dem Weg nach draußen Anweisungen.

Kim blieb in der verlassenen Männerhöhle sitzen. Sie sah erneut auf die Uhr, um den Zeitpunkt zu überprüfen. Sie nahm das Foto von Reacher wieder an sich und sah sich um, denn sie wollte sichergehen, dass sie nichts vergessen hatte.

Kein Grund zur Eile. Jede Menge Gründe, nichts zu überstürzen. Zum ersten Mal seit acht Stunden hatte sie endlich das Gefühl, zu verstehen, wohin dieser Auftrag führte.

KAPITEL 8

Roscoe und Gaspar saßen schon angeschnallt auf den Vordersitzen des Traverse. Der Motor lief, die Klimaanlage blies und die linke Hintertür stand offen. Kim setzte sich – eine halbe Sekunde, bevor Gaspar losfuhr – auf den Rücksitz. Sie fiel nicht hinaus, also gewöhnte sie sich vielleicht an seinen Fahrstil. Er fuhr so schnell, wie er ohne Blaulicht konnte, genau den Weg zurück, den sie vor nicht einmal einer Stunde gekommen waren. In vierzehn Minuten würden sie die Interstate erreichen.

»Der Verstorbene ist Sergeant Harry Black«, sagte Gaspar mit einem Blick in den Rückspiegel, um Kim mitzuteilen, was er während des Wartens erfahren hatte. »Wurde in seinem Haus erschossen. Mit seiner eigenen Waffe. Von seiner Frau Sylvia.«

»Kannten Sie ihn gut?«, fragte Kim die Polizistin.

»Seit wir Kinder waren«, antwortete Roscoe. »Harry Black wuchs hier auf. Er hat seit ungefähr fünf Jahren in unserem Department gearbeitet, nehme ich an. Zweite Ehe. Sylvia hat eine Zeit lang als Sekretärin in unserem Büro gearbeitet. So lernten sie sich kennen. Seit etwa drei Jahren verheiratet.«

»Und was ist heute passiert?«, fragte Gaspar.

»Sie waren dabei, als ich den Anruf bekam. Ich habe nur wenige Infos. Sylvias Notruf ging um elf Uhr achtundzwanzig ein. Ich hab das Band noch nicht gehört. Wir bekommen irgendwann eine Kopie und ein Transkript. Mir wurde berichtet, sie habe gesagt, Zitat: ›Ich habe auf ihn geschossen. Er ist tot. Ich konnte ihn einfach nicht mehr ertragen.‹ Der Mitarbeiter in der Zentrale stellte ihr alle angemessenen Fragen und Sylvia hat imer nur diese drei Sätze wiederholt. Sie hat kein anderes Wort von sich gegeben.«

»Irgendjemand am Tatort?«, wollte Gaspar wissen.

»Zum Zeitpunkt der Schießerei? Weiß ich nicht. Aber jetzt schon. Die Notrufe hier laufen über Atlanta. Der Mitarbeiter hat zuerst die GHP, die Georgia Highway Patrol, angerufen. Vielleicht war er sich nicht sicher, wer da draußen bei Harry zuständig ist. Es hätte der County Sheriff sein können. Wir beide sind gut dreißig Kilometer entfernt. Die GHP hatte ein Auto in der Nähe. Sie haben uns angerufen.«

Roscoe klang leicht verstimmt, dachte Kim.

Gaspar stellte die Frage: »Irgendwas falsch daran, die GHP zu rufen?«

»Im Grunde genommen nicht.«

»Und sonst?«, fragte Kim.

Roscoe drehte sich auf ihrem Sitz um. Sie sah Kim unverwandt an. Sie sagte: »Die GHP ist eine professionelle Truppe. Sie haben gute Beamte und eine gute Ausbildung. Sicher genauso wie das FBI.«

»Aber?«

»Aber ihre Zuständigkeit bezieht sich hauptsächlich auf Verbrechen auf den Highways. Sie wissen, dass das etwas anderes ist als ein Mord an einem Kleinstadtpolizisten. Außerdem ist ihr Fahrzeug nur mit einem Mann besetzt, sie müssen also Verstärkung anfordern. Und sie kommunizieren über Funk. Die Leute hören da mit und tauchen am Tatort auf. Was zu Problemen führt. Die Öffentlichkeit da rauszuhalten, kann mitunter schwierig sein.«

Kim nickte. Sie hatte mehr als genug Tötungsdelikte, Bandengewalt und häusliche Gewalt bearbeitet. Die Polizeiarbeit war überall ein gefährlicher Job, vor allem für Frauen. Das Letzte, was Roscoe gebrauchen konnte, war Chaos am Tatort.

»Wie schnell hätten Sie davon erfahren«, fragte Gaspar, »wenn der Mitarbeiter in der Notrufzentrale Sie zuerst angerufen hätte?«

»Ein paar Minuten später wahrscheinlich.«

»Im wahrsten Sinne des Wortes?«

»Mehr oder weniger«, sagte Roscoe. »Zwei Minuten hätten

wohl gereicht.«

»Elf Uhr achtundzwanzig plus zwei ist genau elf Uhr dreißig«, sagte Gaspar und warf seiner Partnerin erneut einen Blick über den Rückspiegel zu. Kim nickte zurück.

Gaspar verstand auch.

Die Black-Road-Kreuzung lag etwa drei Kilometer von der Interstate entfernt. Roscoe wies Gaspar an, nach links abzubiegen, Richtung Südwesten, auf eine unbefestigte Straße. Gut fünfzehn Meter weiter wurde die Straße zu einer Mischung aus Waschbrettpiste, Staub und früheren Ausschwemmungen. Gaspar verlangsamte auf etwa sechzig Stundenkilometer, was sie immer noch mehr durchrüttelte, als es Kim lieb war. Sie fragte:

»Was fand der Beamte der Highway Patrol vor, als er am Tatort eintraf?«

»Sylvia kam mit erhobenen Händen aus dem Haus«, antwortete Roscoe, »noch bevor der Kerl von der GHP aus dem Auto gestiegen war. Sie hat nichts zu ihm gesagt.«

»Wie aus dem Lehrbuch«, meinte Gaspar. »Für einen Täter.«

»Sie hat eine Zeit lang bei uns gearbeitet und ihr Mann war Polizist. Sie wusste, was zu tun war.« Roscoe spähte in den vor ihnen liegenden schmalen Pfad zwischen den Kiefern. Kim sah nichts, was diesen suchenden Blick gerechtfertigt hätte.

Gaspar fragte: »Und dann?«

»Der Typ von der GHP hat ihr Handschellen angelegt, sich davon überzeugt, dass Harry tot war, Verstärkung angefordert, ebenso wie den Gerichtsmediziner, die Spurensicherung und Sanitäter.«

»Und dann rief er Officer Brent an«, sagte Gaspar.

»Und zwar alles über Funk«, sagte Kim.

»Genau.«

»Hat irgendjemand Mrs Black befragt, nachdem die GHP eingetroffen ist?«, fragte Kim.

»Sie sagt nichts. Wir werden sie festnehmen und auf unser Revier bringen. Sobald wir mehr wissen, sehen wir weiter.«

Gaspar konzentrierte sich darauf, die verlassene Landstraße und ihre vielfältigen Hindernisse zu bewältigen. Sie wurden alle drei auf ihren Sitzen hin und her geworfen. Gaspar sagte: »Ich erinnere mich an Margrave als einen hübschen, gut in Schuss gehaltenen ländlichen Ort. Viele neuere Gebäude und frische Farbe, als ich das letzte Mal hier war.«

»Die Dinge ändern sich«, erwiderte Roscoe etwas unterkühlt.

»War nur ’ne Frage. Nicht persönlich gemeint.«

Roscoe lächelte nicht. Sie starrte nur auf die staubige Straße. Nach was sie Ausschau hielt, wusste Kim nicht. Es gab nichts zu sehen. Kiefernwald zu beiden Seiten der Straße verbarg alles, was jenseits ihrer Gräben lag.

»Was meinte Sylvia damit, sie könne ihn nicht mehr ertragen?«, fragte Kim. »Macht sie Missbrauch und Notwehr geltend?«

»Schwer zu sagen«, antwortete Roscoe, »bevor ich mit ihr geredet habe. Möglicherweise redet sie Unsinn.«

Gaspars erneuter Blick in den Rückspiegel bestätigte Kims Eindruck. Harry war gewalttätig. Kim konnte keinen Frauenschläger gebrauchen. Wirklich nicht. Und noch weniger konnte sie Freunde und Kollegen gebrauchen, die so einen deckten. Sie fragte sich, ob Harry ein betrunkener Missbrauchstäter war oder einfach ein machtgeiler Kontrollfreak. Und ob die Notwehr einer geschlagenen Ehefrau in Georgia eine zulässige Rechtfertigung für Totschlag war.

»Noch etwa acht Kilometer«, sagte Roscoe. »Dieses Land ist seit Generationen im Besitz von Harrys Familie. Er hat das Haus vor etwa fünfundzwanzig Jahren selbst gebaut. Er lebte gern abseits. Er sagte, die Ruhe wäre erholsam.«

Gaspar schaute wieder zu Kim. Sie fragte sich, ob er das Gleiche dachte: *Fahr zur Hölle, Harry, du krankes Schwein.*

KAPITEL 9

Sie fuhren weiter. Das Auto hüpfte und torkelte, rumpelte regelmäßig in Schlaglöcher hinein. »Chief, wir brauchen Informationen über Reacher«, sagte Kim. »Was immer Sie uns erzählen können. Was immer Sie wissen. Wir müssen ihn finden. Es ist wichtig.«

Roscoe schien einige Sekunden zu brauchen, um ihre Gedanken wieder auf Reacher zu lenken. Sie fragte: »Weshalb suchen Sie ihn?«

»Er ist möglicherweise ein wertvoller Mitarbeiter. Das FBI sagt Ihnen, dass es ihn braucht. Auf wessen Seite stehen Sie?«

Roscoe drehte sich um und sah Kim eine ganze Weile direkt an. Immer noch auf der Hut. Vielleicht suchte sie nach einem Hinweis darauf, dass man Kim vertrauen konnte. Der Traverse fuhr in ein dickes Schlagloch. Roscoe schlug mit dem Kopf gegen das Autodach. Sie fuhr mit der Hand über die schmerzende Stelle, schaute aus dem Rückfenster und merkte, wo sie waren.

»Fahren Sie etwas zurück«, sagte sie zu Gaspar und deutete auf einen Briefkasten, der von Unkraut und Kletterpflanzen so zugewachsen war, dass nur ein Besucher, der schon einmal hier gewesen war, ihn finden konnte. »Das Haus liegt etwa anderthalb Kilometer diese Zufahrt entlang, an der Sie gerade vorbeigefahren sind.«

Lauter tiefe Dellen zierten den Briefkasten. Der einst weiß angestrichene und nun mit rostigen Rissen überzogene Kas ten hing von seinem Pfosten herunter, gehalten nur von einem verbliebenen Bügel und den wuchernden Kletterpflanzen. Die Klappe des Briefkastens war überhaupt nicht mehr da. »Als ich das letzte Mal hier war, sah es nicht so aus«, sagte Roscoe.

»Wann war das?«, fragte Kim.

»Einige Jahre her, nehme ich an. Vielleicht noch länger. Bevor sie geheiratet haben, denke ich.«

»Sieht nach extremem Briefkasten-Baseball aus«, sagte Gaspar. »Jugendliche in einem Auto und mit einem Baseballschläger. Vandalismus also. Ein Verbrechen gegen ein Bundesgesetz. Wenn mich mein Gedächtnis nicht trügt, bringt das eine Zweihundertfünfzig-Tausend-Dollar-Strafe und drei Jahre Gefängnis für jede Straftat. Wobei jeder Schlag als eigenständige Straftat angesehen wird.«

»War Black in irgendeiner Weise eine Zielscheibe?«, wollte Kim von Roscoe wissen. »Die Jugendlichen müssen wild entschlossen gewesen sein, um den weiten Weg hierher rauszufahren, nur um zum Spaß einen Briefkasten zu vermöbeln.«

»Ich hab nichts in der Art gehört«, sagte Roscoe. »Ich weiß es nicht.«

Die Reifen des Traverse hüpften von einem Loch ins nächste. Der Duft eines toten Stinktiers strömte durch die Belüftung herein. Kim hielt den Atem an. Dann sah sie einen unbefestigten Platz und eine Kiesauffahrt voller GHP-Streifenwagen, zwei Polizeiautos aus Margrave, einen zivilen Pkw mit mobilem Blaulicht auf dem Dach und einen County-Krankenwagen. Auf ihnen allen hatte sich schon eine Schicht des roten Staubes ausgebreitet.

»Sollen wir irgendetwas Bestimmtes machen?«, fragte Kim. Roscoe überlegte einen Augenblick und sagte dann: »Machen Sie, was immer Sie für richtig halten. Wir sehen uns drinnen. Sagen Sie Bescheid, bevor Sie gehen, und dann sehen wir, wie weit wir sind.«

Sie fügte noch hinzu: »Wir reden später weiter über Reacher. Nachdem ich mir hier einen Überblick verschafft habe, okay?«

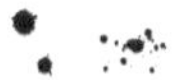

Kim schaute Roscoe hinterher, die auf einer Reihe von zerbrochenen Sandstein-Schieferplatten von einer zur nächsten hüpfte, um dem Dreck dazwischen auszuweichen, so als liefe sie auf Steinen über einen reißenden Fluss. Zu beiden Seiten der Platten füllten ausgetrocknete Pflanzen die Beete mit der roten Erde. Ungemähtes Unkraut gedieh und gab sich als Rasen aus. Keine zehn Meter weiter stand ein langes, schmales Holzrahmenhaus auf einem Betonfundament. Auf dem Metalldach spiegelten sich die Sonnenstrahlen. Zwischen dem Dach und dem Fundament waren vier Fenster in die Wände eingelassen worden, allesamt schmuddelig. Dem Haus war über die gesamte Breite von sechs Metern eine Veranda vorgelagert. An einem Ende schaukelte eine graue, verwitterte Gartenbank an einer rostigen Kette und an dem anderen Ende standen zwei weiße Plastikschaukelstühle aus dem Ramschladen mit einem überquellenden Aschenbecher dazwischen.

Roscoe stieg über die letzte Unkrautlücke hinweg die einzige Stufe zur Veranda hinauf und betrat das Haus durch die offene Eingangstür.

Kim blieb, wo sie war.

Auch Gaspar schien für den Moment wie gelähmt.

»Was für ein Loch«, sagte er. »Meine Frau wäre in tausend Jahren nicht hierhergezogen. Was für eine Frau lebt so?«

»Die mordenden anscheinend«, sagte Kim. Sie langte nach dem Fotoapparat in ihrer Tasche. Dann öffnete sie ihre Tür und betrat den harten roten Boden.

Als Erstes fiel ihr der ruhige Mittag auf, es war seltsam still. Sie war ein Stadtkind. Lärm war normal, Stille nicht.

Draußen im Wald hört niemand dein Schreien.

»Wussten Sie das?«, fragte sie.

»Was?«, sagte Gaspar.

»Warum er uns die Elf-Uhr-dreißig-Deadline gab. Warum er uns zu dem Zeitpunkt in den Raum gesetzt hat.«

»Sie vertrauen mir nicht, stimmt's?«

»Er wollte, dass wir da sind, wenn der Anruf kommt. Er wollte, dass wir hier draußen am Tatort sind. Sehen Sie das so?«

»Ja«, sagte Gaspar.

»Was ist mit Reacher?«

»Reacher spielt keine Rolle.«

»Wobei? Bei diesem Tötungsdelikt? Oder ist dieser ganze Auftrag ein einziger Schwindel?«

Er zuckte mit den Schultern. »Sie sind die Nummer eins. Versuchen Sie, daraus schlau zu werden.«

Sie spürte Schweiß auf ihrer Oberlippe. Sie wurde nicht schlau daraus. Das hasste sie. »Machen Sie Fotos, ja? Und zwar nicht so offensichtlich.«

Wenn Gaspar etwas gegen ihre Anweisungen hatte, so zeigte er es nicht. Er ging einfach nur zurück zum Traverse und holte seinen eigenen Fotoapparat. Sie sah ihm durch ihre Sonnenbrille hindurch nach.

Humpelte er? FBI-Agenten im Außendienst humpelten nicht. Körperliche Fitness war eine der Grundvoraussetzungen für den Job. Humpeln war eindeutig nicht erlaubt. Sie wischte sich den Schweiß von der Oberlippe und ging dann zum Haus, wobei sie mit Gaspars größeren Schritten mithielt. Sein Humpeln ließ nach. Vielleicht war es nur ein Krampf.

Vielleicht konnte sie sich auf ihn verlassen.

Nur eine Möglichkeit.

KAPITEL 10

Im schmalen Flur des Hauses wimmelte es von Leuten und vertrauten gedämpften Tatortgeräuschen. Dann ging ein Typ nach rechts, ein anderer nach links und Kim erhielt freie Sicht auf ein chaotisches Schlafzimmer. Die Zeit stand still, ein einzelnes Standbild in einem Video.

Harry Blacks Leiche lag mit dem Gesicht nach unten auf einem blutigen Laken, genau dort, wo seine getreue Braut vor weniger als zwei Stunden sieben Mal auf ihn geschossen hatte.

Auf keinen Fall. Vollkommener Quatsch.

Kim konnte ihn sogar über den Stinktierduft hinweg riechen. Sie sah die Starrheit und die Fahlheit von Weitem. Jeder Profi in dem Haus musste wissen, dass Harry Black schon viel länger als zwei Stunden tot war. Der GHP-Polizist musste es gewusst haben, als er den Mord gemeldet hatte.

Die Leute bewegten sich wieder und versperrten ihr die Sicht. Das Standbild war fort. Das Video lief weiter. Gaspar sah sie an und nickte. Er hatte es auch gesehen. Das Innere des Gebäudes entsprach dem Äußeren in seiner Trostlosigkeit. Vier Räume. Insgesamt vielleicht gut siebzig Quadratmeter. Viel Kiefer, vielfach gespalten und verzogen. Im Wohnzimmer standen zwei abgewetzte Fernsehsessel und ein Sechzig-Zoll-Flachbildschirm. Auf einem Klapptisch lagen Modezeitschriften. Die Fenster waren undurchsichtig vor Dreck.

Gaspar war weiter ins Haus hineingegangen, beobachtete alles, genau wie sie. Ab und zu machte er Fotos.

Wovon?

Übersehe ich etwas?

Kim erinnerte sich an Gaspars Frage. Was für eine Frau hatte sich entschieden, an so einem Ort zu leben? Sie blickte in Richtung Küche und sah die Antwort genau dort.

Mrs Sylvia Black saß mit gesenktem Kopf auf einem der beiden Küchenstühle. Die in Handschellen gelegten Hände hingen zwischen ihren Knien hinunter. Die Handballen lagen aufeinander, die zusammengehörenden Finger tippte sie jeweils gegeneinander, ein Paar nach dem anderen, wie ein Metronom, so als zählte sie.

Was zählte sie?

Die Nägel waren frisch manikürt. Sie hatte perfekt geformte Nägel, recht kurz, pastellrosa lackiert. Ein großer, rechteckiger Onyxring mit silberner Einfassung schmückte den rech ten Zeigefinger und ein kleinerer Türkisring von demselben Designer den rechten kleinen Finger. Sie trug diese schwarzen Markensandalen, die modische Frauen so liebten, und sie war frisch pedikürt. Ihre Fußnägel waren dunkellila lackiert. Auf ihrer gelben Seidenbluse war ein rosa-grünes Designerlabel zu erkennen. Eine dunkle Seidenhose umschmeichelte ihre Wade, an der ein Fußkettchen neben einem gelben Rosentattoo zu sehen war.

Dann machte jemand ein Geräusch, Sylvias Kopf schoss hoch, ihr Blick flitzte umher. Kim sah eine dunkle Schönheit, betont durch ein gekonntes Make-up. Sylvia begegnete Kims Blick, dann schaute wieder sie zu Boden und tippte die Finger im Takt gegeneinander.

Kim holte ihren Fotoapparat hervor. Sie richtete das Objektiv aus und sagte: »Sylvia?«

Die Frau schaute auf und sah den Fotoapparat. Sie straffte die Schultern, hob das Kinn und lächelte, wobei sie blendend weiße Zähne offenbarte, die durch einen glänzenden rosa Lipgloss betont wurden.

Sie posierte.

Kim stellte den Videomodus ein und folgte ihrem Instinkt.

»Ihre Schuhe sind toll«, sagte sie. »Jimmy Choos, oder? Sie sehen toll an Ihnen aus.«

Freundinnen.

»Danke«, erwiderte Sylvia und streckte den Fuß aus, um ihre

modische Fußbekleidung zu zeigen. »Das sind meine Lieblingsschuhe.« Sie schaute zu Kim auf. »Möchten Sie sie mal anprobieren? Obwohl Sie wirklich winzige Füße haben.«

»Lieber nicht«, sagte Kim, als fiele ihr die Ablehnung schwer. »Das würde denen nicht gefallen.«

Denen.

Wir und die.

Freundinnen.

Sylvia presste die Lippen aufeinander, nickte, als wolle sie sagen, sie verstünde schon, und senkte den Blick erneut.

»Was ist hier also passiert?«, fragte Kim.

Sylvia schaute wieder auf. Dieses Mal kein Lächeln, aber auch keine Bestürzung. Nicht so, als hätte sie gerade einen Mann erschossen, dessen Leiche noch immer in ihrem Ehebett lag. »Ich darf nicht darüber reden. Ich habe auf ihn geschossen. Ich konnte ihn nicht mehr ertragen. Mehr darf ich nicht sagen.«

»Wer hat das gesagt?«

»Das darf ich nicht sagen.«

»Mal abgesehen von seinem grauenhaften Geschmack in Sachen Inneneinrichtung, was stimmte mit ihm nicht?«

Sylvia lächelte. Sie schien ihre Situation nicht zu begreifen. Vielleicht stimmte etwas mit ihr nicht. Psychisch. »Das darf ich nicht sagen«, wiederholte sie mit einem traurigen Lächeln, als gäbe es viel mehr, was sie noch sagen wollte, wenn sie es nur dürfte.

»Hat er Sie verletzt? Hat er Ihnen etwas angetan?« Kim ließ die Kamera laufen. Sylvia wusste, dass sie gefilmt wurde, es schien ihr aber nichts auszumachen. Sie verlangte keinen Anwalt und wehrte sich nicht gegen die Fragen. Aber sie lieferte auch keine Informationen.

»Es tut mir leid«, sagte sie.

War das ein Geständnis? Erfahrungsgemäß kam Reue auf, nachdem Frauen ihre Ehemänner umgebracht hatten.

»Was tut Ihnen leid?«, fragte Kim.

»Dass ich nichts sagen darf.«

Kim hörte draußen noch einen Wagen. »Wann, glauben Sie, können Sie uns erzählen, was passiert ist?«

Sylvia stellte eine Gegenfrage. »Wie spät ist es?« Kim schaute auf die Uhr. »Ein Uhr, ungefähr.«

»Vielleicht später am Nachmittag«, sagte Sylvia.

»Warum dann?« Kim sah Sergeant Brent und einen anderen Polizisten aus Margrave ins Haus kommen.

»Ich darf es einfach nicht sagen.« Sylvia senkte den Blick zu Boden und tippte wieder die Finger gegeneinander. Kim filmte das Ritual eine ganze Minute lang, aber Sylvia schaute nicht mehr auf.

»Ich komme später noch mal zu Ihnen«, sagte Kim. Keine Antwort.

Kim schaute sich das Schlafzimmer genauer an. Es bestand aus zwei Räumen. Sie nahm sie kurz in Augenschein, bevor sie sich auf die Leiche konzentrierte. Beide Räume waren wie das ganze Haus mit unbehandeltem Kiefernholz getäfelt. Auf einer Seite war ein kleines Badezimmer, ein Einbauschrank auf der anderen. Der Schrank stand offen. Drei leere Drahtbügel hingen an der Stange, zwei Kartons für Männerschuhe standen auf dem Regal darüber und auf dem Boden lagen Plastikhüllen von der Reinigung und Schulterschutzkappen aus Papier.

Das Badezimmer war kaum groß genug für die Duschkabine, das Waschbecken und die Toilette. Der Duschvorhang war schimmelig und von eisenhaltigem Wasser gezeichnet. Die Toilette lief nach, das Porzellan war rissig. Im Schlafzimmer hing ein vierzig Zentimeter großer ovaler Spiegel, zu hoch für Sylvia Black. Ein Deckenventilator schwebte regungslos in der Mitte des Zimmers. Ein Lamellenfenster mit Milchglas ließ schwaches Tageslicht hinein.

Aber die eigentliche Attraktion war das Bett. Es füllte fast den ganzen Raum aus. Es bestand lediglich aus einer Queensize-Matratze auf einem Boxspringbett. Kein Kopfoder Fußteil. Um das Bett herum war überall nur sechzig Zentimeter Platz. Eine beigefarbene Baumwolldecke war mit Laken verwühlt, die vielleicht einmal weiß gewesen waren. Drei Kissen lagen auf dem Bett, die Hüllen waren aus dem gleichen vergilbten Baumwollgewebe wie die Laken. Es war nicht so viel Blut zu sehen, wie man vermutet hätte.

Kim registrierte alles: das Blut, den Geruch, Blacks Blässe und die blauen Flecken, die unübersehbar an seinen Seiten hinaufkrochen, während er in voller Leichenstarre dort auf dem Bauch lag. Er war sicher seit mehr als zehn Stunden tot. Wahrscheinlich eher fünfzehn. Aber bestimmt, mit Sicherheit, eindeutig länger als zwei Stunden.

Sie merkte sich seine Lage. Sie brauchte ein neueres Foto, um etwas über sein Gesicht zu erfahren. Die Kugeln waren mitten hindurchgegangen. Sie steckten in der Vertäfelung. Kim dachte daran, wie schwer es sein würde, sie sicherzustellen.

Blacks linker Arm war am Ellbogen gebeugt, die Hand lag in der Nähe seines Gesichtes. Ein schmaler goldener Ring zierte seinen Ringfinger. In diesem Fall eindeutig kein Symbol der Liebe und Treue. Sein rechter Arm war so gedreht, dass die Handfläche nach oben zeigte. Seine Beine waren gespreizt.

Kim zählte die Einschusswunden: sieben sichtbare. Zwei in seinem Kopf. Je eine in seinen vier Gliedmaßen, in den Ellbogen und den Knie, und die siebte in der unteren Wirbelsäule.

Draußen im Wald hört niemand dein Schreien.

Als Nächstes schaute sich Kim in der Küche um und bemerkte den Campingherd, den kleinen Kühlschrank und die dreckige Spüle. Sie machte die Schränke auf und sah Kunststoffteller und Kunststoffgläser, die vielleicht vor zehn Jahren mal auf einem Privatflohmarkt erstanden worden waren. In einem Schrank standen Konserven, hauptsächlich Suppen und Bohnen und ein paar Wurstdosen. Zeugs, das wohl ziemlich lange hielt.

Der Kühlschrank war ebenso spärlich gefüllt. Drei Bierflaschen, orangefarbener Käse, gelber Senf, Ketchup, ein halbes Glas süße Gurken. Nichts, was eine menschliche Seele erquicken könnte.

Kim fand Gaspar wartend auf der Veranda.

»Und was jetzt, Nummer eins?«, fragte er.

Sie sagte: »Wussten Sie, dass ein Kolibri mehr als das Vierfache seines Gewichts täglich an Nahrung zu sich nimmt?«

»Was?«

»Versuchen Sie mitzuhalten, okay? Wir kleinen asiatischen Frauen essen wie Vögel.«

Ein Herzschlag. Zwei. Dann begriff er. Er grinste.

»Sie haben das alles gesehen und wollen trotzdem essen?«, fragte er. »Sie sind cool.«

Home-Run.

Sie sagte: »Ich hab an der Landstraße ein Diner gesehen. Vielleicht haben die etwas, von dem wir nicht krank werden. Aber lassen Sie uns zuerst noch mal ums Haus gehen. Ich will nichts übersehen. Ich hoffe, dass ich nie wieder herkommen muss.«

»Alles klar, Schwester.«

Zusammen stiegen sie die Veranda hinunter und liefen ums Haus. Der Rasen an der Seite und hinter dem Haus war im gleichen Zustand wie der vorne. Aufgerissen, ausgetrocknet, fast bloßer roter Sand, etwas abgestorbenes Unkraut als Farbtupfer. Ein Nebengebäude stand hinten im Garten, eindeutig von demselben unfähigen Handwerker gebaut wie das Haus. Das Nebengebäude war nie gestrichen worden und das Wetter hatte die Kiefernbretter gebleicht. Es war lediglich ein Kasten aus drei Wänden mit einer Trennwand, die von hinten nach vorn verlief. Auf der linken Seite standen eine Waschmaschine und ein Trockner, die beide wahrscheinlich zu Reagans Zeiten angeschafft worden waren. Auf der rechten Seite stand ein zehn Jahre alter Ford Taurus – verblichen, verbeult und verwahrlost. Die Fahrertür stand etwas offen.

Kim nutzte ihren Ärmel, um die Tür weiter aufzustoßen. Das Licht im Inneren ging an. Ein Signal deutete darauf hin, dass der Schlüssel steckte. Der Kilometerstand betrug 156 324 Meilen. Auf dem Beifahrersitz lag eine teure Designerhandtasche. Gaspar pfiff leise und anerkennend.

»Sehen Sie sich das mal an!«, sagte er. »Das Teil ist viel mehr wert als das Auto. Mehr als das Haus. Ach was, ich wette sogar, mehr als das ganze Grundstück.«

»Woher wissen Sie so viel über Handtaschen, Agent Gaspar?«

»Ich hab eine Frau und vier Töchter. Hab ich schon erwähnt, oder?« Er grinste sie an. »Hab ich auch schon erwähnt, dass wir alle große Fußballfans sind? Wissen Sie, wer David Beckham ist?« Beckham war keiner der vier meistgesuchten Terroristen in dieser Woche, also nein, sie kannte den Namen nicht. Aber das behielt sie für sich.

»Das Fußballgenie mit der wunderbaren Frau Victoria?« Kim schüttelte den Kopf.

»Victoria ist eine sehr schöne, modebewusste Frau und ein großer Fan von allen Hermès-Sachen. Sie hat eine ziemliche Sammlung. Im Wert von etwa zwei Millionen Dollar, laut meiner ältesten Tochter. Einschließlich eines Geburtstagsgeschenks im gleichen Stil wie das hier, das ihr Mann für satte hundertfünfzigtausend Dollar gekauft haben soll.«

»Sofern es keine Fälschung ist«, sagte Kim.

»Sogar eine Fälschung würde mehr kosten, als ich diese Woche nach Hause bringe, nachdem Uncle Sam seinen Anteil bekommen hat.« Er öffnete das Handschuhfach und drückte auf einen gelben Knopf. Der Kofferraum sprang auf.

Kim ging nach hinten und nahm wieder ihren Ärmel zu Hilfe, um den Kofferraumdeckel hochzudrücken. »Wenn die Handtasche schon so viel wert ist, was glauben Sie, um wie viel ärmer würde Sie dann dieses dazu passende vierteilige Kofferset machen?«

Gaspar sagte nichts. Machte nur Fotos von dem Gepäck. Vielleicht, um sie seiner Tochter zu zeigen, dachte Kim. Hinter ihnen sagte Chief Roscoe: »Ich hätte gern Abzüge von diesen Bildern. Es sei denn, Sie würden mir lieber den Apparat übergeben.«

Gaspar steckte die Kamera in seine Tasche. Kim schaute nicht auf. »Klar, kein Problem«, sagte sie. »Wir würden uns vielleicht auch gern Ihre Beweisstücke ansehen. Wir können Informationen austauschen, wenn es Ihnen passt.«

Roscoe lenkte nicht ein. »Ich nehme an, dieser Kofferraumdeckel war bereits auf, als Sie hierherkamen, und Sie haben keinerlei Rechte verletzt, als Sie ihn ohne Durchsuchungsbefehl geöffnet haben?«

»Ich liebe Zickenkriege«, sagte Gaspar, gerade so laut, dass nur Kim ihn hören konnte.

Kim sah Roscoe unverwandt an und sagte: »Ich nehme an, dieses Gepäck und der übrige Inhalt dieses Fahrzeugs gehören Ihrer Verdächtigen. Ich kannte Harry Black nicht, aber er scheint mir nicht so ein Luxus-Lederwaren-Typ gewesen zu sein.«

»Nein«, sagte Roscoe. »War er auch nicht. Sie haben recht.«

»Oder reich.«

»Auch das war er nicht.«

»Und so wie es aussieht, hatte Mrs Black gepackt, war angezogen und zur Abreise bereit. Sie wartete, bis ihr Mann eingeschlafen war. Und dann erschoss sie ihn. Die Frage ist, warum sie es nicht einfach dabei belassen hat und weggefahren ist. Warum hat sie den Notruf abgesetzt und sich gestellt? Das ergibt keinen Sinn. Sie ist vielleicht etwas verrückt, hat vielleicht irgendwie keinen Bezug zur Realität, aber ihre Orientierung in Raum und Zeit funktioniert, wie die Psychiater es formulieren würden.«

»Woher wissen Sie das?«, wollte Roscoe wissen.

»Ich hab mit ihr geredet.«

Gaspar fügte hinzu: »Und sie hat ihn auch nicht ein paar Stunden vor unserem Eintreffen ermordet. Angesichts der Blässe, der Totenstarre und dem Verwesungsgeruch würde ich annehmen, dass er schon acht Stunden oder länger tot war, als wir kamen. Es könnte ein Verbrechen gegen Bundesgesetze vorliegen. Wir könnten Atlanta anrufen, wenn Sie wollen. Wir könnten ein paar Agents herholen, damit die dann übernehmen.«

»Oder auch nicht«, sagte Kim. »Ihre Entscheidung. Sie können in Sylvia Black die mordende Ehefrau sehen, ihr einen Mordprozess machen und diese offensichtlich vorbereitete Flucht als Argument für eine vorsätzliche Tötung nutzen. Dann können wir uns wieder unserem Auftrag zuwenden.«

Roscoe dachte über ihre Möglichkeiten nach. Kim erkannte die Anzeichen. Schließlich sagte Roscoe: »Wir machen hier weiter. Wir müssen alle Spuren sichern und dann würde ich gern mit Ihnen reden. Heute Abend. Oder morgen. Wie kann ich Sie erreichen?«

»Wir werden etwas essen gehen«, sagte Kim. »Unsere Handynummern sind auf den Visitenkarten, die wir Ihnen vorhin gegeben haben. Rufen Sie uns an, wenn Sie hier fertig sind, und dann treffen wir Sie in Ihrem Büro oder irgendwo anders in der Stadt. Wie wäre das?«

»Klingt gut«, sagte Roscoe und schüttelte ihnen so fest und kühl die Hand wie zuvor, doch dieses Mal mit größerer Aufrichtigkeit.

»Vielen Dank für Ihre Hilfe. Wir sind ein kleines Büro. Wir haben nicht viele Probleme hier. Ein paar Drogen. Hauptsächlich Crystal Meth. Ein paar Raubüberfälle, um die Drogen zu finanzieren. Einige Fälle von häuslicher Gewalt am Samstagabend. Und das war's auch schon. Wir sind heute etwas überfordert.«

Kim erkannte den Versuch an, nett zu sein, auch wenn Roscoe mehr als nur etwas überfordert war und das auch wusste. Diese Tatsache war selbst für den unbedarften Beobachter eindeutig. Aber Kim hätte an Roscoes Stelle nie solch ein Eingeständnis gemacht. An keiner Stelle.

»Es wird regnen«, sagte Roscoe und ging weg.

»Sie wird uns anrufen«, sagte Gaspar. »Gleich nachdem sie sich in Atlanta über uns schlaugemacht hat.«

»Das würde ich jedenfalls machen«, sagte Kim. »Sie etwa nicht?«

Gaspar grinste. »Natürlich würde ich das.«

Kims Magen knurrte. »Zum Glück wiegen asiatische Frauen nicht so viel. Wenn ich nicht ziemlich bald richtiges Essen bekomme, müssten Sie mich nach meiner Ohnmacht vielleicht tragen.«

»Dann beeilen wir uns lieber. Wir Kubaner sind nicht so galant«, sagte er, während die ersten dicken Regentropfen fielen.

KAPITEL 11

Eine dichte Regenwand prasselte den ganzen Weg über die Landstraße auf den Traverse ein. Gaspar stellte die Scheibenwischer auf die höchste Stufe, aber viel richteten sie nicht aus. Das Fernlicht zeigte lediglich auf einen Regenvorhang.

»Da.« Kim zeigte auf einen trüben Aluminiumschimmer. Auf einem von der Sonne verblichenen Schild stand *Eno's Diner* in mülltonnengroßen Buchstaben.

»Ich seh's, Boss.« Sie sah Erschöpfung um seine Augen herum und Schmerz in den Linien, die sich durch sein Gesicht zogen. Er fuhr auf den Parkplatz. Das einzige andere Fahrzeug war ein grüner Saturn. Gaspar fuhr so nah wie möglich an die Tür heran und stellte den Motor ab. Einen Moment lang hörten sie dem Regen zu, der auf das Dach hämmerte.

Dann rannten sie. Sie war zuerst da. *Humpelte er immer noch?* Sie riss die Tür auf und sie fielen hinein und sechzig Jahre in der Zeit zurück.

Eno's Diner ähnelte einem umgebauten Eisenbahnwaggon. Wie in *American Graffiti*. An jedem Tisch in den Essnischen hätten Jukeboxen mit Elvisund Jerry-Lee-Lewis-Platten sein müssen. Vielleicht noch Ray Charles, der gerade »Georgia« singt, oder – wenn man sich hier so umsah – sogar dieser traurige alte Kerl Blind Blake.

Das Diner war schmal, hatte auf einer Seite eine lange Theke, Essnischen an der gegenüberliegenden Wand und am Ende eine Küche. Der Eingang lag genau in der Mitte, wo eine der Essnischen entfernt worden war. Auf einem kleinen Schild an der Kasse genau davor stand: »Bitte nehmen Sie Platz.« Der Eingang bildete eine T-Kreuzung mit dem Gang zwischen Theke und Sitzplätzen und erforderte ein Abbiegen nach rechts oder links, um einen Tisch zu wählen. Gaspar wandte sich nach rechts, ging knapp fünf Meter auf schwarz-weißen Schachbrettfliesen und entschied sich für eine Nische. Er ließ sich auf die mit rotem Kunstleder bezogenen Bänke fallen, mit Blick auf die Tür. Vorhersehbar.

Kim ging direkt zur Toilette, wobei ihre Schuhe mit jedem Schritt quietschend Wasser durch die Sohlen drückten. Der widerliche Dunst von einem Lufterfrischer mit Kiefernduft stürzte sich auf sie, als sie die Tür öffnete. Sie knipste die grelle Leuchtstoffröhre an der Decke an und eine dröhnende Belüftung setzte sich in Gang. Sie verrichtete schnell ihre Notdurft und ignorierte dabei bewusst die Rostflecken und den kaputten WC-Sitz. Sie nahm etwas Toilettenpapier, als sie die Spülung gemäß der auf den Spülkasten geklebten Anweisung hinunterdrückte.

Dann überprüfte sie ihr Spiegelbild in dem gerissenen Spiegel über dem Waschbecken. »Du bist hoffnungslos«, erzählte sie dem Gesicht. »Pass auf, sonst machst du kleinen Kindern Angst.« Sie drückte sich mit den Händen das Wasser aus den Haaren und wusch sich, ohne das eklige Stück Seife anzufassen oder das zerknitterte Handtuch aus dem Spender neben der Tür zu benutzen. Sie schüttelte die Hände, um sie so gut wie möglich zu trocknen, und zog die Finger dann in ihren Ärmel, um die Tür zu öffnen und zu fliehen.

Sie glitt gegenüber von Gaspar auf die Bank. Er beobachtete vollkommen konzentriert das Diner, den Parkplatz, alles, wie ein Raubvogel. Gott, war sie müde. Was gäbe sie für acht Stunden richtigen Schlaf. Sie wäre wie neugeboren. Aber zuerst essen. Aus einem Chromhalter zog sie Servietten, trocknete sich damit die Hände ab und tupfte den Regen vom Gesicht. An der gegenüberliegenden Wand hing ein etwa sechzig Zentimeter großer runder Spiegel. Er verschaffte ihr einen ziemlich guten Blick auf den Raum hinter ihr. Wenn sie den Kopf etwas neigte, konnte sie auch den Eingang sehen. Nicht perfekt. Aber gut genug für Regierungsarbeit.

Eine Kellnerin kam und legte zwei laminierte Speisekarten mit geknickten Ecken auf die rote Kunststofftischplatte und fragte: »Kann ich Ihnen Kaffee bringen, während Sie sich was aussuchen?«

»Unbedingt«, antwortete Kim, ohne von der Speisekarte aufzuschauen. Bilder mit typisch amerikanischen Diner-Speisen auf beiden Seiten. Frühstück, Mittagessen, Desserts und Getränke. Kein Abendessen. Kein Alkohol. Kein abgepacktes Essen. Fleischvergiftung, entschied sie, war eine reale Möglichkeit.

»Große Auswahl«, sagte Gaspar. »Wir können unsere Burger mit oder ohne Käse bekommen. Oder unseren Käse mit oder ohne Burger.«

»Ich hätte Sie nicht für einen Vegetarier gehalten«, sagte Kim gerade, als die Kellnerin mit dem Kaffee zurückkehrte. »Was empfehlen Sie uns, Mary? Und könnten Sie die Kanne gleich hier lassen?«

Marys Name war auf die Brusttasche gestickt. Sie wirkte erfreut, dass Kim es bemerkt und sich die Mühe gemacht hatte. Sie stellte die Kanne ab und sagte: »Ich würde den Burger mit Käse, Salat, Tomaten und Mayo nehmen. Die Pommes sind gut, wenn Sie die dünnen, knusprigen mögen. Saure Gurken.«

»Nehm ich«, sagte Kim.

»Machen Sie zwei draus«, sagte Gaspar.

»Ich brauch ungefähr 'ne Viertelstunde«, informierte Mary sie, bevor sie die Speisekarten wieder an sich nahm und zurück in die Küche zum Kochen ging.

»Margenschwaches Geschäft«, sagte Gaspar. Er griff nach dem Zuckerglas und klopfte darauf, um etwa fünfzig Milliliter Zucker in die Zweihundert-Milliliter-Tasse zu schütten. Kim fragte sich, wie er noch eine halbe Tasse Sahne dazugeben wollte. Sie nahm ihr Privathandy heraus, das angesichts ihres Aufenthaltsortes ein überraschend gutes Signal aufwies. Sie rief eine Suchmaschine auf. Gab »Major Jack Reacher« mit einem Daumen ein. Wartete auf den Abschluss der Suche.

»Haben Sie es schon durchschaut?«, fragte Gaspar.

»Was durchschaut?«

»Wann genau Black erschossen wurde.«

»Und Sie?«

»Er ist nicht Gott. Er weiß nicht alles.«

Sie zwinkerte, schüttelte den Kopf, als wolle sie den Nebel im Inneren verscheuchen. »Was?«

»Wie schnell denkt der Boss?«

»Verdammt schnell«, erwiderte Kim.

»Genau. Deshalb wurde Black gegen drei Uhr heute Morgen umgebracht. Der Boss hat einen Plan ausgeheckt und uns um vier Uhr angerufen, damit wir hier sind, wenn der Anruf kommt.«

»Wie hat er den Notruf hinausgezögert?«

»Weiß ich nicht.«

»Warum braucht er uns hier überhaupt?«

»Weiß ich nicht. Sagen Sie's mir. Sie sind hier der Kopf. Ich dachte, das hätten wir schon klargestellt.«

Kims Smartphone piepste. Sie schaute sich auf dem Bildschirm die Ergebnisse ihrer Suche an. Nichts. Sie versuchte es mit »Jack Reacher, U. S. Army« noch einmal.

Sie fragte: »Was wissen Sie sonst noch?«

Er zuckte mit den Schultern. »Nichts. Ich weiß, was Sie wissen. Ich bekam einen Anruf. Sollte nach Atlanta fliegen, Sie treffen, nach Margrave fahren. Ich bekam verschlüsselte Dateien, die gleichen wie Sie, nehme ich an, aber Sie dürfen Sie gern selbst anschauen. Die letzte ist über Sie. Name, Rang und Seriennummer. Und ich nehme an, Ihre letzte ist über mich. Der Auftrag lautet: Erstellen Sie das Reacher-Dossier für irgendein geheimes Projekt und bleiben Sie unter dem Radar. Ich bin Nummer zwei, Sie sind Nummer eins. Befragen Sie zunächst Chief Roscoe, seien Sie vor elf Uhr dreißig bei ihr. Ich sollte Sie am Flughafen treffen. Seitdem waren wir immer zusammen. Das ist alles.«

Ihr Handy piepste erneut. Immer noch keine Ergebnisse. Sie versuchte es noch einmal mit »Reacher, Jack« und wieder piepste das Telefon. Keine Ergebnisse. Reacher war ein Geist. Er existierte nicht. Oder ihre Ausrüstung war fehlerhaft. Sie dachte ein paar Sekunden darüber nach und versuchte es mit einem Namen, der zu einer tatsächlichen Person aus Fleisch und Blut gehörte, die sie mit eigenen Augen gesehen hatte: Beverly Roscoe. Sie fragte: »Ist diese ganze Reacher-Sache also ein Ablenkungsmanöver?«

»Das wäre eine sehr ausgeklügelte Finte, meinen Sie nicht? Vier Dateien und ein Typ, den wir gar nicht finden können?«

»Und der tote Polizist? Der mit der todschicken Ehefrau in Designerklamotten und mit gepackten Luxuskoffern? Ist er stattdessen die ausgeklügelte Finte?«

»Kann nicht sein.«

»Welcher Zusammenhang besteht also zwischen ihnen, Einstein?«

»Ich sagte doch: Sagen Sie's mir. Aber angesichts dieser vietnamesischen Inquisition nehme ich an, Sie wissen es auch nicht. Stimmt's?«

Sie hatte ihn herausgefordert, er erwiderte das Feuer. Typisch Mann. Gut. Reaktionen, die sie verstand, ließen sie mehr Vertrauen fassen. An seiner Stelle wäre sie sauer gewesen, aber sie hätte ihre Wut nicht gezeigt, was viel vernünftiger war.

Mary wählte diesen Augenblick, um zwei überquellende blaue Melaminteller zu bringen. Kim spürte die Wärme, die von dem Essen in ihr Gesicht stieg, und der leckere Duft ließ ihren Magen wieder knurren. »Das sieht wunderbar aus«, sagte sie.

Mary sah zu, wie Kim und Gaspar ihr Essen unter die Lupe nahmen. Kim drückte auf das Brötchen und erfreute sich an seiner Frische. Als hätte Mary es gerade gebacken. Saftiger Burger, knackiger Salat, eine reife Tomate, so dick wie eine Brotscheibe, und eine dicke rohe Zwiebelscheibe, die sie herausziehen würde, sobald Mary ihnen den Rücken zukehrte. Jede Menge Kalorien, die Kim eine Woche lang versorgen würden.

»Ich hab die Vidaliazwiebel dazugemacht. Sie hätten sie bestellt, wenn Sie aus der Gegend wären. Sie können sie rausnehmen, aber wenn Sie sie mal probiert haben, wollen Sie das nicht mehr«, erzählte Mary ihnen mit offensichtlichem Stolz auf ihre Kreation. »Probieren Sie die Pommes mal mit Senf. So mag ich sie. Und lassen Sie noch Platz für Kuchen. Zitronenkuchen. Hab ich heute Morgen gemacht. Darf ich Kaffee nachschenken?«

Nachdem sie die beiden zu ihrer Zufriedenheit versorgt hatte, sagte Mary: »Es tut mir leid, aber wir schließen um drei.« Sie zeigte auf eine runde Uhr über dem Getränkeautomaten hinter der Theke. Sie zeigte 14:40 Uhr an. »Normalerweise könnte ich länger bleiben, aber ich muss meinen Sohn heute Nachmittag abholen. Sein Daddy schafft es nicht und ich kann ihn nicht allein lassen. Aber ich möchte Sie nicht hetzen. Sagen Sie Bescheid, wenn Sie noch etwas brauchen.«

»Das machen wir«, sagte Gaspar.

Kim sah Mary im Spiegel hinterher, als sie zu ihrem Hocker in der Nähe der Küche ging, wo sie einen gelben Stift hinter ihrem Ohr hervorzog und sich wieder ihrem Zeitungsrätsel zuwandte.

»Deutsche Inquisition«, sagte sie.

Gaspar schaute von seinem Teller auf. »Was?«

»Ich bin nicht vietnamesischer als Sie.«

»Haben Sie in letzter Zeit mal in den Spiegel geschaut?«

»In den Vereinigten Staaten von Amerika geboren und aufgewachsen. Hundert Prozent Amerikanerin.«

»Ich auch. Und? Trotzdem bin ich Kubaner. Und stolz darauf.«

»Klar. Verstehe ich. Das meine ich ja. Ich bin trotzdem Deutsche. Pech für Sie. Deutsche sind viel dickköpfiger als Vietnamesen. Wir denken auch zielgerichteter.«

»Hab ich gemerkt.«

»Mary hat recht, was die Vidalia angeht«, sagte Kim. »Nur als Warnung: Ich esse sie.«

»Ich auch«, erwiderte er und zuckte mit den Schultern, so als hätten sie sich nun mal am Hals und könnten auch das Beste daraus machen. Mary kam mit zwei Stücken Zitronenkuchen, einer frisch gefüllten Kanne Kaffee und neuen Themen zurück. »Tut mir leid, dass ich Sie hetzen muss. Wenn ich bleiben könnte, würde ich das tun, wirklich. Aber es geht einfach nicht. Der Kuchen geht aufs Haus als Entschädigung für die Unhöflichkeit. Und ich habe Becher mitgebracht, falls Sie Kaffee mitnehmen möchten. Hier ist Ihre Rechnung«, sagte sie. »Ich würde Ihnen gar nichts berechnen, aber mein Boss würde mich feuern, wenn er das herausfindet. Ich hoffe, Sie nehmen es mir nicht übel.« Marys Entschuldigung war, wie alles an ihr, übertrieben, aber aufrichtig.

»Keine Sorge«, sagte Kim. »Wirklich. Wir müssen uns sowieso auf den Weg machen.«

Gaspar zog sein Portemonnaie aus seiner Gesäßtasche. Nummer zwei zahlt und notiert die Ausgaben. Noch mehr Papierkram, den Kim nicht erledigen musste. Allmählich gefiel ihr das Nummer-eins-Dasein. Gaspar wühlte in seinem Portemonnaie herum und zog einen feuchten, dreifach gefalteten Hundert-Dollar-Schein aus einem Fach heraus.

Er sagte: »Tut mir leid. Ich dachte, ich hätte es kleiner, aber meine Kinder haben mein Portemonnaie anscheinend wieder geplündert.« Er strich den Hunderter glatt, legte ihn auf die Rechnung und gab beides Mary. »Er ist alt, aber noch gut. Ich hoffe, Sie können rausgeben?«

Mary starrte den Schein an, als hätte er ihr gerade einen toten Frosch oder vielleicht eine lebendige Schlange gegeben. Ihr Gesichtsausdruck wechselte von entschuldigend über verwirrt zu entsetzt. Sie warf einen Blick hinaus auf den Parkplatz. Nur zwei Fahrzeuge standen dort: der Traverse, in dem sie gekommen waren, und der grüne Saturn, wahrscheinlich ihrer. Beide waren in dem andauernden Monsun versunken.

»Stimmt was nicht?«, fragte Gaspar.

»Ich darf nicht auf einen Hunderter rausgeben«, sagte Mary so leise, dass Kim sie kaum verstehen konnte.

»Ich kann Ihnen eine Kreditkarte geben, wenn Sie wollen, aber das ist für eine Zwölf-Dollar-Rechnung wohl eher unsinnig.« Seine Stimme verebbte, als er nun auch merkte, dass Mary fast in Panik ausbrach.

Was zum Teufel war los?

Kim wischte sich den Senf und das Salz mit der Serviette von den Fingern und holte einen Zwanzig-Dollar-Schein aus ihrer Tasche, den sie in Atlanta aus dem Geldautomaten gezogen hatte. Sie gab ihn Mary. »Hier. Nehmen Sie den. Er kann es mir später wiedergeben.«

»Das ist großartig. Bin gleich wieder da.« Mary nahm den Zwanziger, hielt nun beide Scheine und die Rechnung zwischen Daumen und Zeigefinger und eilte in die Küche.

»Was war das denn?«, fragte Gaspar.

»Vielleicht hat sie die Kasse schon abgeschlossen. Ihre Uhr zeigt 14:58 Uhr an.« Kim trank ihren Kaffee, während sie darauf warteten, dass Mary mit dem Wechselgeld zurückkehrte.

Gaspar blieb in Alarmbereitschaft. Warum, konnte Kim nicht erkennen.

Mary kam nicht zurück.

Leise sagte Gaspar: »Irgendwas geht hier vor sich.«

Kim schaute auf, sah im Spiegel aber nichts Neues. »Wo?«

»Streifenwagen der GHP auf dem Parkplatz. Zwei Typen sitzen drin, nicht einer. Roscoe sagte, die GHP haben einen pro Wagen, es sei denn, sie brauchen Verstärkung.«

Kim schaute hinaus und sah den Streifenwagen, der zwischen dem Traverse und dem Eingang zum Diner parkte. »Vielleicht wissen sie nicht, dass sie um drei Uhr zumacht.«

Beide Beamte stiegen aus. Stämmig. Jeder mindestens eins neunzig groß und hundert Kilo schwer. An jedem Ende von jedem anständigen College-Footballteam standen kleinere Typen. Sie gingen nebeneinander durch den Regen, so als hätten sie etwas vor. Beide hielten eine Waffe in der Hand.

Gaspar sagte: »Ich nehme an, die sind nicht wegen der Vidaliazwiebeln hier.«

»Wahrscheinlich nicht.«

»Keine zehn Sekunden. Sind Sie bereit?«, fragte Gaspar.

Sie stellte ihre Tasse ab. Wischte sich die Hände ab. Legte ihre Serviette auf den Tisch. Ihr wurde bewusst, dass sie ihr Handy nach der letzten Internetsuche nicht mehr in die Hand genommen hatte, und sie konnte sich nicht erinnern, ob sie die Ergebnisse überprüft hatte. Dafür war jetzt keine Zeit. Sie steckte das Handy in die Brusttasche ihrer Jacke und startete die AufnahmeApp, die einen Audiostream an den FBI-Server schickte – nur zur Sicherheit.

»Ich übernehme. Ich würde heute lieber niemanden erschießen«, sagte sie mit einem Blick zum Fenster hinaus. Die Zwillingstürme schienen durch den Regenvorhang zu gleiten, als würden sie von einem Laufband vorwärts transportiert und nicht von ihren Füßen.

Gaspar legte beide Hände auf die Tischplatte, gut sichtbar. Sie tat es ihm gleich. Er fragte: »Haben Sie schon mal jemanden erschossen?«

Kim antwortete nicht. Sie hob den Blick zum Spiegel. Nur

durch das Spiegelbild und die Perspektive wirkten sie mit jedem Schritt größer, oder?

Die beiden Männer betraten das Diner notgedrungen nacheinander. Diese Schultern würden niemals nebeneinander durch den Türrahmen passen, auch ohne die Flinten nicht.

An der T-Kreuzung trennten sie sich. Einer ging in Richtung Küche, der andere kam auf sie zu – das Gewehr erhoben und bereit. Er blieb an ihrem Tisch stehen, stellte die Füße schulterbreit auseinander, so als wolle er gleich schießen. Er stand außer Reichweite und ließ Kim und Gaspar gerade genug Platz, aus der Nische herauszukommen und sich hinzustellen. Was sie auch taten. Langsam. Die Hände erhoben, Handflächen nach vorne. Noch bevor sie darum gebeten wurden.

»Officer ... Leach«, sagte Kim, wobei sie sich wegen der Kamera in ihrer Tasche zu ihm umdrehte und seinen Namen für die Aufnahme vom Schild ablas, so wie sie es gelernt hatte. »Wissen Sie, wer wir sind?«

Leach sagte nichts, was nirgendwo auf der Welt den Polizeivorschriften entsprach.

»Mein Ausweis ist in meiner Tasche«, sagte Kim. »Ich werde ihn herausholen und Ihnen zeigen, in Ordnung?« Der Kerl nickte. Einmal. Kim sagte: »Ich nehme an, das heißt ja. Schießen Sie nicht auf mich.« Sie ließ die linke Hand oben und fasste langsam mit der rechten in ihre Tasche, um ihren Ausweis herauszuholen. Sie zeigte ihm ihre Marke und das Foto.

Er schaute. Sagte nichts. Richtete die Flinte weiterhin auf sie.

»Ich bin FBI Special Agent Otto«, sagte Kim. »Das ist mein Partner FBI Special Agent Gaspar. Möchten Sie seinen Ausweis auch sehen?«

Leach nickte einmal. Gaspar wiederholte Kims Bewegungen. Leach seine ebenfalls.

»Worum geht es?«, wollte Kim wissen. Er sagte nichts.

»Sie richten Ihre Waffe auf einen Bundesbeamten, Sir. Ist Ihnen das bewusst? Das ist ein Verstoß gegen das Bundesgesetz. Verstehen Sie das?«

Leach behielt die Augen auf, den Mund zu und die Waffe auf sie gerichtet.

Was zum Teufel …?

Kim schaute zu Gaspar, der mit den Schultern zuckte, als wollte er sagen: »Und was jetzt?«

Der Uhr im Diner zufolge waren vier Minuten vergangen, seit Gaspar den Streifenwagen draußen auf dem Parkplatz bemerkt hatte. Ihre Arme wurden lahm. Man hatte ihr eigentlich nie gesagt, dass sie sie hochhalten sollte, also nahm sie sie herunter. Gaspar tat es ihr gleich. Leach zeigte keine Reaktion. Er stand nur da, bereit, Waffe auf sie gerichtet, starrte sie an, schwieg. Alle warteten. Auf was, wusste sie nicht.

Sechs Minuten später tauchte der zweite GHP-Beamte aus der Küche auf und kam den Gang entlang. Zwei Schritte von dem anderen entfernt hielt er an. Auf seinem Namensschild stand auch Leach. Brüder?

Der zweite übernahm das Reden.

Er sagte: »Kann ich Ihre Ausweise sehen?«

»Was soll das hier, Officer Leach?«, fragte Kim ihn. Als er nicht sofort antwortete, wollte sie zumindest noch eine eindeutige Tonaufnahme machen. »Wir sind FBI-Agenten. Warum richten Sie die Waffen auf uns? Was ist hier los?«

Er hielt die Hand auf. Sie gaben ihm die Ausweise. Er nahm sie, las sie, klappte sie wieder zu. »Wenn die Leitzentrale sagt, dass Sie in Ordnung sind, dann können Sie abhauen. Es wird einen Moment dauern. Wenn Sie sich setzen wollen …«

»Worum geht es hier?«, fragte Kim und wurde zum dritten Mal ignoriert.

»Essen Sie ihren Kuchen auf. Mary backt tolle Kuchen.« Er nahm die Ausweise und ging zum Streifenwagen zurück. Der Regen sammelte sich in seiner Hutkrempe, während er die Fahrertür öffnete, und floss auf den Boden, als er seine massige Gestalt beugte, um in das Auto einzusteigen. Er ließ die Tür des Streifenwagens offen, während er das Funkgerät benutzte.

Der erste Officer Leach blieb in Stellung, Waffe auf sie gerichtet. Sah aus wie eine Browning Auto-5, wog gut dreieinhalb Kilo. Selbst wenn er achtzig Prozent seines Körpergewichts auf der Bank stemmen konnte, so mussten seine Arme mittlerweile schwer werden. Doch die Flinte rührte sich nicht vom Fleck.

Niemand setzte sich. Niemand aß Kuchen. Sie warteten. Etwa zehn Minuten später kam der zweite Officer Leach zurück. Er gab ihnen ihre Dienstausweise zurück.

»Ist in Ordnung«, sagte er zu seinem Partner. »Du kannst die Waffe runternehmen.«

Der erste Officer Leach senkte die Waffe.

»Erzählen Sie uns jetzt, was los ist?«, fragte Kim erneut.

Der zweite Officer Leach verhielt sich professionell und sachlich. »Wir haben euch beide überprüft. Die GHP ist informiert. Wir haben euer Mietauto im System. Wir können euch finden, egal wo ihr seid. Verstanden?«

»Mary muss den Laden schließen«, fuhr Leach fort. »Sie kommt so schon zu spät zu ihrem Jungen. Sie fühlt sich wohler, wenn wir auf sie warten. Ihr zwei haut also jetzt ab.«

»Klar, kein Problem«, sagte Gaspar mit offenkundiger Feindseligkeit. Er bedeutete Kim, sie solle vorausgehen. Sie verließen das Diner, gingen durch den nicht nachlassenden Regen zum Traverse. Gaspar schloss auf, setzte sich hinters Lenkrad und ließ den Motor an. Kim beugte sich in den Wagen, langte in ihre Tasche und holte ihren Fotoapparat heraus. Sie kümmerte sich nicht um den Regen und schoss Bilder von dem GHP-Streifenwagen, dem Nummernschild und den beiden Leach-Brüdern. Die stämmigen Officer standen nebeneinander und sahen durch das Fenster auf den Parkplatz. Mary stand winzig zwischen ihnen.

Bevor Kim einstieg, holte sie noch ihre Laptoptasche aus dem Kofferraum. Sie verstaute sie vor dem Beifahrersitz und stieg dann ein.

»Was zum Henker sollte das Ganze?« Gaspar sagte als Erster etwas, nachdem er die Heizung angeworfen und den Traverse zur Ausfahrt gelenkt hatte.

»Das fragen Sie mich?«, erwiderte sie. Kälte und sinkender Adrenalinspiegel ließen ihre Zähne klappern. »Ich finde, dieser ganze Tag ist ein einziger Albtraum, verursacht von zu viel Schnaps.«

»Tja, Sie haben leicht reden. Sie sind nicht hundert Dollar losgeworden.«

»Mit den acht Dollar Wechselgeld von meinen zwanzig ist

das sicher das beste Trinkgeld, das Mary in dieser Woche bekommen hat.«

Er warf ihr einen finsteren Blick zu. Bei der Ausfahrt fragte er: »Welche Richtung? Margrave oder Atlanta?«

»Ich hab von Margrave gerade ziemlich die Schnauze voll. Was meinen Sie?«

»Ich hatte gehofft, Sie würden das sagen.« Er fuhr in Richtung Norden zur Interstate. Durch ihre nassen Klamotten und die aufgedrehte Heizung des Traverse beschlugen alle Fenster. Gaspar schaltete das Gebläse ein. Kalte Luft strömte mit Gewalt gegen die Windschutzscheibe und Kim fing wieder an zu zittern.

»Oh, ich hol mir meinen Hunderter wieder. Keine Sorge. Wir Kubaner sind nicht so harmlos, wie wir aussehen.«

»Drogen«, sagte Gaspar, nachdem sie zehn Minuten Straßenbelag hinter sich gelassen hatten. »Meth wahrscheinlich. Black muss damit gedealt haben, wenn nicht mehr. Vielleicht hat er auch gekocht.«

Kim holte ihr Handy heraus, um zu überprüfen, ob sie die Aufnahme beendet hatte, und erinnerte sich an ihre abgebrochene Internetsuche.

Gaspar redete weiter: »Hier haben ein paar große Drogenrazzien stattgefunden. Ich hatte ja gesagt, dass ich schon mal in Margrave war. Ich war bei zwei Razzien dabei, bei denen irgendein mexikanisches Kokainkartell ausgehoben wurde. Crystal Meth ist in den ländlichen Gegenden auch ein großes Problem. Es geht wohl eher um Meth.«

»Ergibt Sinn.« Kim holte ihren Laptop hervor. Sie brauchte jetzt keine sichere Verbindung. Ein normaler Dienst würde reichen. Sie machte die Suchmaschine wieder auf, gab »Beverly Roscoe« ein und wartete.

»Langweile ich Sie?«

»Deutsche können zwei Dinge gleichzeitig tun, Gaspar«, sagte sie. Er lachte und die Anspannung in ihren Schultern wich etwas.

»Drogen, Meth, kochen, dealen. Sehen Sie? Ich hab zugehört.«

»Das war da zu leer. Roscoe sagte, Black hätte dort seit fünfundzwanzig Jahren gewohnt. Selbst der überzeugteste Minimalist hätte in der Zeit mehr Zeugs zusammengetragen, als in diesem Haus war.«

»Glauben Sie, jemand hat ihn ausgenommen? Alles aus dem Haus geholt, bevor wir kamen?« Das Signal war schwach und setzte zunächst immer wieder aus. Sie verlor die Verbindung mehrere Male, bevor eine stand und auch blieb.

Gaspar redete weiter, fast so als würde er laut nachdenken.

»Der Typ, der den Briefkasten vermöbelt hat, hatte eine Art Wutanfall. Könnte einer auf Meth gewesen sein. Anders kommt man kaum so in Rage.«

»Stimmt.« Die Suchmaschine meldete sich mit einer erstaunlich langen Liste von Artikeln, die Roscoes Namen enthielten.

Mehrere Seiten. Jede Seite musste einzeln geladen werden und das Laden war langsam.

Nach einer Weile sagte Gaspar: »Und Mrs Black.«

»Was ist mit ihr?« Die Verbindung war wieder abgebrochen. Kim startete vier Versuche, bis die Leitung wieder stand.

»Viel zu heiß für das Haus. Und viel, viel zu heiß für diesen Idioten.«

Kim lachte zum ersten Mal, seit Officer Leach seine Flinte auf sie gerichtet hatte. »Klar, dass Sie das bemerken.«

Er sah zu ihr hinüber, hob die rechte Augenbraue und ahmte einen spanischen Akzent nach: »Sagt Ihnen der Begriff ›Latin Lover‹ etwas, Helga? Hatte ich schon erwähnt, dass ich vier Töchter und eine schwangere Frau habe?«

»Hab verstanden, Casanova.«

»Auf jeden Fall.«

»Ja, ja, Sie sind unwiderstehlich, sogar in den Augen mörderisch heißer Damen. Was sonst noch?« Die lange Liste ihrer Suchergebnisse wurde nach dem LIFO-Verfahren abgearbeitet: last in, first out. Die ersten Artikel waren kürzere Einträge mit kaum nützlichem Inhalt. Sie scrollte sich so schnell durch die Seiten, wie es die wacklige Verbindung erlaubte.

»Abgesehen von dem, was offensichtlich ist, meinen Sie?«

»Was für den einen offensichtlich ist, ist für die andere nicht zu sehen.« Sie war auf Seite zehn der Liste. Nichts Hilfreiches bisher, aber sie las weiter und hoffte auf irgendeinen Lichtblick.

Kim merkte, dass der Traverse langsamer wurde. Blinkende Lampen deuteten auf eine Baustelle hin. Der Verkehr aus Atlanta heraus rührte sich kaum von der Stelle. Der Verkehr in die Stadt hinein war etwas zügiger.

Dann stoppte er ganz.

»Okay, also mit dem, was offensichtlich ist.« Gaspar legte die Parkstellung ein und bewegte sein rechtes Bein, so als hätte er wieder einen Krampf. Kim hätte sich auch jetzt nach dem Bein erkundigt, aber sie wollte nicht noch ein heikles Fass aufmachen.

Gaspar sagte: »Wer immer auch Mr Black erschossen hat, wusste, wo die Kugeln zu platzieren waren. Die beiden Schüsse in den Kopf hätten gereicht. Die fünf anderen waren pure Rache.«

Sie schaute vom Bildschirm auf. »Für was?«

Er dachte eine Weile über die Frage nach. Schließlich sagte er: »Tja, das ist die Preisfrage, oder?«

»Das und warum die Gebrüder Leach uns aus der Stadt gejagt haben.«

»Glauben Sie, die beiden haben was miteinander zu tun?«

»Die Gebrüder Leach?«

Er warf ihr den *Komm, hör auf*-Blick zu, den er von seinen Teenagern gelernt hatte. »Der Mord an Black und unsere innige Begegnung mit den Gebrüdern Leach.«

»Glauben Sie nicht?«

»Ich verstehe, was Sie mit ›nicht zu sehen‹ meinen«, sagte er jetzt.

Der Verkehr kam wieder in Gang, aber nur beschwerlich. Kims Internetverbindung war über fünf Meilen hinweg stabil. Lang genug, um vier umfangreiche Artikel herunterzuladen, bevor sie das Signal wieder verlor. Sie überflog die Texte auf der Suche nach neuen Fakten.

Nach dem Baustellenbereich weitete sich die Straße auf vier Fahrbahnen aus und Gaspar beschleunigte den Traverse wieder auf achtzig Meilen pro Stunde. Das Signal setzte erneut aus. Kim merkte es kaum, so vertieft war sie in den Artikel der *Atlanta Constitution*, den sie aus dem Netz gezogen hatte.

»Lesen Sie da einen Roman oder was?«

»Pure Sachliteratur«, sagte sie.

»Interessant?«

»Also ich glaube, ich weiß, warum die Kellnerin Mary in Panik geriet, als Sie ihr den Hundert-Dollar-Schein gegeben haben.«

KAPITEL 12

Sie fuhren in Richtung Hartsfield Airport im Süden der Stadt. Gaspar entschied sich für ein Renaissance-Hotel und parkte den Traverse in guter Sprintentfernung am Seiteneingang. »Ist das in Ordnung? Die haben eine Bar und ein Restaurant, was die meisten von diesen Flughafenabsteigen nicht haben. So brauchen wir heute Abend nicht mehr raus.«

Der Regen hatte etwa fünfzehn Minuten zuvor aufgehört, aber die Luft war noch immer feucht und in jeder Senke hatten sich kleine Seen gebildet. Die Temperatur war nach dem Sturm auch gefallen. Kim war erschöpft. Gaspar sah so schlecht aus, wie sie sich fühlte.

»Sicher«, sagte sie. »Perfekt.«

Er stieg aus dem Auto und hinkte nach hinten zum Kofferraum. Sie nahmen ihre Taschen heraus. Sie zog ihre hinter sich her, aber er trug seine. Macho. Sie seufzte. Zu müde, um sich mit ihm abzugeben.

Sie checkten ein und erhielten auf Nachfrage zwei Zimmer in der ersten Etage nahe der Fluchttreppe, die dem Traverse am nächsten war. Mit dem Aufzug fuhren sie nach oben zu den nebeneinanderliegenden Zimmern.

»Treffen wir uns zum Essen wieder«, sagte Kim. Sie sah auf die Uhr. Jetzt war es sechs. »Halb neun?« Sie wollte kurz schlafen, duschen und noch etwas Zeit zum Arbeiten haben. Sie hatte eine Menge Daten gesammelt.

»Ich klopf um halb neun bei Ihnen an«, sagte er.

»Perfekt.« Doch noch fast bevor sie das ausgesprochen hatte, fühlte sie das Handy vom Boss in ihrer Brusttasche vibrieren.

Nach drei Versuchen hatte sie ihre Schlüsselkarte erfolgreich durchgezogen und das Schloss ging auf. Sie stieß die Tür mit der Hüfte auf, rollte ihre Tasche hinein, schloss die Tür und hielt das Handy ans Ohr. Bis dahin hatte es schon sieben Mal vibriert.

»Otto«, sagte sie außer Atem. Aus Gewohnheit ging sie direkt ins Badezimmer und schob den Duschvorhang zur Seite. Keine krabbelnden Käfer. Keine Überwachung. Kein Hinterhalt.

»Ich hatte nicht erwartet, dass Sie so schnell wieder in Atlanta sind.«

Die mitschwingende Frage ließ sie in ihrem Rundgang innehalten. Und zuerst war sie verwirrt. Dann wurde ihr klar, dass in ihrem Handy sicher ein GPS-Überwachungschip war. Das überraschte sie nicht unbedingt. Sie war es gewohnt, überwacht zu werden, wenn sie im Einsatz war. Das Wissen, dass sie jemand im Auge behielt, gab ihr immer ein Gefühl der Sicherheit. Den Agenten, die sich außerhalb der elektronischen Reichweite aufhielten, konnten ernsthafte Dinge zustoßen. Dinge, die nicht rückgängig zu machen waren.

Aber in diesem Moment fühlte sie sich unsicher. Sie war beunruhigt. Hauptsächlich, weil sie sich noch nicht überlegt hatte, was sie ihm erzählen sollte und was noch nicht. Sie betrachtete sich im Make-up-Spiegel des Badezimmers. Klang sie so heruntergekommen, wie sie aussah?

Sie stellte sich gerade hin, straffte die Schultern und sah ihrem Spiegelbild in die Augen. Sie stellte sich vor, er stünde auf der anderen Seite des Spiegels und beobachtete sie, könnte sehen, was sie sah, während sie sich unterhielten. Sie versuchte, einen positiven Eindruck zu vermitteln.

»Dann machen Sie also gute Fortschritte?«, fragte er.

»Genau das Gegenteil ist der Fall, fürchte ich.« Sie würde bei der Geschichte bleiben, die er ihr zu diesem Auftrag erzählt hatte, bis er etwas anderes anordnete. Oder bis sie sein eigentliches Ziel erkannt hatte. Und die Wahrheit war, dass sie fast nichts über Reacher herausgefunden hatte, was sie nicht schon wusste, bevor sie nach Margrave gekommen war.

»Warum?«, fragte er.

»Chief Roscoe wurde zu einem Tötungsdelikt gerufen, daher mussten wir unsere Befragung abbrechen. Wir setzen sie morgen fort.«

»War sie kooperativ?«

Übersetzung: Ihm war klar gewesen, dass Roscoe nicht kooperativ sein würde.

»Sie hatte keine Zeit, uns viel zu erzählen. Sie sagte, Reacher sei damals wegen Mordverdachts verhaftet worden. Sie war für die erkennungsdienstliche Behandlung des Verhafteten zuständig. So hat sie ihn kennengelernt. Sie sagte, er sei unschuldig gewesen. Er hätte ihr das Leben gerettet.«

»Weiß sie, wo er ist?«

»Sie sagte nein.«

»Glauben Sie ihr?«

Kim dachte an Roscoes Reaktion auf Reachers Foto, als sie erfuhr, dass er lebte. Roscoe hatte in dem Moment nicht gespielt, da war sich Kim sicher. »Ich glaube ihr, ja.«

Sie lauschte einem Augenblick des Schweigens, wartete darauf, dass er seine Zufriedenheit ausdrückte.

»Wer ist gestorben?«

»Bitte?«

»Roscoes Tötungsdelikt.«

Hatte sie sich geirrt? Wusste er es wirklich nicht? Sie beruhigte ihre wirren Gedanken und war nun davon überzeugt, dass er sie testen wollte. Fragte sich aber dann sofort: Wofür wollte er sie testen?

»Sergeant Harry Black vom Margrave Police Department.«

»Wer hat ihn getötet?«

Kim dachte über die Frage an sich und über den Grund für seine Frage nach. Sie kam zu dem Schluss, dass sie zu müde war, um gleichzeitig zwei Spuren gedanklich zu verfolgen. »Ich bin mir nicht sicher.«

»Warum?«

Sie atmete tief durch. Sie wollte ihre Annahmen eigentlich nicht offenbaren, bis sie selbst alles durchdacht und im Kopf geordnet hatte. Aber es gab keine Möglichkeit, ihm auszuweichen, selbst wenn sie wollte.

Er wusste, wo sie gewesen war. Das Handy war in ihrer Tasche, seit sie ihre Wohnung verlassen hatte. Er überwachte jede ihrer Bewegungen und Gaspars ebenfalls. Und wenn Kim recht hatte, hatte er sie nach Margrave geschickt, damit sie am Tatort dieses Tötungsdelikts quasi Augen und Ohren für ihn waren. Er wollte es wirklich wissen. Versagen kam nicht in Frage. Sie musste abliefern. Aber was?

»Ich hatte noch keine Gelegenheit, das Beweismaterial durchzugehen.«

»Welches Beweismaterial?«

»Wir haben fotografiert, als wir dort waren. Wir haben Beobachtungen gemacht.«

»Warum?«

Was sollte sie sagen? Weil sie glaubte, dass er sie genau deswegen dorthin geschickt hatte? Weil sie ehrgeizig war und ihn beeindrucken wollte, um befördert zu werden, um seinen Job zu bekommen und eines Tages noch weiter zu kommen? Streich das. Was dachte sie nur? Sie schüttelte die Hirngespinste aus ihrem Kopf.

»Roscoe bat uns um Hilfe und wir haben versucht, ihr Vertrauen zu gewinnen, damit sie unsere Fragen über Reacher beantwortet. Sie hatte nicht genug Leute. Sie konnte die Hilfe gebrauchen.« Nicht ganz wahr, aber auch keine richtige Lüge.

So als beobachtete er sie wirklich durch einen Spionspiegel, als könnte er ihren Gesichtsausdruck sehen, ihre Wahrhaftigkeit ausloten, schwieg er etwas zu lang. Entsprach ihre Fantasie der Wahrheit? Konnte er sie in diesem Augenblick sehen? Wenn er wusste, dass sie da war, hatte er ihr Zimmer präparieren lassen, um sie zu beobachten? Von irgendwoher kam Angst auf, ließ ihre innere Alarmstufe wieder auf Rot hochfahren. Nein. Das war gar nicht möglich. Oder doch? Und was dachte er?

Sie sagte: »Blacks Frau behauptet, sie hätte ihn getötet. Mit seiner Dienstwaffe auf ihn geschossen. Sieben Mal. Während er schlief.«

»Sie denken, es war anders?«

»Ich weiß es nicht.«

»Was stört Sie an ihrem Geständnis?«

Also wusste er nicht alles. Eine bessere Frage war: Was störte sie an Sylvia Blacks Geständnis *nicht*?

Sie wollte es nicht vermasseln. Dieser Fall war der größte Test in ihrer bisherigen Karriere. Sie wollte, musste es unbedingt perfekt angehen. Sie wollte keine voreiligen Schlüsse aufgrund von Bauchgefühlen ziehen. FBI Special Agents operierten nicht aufgrund von inneren Eingebungen. Und sie wurden auch nicht dafür befördert, dass sie drauflos plapperten. Besonders nicht, wenn sie sich irrten.

»Mir wäre es lieber, wenn Sie mich erst die Fotos ansehen ließen, bevor ich darauf antworte. Ich kann Sie anrufen, wenn ich konkretere Informationen habe.«

»Das Geständnis fühlt sich falsch an. Meinen Sie das, Agent Otto?« Als ob *falsch anfühlen* objektive Beweise seien, die man vor Gericht verwenden könnte. Machte er sich über sie lustig? Hatte sie es schon vermasselt?

»Nicht nur das«, erwiderte Kim.

»Aber zum Teil? Was sonst noch? Stützt sich Ihre Annahme auf irgendetwas anderes?«

Sie gab ihre Bemühungen auf, ihn hinzuhalten, bis sie sich sicherer fühlte. *Geh ein Risiko ein, Otto.* Wenn sie falsch lag, müsste sie sich eben später darum kümmern. Deshalb gab es Radiergummis oben auf den Bleistiften. Also erzählte sie ihm von den offensichtlichen Dingen, die Gaspar nicht bemerkt hatte. Oder nicht erwähnt hatte. Sie war sich nicht sicher.

»Der Tatort war anders als bei allen anderen häuslichen Tötungsdelikten, die ich je bearbeitet habe. Keine Anzeichen von Gewalt. Keine Verletzungen bei der Witwe. Mann im Schlaf erschossen. Sieben Schüsse. Die Schüsse wurden genau platziert.

Die ersten beiden Kugeln in den Kopf haben ihn getötet. Haben ihm das Gesicht und den Großteil des Kopfes weggepustet. Die anderen fünf wurden gezielt und erst nach seinem Tod abgegeben.«

»Wie lang danach?«

»Ich schätze, mindestens dreißig Minuten.«

»Könnte weniger sein?«

»Nicht viel.«

Wieder Schweigen, etwas länger dieses Mal. Kim wartete.

»Überprüfen Sie Ihr Beweismaterial. Reden Sie mit Gaspar darüber. Schicken Sie mir Ihren Bericht vor zehn Uhr. Einschließlich der Fotos. Ich will sie sehen.«

Zehn Uhr? Er wollte einen vollständigen verschlüsselten Bericht in vier Stunden? »Ja, Sir.«

»Sie sind auf einen Delta-Flug zum Kennedy Airport um zehn Uhr dreißig gebucht. Gleiche Sicherheitsvorkehrungen wie heute Morgen. Ihr zweiter Gesprächspartner ist nur heute Abend verfügbar. Am Gate wird jemand auf Sie warten, der Sie zu ihm bringt. Tut mir leid, dass es so kurzfristig ist.«

»Ja, Sir.«

Sechs Minuten später klopfte Gaspar an die Tür.

KAPITEL 11

New York, NY
JFK Airport Hudson Hotel
2. November, 2:00 Uhr

Kim ließ die Schultern kreisen und dehnte den Nacken, um die nicht nachlassende Spannung loszuwerden. Seit vierundzwanzig Stunden funktionierte sie mit ihren üblichen drei A: Ambition, Adrenalin und Angst. Dazu noch zwei qualvolle Flüge mit weniger als zwei Stunden Schlaf. Ihre Nerven und Muskeln schrien. Nichts davon, das wusste sie, war für den aufmerksamsten Beobachter erkennbar. Und das sollte auch so bleiben.

Genau fünfundsechzig Minuten zuvor war sie in der Luxussuite des JFK Hudson Hotels eingetroffen – aufgeregt und mit ihrem bestens ausgearbeiteten Plan bewaffnet. Man gestand ihnen neunzig Minuten zu und sie hatte vorgehabt, das Reacher-Dossier mit dieser einen Befragung zu vervollständigen und abzuschließen. Sie würde einen starken Verbündeten gewinnen, alles herausfinden, was sie wissen musste, einen perfekten Bericht schreiben und den Fall abhaken. Vom Start bis zum Ziel in weniger als vierundzwanzig Stunden. Rekorderfolg in einer Rekordzeit, sogar für sie. Der Boss würde zufrieden sein. Sie würde triumphierend nach Hause fahren, eine Woche schlafen und nie wieder nach Margrave zurückkehren.

Das war der Plan gewesen.

Ihr Optimismus war mit jeder Minute gewichen. Sie musste ihren Plan immer wieder überarbeiten, kürzen, neu ausrichten und noch einmal überarbeiten. Jetzt hatte sie nur noch fünfundzwanzig Minuten Zeit, um den Auftrag auszuführen. Das reichte nicht. Bei Weitem nicht.

»Sie sehen etwas albern aus da oben an der Decke«, sagte Gaspar, ohne die Augen zu öffnen. Er ruhte sich auf seinem Stuhl aus, die Beine ausgestreckt, die Füße gekreuzt, den Kopf auf den schmalen Holzrand der Rückenlehne gelegt, die Hände wie bei einer Leiche gefaltet.

»Was meinen Sie bloß, Gumby?«, fragte sie hochnäsig, als hätte er das Ziel völlig verfehlt.

»Das ist totaler Unsinn. Es ist nicht Ihre Schuld und Sie können mit Sicherheit auch nichts daran ändern. Sie könnten sich ebenso gut entspannen, bis er auftaucht.« Er grinste. »Ich sag Ihnen Bescheid, wenn es an der Zeit ist, in Panik zu verfallen.«

»Wie nett von Ihnen.«

»Ein Talent.«

»Ein Fluch, meinen Sie.«

»Wie Sie wollen. Wecken Sie mich auf, wenn Seine Königliche Hoheit auftaucht.«

Er konnte sie nicht täuschen. Sie sah die weiß hervortretenden Knöchel seiner verschränkten Hände. Er lümmelte sich so herum, seit sie eingetroffen waren, aber er hatte keine einzige Sekunde geschlafen.

»Keine Sorge, Don Quichotte. Sie werden die Trompeten hören.«

Sie war den überarbeiteten Plan hundertmal in Gedanken durchgegangen, aber besser wurde er nicht. Alle zur Verfügung stehenden Berichte priesen Finlay als ehrenhaften Mann, dessen Integrität seiner außerordentlichen Kompetenz in nichts nachstand. Das bedeutete, dass die negativen Seiten aus seiner Akte entfernt und die Beschwerdeführer zum Schweigen gebracht worden waren. Niemand kletterte die Leiter so hoch wie dieser Typ, ohne sich Feinde zu machen.

Sie brauchte irgendetwas, um ihn auszuhebeln, hatte aber einfach nichts.

Sein Titel lautete: Sonderberater des Präsidenten für Strategiefragen. Was bedeutete das? Woraus genau seine Arbeit bestand, wurde nirgends beschrieben. Das war mehr als genug, um ihr internes Warnsystem für Bedrohungen an das obere Ende der roten Stufe zu verschieben und dort zu halten.

Er war von dem hochrangigsten zivilen Beamten des Ministeriums für Innere Sicherheit und Terrorismusbekämpfung ausgesucht worden und nur einen Herzschlag entfernt vom U. S. Commander in Chief positioniert worden. Kein Aufpasser kontrollierte ihn. Er berichtete selten und nur in mündlichen Briefings. Nicht einmal die Aufträge, die er bearbeitet hatte, waren irgendwo schriftlich festgehalten worden. Vorgehen, Leistungen, Ergebnisse standen auch in keinen Berichten.

Verluste wurden – natürlich – nie eingestanden. Sie hatte Gerüchte gehört. Unbestätigte.

Alles, was sie über Finlay erfahren hatte, zeichnete ihn als gefährlich aus. Er verfügte über unspezifische einzigartige Fähigkeiten, die er bei ungenannten Aufträgen in den Dienst ihres Landes stellte. Wie Atomkraft konnte er – wenn korrekt gezügelt – nützlich sein. Aber sie hatte nichts gefunden, das ihn zurückhielt, nicht einmal sein eigenes Ehrenwort.

War er Freund oder Feind? Weiser war es, das Schlimmste anzunehmen.

Sie hörte eine Tür, die im Vorraum über den Teppich glitt. Das Geräusch lud ihr Nervensystem auf, wie bei einer Comicfigur, die den Finger in eine Steckdose steckte – ein Bild, das sie nie im Entferntesten witzig gefunden hatte. Sie war mal mit einem Elektroschocker angegriffen worden. Sie wusste, wie sich das anfühlte.

»Er ist da«, sagte sie. Sie klang ruhig. Kein Zittern, guter Rhythmus, tiefe Tonlage. So weit, so gut.

»Endlich.«

Gaspars finsterer Blick hatte eine permanente Furche auf seiner Stirn hinterlassen. »Für wen hält der Typ sich? Für Jennifer Lopez? Bei der würde sich das Warten jedenfalls lohnen.«

Sie wusste, was er meinte. Gute Anführer begegneten ihren Untergebenen nie mit mangelndem Respekt. Loyalität beruhte auch für sie auf Gegenseitigkeit.

Gaspar hatte beschlossen, dass Finlays Verspätung bewusst

respektlos war. Kim wollte glauben, dass er unvermeidlicherweise aufgehalten worden war, auch wenn ihr Bauchgefühl sagte, dass Gaspar recht hatte.

Sie warnte Gaspar noch einmal. »Wir wollen etwas von ihm.«

»Ja, schon verstanden. Sie erinnern sich? Ich bin derjenige, der vier Kinder durchs College bugsieren muss.« Er stand auf, dehnte sich. Kim tat so, als beobachtete sie nicht, wie er ungelenk durch das Zimmer schlenderte. Sie sah auch den Schmerz in seinem Gesicht. Irgendwann würde sie ihn nach seinem Bein fragen. Aber nicht jetzt. Im Moment waren andere Sorgen vorrangiger.

Vielleicht würde das Gespräch ja gar nicht katastrophal verlaufen. Ein Schimmer ihrer anfänglichen freudigen Erregung kehrte zurück. Sie hatte diese seltene Gelegenheit bekommen, einen mächtigen Mann zu beeindrucken, der Frauen in diesem Job fördern konnte und es auch tat. In der Hinsicht hatte Finlay eine bewiesene Erfolgsbilanz vorzuweisen: Roscoe.

Wäre Roscoe ohne die Unterstützung von Finlay Police Chief von Margrave geworden? Wohl kaum.

»Er könnte einen guten Grund für seine Verspätung haben«, sagte sie.

Noch zweiundzwanzig Minuten. Sie spitzte die Ohren, um die Stimmen im Vorraum zu hören. Aber die Suite war nahezu schalldicht; sie konnte die gesprochenen Worte kaum ausmachen, was vielleicht in Ordnung war. Oder auch nicht. Hing davon ab, was gesprochen wurde, oder?

Drei oder vier Männer unterhielten sich. Einer war der Assistent, der sie am Gate abgeholt hatte. Sie hoffte, einer von ihnen war ihr Gesprächspartner. In dem Fall wären die anderen beiden sein Sicherheitspersonal. Ein großes Aufgebot für eine freundliche Unterhaltung mit zwei FBI-Agenten.

Sie hörte Schritte. Sie stand auf. Lamont Finlay, Ph. D., stieß die Tür auf und trat über die Schwelle, als gehöre das Zimmer und alles darin Befindliche ihm.

Selbst um zwei Uhr morgens sah er aus wie der Sprecher eines Finanzdienstleisters. Groß, aufrecht, kräftig. Kurz geschnittene Haare, an den Schläfen leicht ergraut. Sauber rasiert. Gut angezogen. Alles auf Hochglanz poliert. Distinguiert. Erfahren.

Einschüchternd.

Ein Schwarzer, aber kein Afroamerikaner. Laut seiner Akte waren seine Großeltern von Trinidad nach New York ausgewandert, bevor sie sich in Boston niederließen, wo er die Harvard University besucht hatte. Der Bostoner Akzent war nur noch schwach, aber Kim hörte ihn heraus.

»Mr Gaspar, Ms Otto«, sagte er, wobei er ihnen nacheinander die Hand gab. Seine Pranke fühlte sich so groß an wie ein Baseballhandschuh. Sie hätte mit beiden Händen darin eine Faust machen können. »Es tut mir leid, dass Sie warten mussten. Bitte setzen Sie sich doch. Wurde Ihren Wünschen angemessen entsprochen?«

»Ja, danke, Sir«, sagte Kim. Ein Tablett, das vor über einer Stunde gebracht worden war, stand noch immer auf dem Tisch. Die silberne Kaffeekanne mit passenden Zuckerund Sahnebehältern, Tassen und Unterteller aus feinstem Porzellan, silberne Löffel, Kristallgläser, Leinenservietten und vier grüne Viertelliterflaschen mit französischem Mineralwasser nahmen die ganze Fläche ein. Funkelndes Lampenlicht wurde von einer Kristallkaraffe gespiegelt, als ob Elfen durch den Raum tanzten.

Finlay war ihr Gastgeber. Dies war sein Revier, sein Zeitplan. Er wirkte gelassen. Er hatte die Beine übereinandergeschlagen, die Bügelfalte seiner dunklen Hose zurechtgekniffen und offenbarte handgefertigte Cap-Toe-Schuhe und dunkle Strümpfe, keine einfachen Socken. Hochwertige Kleidung für einen Mann mit einem Regierungsgehalt, wie Kim bemerkte. Sie spürte einen realen Schmerz in der Brust, als sie versuchte zu atmen, wie ein Asthmatiker.

Stress.

Mehr nicht.

Finlay wartete, unbesorgt. Die Arme waren über seinem Schoß verschränkt. Keine Ringe an seinen fähigen Fingern. Eine Uhr, denn die trug er mit Sicherheit, war unter steifen weißen Manschetten versteckt. Manschettenknöpfe blitzten bei jeder Bewegung auf. Noch bevor sie Finlays anhaltenden Einfluss auf Chief Roscoe erkannt hatte, war vor Kims Augen das eindeutige Bild eines kompetenten Mannes entstanden. Gerüchte deuteten auf Gewalttätigkeit und tödliche Konsequenzen für diejenigen hin, die sich ihm entgegenstellten. Seine Präsenz untermauerte ihren Eindruck von unbedingter Machtausübung und rücksichtslosem Anspruchsdenken. Er strahlte all das aus, und noch mehr.

Kurzum, er jagte ihr fürchterliche Angst ein. Gaspar müsste auch Angst haben. Sie waren der Sache überhaupt nicht gewachsen. Und hatten noch achtzehn Minuten.

Dann hatten sie jedoch Glück. Gleich zweimal, in kurzer Zeit. Zum einen sagte Finlay etwas, als er hätte abwarten müssen. Er lächelte und sagte: »Mir ist klar, dass wir nicht so viel Zeit haben, wie Sie gehofft hatten. Kommen wir also gleich zur Sache, in Ordnung?«

Und zum anderen richtete er seine Frage an Gaspar. Er ging davon aus, dass Gaspar Nummer eins war. Er war nicht vollständig informiert. War das gut oder schlecht?

»Natürlich«, sagte sie durch ihre zugeschnürte Kehle. »Wir möchten Ihre Zeit keinesfalls unnötig lang in Anspruch nehmen.«

Seine Augen weiteten sich nur ganz wenig, als ihm sein Irrtum klar wurde. Er korrigierte sich rasch und wendete seine Aufmerksamkeit ihr zu, so als hätte er sich nie geirrt.

Ah, dachte sie, *so einer bist du.* Doch noch bevor sie diese neue Information verarbeiten konnte, nutzte er den Vorteil.

»Meinen Informationen zufolge erstellen Sie ein Dossier über Jack Reacher im Auftrag der Task Force für Spezialisiertes Personal. Für welchen Job wird er in Betracht gezogen?«

Seine Frage verblüffte sie. Finlay wusste, warum sie hier waren. War er also nun vollständig informiert oder nicht?

»Reachers mögliche Verwendung ist zum gegenwärtigen Zeitpunkt nicht bekannt, Sir«, sagte Kim. Sie klang respektvoller als beabsichtigt. Sie richtete sich auf und lehnte sich etwas vor.

»Schwierig, im Dunkeln ins Schwarze zu treffen«, sagte Finlay.

Sie glaubte nicht, dass er im Dunkeln tappte. War schlauer, ihm nicht zu glauben.

»Wir kommen direkt aus Margrave, wo wir mit Chief Roscoe gesprochen haben«, sagte sie und beobachtete ihn genau. Keine Reaktion. Nicht klar, ob er das auch schon wusste. »Offen gestanden hatten wir nicht so viel Zeit mit ihr, wie wir gehofft hatten, und wir fangen gerade erst an. Was immer Sie hinzufügen können, ist mehr, als wir im Moment haben.«

»Ich soll also die Lücken füllen?« Er schien sich etwas zu entspannen, als ob der Auftrag kleiner ausfiel als erwartet. »Die Margrave-Akten sind umfassend. Da fehlt doch nicht viel, oder?«

Margrave-Akten? Welche Margrave-Akten?

»Wir haben noch nicht alle Unterlagen«, versuchte Kim ihre Unsicherheit so gut wie möglich zu überspielen.

Finlay schob seine gestärkte Manschette mit einem Finger zurück und schaute auf den schmalen Zeitmesser aus Platin an seinem linken Handgelenk. Zumindest hatte sie in Bezug auf die Uhr richtig gelegen.

Er sagte: »Es würde mehrere Stunden dauern, Ihnen alle Informationen zu geben. Stellen Sie mir rasch Ihre dringlichsten Fragen.«

Mehrere Stunden? Dritter Treffer. Wie konnte es fehlende Informationen von mehreren Stunden geben?

Darüber konnte sie jetzt nicht nachdenken. Sie hatte Tausende Fragen nur auf der Grundlage des Wenigen, das sie wusste. Im wahrsten Sinne des Wortes. Welches Thema war am wichtigsten? Sie musste wissen, wie Reacher tickte. Konnte man sich auf ihn verlassen, wenn sein Land ihn brauchte? Welche besonderen Kenntnisse hatte er? Warum hatte er all diese Jahre solch ein Vagabundenleben geführt? Was tat er? Wovor rannte er weg? Hatte Reacher Roscoe angegriffen? War er gewalttätig? Unberechenbar? Verrückt?

Gaspar kam direkt zu einer Frage, die sie für später aufbewahren wollte.

Er fragte: »Wissen Sie, wo Reacher jetzt ist?«

»Nein«, antwortete Finlay.

»Wissen Sie, wohin er ging, als er Margrave vor fünfzehn Jahren verließ?«

»Nein.«

»Haben Sie ihn seitdem gesehen?«

»Nein.«

»Ist er tot oder lebt er?«

Finlay zuckte zusammen. Ein kleines Flattern seines rechten Augenlides? Oder hatte sie sich getäuscht? War es nur ein Flackern der tanzenden Elfen? Sie schaute genauer hin.

»Ich weiß es nicht«, sagte Finlay.

Wieder das Zucken. Genau da. Sie war sicher. Eindeutig eine Lüge.

»Haben Sie irgendeine Veranlassung zu der Annahme, Reacher sei tot?«, fragte Kim.

»Nein.« Das war zumindest wahr. Das sah sie. Dann fügte er hinzu: »Aber es würde mich nicht überraschen. Haben *Sie* eine Veranlassung zu der Annahme, er sei tot?«

»Nur dass er für einen lebenden Menschen zu unsichtbar ist«, sagte Kim.

Sie hörte ein Geräusch im Vorzimmer. Dann eine Toilettenspülung.

Finlay sagte: »Schauen Sie sich die Akten an. Sie müssten etwas finden.«

Wovon redete er? Sie hatte diese Akten verinnerlicht. Sie konnte den Inhalt auswendig aufsagen. *Noch mal von vorne. Analysiere. Das kannst du. Du siehst verborgene Zusammenhänge, die andere nicht sehen. Was weiß er, was du nicht weißt? Er sieht entspannt aus, ist es aber nicht. Warum ist er überhaupt hierhergekommen? Was will er?*

Finlay hatte Zugang zu Informationen, die für Kim außer Reichweite waren. Sowohl offizielle als auch inoffizielle.

Wenn er sagte, in den Margrave-Akten stünde etwas, was sie zur Auffindung von Reacher nutzen konnten, dann war da etwas.

Aber Finlay wusste doch nicht mehr als der Boss. Also irrte Finlay sich.

Oder er log.

Oder er testete sie. Was davon?

Sie hielt kurz inne, atmete durch, und Gaspar fragte: »Sie sagten, Sie wüssten, wie Reacher zu finden sei?«

Finlay erwiderte: »Ich sagte, Sie sollten sich die MargraveAkten anschauen, und dann reden wir weiter. Roscoe und ich haben damals ausgesagt. Es gibt eine Menge Material. Einiges davon ist geheim und kompliziert. Außenpolitik. Diplomatie. Chemische Analysen. Wir können das jetzt nicht alles besprechen und es würde Ihnen auch nicht helfen.«

Er schaute auf die Uhr. Sie verloren ihre Gelegenheit. Vielleicht würden sie nie wieder mit ihm allein sein.

Kim fragte: »Wissen Sie, wovor Reacher sich versteckt?«

»Versteckt er sich denn?«, fragte Finlay zurück.

»Wenn er sich nicht versteckt, warum lebt er dann so unsichtbar?«

»Als ich ihn nach seinem Lebensstil fragte, erzählte er mir, dass er durch das Land reise, einfach weil er noch nicht viel davon gesehen hatte. Er sagte, er arbeite nicht, weil er es nicht müsste. Er lebte von seiner Militärrente. Er war sein ganzes Leben beim Militär gewesen, auf die eine oder andere Art. Er sagte, er wollte zur Abwechslung mal seine Freiheit genießen.«

»Und das haben Sie ihm geglaubt?«, fragte Gaspar.

»Wir haben alle schon verrücktere Geschichten gehört. Seine ergab Sinn. Kein Gesetz verpflichtet einen Amerikaner, ein aufrechter Ehemann und Vater von vier Kindern zu sein, oder?

Er muss keinen festen Job haben und bis zum Tod Darlehen abbezahlen, egal wie schwer es ist und wie sehr er es verabscheut, stimmt's?«

Gaspar schwieg.

Finlay *war* informiert worden.

»Chief Roscoe erzählte, Reacher sei für einen Mord verhaftet worden, den er nicht begangen hatte«, sagte Kim. »So haben Sie ihn kennengelernt, richtig?«

»Das ist richtig.«

»Wieso hatten Sie Reacher verdächtigt?«

»Sowohl das Opfer als auch Reacher waren Fremde, über die wir nichts wussten. Einige Zeugen hatten Reacher im relevanten Zeitraum in der Nähe des Tatortes gesehen. Es war in dem Zusammenhang plausibel.«

Kim verstand. Sie war in Margrave gewesen. Ihr war klar, dass ein Fremder wie Reacher einfach auffallen musste, dass der Zufall zu groß gewesen war, als dass man ihn hätte ignorieren können. Sie hätte ihn auch als Mörder in Betracht gezogen. Und so wenig, wie sie bisher wusste, so war Reacher doch immer noch der beste Verdächtige. Sie hatte Verdächtige für weniger festgehalten.

»Wer war das Opfer?«, fragte Kim.

Finlay zögerte. »Wir kannten den Namen nicht, als Reacher verhaftet wurde. Das Opfer trug keinen Ausweis bei sich und die Leiche war bis zur Unkenntlichkeit malträtiert worden. Wir haben ihn identifiziert, nachdem Reachers Alibi überprüft und er aus der Haft entlassen worden war. Mit einer Entschuldigung.«

Gaspar wiederholte die Frage. »Wer war das Opfer?«

Wieder die Pause, aber nichts mit dem Augenlid. Kim sah, dass Finlay den Namen des Opfers nicht nennen wollte. Aber vor ihr saß ein Mann, der tat, was er zu tun hatte.

»Es war Reachers Bruder«, sagte er leise.

Kim starrte ihn an. Finlay hatte Jack Reacher wegen Mordes an seinem eigenen Bruder verhaftet, ein Verbrechen, das er nicht begangen hatte, von dem er nicht mal wusste, dass es geschehen war. Sein einziger Bruder. Er hatte richtig Mist gebaut. Finlay konnte von Glück sagen, dass er noch lebte.

Und vielleicht wusste er das.

»Es tut mir leid«, sagte Finlay, »dass ich es so eilig habe, aber ich muss einen Flug erwischen. Gibt es noch etwas, das Sie jetzt wissen wollen?«

»War Reacher gewalttätig?«

»Ja.«

»War er verrückt?«

»Das dachte ich damals nicht.«

»Unberechenbar?«

Finlay lachte. Ein tiefes, nachhallendes Lachen, das den Raum eine gefühlte Minute lang erschütterte. Schließlich sagte er:

»Agent Otto, ich denke, wenn Sie diesen Begriff im Wörterbuch nachschlagen, finden Sie ein vollständiges Bild in Farbe von Jack Reacher.«

Dann klopften seine Sekundanten an die Tür. Zeit zu gehen. Sie begleiteten Finlay zum Ausgang. Er ragte weit über den Kopf von Kim hinaus und war gut zehn Zentimeter größer als Gaspar. Als er die Tür erreicht hatte, drehte er sich um, streckte den Arm aus und holte ihr Handy aus ihrer Tasche. Wie ein Zaubertrick. Er drückte auf die Taste, um die Aufnahme zu beenden, und ließ das Handy wieder in die Tasche plumpsen.

»Jetzt mal inoffiziell.« Er nahm zwei Visitenkarten aus seiner Jackentasche und gab ihnen jeweils eine. »Ich habe Ihrem Boss versprochen, dass ich Ihnen helfen würde, so weit ich kann. Das ist meine private Handynummer. Rufen Sie mich mit Ihren Fragen an, nachdem Sie die Akten gelesen haben. Lassen Sie mich wissen, wenn Sie noch etwas brauchen. Wenn ich in dem Moment nicht reden kann, rufe ich zurück.«

Mit der Hand auf dem Türknauf fügte er hinzu: »Und wenn Sie Jack Reacher finden, grüßen Sie ihn von mir, ja? Er soll mich anrufen, wenn er Zeit hat. Sie können ihm die Nummer geben.«

Gaspar fragte: »Kannten Sie Harry Black?«

Finlay dachte nach, ergebnislos. »Der Name sagt mir nichts. Wer ist er?«

»Wer *war* er. Er ist tot.«

Finlay schüttelte den Kopf. »Hätte ich ihn kennen müssen?«

»Er war Polizist in Margrave. Wurde letzte Nacht ermordet. Roscoe hat das ziemlich mitgenommen.«

Da war es wieder. Das Zucken des Augenlides. Finlay wusste etwas. Aber er sagte: »Muss eingestellt worden sein, nachdem ich weg war.«

»Seine Frau hat ihn erschossen, behauptet sie.« Gaspar holte sein Smartphone heraus und zeigte Finlay ein Foto. »Sylvia Black. Kennen Sie sie?«

Das Zucken kam dieses Mal vor der Lüge, und danach noch einmal.

»Hab sie noch nie gesehen«, sagte Finlay.

»Hat Reacher Harry Black umgebracht?«, fragte Gaspar. Der Gehilfe klopfte erneut, öffnete die Tür, trat beiseite.

»Das müssen Sie ihn selbst fragen«, antwortete Finlay. Er drehte sich um und ging. Seine Entourage folgte ihm wie Küken ihrer Mutter.

KAPITEL 14

Kim starrte auf Finlays Visitenkarte. Außer der Telefonnummer stand nichts darauf. Kein Name, kein Titel.

Sie schlug mit der Karte immer wieder auf ihre Finger. Gaspar sagte: »Roscoe und Finlay sind beide nervös wie Hühner im Fuchsbau, wenn wir nach Reacher fragen. Sie haben etwas zu verbergen und es ist groß genug, um sie beide unter sich zu begraben. Meinen Sie nicht?«

»Was immer sie auch verbergen«, erwiderte Kim, »es ist etwas, von dem der Boss keine Ahnung hat.«

Gaspar hob die rechte Augenbraue.

»Tun Sie nicht so«, meinte Kim. »Sie haben doch gesagt, er ist nicht Gott. Offensichtlich hat er keine Ahnung. Überlegen Sie mal, Zorro.«

»Es ist mir ein Geheimnis, wie Ihr Gehirn funktioniert, Susie Kwan.« Gaspar schenkte ihnen beiden eine Tasse Kaffee ein, bevor er seinen Laptop herausholte. »Wir haben noch eine Stunde bis zu unserem Flug nach Atlanta. Ich gehe nicht wieder nach Margrave, bis ich weiß, was Roscoe und Finlay verbergen. Ich will nicht mehr im Dunkeln tappen. Ich finde die Akten, von denen Finlay gesprochen hat. Müsste ja ziemlich einfach sein, sofern sie nicht unter Verschluss stehen. Sie übernehmen Joe Reacher und Sylvia Black.« Er beugte sich über seine Arbeit. Sie nahm ihr Handy heraus. Schickte die Aufnahme an ihren sicheren Speicherort. Dann kopierte sie alles noch auf ihren Laptop. Die Audioaufnahme würde transkribiert werden und in wenigen Minuten auf ihrem Laptop zur Verfügung stehen; im Flugzeug konnte sie das dann noch einmal durchgehen.

»Glauben Sie«, fragte sie ihren Kollegen, »dass die Blacks irgendwas mit Reacher zu tun haben?« Sie rümpfte die Nase. Der Kaffee war lauwarm. Sie mochte ihren Kaffee heiß.

»Es wäre dumm, das nicht zu glauben«, sagte Gaspar.

»Stimmt.« Und Special Agent Kim Louisa Otto würde nicht versagen, weil sie dumm gewesen war. Jetzt nicht und auch in Zukunft nicht. Sie ging zum Fenster und schob die schweren Vorhänge beiseite, um in die frühe Dämmerung hinauszuschauen. Flughäfen waren faszinierend. Kleine Städte für sich. Dann wandte sie sich vom Fenster ab, massierte kurz die Anspannung aus ihrem Nacken fort und konzentrierte sich wieder.

Sie hatte eine Nachricht von Chief Roscoes Handy auf ihrem AB. Sie spielte sie ab. Wegen der wackeligen Verbindung war nur ein Teil aufgenommen worden. Roscoe musste außer Reichweite oder in einem Fahrzeug gewesen sein, als sie angerufen hatte. »… konnten nicht warten? Ich sagte, ich kümmere mich darum. Wohin haben Sie sie gebracht? …«

»Klingt so, als wäre Roscoe wieder sauer auf uns«, sagte Kim. Sie stellte auf Lautsprecher und spielte die Nachricht noch einmal ab. Roscoe klang ziemlich wütend. Gaspar schaute nicht von seinem Bildschirm auf, neigte aber den Kopf zur Seite wie ein Wolf, der eine weit entfernte Gefahr hört.

Kim spielte die Nachricht noch zweimal ab. »Das ergibt keinen Sinn. Wovon redet sie? Hat Sie bei Ihnen irgendwann angerufen?«

Er zog sein Handy heraus. »Nichts. Wann hat sie angerufen?«

»Hier steht, ihre Nachricht wurde um null Uhr dreiunddreißig hinterlassen.« Kim kniff die Augen zusammen, erinnerte sich an die weißen Linien um Roscoes Augen und versuchte, ihr Gesicht nicht mehr zu verziehen.

»Ich nehme nicht an, sie würde sich um diese Zeit über einen Rückruf freuen. Es muss schon nach vier sein.« Gaspar hämmerte so schnell auf seinem Laptop herum wie ein Collegestudent.

»Ich hab in meinem Büro eine Spitzenanalystin sitzen. Sie könnte diesen Kram in einer Miami-Minute finden.«

»Und was ist das? Zwei Stunden?«

»Witzig. Die Sache ist, dass ich nirgendwo weiterkomme. Und Sie?« Er fuhr sich mit der Hand durchs Haar, stand kurz auf, um sich zu dehnen, und versuchte es erneut.

»Sie redet von Sylvia Black, oder?«

»Wer?«

»Roscoe.«

»Kann mir nicht vorstellen, wegen wem sie sonst so sauer wäre, und Sie?«

»Warum sollten wir Sylvia mitnehmen? Warum sollte irgendjemand sie mitnehmen? Das ist doch verrückt, oder?«

Gaspar zuckte mit den Schultern, ohne von seiner Arbeit aufzuschauen. »Unser Flug geht in vierzig Minuten.«

»Ich war nicht mehr so verwirrt, seit ich versucht habe, Mandarin zu lernen«, sagte sie im Ernst.

»Was gibt's da zu lernen? Kleine Orangen in der Dose.« Er schaute zu ihr auf und sagte: »Suchen Sie mal das Datum von Joe Reachers Tod raus. Damit können wir doch das genaue Datum herausfinden, wann Jack Reacher in Margrave eintraf, oder?«

Kim sagte: »Joe starb am Donnerstag, den 4. September 1997, gegen Mitternacht.«

Gaspar starrte sie erstaunt an. »Haben Sie sich das gerade aus den Fingern gesogen?«

Sie zuckte mit den Schultern. »Das steht in Jack Reachers Akte. Ich kann mir Daten gut merken. Zum Beispiel: 6. Juni 1998, Roscoes Tochter wurde geboren. Jacqueline Roscoe Trent. Vier Kilo, fünfundfünfzig Zentimeter, blonde Haare, blaue Augen.«

»Großes Kind«, meinte Gaspar. »Meine Frau hätte mich umgebracht, wenn eines von unseren so groß gewesen wäre.«

»Beverly Roscoe und David Trent haben Weihnachten 1997, am 25. Dezember, geheiratet. Die Braut war zum Zeitpunkt der Hochzeit im vierten Monat schwanger.«

Gaspar zeigte auf seinen Bildschirm und klickte. »Finlay wurde am 30. September 1997 vom Chef des Ermittlungsbüros zum Chef des Police Department befördert, nachdem der frühere Polizeichef am 7. September 1997 gestorben war. Er hieß Morrison. Das bedeutet, Joe Reacher und dieser Typ Morrison starben innerhalb von drei Tagen. Das kann kein Zufall sein.«

»Nein, kann es nicht«, sagte sie. »Und ich habe gerade Joe

Reachers Traueranzeige gefunden.«

»Interessant?«

»Geboren in Palo, Provinz Leyte auf den Philippinen im August 1958, gestorben im Alter von achtunddreißig Jahren. Die Eltern Stan und Josephine starben vor ihm, sein einziger Bruder Jack überlebte ihn. Ausgebildet auf Militärstützpunkten rund um den Globus, dann Militärakademie West Point, dann Militärnachrichtendienst, dann Finanzministerium.«

»Seltsamer Weg.«

»Kann man wohl sagen. Der militärische Nachrichtendienst und das Finanzministerium liegen so weit voneinander entfernt, wie es innerhalb des Staatsdienstes nur geht. Er wurde in Ausübung seiner Pflicht getötet. Als Mitarbeiter des Finanzministeriums. Seine Asche wurde in Margrave, Georgia, verstreut. Was merkwürdig ist.«

»Allerdings«, sagte Gaspar. »Er war Veteran. Warum wurde er nicht in Arlington beigesetzt?«

»Das ist nicht das, was merkwürdig ist. Merkwürdig ist, dass ein Mitarbeiter des Finanzministeriums in Ausübung seiner Pflicht in einem verschlafenen kleinen Ort wie Margrave, Georgia, im September 1997 ermordet werden kann. Wie soll so etwas passieren? Warum war er überhaupt dort?«

»Waren Sie 1997 überhaupt schon auf der Welt?«, fragte Gaspar.

»Online gibt es keine Sterbeurkunde. Das ist verrückt. Wir sind das FBI. Der schlaueste, am besten ausgerüstete und umfassendste Geheimdienst der Welt. Und wir bekommen von unseren eigenen Quellen keine Informationen über aktuelle Ermittlungen?«

»Willkommen unter dem Radar, Baby. Wenn es leicht wäre, bräuchten sie keine hochkarätigen Talente wie uns, stimmt's?« Er klappte den Laptop zu und fing an, seine Sachen zu packen.

»Ich rufe Roscoe an.«

»Viel Glück dabei.«

Sie nahm ihr Handy und drückte auf die Rückruftaste.

Gaspar dehnte sich und humpelte im Zimmer umher, um sich zu lockern. Sie bemerkte das Humpeln und wusste, dass er versuchte, es abzuschütteln. Die Liste der Dinge, die sie mit ihm zu besprechen hatte, war schon recht lang, aber vielleicht sollte sie das nach oben schieben. Sie stellte auf Lautsprecher, während sie eine Cordhose in ihre Tasche stopfte und den Reißverschluss zuzog. Roscoes Handy klingelte zehnmal, zwölfmal, fünfzehnmal. Dann dröhnte Roscoes wütende Stimme durch das Zimmer: »Sie sagen mir jetzt lieber, dass Sie Ihren Arsch zurück nach Margrave befördert haben und Sylvia Black bei Ihnen ist.«

Gaspar tippte mit dem Finger auf sein Handgelenk, um ihr zu bedeuten, dass die Zeit knapp wurde. »Chief Roscoe«, sagte Kim, »ich habe keine Ahnung, wovon Sie reden.«

»Lassen Sie das, Agent Otto. Ich hab die Karte von dem Typen vor mir liegen. L. Mark Newton, Anwalt. Aus Washington D. C. Er hatte einen U. S.-Marshal dabei, zum Henker noch mal. Sie haben ihn hierher geschickt, um Sylvia zu holen. Mitten in der Nacht, als ich nicht da war, um sie aufzuhalten. Sie wissen das. Ich weiß das. Und ich will sie wiederhaben. Was immer Sie auch mit ihr vorhaben, Sie können sich gefälligst hinter mir anstellen.«

»Wir haben sie nicht.«

»Lassen Sie das«, sagte Roscoe erneut. »Bringen Sie sie einfach zurück, sonst wird es Ihnen noch leidtun. Haben wir uns verstanden?«

»Hören Sie, wir haben sie nicht. Aber wir sind auf dem Weg. Wir sehen uns vor Mittag.« Das Gespräch war beendet.

»Die Geschichte hat nur einen wesentlichen Haken«, sagte Gaspar.

»Und der wäre?«

»L. Mark Newton ist letztes Jahr gestorben«, sagte er.

»Ich weiß, ich war auf der Beerdigung.«

KAPITEL 15

Auf halbem Weg zum Abfluggate fühlte Kim das Handy des Bosses in ihrer Hosentasche vibrieren. Sie wuchtete ihre Taschen herum und versuchte, mit einer freien Hand das Handy herauszuholen, ohne ihren Schritt zu verlangsamen. Es ging nicht. Die Tür zur Fluggastbrücke war schon geschlossen. Sie sah das Flugzeug, das draußen noch stand, durch die Spiegelglasfenster. Aber nachdem die Tür geschlossen worden war, konnten keine Passagiere mehr an Bord. Streng genommen war das Flugzeug weg. Sie hatten den Flug verpasst.

»Wir müssen an Bord«, sagte Kim außer Atem zu der Mitarbeiterin am Flugsteig.

»Es tut mir leid, das ist nicht möglich«, sagte die Frau, ohne aufzuschauen. Sie machte die Unterlagen fertig, um das Flugzeug in die Luft zu schicken.

Kim spürte das Vibrieren des Handys. Sie hatte nie einen Anruf des Bosses verpasst. Das hatte sie auch nicht vor. Mit ruhiger Stimme sagte sie: »Sie müssen die Tür öffnen.« Sie griff in die Tasche. Um das Handy herauszuholen. Doch die Frau vom Bodenpersonal interpretierte es falsch. Ihre linke Hand verschwand unter dem Pult. Sie drückte auf den Notfallschalter.

Kim vergaß das mit dem Handy und hielt ihre Hände sichtbar an der Seite. Sie stand regungslos da. Wo zum Teufel war Gaspar?

Er tauchte drei Schritte hinter zwei Leuten von der Transportsicherheitsbehörde auf. Sie hatten ihre Waffen gezogen. Kims Hände waren sichtbar, während sie so ruhig wie möglich

»FBI« sagte. Sie langte mit ihrer linken Hand langsam hinunter, um ihre Jacke zu öffnen und ihren Ausweis zu zeigen, der an ihrem Hosenbund befestigt war.

Gaspar stellte sich hinter sie und zeigte ebenfalls seinen Ausweis.

»Was gibt's für ein Problem?«, fragte er.

Kim hielt den Atem an, während die beiden Sicherheitsleute sie beäugten. Aus dem Augenwinkel heraus sah sie, dass das Flugzeug anfuhr.

»Sie sind zu spät«, sagte einer der beiden.

»Tun wir so, als seien wir es nicht«, erwiderte Kim. Das Telefon brummte immer noch.

Die Zeit stand still.

Dann sagte der erste Beamte: »Okay, beeilen Sie sich.« Beamter Nummer zwei öffnete die Abflugtür gerade so weit, dass sie hindurchschlüpfen konnten. Kim rannte los. Gaspar hinterher. Die Tür hinter ihnen fiel zu. Das Handy vom Boss drückte beim Rennen auf ihre Hüfte. Sie sprintete um die letzte Ecke und sah, dass sich die Fluggastbrücke von der offenen Flugzeugtür entfernte. Sie hielt an dem immer größer werdenden Abgrund an. Kalte Novemberluft blies in den Tunnel. Die Stewardess in der Kabine telefonierte. Wahrscheinlich mit der Frau vom Bodenpersonal. Sie rief ihrem Kollegen der Fluggastbrücke etwas zu. Die Brücke hielt an. Das Flugzeug hielt an.

Etwa ein Meter zwanzig Leere. Vielleicht eins fünfzig.

»Das schaffen Sie«, sagte die Stewardess. »Hab ich oft gemacht.« Kim nahm ihre Computertasche von der Reisetasche und schob den Griff hinein. Sie nahm je eine schwere Tasche in eine Hand, schwang beide zurück und dann nach vorne über die Kluft hinweg. Die Stewardess stellte sie beiseite. Kim atmete ein, atmete aus, schaukelte vor und zurück wie ein Hochspringer der Unimannschaft und sprang über das schwarze Loch hinweg ins Flugzeug. Die Stewardess fasste sie am Arm und dann gingen sie beide aus dem Weg, damit Gaspar folgen konnte.

Gaspar hatte ein Problem.

Er war Rechtshänder. Deshalb wollte er sicher mit dem rechten Bein abspringen. Aber das rechte Bein war das humpelnde. Und selbst wenn er sich mit dem linken abstoßen könnte, wäre sein rechtes Bein kräftig genug, um die Landung abzufangen?

»Können wir nicht zurückfahren?«, fragte Kim.

»Sie wollen nicht wissen, was los wäre, wenn wir das tun«, antwortete die Stewardess.

Also stellte Kim ihren Fuß auf die erhöhte Kante des Türrahmens. Sie hielt sich mit der linken Hand am Griff des inneren Rahmens fest und lehnte sich hinaus über den eisigen Abgrund, um ihm ihren rechten Arm so weit wie möglich entgegenzustrecken.

»Jetzt, Gaspar«, rief sie.

»Komme«, rief er zurück.

In einer fließenden Bewegung, als hätten sie den Stunt seit Jahrzehnten einstudiert und trainiert, ging er drei Meter zurück, nahm seine schwerere Tasche in die linke Hand, hängte sich die Computertasche auf den Rücken und nahm Anlauf. Die Taschen verliehen ihm Schwung, seine Füße trugen ihn und er stieß sich mit dem rechten Bein ab.

Sein rechtes Bein hielt nicht stand. Keine elegante Flugbahn.

Das Gewicht seiner Tasche katapultierte ihn nach vorne, während ihn die Schwerkraft nach unten zog. Kim stürzte sich vor, ergriff mit ihrer rechten Hand seinen linken Unterarm und zog ihn mit ihren ganzen fünfundvierzig Kilo Körpergewicht zu sich herein. Sein linker Fuß landete hinter der erhöhten Türschwelle. Er fiel der Länge nach auf den Gang. Sie meinte, ein »Danke« gehört zu haben, mit etwas sehr Verletzlichem in seinem Tonfall. Etwas, das sie nicht hören wollte. Jetzt nicht. Und auch sonst nie. Ihr zuliebe und ihm zuliebe nicht.

Egal, sie waren im Flugzeug.

Nicht, dass es gut war, wieder im Flugzeug zu sitzen, dachte Kim.

Gaspar rappelte sich auf, atmete schwer und sagte erneut: »Danke.«

»Von jetzt an«, sagte Kim, »hören wir auf Karl und Helen.«

»Was?«

»Sie wissen schon, dass die Flying Wallendas Deutsche sind, oder?«

Sie bekam das Grinsen, das sie sich erhofft hatte. »Klar, Gertrude, das weiß ich.«

Sie fühlte sich besser, so als sei das Gleichgewicht wieder hergestellt. Sie beobachtete die Stewardess, die die Einstiegsluke schloss. Wenn die Luke sich nicht schließen ließ, würde das Flugzeug abstürzen. Sie konnte sich nicht regen, bis die Luke sicher verschlossen war.

Ihr Handy klingelte noch immer.

Sie sah der Stewardess zu, wie sie den Türhebel sicherte und überprüfte. Dann erst ging sie weiter.

Sitz 1A war frei. Sie hasste 1A.

Zu viel freier Raum um 1A herum.

Von 1A aus konnte sie den Gang und die Tür zum Cockpit sehen. Sie konnte hören, wie die Flugbegleiter miteinander redeten oder mit der Cockpitcrew telefonierten.

Auf 1A bekäme sie es als Erste mit, wenn es Probleme geben sollte.

Nein.

Sie drehte sich um. »Sie nehmen 1A«, wies sie Gaspar an, bevor sie zurück zu 3D eilte.

Sie schob ihre Computertasche unter den Sitz vor sich und ließ ihre größere Tasche im Gang, damit die Stewardess sie im Gepäckfach über ihr verstauen konnte. Sie schnallte sich so eng wie möglich an, umklammerte die Armlehnen, schloss die Augen und betete.

Das Handy klingelte nicht mehr.

KAPITEL 16

Atlanta, Georgia
2. November 7:45 Uhr

Bei der Autovermietung in Atlanta suchte Gaspar sich eine geräumige Limousine aus. Einen schwarzen Ford Crown Victoria. Kim hasste solche Wagen, weil sie zu groß und zu nah am Boden waren. Sie müsste den Sitz ganz nach vorne schieben, um an die Pedale zu kommen. Selbst dann konnte sie wegen der lang gezogenen Kühlerhaube die Straße nicht sehen. Aber das musste sie ja nicht kümmern, Gaspar würde sie ohnehin nicht fahren lassen.

»Viel besser«, sagte er. »So ein Auto sollte ein FBI-Mann fahren, Tila Tequila.«

»Unbedingt. Wenn der Airbag nicht ausgelöst wird und mich erstickt, liegt das größte Problem bei dem Gurt, der mir den Hals aufschlitzt und den Kopf abschneidet.«

Er sah ihren missmutigen Gesichtsausdruck und lachte. »Soll ich eine Sitzerhöhung holen?«

Sie beugte sich hinunter, rutschte nach vorne, um an ihre Reisetasche im Fußraum zu gelangen, und wühlte auf der Suche nach irgendetwas darin herum.

»Im Ernst«, meinte Gaspar. »Soll ich einen anderen Wagen holen? Mach ich gerne, aber wenn, dann müssen Sie es jetzt sagen.«

»Nicht nötig.« Sie zog den Sicherheitsgurt heraus und befestigte die kleine Krokodilklemme von ihrer Tasche direkt unter der Aufrollvorrichtung. Sie lehnte sich zurück und überprüfte ihre Konstruktion. Der Gurt lag nun bequem über ihrem Oberkörper anstatt auf ihrem Hals. Sie befestigte die Klemme so, dass sie bei einer Kollision abfliegen würde und der Gurtstraffer seine Arbeit erledigen könnte.

»Deutsche Ingenieurskunst vom Feinsten«, sagte er.

»Ganz genau«, erwiderte sie. Sie überprüfte noch einmal den Gurt und wies dann mit einer ausladenden Geste auf die Straße vor ihnen: »Sie können.«

Sie hielten an einem Drive-in, bestellten sich Kaffee und fettige Eier-Wraps und fuhren auf die Interstate Richtung Süden. Bis zur Ausfahrt Margrave waren es sechsundsechzig Meilen, wie Kim dem ersten Straßenschild entnehmen konnte. Der Kaffee war schlecht und das Essen noch schlimmer, aber sie hatten beide Hunger.

Gaspar kaute eine Zeit lang auf seinem Wrap herum und spülte ihn mit dem Kaffee hinunter, bevor er sagte: »Erzählen Sie mir noch mal, was Roscoe über Sylvia Black gesagt hat.«

»Sie sagte, ein U. S.-Marshal und ein Anwalt wären gegen Mitternacht mit einer Verfügung vom Bundesgericht beim Gefängnis aufgetaucht. Der diensthabende Beamte hat Sylvia in ihre Obhut entlassen. Jetzt können sie Sylvia nicht finden, im Büro von dem Anwalt geht niemand ans Telefon und das Büro vom Marshal sagt, es hätte nie eine Verfügung gegeben.«

»Jetzt haben wir also einen toten Anwalt, einen falschen Marshal und eine gefälschte Verfügung, richtig?«

»Genau.«

»Ich weiß, dass die Police Departments in diesen kleinen Orten nicht immer die hellsten Köpfe die Nachtschicht machen lassen, aber Brent schien mir wesentlich cleverer zu sein. Er muss den beiden Fremden also geglaubt haben, oder? Also müssen wir irgendetwas übersehen.«

»Ich bin mir nicht sicher, ob Brent Dienst hatte. Er hatte doch in der Nacht zuvor gearbeitet und anschließend die ganze Schicht von Harry Black auch noch. Nachdem Brent Sylvia auf die Wache gebracht und die erkennungsdienstliche Behandlung abgeschlossen hat, könnte Roscoe ihn nach Hause geschickt haben.«

»Was für eine gerichtliche Anordnung war das?«

»Roscoe war während des Telefongesprächs etwas emotional aufgeladen, wenn Sie sich erinnern«, meinte Kim.

Gaspar schüttelte den Kopf, so als wollte er die unklaren Gedanken loswerden. »Das ergibt keinen Sinn. Der diensthabende Typ ist vielleicht neu und dann ruft er nicht zuerst Roscoe an? Bevor er seine einzige Insassin zwei Fremden übergibt?«

Das frühe Sonnenlicht tauchte die Landschaft in blau und rosa. Die Herbsternte war vorüber. Die Felder mit der roten Erde waren durch den gestrigen Regensturm zu nassem Schlamm geworden. »Ich kapiere es auch nicht. Ich bin mir sicher, wir haben bald Gelegenheit, Roscoe zu fragen.«

Sie fuhren nun hinter einem älteren Herrn her, der in einem alten Lieferwagen mit Holzaufbau und mit Schweinen beladen vor ihnen dahinschlich. Er hatte Probleme, den Truck in der Fahrspur zu halten. Vielleicht war der Lieferwagen überladen oder Opa war einfach ein schlechter Fahrer. Aber unabhängig davon war der Gestank der Ladung unausweichlich.

Kim hielt sich die Nase mit Daumen und Zeigefinger zu.

»Kann man wohl sagen«, meinte Gaspar und scherte aus, um ihn links zu überholen.

Doch Opa wollte nicht überholt werden. Als Gaspar neben ihm war, beschleunigte er und blieb eine halbe Meile oder so auf gleicher Höhe. Bei der hohen Geschwindigkeit wurde Gaspar durch den Schlängelkurs des Trucks in Richtung Mittelstreifen gedrängt.

»Um Himmels Willen, Opa, fahr langsamer«, sagte Gaspar.

»Du verteilst den ganzen Schinken noch auf dem Asphalt.«

»Er kann Sie nicht hören, wissen Sie?«, meinte Kim.

»Tut mir leid, schlechte Angewohnheit. Gibt viele verrückte Fahrer in Miami. Sie anzumotzen ist besser, als auf sie zu schießen.«

»Manchmal«, sagte Kim nur.

»Verrückter alter Kerl«, sagte Gaspar, brachte den Crown Vic aber auf eine vernünftigere Geschwindigkeit, sobald Opa so weit zurücklag, dass er nicht noch einmal aufholen konnte. Sie blieben noch etwa eine Meile auf der Überholspur. Kim sah Schlammfelder und Reklameschilder, die für Outlet Malls, Teppichdiscounter und Pekannüsse warben. Ab und zu ein verlassenes Fahrzeug auf dem Fahrbahnrand oder dem Mittelstreifen. Typisch Interstate. Nicht mehr und nicht weniger. Dank der Verkehrskameras, die hoch genug angebracht waren, um Verkehrsszenen aufzunehmen, fühlte sie sich, wie immer, etwas sicherer.

»Sollten wir mal ein paar Leute anrufen?«, fragte Gaspar. »Wegen der gerichtlichen Verfügung? Wäre ein Leichtes, das herauszufinden, bevor wir nach Margrave kommen.«

»Nicht nötig«, fand Kim. »Roscoe wird all das schon erledigt haben, bis wir da sind. Aber sie wird nichts finden.«

»Warum nicht?«

»Weil es nichts zu finden gibt. Es gab keine Verfügung. Kein U. S.-Marshal würde mit einem privaten Rechtsanwalt im Schlepptau auftauchen und umgekehrt genauso wenig. Wenn irgendetwas an der Geschichte legal gewesen wäre, hätten sie das zumindest mit Roscoe abgesprochen.«

»Das Ganze klingt nach Regierungsarbeit, oder? Es gibt Gerichte für Innere Sicherheit, die geheime Anordnungen ausstellen. Es kommt vor, dass Insassen aus kommunalen Gefängnissen abgeholt werden. Und die Verbrechen werden auch nicht nur bei Tageslicht verübt.«

Kim seufzte. Die Sonne war herausgekommen und blendete schmerzvoll die Augen. Sie wusste nicht, wohin sie ihre Sonnenbrille gesteckt hatte. »Wir reden hier über Sylvia Black. Nicht über eine Terroristin oder Spionin.«

»Stimmt. Aber wer immer sie auch ist, Sylvia gehörte nicht in das Haus von Harry Black. So viel ist sicher.«

»Sie gehörte überhaupt nicht nach Margrave. Aber was für einen Grund sollte ein Gericht für Innere Sicherheit haben, Sylvia in Bundesgewahrsam zu überführen? Dafür müsste sie auf der Flucht sein oder Schutz benötigen.« Kim schloss wieder die Augen, um sie vor der grellen Sonne zu schützen.

»Zeugenschutz?«

»Unwahrscheinlich. Sylvia kam mir nicht wertvoll genug vor, um im Zeugenschutzprogramm zu sein. Selbst wenn sie es gewesen wäre, dann wäre nicht mitten in der Nacht ein einziger U. S.-Marshal mit einem privaten Anwalt aufgetaucht und hätte sie mitgenommen, nachdem sie ihren Mann umgebracht hat.«

Vor ihnen verdichtete sich der Verkehr. Gaspar nahm den Fuß vom Gaspedal und die große Limousine kroch nun langsam weiter. »Aber wie auch immer«, sagte Kim, »Sylvia Black ist weder unser Fall noch unser Problem. Wir erstellen das Reacher-Dossier, Sie erinnern sich?«

Er sah sie ruhig an. »Wer hätte gedacht, dass Deutsche so naiv sind?«

Er bremste ab und kam zum Stehen. Ein Arbeiter mit einer Fahne stoppte den Verkehr auf der Überholspur, um vier Lastwagen auf den Highway auffahren zu lassen. Gaspar versuchte, auf die rechte Spur zu wechseln, weil der Verkehr dort noch floss, wenn auch langsam. Kim schaute in ihren Außenspiegel und sah Opa mit seinem Lieferwagen näherkommen. Opa winkte und grinste, als er und seine Schweine vorbeifuhren. Sie bemerkte, dass auf seinem Beifahrersitz ein Hund saß. Irgendein graubrauner Jagdhund mit Schlappohren und ausdrucksvollen Augen. Wog wahrscheinlich so viel wie Kim.

»Eile mit Weile funktioniert wohl besser«, sagte sie.

Gaspar lachte. Opa fuhr langsam auf der rechten Spur weiter, während der große Crown Vic darauf wartete, dass die großen Lastwagen den Weg freimachten.

»Sie sollten Roscoe anrufen und sagen, wir wurden aufgehalten«, sagte Gaspar.

Kim schüttelte den Kopf. »Und ihr noch eine Gelegenheit geben, mich runterzuputzen? Nein, danke. Ich warte. Soll sie es lieber mit einem Mal aus sich herausbrüllen.«

»Sind Sie sicher, dass Sie keine Kinder haben? So eine Logik hab ich von meinen Teenagern gelernt.«

»Vergessen Sie Roscoe«, sagte sie.

»Guter Plan.« Er klang grimmig.

»Was haben Sie über den letzten Fall von Joe Reacher herausgefunden?«

»Viel«, sagte er. »Nichts Gutes.«

»Wieso?«

»Es muss offensichtlich um Geld gegangen sein. Und zwar um viel, wenn man sich das Chaos anschaut. Wenn man von dem Tag an zählt, an dem Joe Reacher umgebracht wurde, vergingen zwölf Tage, bis sechs Regierungsbehörden in Margrave einfielen, um das alles zu klären. In diesen zwölf Tagen starben mindestens zwölf Menschen, wenn nicht mehr.«

Kim starrte ihn an. »Zwölf Menschen?«

»Oder mehr. Einschließlich Joe Reacher und Polizeichef Morrison. Und es gab zwei große Explosionen, gefolgt von verheerenden Bränden. Mehrere Gebäude wurden zerstört, einschließlich des Feuerwehrhauses, des Polizeigebäudes und dieser alten Lagerhäuser.«

»Kein Wunder, dass Finlay gestern Abend gesagt hat, wir hätten nicht die Zeit, alle Details zu besprechen.«

Gaspar zeigte ihr wieder die hochgezogene Augenbraue.

»Wenn Sie das sagen. Glauben Sie noch immer, der Boss wusste nichts davon?«

Sie beantwortete seine Frage nicht, weil die Antwort offensichtlich war. »Ich hab auf dem Weg in die Stadt gestern diese abgebrannten Lagerhäuser gesehen. Ziemlich großes Gelände, um einfach so abzubrennen. Aber es erklärt, warum es keine Berichte über die Festnahme von Jack Reacher gibt. Die müssen in dem abgebrannten Polizeigebäude gewesen sein, richtig?«

»Das behauptet zumindest Roscoe«, sagte Gaspar.

»Glauben Sie ihr nicht?«

Gaspar atmete tief durch, so als wollte er sich wappnen.

»Wenn Roscoe und Finlay damals nichts von so einer Verbrechensserie mitbekommen haben, dann wären sie blöd.«

»Und das sind sie nicht.«

»Also wussten sie, was los war, als das alles geschah.« Er sah sie an, als wolle er sich vergewissern, dass sie seiner Logik folgte.

»Sind wir uns da einig?«

»Sie glauben also«, fragte Kim, »dass es darum geht? Um kriminelle Cops?«

»Sieht so aus«, sagte er. »Ich traue ihr nicht. Sie steckt bis zum Hals in dieser Sache drin. Das ist einer der Gründe, warum sie so merkwürdig ist. Anders als jeder andere Cop, den ich je kennengelernt hab, und Sie auch, wette ich. Ich nehme ihr nichts ab.«

Kim überdachte die Tatsachen. Roscoe verhielt sich ungewöhnlich, wie Gaspar sagte. Aber kriminelle Cops schien ihr auch nicht ganz die richtige Antwort zu sein. »Wobei mir einfällt, dass wir nicht deswegen hier sind.«

»Manchmal ist eine Zigarre nur eine Zigarre«, sagte er.

Sie fuhren sechs Meilen den schweren Lastwagen hinterher, bis der Baustellenbereich endete. Gaspar drückte seinen Bleifuß aufs Gaspedal. Kim schaute auf die Uhr. Sie hatten dreißig Minuten verloren. Roscoe würde dreißig Minuten verärgerter sein. Kim war sich nicht sicher, ob es ihr etwas ausmachte.

»Es gibt nur zwei mögliche Antworten«, sagte Gaspar. »Entweder Roscoe und Finlay haben bei diesen Morden mitgemacht oder sie haben den Mörder gedeckt, und das muss dann Jack Reacher gewesen sein.«

»Ich weiß«, sagte Kim ziemlich leise.

»Sie wissen, warum es Reacher gewesen sein muss, oder?«, fragte Gaspar, als sie genug Zeit gehabt hatte, um die Sache zu durchdenken.

»Ja.«

»Werden Sie es laut aussprechen?«

»Nein.«

»Ich auch nicht«, sagte Gaspar.

Aber die Logik war klar wie ein Frühlingsbach. Der Boss wusste alles. Er wusste von Roscoe und Finlay, von den Morden, den Explosionen, den Bränden, von Jack und Joe Reacher. Er wusste alles. Er hatte es gestern gewusst, als er sie nach Margrave geschickt hatte, und er wusste es seit Jahren. Und hatte es dabei belassen. Hatte vielleicht sogar dabei geholfen, die Sache zu vertuschen. Warum nur? Und warum änderte er jetzt den Kurs? Und warum führte er sie hierher, erzählte ihnen aber nichts? Hatte er in seinem Budget für verdeckte Ermittlungen noch Geld übrig? Was hatte er vor?

Kim musste das gedanklich sortieren. Eine falsche Bewegung konnte ihr jetziges Leben beenden, und Gaspars auch. Sie hatte zu hart gearbeitet, um das alles wegzuwerfen. Sie wollte auch nicht Gaspars Karriere auf dem Gewissen haben. Wenn sie das hier vermasselte, wenn sie Anschuldigungen erhob, die nicht zutrafen, oder Verdächtigungen zu früh aussprach, würden Finlay und Roscoe ihren Job verlieren – wenn nicht sogar mehr. Sie könnten ins Gefängnis kommen. Sie musste absolut sicher, todsicher sein, bevor sie diesen Weg ging. Der Blowback wäre tödlich.

»Wer das Schwert nimmt«, sagte Gaspar, »der soll durch das Schwert umkommen, hat man uns bei den Marines beigebracht, Gretel.«

»Tja, damit meinten sie, dass FBI-Agenten in einer Welt leben, wo töten und getötet werden eine tägliche Eventualität ist. Damit komme ich klar, weil ich gute Chancen habe, diesen Kampf zu gewinnen. Aber ich werde nicht Suizid durch Polizisten begehen. Und solang ich Nummer eins bei diesem Auftrag bin, werden Sie das auch nicht, verstanden?«

Gaspar schaute weg und zuckte mit den Schultern. »Sie sind der Boss.«

»Genau. Im Moment reagieren wir auf das, was kommt. Genau so wie bisher. Kein Austausch mit Roscoe. Behandeln Sie sie wie eine mögliche Verdächtige. Ich gebe Ihnen Bescheid, wenn sich der Plan ändert.«

»Und wenn es so weit ist? Was machen wir dann, Boss Lady?« Sie sagte nichts, denn sie wusste nicht, was sie darauf antworten sollte.

KAPITEL 17

Sie erreichten die Ausfahrt nach Margrave. Irgendwie war der Vieh transportierende Opa wieder vor ihnen gelandet, fuhr immer noch unterhalb der Geschwindigkeitsbegrenzung, pendelte noch immer auf der Straße hin und her, immer noch überwiegend auf der rechten Spur und dem Straßenrand. Gaspar musste langsamer und hinter den stinkenden Schweinen her fahren. Dann fuhr Opa auch an der Ausfahrt raus.

Der Lieferwagen legte sich zu sehr in die Kurve, Opa steuerte zu stark gegen, schleuderte dabei die quiekenden Schweine gegen die Holzvertäfelung auf der anderen Seite und verursachte damit ein noch stärkeres Schlenkern. Dann, am unteren Ende der Ausfahrt, hielt der Truck abrupt an. Abgewürgt. Opa stand da, zu lange, ohne den Motor wieder anzulassen.

Auf dem rechten Straßenrand stand ein anderer verlassener alter Lieferwagen und versperrte Gaspar die Ausweichmöglichkeit. »Schleppt denn niemand mal diese Schrotthaufen ab?«, schimpfte Gaspar. Er fing an, mit den Daumen aufs Lenkrad zu klopfen. »Komm schon, Opa. Es wird Zeit abzubiegen. Du hast nur zwei Möglichkeiten. Rechts oder links. Such dir eine aus. Das ist keine Gehirnoperation.«

Schließlich beugte Großvater sich hinüber und öffnete die Beifahrertür. Sein großer graubrauner Hund sprang heraus und rannte zum hinteren Teil des Lieferwagens, genau vor den Crown Vic. Als die Schweine den Hund sahen, wuchs ihr Quieken auf eine ohrenbetäubende Lautstärke an.

»Oh Mann, Opa, was machst du denn?«, murrte Gaspar.

»Etwas Geduld, Speedy Gonzales«, ermahnte ihn Kim. »Der Hund muss was erledigen. Er ist gleich zurück und Opa wird weiterfahren. Dieser Lieferwagen hat schon 'ne Menge Schweine durch die Gegend gefahren.«

Sie lehnte den Kopf zurück und schloss die Augen.

»Bin gleich wieder da«, sagte Gaspar.

Kim spürte, wie die Schaltung auf Parken gestellt wurde, und hörte, wie Gaspar sich abschnallte und die Tür öffnete. Er ließ die Schlüssel stecken, weshalb der Alarm losging: Piep, piep, piep.

Nach der vierten nervigen Ermahnung öffnete sie die Augen. Piep.

»Was machen Sie?« Piep.

Sie sah, dass Opa auf der Fahrerseite ausgestiegen war. Piep. Er stand auf dem schmalen Randstreifen der Ausfahrt, mit offener Tür, und rief den Hund.

Piep.

»Wohin gehen Sie?« Piep.

»Dem alten Kerl helfen, seinen Hund zu finden, damit wir weiterkommen. Wenn jemand die Ausfahrt herunterrast, könnte er in uns hineinkrachen.« Piep. »Vielleicht sollten Sie aussteigen.« Sie sah ihm hinterher, wie er auf Opa zuging, bis der Lieferwagen ihr die Sicht versperrte. Aus dem Augenwinkel heraus sah sie dann ein Auto, vielleicht fünfzig Meter entfernt, oberhalb von ihnen. Ein alter grüner Chevrolet, der im Unkraut zwischen den Schnellspuren des Highway gen Norden stand. In dem Niemandsland zwischen der Ausfahrt gen Süden und der Auffahrt gen Norden auf der anderen Seite des Autobahnkreuzes. Die Motorhaube war auf. Sah aus, als hätte er schon eine Zeit lang dort gestanden. Sie erinnerte sich nicht daran, ihn vorher gesehen zu haben. Nicht verwunderlich. Alte Autos am Straßenrand waren so gewöhnlich, dass sie fast unsichtbar waren. Auf der Fahrt von Atlanta hatte sie fast zehn gesehen. Wahrscheinlich hatte sie noch mehr nicht gesehen.

Der Hund des alten Mannes hatte den Chevrolet entdeckt. Das verrückte Tier sprang herum, so als wollte es spielen. Womit? Mit einem Auto? Kim wusste nicht viel über Hunde. Sie wusste, dass manche gern Autos jagten. Aber was machten sie, wenn sie eins gefangen hatten?

»Gaspar?«, rief sie ihm zu. »Der Hund ist da hinten bei dem grünen Auto. Ich kann ihn von hier aus sehen.«

Falls Gaspar geantwortet hatte, hatten die Schweine ihn übertönt. Wo war er? Sie stieg aus und ging zu dem Lieferwagen, wobei sie sich wegen der Schweine die Nase zuhielt. Sie sah Opa mit einem Fuß auf das rostige Trittbrett gestützt, den anderen auf dem Boden, während er sich gerade gegen die offene Tür lehnte und über die Motorhaube des Lieferwagens zum Chevrolet guckte.

Sie folgte seinem Blick und sah Gaspar da oben, der nach vorne gebeugt in das dunkle Innere des lahmgelegten Chevrolets schaute. Der Hund sprang wie verrückt auf und ab, rannte im Kreis und bellte sicherheitshalber noch ein paar Mal.

Kim stellte sich rasch etwas abseits und entgegen der Windrichtung von den Schweinen, ließ ihre Nase los, zog ihr Telefon heraus und wählte Gaspars Nummer. Er ging nach dem ersten Klingeln ran.

»Was ist los?«, fragte sie.

»Ist dies Roscoes Bezirk?«

Kim schaute sich um, sah auf keiner Seite der Zufahrt ein Ortseingangsschild. Wie weit waren sie weg? Vielleicht fünfzehn Meilen bis zur Stadt?

»Wir sind ziemlich weit weg von der Polizeistation Margrave. Warum?«

Gaspar richtete sich auf und schaute sie aus der Entfernung direkt an. Auf den Fahrbahnen Richtung Süden fuhren Fahrzeuge zwischen ihnen vorbei, schnelle, lärmende Farbflecken.

»In diesem Auto liegt ein toter Mann«, sagte Gaspar.

KAPITEL 18

»Ich hoffe«, sagte Gaspar, »dies ist Roscoes Bezirk, denn wir müssen es irgendwo melden und ich hab gerade keine große Lust auf eine neue Runde mit der Georgia Highway Patrol. Sie etwa?«

Genau in dem Moment vibrierte das Handy des Bosses in ihrer Tasche.

»Bringen Sie den Hund zurück«, sagte sie. »Werden Sie Opa los. Ich überlege, wen wir anrufen.«

Sie beendete das Gespräch, klappte dann das Handy des Bosses auf und zuckte zusammen, als es ihr am Daumenansatz die Haut aufschnitt. Sie sah hinunter und bemerkte einen Riss in der Handyhülle, woraufhin sie sich fragte, wie sie die Hülle eingerissen hatte. Sie leckte sich den Daumen ab, hob das Handy ans Ohr und beobachtete Gaspar, der seinen Gürtel abnahm und ihn am Halsband des Hundes befestigte.

»Agent Otto?«, meldete sich ihr Boss. Gaspar lief mit dem Hund zurück.

»Ja, Sir.« Durch den Verkehrslärm war er kaum zu hören. Sie hielt sich das freie Ohr mit der Hand zu und versuchte, sich nur auf seine Stimme zu konzentrieren.

»Sehen Sie den Chevy?«

Woher wusste er von dem Chevrolet? Sie schaute zum Himmel auf, als könnte sie den Satelliten sehen, mit dessen Hilfe er sie ausspionierte. Die Verkehrskamera genau über ihr unterstand doch wohl nicht seiner Kontrolle, oder?

Sie sagte: »Ja, Sir.«

Zwei Sattelzüge fuhren dröhnend und mit wimmernden Reifen und heulendem Windzug vorbei. Sie konnte ihren Boss nicht hören. Klang so, als hätte er gesagt: »Sehen Sie zu, dass Sie da wegkommen.«

»Sir?«

»Ich kümmere mich um die Verkehrskamera. Die GHP ist unterwegs. Ich will Sie da im Umkreis von zehn Meilen nicht haben. Sie waren nicht da. Sie haben den Chevrolet nicht gesehen. Sie haben nicht gesehen, was da drin liegt. Unter keinen Umständen. Verstanden?«

»Ja, Sir.«

Aber sie verstand nicht, warum sie eine Unfallstelle verlassen sollten. Überhaupt nicht.

»Seien Sie in Roscoes Büro, wenn der Anruf wegen des Chevrolets kommt. Sie haben weniger als sechs Minuten, um außer Sichtweite zu gelangen. Los jetzt.« Er beendete das Gespräch.

»Ja, Sir«, sagte sie noch einmal in die tote Leitung. Keine Gelegenheit für weitere Fragen.

Gaspar hatte etwa die Hälfte des Weges zurückgelegt und zog den aufgedrehten Hund hinter sich her. Der Hund zog heftig an der Leine, sodass Gaspar auf dem Kies ausrutschte und auf die Knie fiel. Er stand wieder auf und der verrückte Hund sprang umher und zog zurück zum Chevrolet. Gaspar hielt die improvisierte Leine fest umklammert und ging weiter in Richtung Truck. Kim steckte das Handy weg und eilte zu dem alten Lieferwagen. Opa stand noch immer am Straßenrand, beobachtete seinen Hund und wartete auf seine Rückkehr. Die Schweine quiekten lauter als je zuvor. Der Gestank ließ Kim würgen. Wie in Gottes Namen hielt Opa diesen Geruch nur aus?

»Sir, es tut mir leid«, sagte Kim. Opa legte eine Hand hinters Ohr. Kim musste schreien, um sich über den Verkehrslärm und das Quieken hinweg Gehör zu verschaffen. »Wir haben einen Notfall. Mein Freund kommt gleich mit Ihrem Hund zurück. Können wir Ihren Truck von der Straße schaffen, damit wir weiterfahren können?«

Der alte Kerl roch fast so übel wie seine Schweine. Kim musste wieder würgen. Die fettigen Eier, die sie vor kaum einer Stunde verspeist hatte, wollten nicht unten bleiben. Sie schluckte zweimal, dreimal. Als sich der alte Mann nicht regte, schrie sie:

»Okay?«

Opa zeigte ihr ein großes, zahnloses Grinsen. »Klar, Schätzchen. Was immer du möchtest. Du bist ein süßes kleines Ding, weißt du das?«

Eine Schrecksekunde lang dachte sie, er könnte sie anfassen. In dem Fall müsste sie ihre ganzen Klamotten verbrennen. Sie trat zurück. Lächelte ihn an. Geleitete ihn mit Gesten zum Fahrersitz.

»Werfen Sie Ihren Lieferwagen an«, schrie sie.

Bis sich Opa gesetzt und den Truck aus dem Weg gefahren hatte, war Gaspar mit dem herumtollenden Hund zurückgekehrt. Er platzierte ihn in dem Fahrerhaus neben seinem dankbaren Besitzer. Kim wippte ungeduldig mit dem Fuß, während Gaspar den Kopf durch das Fenster in den Truck steckte, sich von der unsterblichen Dankbarkeit Opas nicht losreißen konnte und so wertvolle Sekunden vergeudete. Sie lauschte, konnte aber keine Sirenen hören. Doch ein leises Eintreffen war wahrscheinlicher als ein geräuschvolles. Die GHP könnte jeden Augenblick hier sein. Sie mussten weg.

Kim rannte zurück zu dem Crown Vic und drückte auf die Hupe. Gaspar hörte es nicht. Sie sprang auf den Fahrersitz, hockte sich vorn auf die Kante und ließ den Motor an. Sie konnte kaum über das Armaturenbrett sehen. Die Motorhaube war unendlich.

Tief durchatmen. Hände ans Lenkrad, Zehn-vor-zwei-Stellung, um das Gleichgewicht zu halten. Schaltung auf Drive, Zehenspitzen von einem Fuß auf das Gaspedal, die anderen auf die Bremse. Ready for Take-off.

Sie lenkte die riesige Limousine zwischen dem Graben und Gaspars Rücken hindurch. Sie hielt an. Ließ das Fenster herunter. Hupte noch einmal. Das Quieken der Schweine übertönte den Lärm, doch Gaspar spürte die Hitze und das Vibrieren des großen Autos hinter ihm. Er sah über die Schulter.

Kim schrie, um über die Schweine, den Verkehr und den Motor des Crown Vics hinweg gehört zu werden. »Gaspar? Steigen Sie ein. Sofort.« Sie winkte mit der linken Hand in Richtung Beifahrersitz. Gaspar schaute sie an, als hätte sie ihr letztes bisschen Verstand verloren. Er trat einen Schritt vom Truck zurück und richtete sich auf. Keine Eile.

»Fahren Sie vorsichtig, Sir«, sagte er durchs offene Fenster zu dem alten Mann und sah zu, wie Opa in die andere Richtung davonfuhr. Zufrieden mit seiner guten Tat ließ er sich auf dem Beifahrersitz des Crown Vic nieder.

»Wo brennt's?«, fragte er.

Kim antwortete nicht. Sie nahm einfach nur ihre linken Zehen von der Bremse und drückte mit den rechten fest aufs Gaspedal. Das Auto raste auf die Kreuzung. Die Wucht schleuderte Gaspar in seinen Sitz zurück.

Kim fuhr in Richtung Margrave. Der Crown Vic legte die Meilen in angespannten, wortlosen Minuten zurück. Dann bremste er abrupt ab und kam auf dem Parkplatz der Margrave Police Station zum Stehen.

»Und Sie sagen, ich hätte einen Bleifuß«, sagte Gaspar.

Kim löste die Finger vom Lenkrad und schaute auf die Uhr am Armaturenbrett. Bernsteinfarbene 10:43 Uhr waren zu erkennen. »Wenn der Boss mit seinem Timing recht hatte«, sagte sie, »müsste die GHP jeden Moment in den Chevy gucken.«

Gaspar riss die Augen auf und kniff sie wieder zusammen, während sie die Anordnungen des Bosses wiedergab. Die Falte zwischen seinen Augenbrauen war wieder da. Die Nasenflügel bebten. »Was zum Teufel hat der alte Mistkerl vor?«

»Ich weiß es nicht, *compadre*, aber irgendetwas sagt mir, dass wir das in Kürze herausfinden werden.«

Er legte eine Hand auf ihren Arm, um sich ihrer vollen Aufmerksamkeit sicher zu sein. Sie sah in sein ernstes Gesicht. Die Sorge ließ ihn langsam und leise reden.

»Passen Sie auf, Susie Q., und gehen Sie davon aus, dass Sie zu jedem Zeitpunkt beobachtet werden. Ich hatte vorhin nicht die Gelegenheit, Ihnen alles zu erzählen: Der Typ im Chevy wurde ermordet. Kein Zweifel. Zwei Löcher im Hinterkopf. Ein recht großer Teil seines Gesichts fehlt. Das ist alles zu sauber. Das Ganze übersteht den Geruchstest nicht. Nicht mal annähernd. Verstehen Sie?«

»Ich verstehe«, sagte sie. Sie öffnete die Tür, zog den Schlüs-

sel heraus und gab ihn Gaspar. »Wir sollen in Roscoes Büro
sein, wenn sie den Anruf erhält. Falls sie ihn nicht schon erhalten hat.«

Margrave, Georgia
2. November 10:46 Uhr

Kim folgte Gaspar zu Roscoes Büro. Der himmlische Duft von frischem Kaffee lockte sie zunächst in den Pausenraum. Sie füllte starke, schwarze Lebenskraft in den größten Becher, den sie finden konnte, und nahm ihn in das Rosenholzbüro mit.

Roscoe war geduscht und trug eine strahlend weiße Bluse, eine korrekt gebügelte Uniformhose sowie einen voll ausgestatteten Gürtel, der gut zu ihren Boots passte. Sie sah großartig aus. Im Vergleich dazu fühlte Kim sich ausgelaugt, zerknittert und schmutzig. Ihr Anzug sah aus wie ein Stück aus der Altkleidersammlung, das die Heilsarmee keinem nackten Penner mehr geben konnte. Bald, so versprach sie sich, würde sie duschen und saubere Klamotten anziehen. Ein anständiges Essen und ein kleines Nickerchen wären auch willkommen.

»Guten Morgen, Chief«, sagte sie so normal wie möglich. Die große runde Uhr, die über Roscoes Sideboard an der Wand hing, zeigte 10:48 Uhr an. Fünf Minuten, seit sie draußen geparkt hatte, zwanzig Minuten, seit sie ihre Anweisung bekommen hatte. Sicher ausreichend Zeit für die GHP, um den zuständigen Bezirk ausfindig zu machen und den Rettungsdienst zu benachrichtigen.

»Wir haben schon den halben Tag gearbeitet. Wo waren Sie?« Roscoe stand hinter ihrem Schreibtisch und suchte die Unterlagen in zwei Mappen durch. Eine bunt gemusterte Lesebrille ruhte auf ihrer Nasenspitze.

Gaspar lümmelte sich in einen grünen Ledersessel und schloss die Augen – seine übliche Stressbewältigungshaltung. Kim machte die Tür zu und setzte sich in den anderen Sessel.

»Und?«, fragte Roscoe, während sie Kim über den Brillenrand hinweg anschaute, als sei sie ein ungehorsamer Teenager.

»Bitte?«

»Haben Sie sie draußen gelassen? Zurück in ihre Zelle gebracht?«

»Was auch mit Sylvia passiert ist«, erklärte Kim, »wir wussten bis zu Ihrem Anruf nichts davon.«

Die Wahrheit.

»Warum sind Sie dann hier?« Jedes Wort eine Anschuldigung.

»Sie wissen, warum wir hier sind«, sagte Kim. »Wir erstellen das Reacher-Dossier für die SPTF. Wir müssen herausfinden, was geschehen ist, als er vor fünfzehn Jahren in Margrave war. Was er seitdem getan hat und wo.«

»Reacher-Dossier, von wegen.« Ein wütender Blick.

Kim war müde und angespannt, suchte aber keinen Streit.

»Chief, bitte, dieser Tonfall entlockt Handtaschendieben und Kühe abschießenden Verbrechern oder was immer hier so bei Ihnen auftaucht, vielleicht Geständnisse. Aber Sie sollten wissen, dass er bei mir nicht funktioniert. Wir wissen nichts über Sylvia. Wir sind weggefahren, weil wir Finlay in New York befragen mussten, bevor er das Land verließ.«

»Das sagte er.«

»Wann haben Sie mit ihm gesprochen?«

»Gegen zehn Uhr gestern Abend.« Roscoes Kiefermuskeln spannten sich an. »Zu dem Zeitpunkt dachte ich noch, wir seien alle im selben Team.«

Im selben Team? Wen wollte sie veräppeln?

Roscoe sah Kim einen Augenblick lang über ihre Brille hinweg an. Schweigen füllte den Raum aus, bis sie mit den Schultern zuckte und weiter durch ihre Unterlagen wühlte. »Okay, bitten Sie Brent auf dem Weg nach draußen um einen Termin. Vielleicht können wir irgendwann in den nächsten Jahrzehnten über alte Reacher-Geschichten reden. Oder auch nicht.«

Roscoe suchte noch ein paar Sekunden weiter, fand aber nicht das, wonach sie suchte. Sie ließ die beiden Mappen auf den Tisch fallen, verließ das Rosenholzbüro und entfernte sich auf dem Flur.

Kim drehte sich zu Gaspar um, der sich noch immer in dem Sessel lümmelte. »Besteht die Möglichkeit, dass Sie mir hier vielleicht helfen?«

»Sie haben das schon ohne meine Hilfe ziemlich gut gemacht«, erwiderte er. »Sagen Sie mir Bescheid, wenn Sie herausgefunden haben, was ich tun soll, Boss Lady.«

Sie schnappte sich die beiden Mappen von Roscoes Schreibtisch. »Das hier sind Personalakten. Von Harry Black und von Sylvia.«

»Irgendwas über Jack oder Joe Reacher? Sich überschneidende Daten? Früherer Militärdienst? Beim Finanzministerium angestellt?« Gaspar bewegte nur seine Lippen.

»So weit ich sehe, nicht.« Kim schaute den Inhalt beider Mappen ohne Eile durch. Auf den Porträts waren sie wiederzuerkennen, aber das Foto von Sylvia zeigte eine eher unauffällige Frau im Vergleich zu der eleganten Erscheinung, die Kim gestern am Tatort beobachtet hatte.

Roscoe kam mit weiteren Unterlagen und ihrer alten Haltung zurück. »Sie interessieren sich also nicht für Sylvia Black, wie?«

»Sie haben sehr deutlich gemacht«, sagte Kim, »dass Sie uns nicht helfen werden, wenn wir Ihnen nicht mit Sylvia helfen. Ich habe also zwei Möglichkeiten. Entweder ich verhafte Sie, wegen Behinderung von Ermittlungen des FBI, oder ich regele Ihr Problem, damit wir dann zu Reacher kommen können. Lassen Sie uns zuerst den einfachen Weg ausprobieren. Wonach haben Sie in diesen Personalakten gesucht?«

»Sylvias Fingerabdrücke.« Roscoe nahm erneut ihren Platz hinter dem Schreibtisch ein. Sie setzte die Brille wieder auf die Nasenspitze und wandte ihre Aufmerksamkeit den neuen Unterlagen zu, die sie geholt hatte.

Kim schaute die Mappen noch einmal durch. Jedem Angestellten in jedem Tätigkeitsbereich der Polizei werden die Fingerabdrücke abgenommen. Aus vielerlei Gründen. Übliche Praxis, auch vor dem 11. September. Wenn die Fingerabdrücke einmal im System waren, wurden sie für immer aufbewahrt. Ohne Ausnahme. Eine existierende Fingerabdruckkarte konnte man nicht übersehen.

»Hier sind keine Abdrücke.«

»Genau«, sagte Roscoe und suchte weiter in den neuen Papieren. Sie wies mit dem Kinn auf die Personalakte. »Komplette Überprüfung, bevor wir sie eingestellt haben. Und jetzt keine Fingerabdrücke.« Ihr Tonfall hatte an Bissigkeit verloren.

Gaspar setzte sich fast aufrecht im Sessel auf und hielt die Hand auf. »Darf ich mal sehen?«

Kim riss die erste Seite aus Sylvias Akte heraus und gab ihm beide Mappen. Sie überflog die vertraute Checkliste; sie hatte schon Hunderte von solchen gesehen. Alles, was gemacht werden sollte, wurde als erledigt abgehakt. »Wo hat sie noch mal gearbeitet? In der Einsatzleitzentrale?«

Roscoe sagte: »Ihr Titel war Verwaltungsassistentin.«

»Und das bedeutet?«, wollte Kim wissen.

»Sie half da aus, wo wir sie brauchten. Leitzentrale, Pläne, Berichte und Datenbanken, Personalabrechnung, Materialversorgung.« Roscoe hielt inne, um über Sylvias Aufgabenliste nachzudenken. »Keine Arbeit, die die öffentliche Sicherheit betraf. Aber unser Team besteht nur aus zehn Leuten, einschließlich mir und der Assistentin, also macht so ziemlich jeder, was gerade ansteht.«

»Freier Zugang zu allen Unterlagen?«, fragte Kim.

»Ja, sie hatte Zugang zu den Personalakten, wenn Sie das meinen.«

»Sie hätte also selbst die Fingerabdrücke irgendwann nach ihrer Einstellung aus der Akte nehmen können. Was sie wahrscheinlich auch gemacht hat.«

»Warum sollte sie?«

»Keine Ahnung.« Kim führte den Kaffeebecher mit beiden Händen an ihre Lippen und blies über die Oberfläche, bevor sie einen kleinen Schluck nahm. Toller Kaffee in dieser Stadt. War das etwas im Wasser? Vielleicht die Art, ihn zu brühen? Dampfend heißen Kaffee hatte sie am liebsten. Einen kleinen italienischen Espressokocher. Frisch gemahlene Bohnen. Himmlisch.

Gaspar fragte: »Hatte man Sylvia eine Waffe ausgehändigt? Dafür wären Fingerabdrücke notwendig gewesen. Die zuständige Behörde müsste sie noch haben.«

»Nein, im Dienst nicht bewaffnet.«

»War sie zum Führen einer Waffe berechtigt?«

»Vielleicht hatte sie einen Waffenschein. Können wir überprüfen. Ist schwer, einen Einwohner von Margrave zu finden, der keinen hat. Gibt viele Schlangen in der Gegend, zweibeinige und vierbeinige.«

»Okay«, sagte Gaspar. »Da könnten wir Fingerabdrücke finden. Vielleicht noch woanders. Ist sonst alles da, was in der Akte sein sollte?«

»Scheint so.« Roscoe nickte und war noch immer mit den Unterlagen in ihrer Hand beschäftigt. Wenn sie die noch länger durchblätterte, würde sie die Tinte von den Blättern abscheuern. Die Uhr zeigte 10:57 Uhr an. Vielleicht würde die GHP nie anrufen. Vielleicht irrte sich der Boss. Er ist nicht Gott, rief Gaspar ihr doch immer in Erinnerung. Aber Kims Intuition, die sie mittlerweile als ihr zweites Gehirn sah, war anderer Meinung.

»Wie sieht die Überprüfung des Hintergrundes aus?«, fragte Gaspar.

»Die üblichen Formulare des Ministeriums für Innere Sicherheit«, antwortete Roscoe.

Kim war mit diesen Formularen und dem erforderlichen Verfahren vollkommen vertraut. Gute Wahl. Bot mehrere mögliche Gelegenheiten, Fingerabdrücke zu nehmen. Roscoe war leitende Polizistin in einem kleinen Ort, aber sie war gut. Kim hätte nur zu gern unter anderen Umständen mit einer kooperativen Roscoe zusammengearbeitet. Vielleicht würden sie eines Tages wirklich mal im selben Team arbeiten. Vorausgesetzt, Roscoe war nicht die kriminelle Polizistin, für die Gaspar sie hielt.

»Bevor Sie sie einstellten«, versicherte sich Kim, »haben Sie also Strafregister, Waffenscheine, Kredite, Ausbildung und Arbeitsverhältnisse überprüft und auch Drogentests, Lügendetektor und eine medizinische Untersuchung durchgeführt, richtig?«

»Ganz genau.«

»Und das alles ist noch hier«, sagte Gaspar, »sowohl für Harry als auch für Sylvia. Sylvias Fingerabdrücke und der dazugehörige Bericht sind die einzigen fehlenden Stücke. Keine ärztlichen Berichte?«

»Relevante Arztberichte wären da, wenn es welche gäbe«, antwortete Roscoe.

»Vielleicht können wir die von der Versicherung bekommen?«, überlegte Gaspar.

»Wir sind eigenversichert. Sie hat keine medizinische Versorgung erhalten. Das hätte ich erfahren. Ich erstelle einen jährlichen Bericht«, sagte Roscoe unkonzentriert.

Gaspar schaute Roscoe an, bis sie seinen Blick erwiderte. Er hob eine Augenbraue; schnell erkannte sie den Haken. Eine Frau in Sylvias Alter müsste innerhalb von fünf Jahren mindestens ein Mal in medizinischer Behandlung gewesen sein. Sylvia sah nicht vernachlässigt aus und Gaspar lebte in einem Haushalt voller Frauen, er wusste also Bescheid. Es gab Berichte. Mit Sicherheit. Das Telefon schwieg lautstark. Sechsundzwanzig Minuten.

11:01 Uhr. Was zum Teufel trieben die Leute da draußen? Kims Magenschlange zappelte hin und her, in voller Alarmbereitschaft. Sie nahm einen Schluck Kaffee zur Beruhigung und Ablenkung, aber Kaffee funktionierte nicht mehr. Sie fragte: »Wie sieht's mit Steuererklärungen aus?«

Sie liebte Steuererklärungen. Sie fragte bei jedem Fall danach. Steuererklärungen waren eine Goldmine für Informationen, wenn man sie zu lesen wusste. Vorhersehbare, beruhigende, erkennbare Zahlen, die sicher in ordentlichen Kästchen verstaut waren. Viel besser als der Umgang mit Menschen. Zahlen lügen und Lügner können zählen, das wusste sie. Aber Kim verstand Lügen und Lügner; sie mochte Zahlen lieber.

Roscoe, wie es aussah, nicht.

»Nein.« Sie ließ die Unterlagen auf den Tisch fallen. Einige

Zettel flatterten auf den Teppich. »Keine Steuererklärungen. Keine DNA. Keine Leibesvisitationen. Kein Video von ihrer Mutter bei der Geburt. Nirgends, wo man suchen könnte, außer in diesen beiden Akten. Keine alten Fingerabdrücke. Kapiert?«

Kim hielt beide Hände in die Höhe. Roscoe bückte sich, um die Unterlagen aufzuheben, die ihr auf den Boden gefallen waren.

Gaspar fragte: »Wie sieht es mit den Steuererklärungen für Harry aus, nachdem sie geheiratet haben? Wenn sie zusammen veranlagt wurden, wäre das ein Anfang.«

Roscoe richtete sich auf. Ohne sie anzublicken, marschierte sie hinaus und knallte die Tür hinter sich zu. Aber Schlimmeres tat sie nicht.

»Das lief doch gut, oder, Mrs Lincoln?«, meinte er unbekümmert.

»Ganz toll.«

Gaspar stand auf, dehnte sich, ging im Zimmer umher, so als würde er über etwas nachdenken. Jemand anderen hätte er täuschen können, aber Kim erkannte seine Schmerzlinderungsroutine. »Keine Sorge, Sunshine«, sagte er. »Irgendwann muss sie zurückkommen. Das hier ist ihr Büro.«

KAPITEL 20

Roscoe kam fünf Minuten später wieder zurück und wirkte unbesorgt. »Beverly«, sagte Kim, »wir können die Sache klären. Sie suchen nach Fingerabdrücken, aber eigentlich wollen Sie Sylvia finden, richtig?«

»Ach nee«, meinte Roscoe nur.

»Sylvia passte hier irgendwie nicht hin, finden Sie nicht? Sie sagten, sie stammt nicht von hier. Warum also kam sie hierher? Bei allem Respekt, Margrave ist nicht unbedingt der Ort, von dem anspruchsvolle Mädchen wie Sylvia träumen, oder? Sie ist ja sicher nicht einfach aus dem Bus gestiegen und in die Stadt gelatscht, um auf der Polizeidienststelle nach einem Job zu fragen?« Kim bemerkte den flüchtigen überraschten Gesichtsausdruck.

»Was?«, fragte Roscoe.

Dann wurde die Überraschung zu Verwirrung. Roscoe blätterte durch die Unterlagen, die vor ihr lagen.

Gaspar sagte: »Was?«

Keine Antwort. Kim wartete darauf, erläutern zu dürfen, wie sie Sylvia finden konnten.

Steuererklärungen.

Im Gegensatz zu Fingerabdrücken wurden Steuererklärungen nicht ewig aufgehoben. Das Finanzamt bewahrte sie drei Jahre auf. Frühere Erklärungen mussten woanders sein, und Kim wusste, wo sie sich versteckten.

Und die Steuererklärungen wussten, wo Sylvia sich versteckte. Die Uhr an der Wand zeigte 11:06 Uhr an. Was stellte die GHP mit diesem Chevrolet mehr als dreißig Minuten lang nur an, bevor sie die zuständige Abteilung für Tötungsdelikte benachrichtigte? Sicher, der erste Beamte vor Ort wollte keinen Fehler machen und das falsche Department in Bewegung setzen. Aber dies war der Bereich der Highway Patrol. Sie musste wissen, wer anzurufen war. Selbst diese beiden Tölpel von gestern konnten nicht *so* dämlich sein.

Dann seufzte Roscoe und sagte: »Sylvia Black bewarb sich für den Job hier, weil Finlay uns empfohlen hat. Sylvia hatte in Washington D. C. gelebt und wollte von dort weg. Er erzählte ihr, dass er aus Margrave gekommen war. Ließ es idyllisch aussehen, meinte sie. Friedlich. Genau das, was sie wollte.«

Das war sie. Die Verbindung. Unter anderen Umständen hätte Kim vielleicht gejubelt.

Finlays Name rüttelte Gaspar schnell auf. Er gab Roscoe die Personalakten wieder und fragte: »Hat Sylvia gesagt, warum sie weg wollte?«

Roscoe zögerte, bevor sie antwortete: »Eifersüchtiger Freund.«

»Hat sie Ihnen einen Namen genannt?«, fragte Gaspar.

»Ich glaube nicht.«

»Nicht Finlay selbst, oder?«

»Nein.«

»Woher wissen Sie das, wenn sie Ihnen keinen Namen genannt hat?«

Roscoe gab keine Antwort. Kim nippte an ihrem Kaffee, überlegte. Schon vor fünf Jahren hatte Finlay ein ganzes Stück höher in der Nahrungskette gestanden als eine aufstrebende Verwaltungsassistentin. Es sei denn, es bestand irgendeine persönliche Beziehung zu ihr. Aber sie konnte sich nicht vorstellen, dass Finlay für eine Sylvia Black alles riskierte. Dafür wirkte er, naja, zu intelligent.

»Haben Sie Finlay um Informationen zu Sylvia gebeten?«, wollte Kim wissen. »Vielleicht ein Empfehlungsschreiben angefordert?«

Roscoe dachte eine Zeit lang darüber nach, suchte in ihren Erinnerungen. Ihr Tonfall wurde weicher, die Sätze kamen langsamer, als sie sagte: »Ich glaube nicht. Wir hatten eine offene Stelle. Sylvia hat sich beworben. Wir mochten sie. Ihr Hintergrund passte. Ich nehme an, es gab keinen Anlass, weiter nachzuforschen.«

»Woher wusste Sylvia, dass Sie eine offene Stelle hatten?«, wollte Gaspar wissen.

»Ich weiß es nicht«, sagte Roscoe. »Fünf Jahre sind eine lange Zeit, um sich an solche Einzelheiten zu erinnern.«

Gaspar fragte: »Wie lang sind Sylvias Fingerabdrücke schon weg?«

»Keine Ahnung.«

»Unter Ihrer Aufsicht wird 'ne Menge verbockt, Chief. Ihre einzige Gefangene entkommt, indem sie einfach zur Tür hinausläuft. Mit der vollen Unterstützung Ihres Sergeants im Innendienst. Fingerabdrücke und die dazugehörigen Berichte wurden aus der vertraulichen Akte der Beschuldigten entfernt. Sie wissen nicht einmal, wann das passiert ist, geschweige denn wie. Passt alles schrecklich gut, finden Sie nicht?«

»Glauben Sie, ich habe Sylvias Personalakte heute nur herausgeholt, um mich mit Ihnen anzulegen?«

»Warum haben Sie es getan?«, fragte Kim. »Die Akte heute herausgeholt, meine ich. Sie haben Sylvia festgenommen, richtig? Fingerabdrücke genommen? Warum holen Sie die alte Akte heraus? Suchten Sie nach einer Bestätigung? Nach Diskrepanzen? Oder was?«

Roscoe fuhr sich mit beiden Händen durchs Haar. »Oder was, nehme ich an.«

»Das heißt?«, fragte Gaspar nach.

Roscoe hielt die Unterlagen in die Höhe, die sie gerade von draußen geholt hatte. »Dies sind die Unterlagen von ihrer Festnahme. Wir haben gestern neue Fingerabdrücke genommen. Haben sie gestern Abend weggeschickt. Der Bericht von AFIS kam herein, kurz bevor Sie kamen. Die Fingerabdruck-Datenbank sagt, dass eine solche Person nicht gespeichert ist.«

Sie warf Gaspar die Akte zu. Sie landete auf seinem Schoß

und rutschte auf den Boden. Er bückte sich, um sie aufzuheben, und zuckte zusammen. Irgendwas stimmte mit seiner rechten Seite nicht. Nicht nur mit seinem Bein.

»Gehen wir das noch mal gemeinsam durch«, sagte Kim und beobachtete Roscoes Körpersprache. Sie hatte das Gefühl, Roscoe verfügte über einen gesunden Instinkt. Und sie war schon ziemlich lange in dem Job. Stolz, Wut, Pflichtgefühl und Unsicherheit spiegelten sich in ihrem ausdrucksstarken Gesicht wider. Sie mochte ihre Unabhängigkeit. Sie hasste es, dass sie Hilfe benötigte. Kim verstand sie.

»Ich bin mit Fingerabdrücken immer sorgfältig umgegangen«, sagte Roscoe. »Selbst mit den DNA-Analysen heutzutage lösen Fingerabdrücke immer noch Fälle. Zu Beginn meiner beruflichen Laufbahn war es mein Job, die Fingerabdrücke abzunehmen und die Berichte zu schreiben.«

»Ich höre ein Aber«, sagte Gaspar.

Roscoe lächelte. Das erste echte Lächeln, das sie heute von ihr sahen. Sie hatte ein nettes Lächeln, dachte Kim. Freundlich. Wie eine Zahnarzthelferin vielleicht.

»Aber«, sagte Roscoe und zog das Wort dabei in die Länge, um Gaspar ein wenig nachzuäffen, während sie Kim unverwandt anschaute, »ich erfuhr, wie wichtig Fingerabdrücke wirklich sind, als ich Jack Reacher kennenlernte.«

Diese Aussage überraschte. Das hatten sie nicht erwartet. Ganz und gar nicht. Roscoe lächelte. Sie genoss es, die Oberhand zu haben. Wer nicht?

»Inwiefern?«, fragte Kim.

»Sie wissen jetzt von dem Mord an Joe Reacher, richtig?«

»Wir haben ein paar offene Fragen«, antwortete Kim. »Aber wir wissen, dass Jack irrtümlich beschuldigt und später freigelassen wurde, nachdem sein Alibi bestätigt worden war.«

»Ja«, sagte Roscoe. »Jack Reacher war unschuldig.«

Kim sagte nichts. Sie bezweifelte, dass Jack Reacher unschuldig war, ob er nun ein Alibi hatte oder nicht. Jack Reacher war seit Moses' Zeiten nicht mehr unschuldig. Aber Kim musste Zeit schinden, bis der Anruf kam. Reacher war ein besseres Thema als der Chevrolet.

Roscoe atmete tief ein, hielt den Atem an und atmete dann aus. »Joe Reachers Fingerabdrücke wurden nicht richtig bearbeitet. Wir hatten ein falsches Negativ. Und das merkten wir erst, nachdem Jacks Alibi bestätigt worden war. So haben wir viel kostbare Zeit verloren.« Ihre Stimme verlor sich in Erinnerungen. Ob gute oder schlechte, konnte Kim nicht sagen.

»Ganz zu schweigen davon«, sagte Gaspar, »dass Sie den falschen Typen beschuldigt und verhaftet haben.«

Roscoe lief hochrot an. »Wenn Sie versuchen, mich zu provozieren, Agent Gaspar, dann nur weiter so.«

Gaspar schoss zurück. »Sie haben Jack Reacher doch beschuldigt, seinen Bruder umgebracht zu haben, oder? Und Sie lagen falsch. Wollen Sie mir sagen, dass Sie das auf der Grundlage falscher Fingerabdrücke getan haben?«

Roscoe erwiderte den Angriff. »Ich habe Jack Reacher nichts vorgeworfen. Chief Morrison hat ihn beschuldigt.«

»Und dann wurde Chief Morrison umgebracht. Also: miese Arbeit bei den Fingerabdrücken, zwei Morde, eine falsche Verhaftung. Alles Zufall? Oder Inkompetenz des Police Departments von Margrave?«

»Niemand war inkompetent.«

»Wer war also kriminell? Finlay?« Schweigen. Verwirrung in Roscoes Blick. Sie sagte: »Finlay? Kriminell?«

Dann lachte sie lauthals auf. Ein ehrliches Lachen. Sie lachte wie ein Kind, das einen Zeichentrickfilm anschaut. Tränen liefen ihre Wangen hinunter. Sie hielt sich vor Schmerzen den Bauch, als das Lachen nicht enden wollte. Sie lachte noch immer, als Brent klopfte und die Tür öffnete.

War die Frau mental labil?

Kim schaute auf die Uhr. Es war 11:22 Uhr. Achtundvierzig Minuten, nachdem die GHP am Tatort eingetroffen war; fünf bis zehn Minuten, um das Nummernschild durchzugeben, aus dem Auto auszusteigen, zu dem Chevrolet zu gehen und im Inneren die Leiche zu finden. Zwei bis fünf Minuten, um anzurufen und auf Verstärkung zu warten, sich zu besprechen, bevor der Rettungsdienst ausgewählt und der Anruf getätigt wurde. Insgesamt waren also dreiunddreißig bis einundvierzig Minuten vergangen, bevor Roscoes Dienststelle benachrichtigt wurde.

Viel zu lang.

Was bedeutete, dass der Chevrolet nicht Roscoes Fall war. Warum also riefen sie überhaupt an?

Die Magenschlange wusste es bereits.

»Chief?« Brent hatte am Vortag frisch und sauber ausgesehen. Jetzt zeichneten müde Augen und eine blasse Haut ihn als einen Mann, der wusste, dass er Mist gebaut hatte. Vielleicht war er doch derjenige gewesen, der Sylvia vergangene Nacht an die Schauspieler übergeben hatte.

Roscoe griff nach einem Taschentuch und wischte sich die Lachtränen aus den Augen.

»Ja, Brent. Was gibt's?«

Sie kicherte immer noch fast. Seltsames Verhalten, um es gelinde auszudrücken.

»Wir haben ein Problem«, berichtete Brent, so als wäre ein weiteres Problem das allerletzte, was er jetzt melden wollte.

»Die GHP hat uns gerade benachrichtigt. Sie haben noch eine Leiche gefunden.«

»Ermordet?«

Brent nickte. »Wahrscheinlich. Auf der Interstate, beim Autobahnkreuz an der Landstraße.«

»Wer ist das Opfer? Weiß man das schon?«

Brent wand sich vor einer Antwort. Straffte die Schultern. Hob den Kopf. Gestand vielleicht die zweitschlimmste Nachricht, die es in seiner Welt im Moment geben konnte. »Es ist dieser Anwalt. L. Mark Newton. Der, der Sylvia Black gestern Nacht abgeholt hat.«

Kim und Gaspar sahen sich an. Gaspar zog eine Augenbraue hoch. *Der Hochstapler war schon tot?* Rasch gefolgt von: *Warum machte der Boss sich um ihn Sorgen?*

»Irgendwelche Hinweise auf Sylvia?«, fragte Roscoe.

»Schon lange weg«, sagte Brent. »Sieht so aus, als hätte sie ihn auch umgebracht. Er wurde auf die gleiche Weise erschossen wie Harry. Zwei in den Hinterkopf.«

KAPITEL 21

Margrave, Georgia
2. November 11:39 Uhr

»Unser Zuständigkeitsbereich?«, fragte Roscoe.

»Nein, der der GHP«, antwortete Brent. »Sie haben uns nur angerufen, weil wir eine Fahndung nach Newton ausgeschrieben haben, und sie sagen, dass er es ist.«

Kim hatte das Gefühl, dass Brent gleichermaßen durcheinander und erleichtert wirkte. Durcheinander, weil der Kerl nicht tot wäre, wenn Sylvia ordnungsgemäß im Gefängnis verwahrt worden wäre. Aber woher die Erleichterung?

Roscoe fragte: »Wer ist jetzt da?«

»Vier Streifenwagen der GHP, noch mehr sind unterwegs. Krankenwagen ist gerade eingetroffen. Der Rechtsmediziner kommt in zehn Minuten. Nehme an, er hatte einen anderen Fall. Sie können die Leiche nicht bewegen, bevor er fertig ist. Keine Ahnung, wer sonst noch. Spurensicherung wird unterwegs sein, falls sie nicht schon da ist. Die Verkehrspolizisten der GHP sind wahrscheinlich auch da. Zu dieser Tageszeit wird es nicht so viele Gaffer geben, aber irgendjemand muss sich darum kümmern.« Er schaute auf den Teppich, so als wolle er die letzte Nachricht nicht aussprechen. Es ehrte ihn, dass er es schließlich doch tat.

»Und die Presse vielleicht. Die erste Meldung wurde über den GHP-Funk rausgegeben. Wir überprüfen gerade die Fernsehsender.«

»Welcher GHP-Streifenwagen ist vor Ort? Archie und Jim Leach?«, fragte Roscoe.

Brent nickte.

Fein, dachte Kim. Genau das brauchte sie jetzt. Noch eine Begegnung mit den Leach-Brüdern.

Roscoe sah das anders.

»Gut«, sagte sie. »Hat Archie Ihnen erzählt, was los ist?«

»Ich habe ihn auf seinem Handy angerufen. Der Typ ist tot. Keine Eile, meinte Archie. Sie haben noch nicht mal das Auto geöffnet.«

»Noch was?«

Brent sah wieder hinunter auf seine Schuhe. »Nicht, dass ich wüsste, Chief. Archie sagte, sie haben alles unter Kontrolle. Er meinte, Sie können sich Zeit lassen.«

»Rufen Sie ihn noch mal an. Sagen Sie ihm, ich bin da, sobald es geht. Er soll mit dem Öffnen des Autos warten, bis wir da sind. Ich möchte die Leiche sehen, bevor sie sie anfassen.«

»Geht in Ordnung.«

»Sagen Sie ihm, ich bin in etwa zwanzig Minuten da.«

»Alles klar.«

»Fragen Sie ihn, ob das okay ist. Geben Sie mir Bescheid, wenn nicht.«

»Geht in Ordnung.«

»Bevor Sie ihn anrufen … Können Sie das bearbeitete Video von gestern Nacht raussuchen?«

»Schon passiert«, sagte er. »Auf Kamera drei.«

Roscoe nahm ihr Handy vom Schreibtisch und hielt es ihm hin. »Und machen Sie zwei oder drei gute Standbilder von Newton, Marshal Wright und Sylvia hier drauf.« Er durchquerte das Büro, nahm das Handy und ging, um ihren Wünschen nachzukommen.

Nachdem sich die Tür hinter ihm geschlossen hatte, drehte Roscoe ihren Computerbildschirm herum. Sie schien sich zu besinnen und kam direkt auf den Punkt. »Sehen Sie sich die ses Video an. Diese beiden Typen sind nicht die, die sie vorgaben zu sein; es gab keine Verfügung und vom Marshals Service wurde niemand geschickt. Der Kleine ist auch ein Hochstapler.

L. Mark Newton starb im vergangenen Jahr. Die Todesanzeige wurde ins Internet gestellt. Verraten Sie mir die Identität dieser beiden, damit ich die Mistkerle festnageln kann.«

Roscoe betätigte einige Tasten.

»Was sehen wir uns an?«, fragte Kim, die nichts zugab. Sie wollte Roscoe vertrauen, aber Gaspar könnte in Bezug auf sie leicht recht haben. Hier gab es mehr Ungereimtheiten, als Kim ergründen konnte. Sie rückte ihren Sessel näher an den Bildschirm heran. Gaspars Blickwinkel war schon gut genug.

Roscoe verhielt sich vollkommen sachlich. Keine Hysterie mehr, falls es das vorhin gewesen war. »Wir haben im Inneren der Dienststelle eine permanente Videoüberwachung, die auch in der vergangenen Nacht lief, als der Kleine und sein Kumpan Sylvia mitnahmen. Das Ganze dauerte zweiunddreißig Minuten. Diese bearbeitete Version zeigt insgesamt sechs Minuten.«

»Gibt's einen Ton dazu?«, wollte Gaspar wissen. »Ich bin gut in Sachen Stimmenerkennung, wenn Sie eine einigermaßen gute Aufnahme haben.«

»Es gibt eine vollständige Tonaufnahme«, sagte Roscoe, »aber diese Typen haben nicht viel gesagt und sie haben darauf geachtet, zu leise für die Mikros zu sprechen. Wir haben die Lautstärke hochgefahren, aber das verschlechtert die Qualität.«

»Die beiden waren also mit den Grenzen Ihrer Ausrüstung vertraut«, sagte Gaspar.

»Das nehme ich an«, sagte Roscoe.

»Können wir eine Kopie des ganzen Videos haben?«, fragte Roscoe. »Vielleicht können unsere Leute forensische Untersuchungen anstellen, die hier nicht möglich sind.«

Roscoe nickte. »Wir haben es heute früh ins FBI-Büro von Atlanta geschickt. Aber ich lasse Brent eine Kopie für Sie machen, wenn wir hier fertig sind.«

Schweigend sahen sie sich die sechs Minuten an, ohne Unterbrechung.

Kim sah, dass das Datum auf dem Film der 2. November war. Zeitpunkt der ersten Aufnahme war 00:01 Uhr.

Dann: Zwei Männer kommen herein. Sie unterhalten sich kurz mit dem Beamten im Innendienst. Doch nicht Brent. Kim war froh. Und dann fragte sie sich, warum er so besorgt war, wenn er doch nichts falsch gemacht hatte.

Der falsche Marshal übergibt ein gefaltetes Blatt Papier. Der Polizeibeamte macht einen Telefonanruf um 00:06 Uhr, der weniger als eine Minute dauert. Noch eine kurze Unterhaltung am Counter. Der Sergeant macht noch einen Anruf um 00:11 Uhr, der ebenfalls weniger als eine Minute dauert. Er schüttelt den Kopf. Eine kürzere Unterhaltung folgt. Der Sergeant legt das Blatt auf den Tisch und geht zu Sylvias Zelle. Sylvia sitzt so da, wie sie an dem Tag in ihrer eigenen Küche gesessen hatte, nach vorne gebeugt, Kopf gesenkt, die Unterarme auf die Oberschenkel gestützt, die Finger klopfen nacheinander im gleichmäßigen Rhythmus gegeneinander.

Sylvia schaut auf, als der Sergeant die Zelle aufschließt. Sie steht auf, die Hände vor sich. Er legt ihr Handschellen an, fasst sie am rechten Oberarm und bringt sie nach vorne. Er stellt sie dem Marshal vor, der sie am linken Oberarm fasst.

Sylvia und die beiden Männer gehen durch die Vordertür nach draußen.

Draußen steigen alle drei in den Chevrolet ein, den Kim und Gaspar an der Interstate gesehen hatten. In dem die Leiche lag. Der Kleine, wie Roscoe ihn nannte, der zu der Zeit noch lebte, fährt. Der falsche Marshal sitzt auf dem Beifahrersitz, Sylvia auf der Rückbank.

Um 00:33 Uhr fährt das Auto aus dem Sichtfeld der Kamera.

»Erkennen Sie sie?«, fragte Roscoe.

Kim schüttelte kurz den Kopf. Negativ. So wie Roscoe wusste Kim nur, wer die Typen nicht waren.

»Spielen Sie's noch mal ab«, sagte Gaspar. »Wir haben Fragen.« Roscoe drückte erneut auf Wiedergabe, ohne den Blick vom Bildschirm abzuwenden.

Kim konzentrierte sich dieses Mal auf Einzelheiten.

Zwei Männer standen draußen, drückten auf die Ruftaste, warteten darauf, dass die Tür aufging, betraten das Polizeigebäude und gingen zum Counter. Der Kleinere trug einen dunklen Anzug und Krawatte. Er hatte eine Aktentasche bei sich.

Er kam ihr bekannt vor.

Der Größere trug die Uniform eines U. S.-Marshals, komplett mit Hut und Ausrüstungsgürtel. Der Hut verbarg sein Gesicht, die Uniform hüllte seinen Körper ein. Für eine Identifizierung war er nicht gut genug zu sehen.

Beide Männer trugen Lederhandschuhe. Es war November.

Eine Verkleidung.

Sollte Normalität darstellen und die Realität verbergen. Gelungen.

Der Sergeant im Innendienst war der andere Typ, den Kim mit Brent am Vortag bei Sylvia gesehen hatte.

»Wer ist das?«, fragte sie.

»Officer Frank Kraft.«

»Ist er neu?«

Roscoe schaute nicht auf. Sie musste das Video hundertmal gesehen haben, blieb aber konzentriert. »Ungefähr einen Monat, nehme ich an.«

»Hat er gegen irgendwelche Regeln verstoßen, indem er Besucher nachts hier hereinließ?«, fragte Gaspar.

»Bundesbeamte kommen und gehen hier meistens, wie es ihnen beliebt«, sagte Roscoe.

Empfindlich, wie Kleinstadtpolizisten überall.

Der Kleinere sprach als Erster. Seine Stimme war ungewöhnlich heiser.

»Sergeant«, hatte er gesagt, »ich bin L. Mark Newton, Anwalt von Sylvia Black.« Er gab Kraft eine Visitenkarte. »Dies ist Marshal Wright.«

Kim achtete auf die Worte. Sie wirkten einstudiert. Hatte sie die Stimme schon einmal gehört? Tenor. Mittlerer Westen. Vielleicht.

Der zweite Typ gab Kraft auch eine Visitenkarte, sagte aber nichts.

Kraft überflog die Karten und legte sie auf den Counter.

»Was kann ich für Sie tun?«, fragte Kraft. Tiefer Bariton mit einem Lispeln.

»Wir haben eine Verfügung des Bundesgerichts, Sylvia Black betreffend«, sagte der Kleine. »Wir sind hier, um sie mitzunehmen.« Marshal Wright holte ein dreifach gefaltetes weißes Blatt

Papier aus seiner Brusttasche. Kein Umschlag. Er gab es Kraft.

Kraft faltete es auseinander und las.

»Ich wusste nicht, dass Mrs Black heute Nacht entlassen werden sollte«, sagte Kraft. War Überraschung aus seinem Tonfall herauszuhören? »Ich muss bei meiner Vorgesetzten nachfragen.«

Der Kleine sagte: »Da gibt es nichts nachzufragen. Da steht alles schwarz auf weiß.«

Der Marshal sagte: »Wir müssen sie bis halb vier nach Chicago bringen. Wenn wir den Flug in Atlanta verpassen, bekommen wir alle eine Menge Ärger, ist Ihnen das klar?«

Kraft nickte. »Sicher, das verstehe ich. Es dauert nur eine Minute.« Er nahm den Hörer in die Hand und machte den ersten Anruf. Um 0:06 Uhr.

Gaspar fragte Roscoe: »Hat er Sie wirklich angerufen?«

»Was zum Teufel glauben Sie denn?«

»Ich glaube, er hat es versucht und Sie nicht erreicht. Warum nicht?«

»Ich war zu dem Zeitpunkt anderweitig beschäftigt.«

Gaspar hakte nicht nach. Gut. Irgendwann würden sie darauf zurückkommen, aber nicht jetzt.

Kraft hatte keine Nachricht hinterlassen. Er hatte gesagt: »Ich muss noch mal anrufen.«

Der kleine Mann war zu dem Zeitpunkt etwas übellaunig geworden, sprach aber leise weiter. Kim erkannte den Trick. Hatte sie schon erlebt. Sehr wirksam, um die Stimmenerkennung auszutricksen. Das Ende seines Satzes lautete: »Wenn Ihr Chief irgendwelche Fragen hat, kann sie uns ja anrufen. Erinnern Sie sie daran, dass in Angelegenheiten der Inneren Sicherheit die Bundesrichter keinen Spielraum haben.«

Kraft nickte, als sei die Feststellung so offensichtlich wie nasses Wasser. Dennoch, das musste man ihm lassen, machte er den zweiten Anruf. Mit dem gleichen Ergebnis.

Gaspar fragte Roscoe nicht, warum sie auch beim zweiten Mal nicht ans Telefon gegangen war. Auch erwähnte Kim nicht, dass der Kleine hinsichtlich des Gesetzes vollkommen falsch lag und Kraft es besser hätte wissen müssen.

In dem Video schaute der Kleine auf die Uhr und sprach

weiter. Eindringliche Worte, fieserer Tonfall, aber immer noch kontrolliert. Eindeutig einstudiert. Er sagte: »Wir können Sie auch in Gewahrsam nehmen, mein Junge. Sonst noch jemand hier außer Ihnen?«

»Nein, nur ich.«

Gaspar stöhnte tatsächlich auf. Roscoe warf ihm einen vernichtenden Blick zu.

Der Kleine erhöhte den einstudierten Druck. »Sie wollen Ihre Dienststelle doch nicht unbesetzt zurücklassen, oder?«

Jetzt wirkte Kraft unsicher und besorgt.

Der Kleine änderte seine Taktik und ließ die Vernunft sprechen: »Hören Sie, Officer, Sie haben unsere Karten und unsere Nummern. Sie haben die Verfügung. Ihr Chief kann das überprüfen, wenn Sie sie erreichen. Wo liegt das Problem?«

Kraft wankte, war unentschieden. Die Körpersprache zeigte, dass er hinund hergerissen war, mit einer Tendenz Richtung Weigerung.

Der Marshal durchbrach die festgefahrene Situation. Er stand in all seiner Größe da und nahm eine gleichzeitig bedrohliche und verbrüdernde Haltung an. »Wir haben ein Zeitproblem, Officer. Wir können nicht warten, bis Ihr Chief ausgeschlafen hat. Sollen wir Mrs Black allein mitnehmen oder wollen Sie uns begleiten? Beides ist für mich in Ordnung.«

Kraft nahm sich weitere vier Sekunden Zeit, um darüber nachzudenken, bis er sagte: »Ich nehme an, ich bleibe besser hier.«

Der Marshal nahm die Handschellen von seinem Ausrüstungsgürtel und hielt sie ihm hin. »Soll ich mitkommen?«

»Das schaffe ich schon«, antwortete Kraft.

Er nahm die Handschellen, verließ den Counter und ging zu Sylvias Zelle.

»Irgendein Gespräch zwischen diesen beiden, während Kraft weg ist, auf der vollständigen Aufnahme?«, wollte Kim wissen.

»Nichts«, antwortete Roscoe.

Kraft ging in den Zellenblock. Er drückte auf den Türöffner und die Tür sprang auf. Sie sah auf, blickte in die Kamera und zeigte ihr Modellächeln.

»Zeit zu gehen, Sylvia«, sagte Kraft. Sylvia stand auf, glättete ihre Kleidung und strich sich übers Haar, um sicher zu sein, dass die Frisur gut saß.

»Kennen die beiden sich?«, fragte Gaspar. Roscoe antwortete: »Natürlich.«

»Ich muss die Handschellen anlegen«, sagte Kraft.

Sylvia streckte ihre Hände aus, die Handflächen aufeinander. Kraft legte ihr die Handschellen an. Zusammen verließen sie ihre Zelle.

Sylvia wirkte nicht überrascht. Und sie stellte keine Fragen.

»Haben Sie irgendwelche Antworten von Sylvia herausgeschnitten?«, fragte Kim.

Roscoe sah Kim zum ersten Mal, seit das Video lief, an.

»Nein«, sagte sie.

»Dann hat sie es erwartet.«

»So sehe ich das auch«, sagte Roscoe.

Das Band zeigte, wie Kraft mit Sylvia schweigend zurück zu dem Counter ging und seine Gefangene dem Marshal übergab. Sylvias Gesichtsausdruck erhellte sich. Der antwortende Blick des Marshals blieb durch seinen Hut verborgen. Ohne ein Wort nahm er Sylvias linken Arm.

Der Kleine sagte: »Noch mal, Sergeant, Ihr Chief soll uns anrufen, wenn es irgendwelche Fragen gibt. Wir sind von Zeit zu Zeit nicht erreichbar, bis wir in O'Hare landen. Danach sind wir immer zu erreichen.«

Kraft war offensichtlich nicht glücklich, sagte aber: »Okay.«

Der Kleine ging fünf Schritte hinter ihnen her, drehte sich noch einmal zu Kraft um und sagte seine letzten Worte: »Können Sie uns die Tür aufmachen?«

Kraft kehrte an seinen Counter zurück und drückte auf den Türöffner.

Die behandschuhte Hand des Marshals drückte die Tür auf.

Er geleitete Sylvia hindurch. Der Kleine folgte ihnen.

Der grüne Chevrolet parkte auf dem Bordstein, der Motor lief. Der Marshal öffnete die hintere Tür der Limousine. Sylvia schaute noch einmal zurück zur Polizeistation, hob ihre gefesselten Hände und winkte. Dann setzte sie sich auf die Rückbank. Der Marshal holte etwas aus seiner Tasche, gab es Sylvia und schloss ihre Tür. Er drehte sich um und setzte sich auf den Beifahrersitz, ohne den Überwachungskameras an der Fassade des Polizeigebäudes sein Gesicht zu zeigen.

Seine wahrscheinlich letzten Schritte brachten den Kleinen um das Heck herum zum Beifahrersitz.

Das Auto fuhr um 00:33 Uhr vom Police Department weg. Kim nahm an, sie waren zunächst freudig erregt. Um vielleicht 00:34 Uhr feierten sie sicher ausgiebig im Chevrolet. Eine größere Party war für später geplant. Sobald sie ihr Ziel erreicht hätten. Und das war wahrscheinlich nicht Atlanta und mit Sicherheit auch nicht Chicago.

Sie müssten das Autobahnkreuz ungefähr zehn bis fünfzehn Minuten später erreicht haben. Sagen wir drei Minuten, um das Auto am Straßenrand abzustellen und dort in ein anderes Auto umzusteigen. Sonst gäbe es jedenfalls keinen Grund, dort zu parken.

Dem kleinen Typen in den Kopf schießen, aus dem Chevrolet aussteigen, die Haube öffnen, in das zweite Auto steigen und den Tatort verlassen.

Fünf Minuten vielleicht.

Womit der Todeszeitpunkt des Kleinen zwischen achtzehn und zweiundzwanzig Minuten nach dem Ende des Videos lag.

Zwischen 00:51 und 00:55 Uhr.

Fast genau der Zeitpunkt, an dem Finlay in dem JFK Hudson Hotel hätte auftauchen sollen.

Es aber nicht getan hatte.

Was natürlich der Boss schon wusste.

KAPITEL 22

Margrave, Georgia
2. November 11:54 Uhr

Die Aufnahme endete zum zweiten Mal und Roscoe wartete auf eine Reaktion. Sie bekam keine. Also stand sie auf und tastete ihren Ausrüstungsgürtel ab, um zu überprüfen, ob alles da war, dann schnappte sie sich ihre Autoschlüssel und ging zur Tür.

Auf der Schwelle drehte sie sich zu Kim und Gaspar um, die beide noch saßen.

»Kommen Sie?«, fragte Roscoe.

Kim sah Gaspar an, spürte die Müdigkeit in ihren Knochen und sah seine Erschöpfung. Sie wusste, was er dachte. Warum sollten sie noch einmal dahinfahren? Er hatte die Leiche schon gesehen, sie hatte das Auto schon gesehen. Sie würden später die ganzen Berichte bekommen. Kein Grund, wieder im Unkraut herumzustapfen. Sie beide brauchten Schlaf. Etwas Ordentliches zu essen. Zeit, um über alles nachzudenken. Bevor sie einen Fehler begingen, der nicht wiedergutzumachen war.

All das musste wohl warten, wie Kim klar wurde. »Wir fahren mit unserem Auto hinterher. Wir kommen gleich.«

»Nein«, sagte Roscoe, »Sie fahren mit mir. Wir unterhalten uns auf dem Weg dorthin.«

Sie verließ den Raum, noch bevor Kim oder Gaspar protestieren konnten.

»Und, Boss Lady, gehorchen wir?«, fragte Gaspar. Er stand auf, gähnte, dehnte sich. Versuchte, seinen Schmerz zu lindern.

Ihr machte er nichts vor. Sein Bein und die eine Seite seines Oberkörpers. Er hatte zu lang gesessen. Er hatte mit Sicherheit Schmerzen.

»Anscheinend gibt es hier noch eine Boss Lady«, sagte Kim.

»Und Sie haben gehört, was sie gesagt hat. Also bewegen Sie Ihren Allerwertesten.« Sie zeigte ein Lächeln in ihrem Gesicht. Und in ihrer Stimme. Sie war die Nummer eins. Es war ihre Aufgabe, den Ton anzugeben. Erschöpfung einzugestehen war keine Alternative. Niederlage auch nicht. Sie ging hinaus und folgte Roscoe. Gaspar lief ausnahmsweise mal hinter ihr her.

»Ich nehme an«, meinte Gaspar, »wir können auf dem Weg dorthin nicht bei Eno's Diner anhalten? Mir wäre nach Pancakes und Schinken.«

»Wohl eher nicht.«

»In dem Fall … einen Moment.« Er verschwand kurz im Pausenraum und kam mit zwei Donuts wieder zurück.

»Für mich?«, fragte Kim und schnappte ihm einen aus der Hand, bevor er sie aufhalten konnte. »Wär doch nicht nötig gewesen.«

»War es auch nicht«, sagte er.

Roscoe wartete auf ihrem reservierten Parkplatz neben ihrem dunkelblauen Lincoln Town Car. Sie stieg ein und ließ den Motor an. Kim setzte sich auf den Beifahrersitz und ließ Gaspar auf dem Rücksitz Platz nehmen. Sie schnallte sich an und hielt den Gurt mit der rechten Hand von ihrem Hals weg. Roscoe fuhr mit der absoluten Sicherheit einer Frau, die in der Gegend jede Ritze im Asphalt kannte. Sie benutzte ihr Blaulicht, aber nicht das Martinshorn. Andere Autos machten respektvoll Platz und sie ließ sie schnell hinter sich. Den halben Weg legten sie schweigend zurück. Kim wartete. Gaspar wartete ausnahmsweise auch einmal.

Sieben Meilen von dem Autobahnkreuz entfernt fragte Roscoe: »Wann haben Sie die Leiche gefunden?«

Kim sagte nichts.

»Was?«, sagte Gaspar.

»Keine Spielchen mehr«, sagte Roscoe. Ihr Tonfall war ruhig und entschieden. Sie nahm den Fuß etwas vom Pedal und das große Auto wurde langsamer. »Sie halten mich wohl für eine Vollidiotin.«

»Ich wünschte, Sie wären eine Idiotin«, sagte Kim. »Der Umgang mit Ihnen wäre leichter.«

Roscoe warf Gaspar einen Blick über den Rückspiegel zu.

»Wir wissen alle, dass Harry Black nicht zwei Stunden vor Sylvias Notruf erschossen wurde. Sie hatten außerdem jede Menge Zeit, den Tatort aufzuräumen. Gute Arbeit, übrigens. Wir haben nicht viel gefunden.«

»Sie sind auf der falschen Fährte, Chief«, sagte Gaspar. »Wir wissen nichts über Harry Black. Wir haben seine Leiche das erste Mal gesehen, als Sie sie sahen.« Er hob die rechte Hand, zwei Finger nach oben gestreckt, die anderen mit dem Daumen festgehalten. »Pfadfinderehrenwort.«

»Ach, kommen Sie«, meinte Roscoe. »Sie würden keinen Pfadfinder erkennen, wenn er Sie ins Bein beißen würde.«

»Falsch«, sagte Gaspar. »Ich war Pfadfinder. Bei den Eagle Scouts, um genau zu sein. Das ist offiziell dokumentiert. Überprüfen Sie es, wenn Sie mir nicht glauben.«

Roscoe wurde langsamer und hielt dann am Rand der Landstraße an. Meilenweite Leere in alle Richtungen. Sie legte die Parkstellung ein, schnallte sich ab und drehte sich zu ihrer gefangenen Beute um.

Was hat sie vor?

Gaspar gähnte, dehnte sich, legte sich auf die bequeme Rückbank und schloss die Augen. »Wecken Sie mich auf, wenn wir da sind.«

Nach wenigen Sekunden atmete er gleichmäßig und seine Gesichtszüge waren entspannt. Kim kam es so vor, er sei tatsächlich eingeschlafen. Vielleicht waren ihm gerade die Amphetamine ausgegangen. Vielleicht waren das die Tabletten, die er immer wieder aus der Tasche nahm und in den Mund schob, wenn er glaubte, sie würde es nicht bemerken.

»Und jetzt?«, wollte Kim von Roscoe wissen. »Fahren wir zum Tatort oder hatten Sie etwas anderes im Sinne?«

»Wir fahren weiter«, sagte Roscoe, »sobald Sie mir sagen, was Sie wissen.«

Kim zuckte mit den Schultern. Probierte eine neue Taktik aus. »Okay, ich spiele mit, Beverly. Ich nehme an, Jack Reacher hat Harry Black umgebracht und hinter sich aufgeräumt, und der große Typ auf Ihrem Video, der den U. S.-Marshal gespielt hat, war auch Jack Reacher. Wir haben es schon gemeldet. Es hilft Ihnen nicht, uns zu erschießen.«

Roscoe stand der Mund offen. Sah irgendwie witzig aus, dachte Kim. Sie beobachtete ihr Gegenüber, bis Roscoe merkte, wo ihr Unterkiefer war, den Mund schloss und die Lippen zu einer starren Linie zusammenpresste.

Kim stocherte weiter. »Ach, kommen Sie. Er muss es sein. Das macht Reacher doch, oder? Damen in Bedrängnis retten? Mit ihnen schlafen? Ihnen das Leben retten?«

Eine Röte stieg von Roscoes Hals hoch in ihr Gesicht. »So soll das also aussehen?« Dann klingelte ihr Handy. Sie ging ran, lauschte und sagte dann: »Kann er noch zehn Minuten warten? Ich bin in fünf Minuten da und brauche fünf Minuten, um mir das Ganze anzuschauen. Sagen Sie ihm, ich sei ihm sehr dankbar.« Sie beendete das Gespräch, schnallte sich wieder an und lenkte den schwerfälligen Town Car auf die Straße.

»Glauben Sie nicht, dass wir diese Unterhaltung beendet haben, Agent Otto«, sagte sie. Sie schaltete das Blaulicht und dieses Mal auch das Martinshorn ein, bevor sie aufs Gaspedal drückte. Der große Lincoln beschleunigte schneller, als Kim erwartet hatte. Gaspar setzte sich nicht auf. Vielleicht war er wirklich eingeschlafen, so unwahrscheinlich das auch war. Der Wagen fuhr sanft und ruhig. Sogar bei hoher Geschwindigkeit fühlte es sich an, als würden sie mit Ohrschützern über die holperige alte Straße gleiten.

»Sie müssen die Leiche wegbringen. Es wird problematisch, die Schaulustigen in Schach zu halten. Sie haben die Interstate in beide Richtungen gesperrt und der Stau ist schon vier Meilen lang. Zwei Auffahrunfälle gab es bereits und es werden sicher mehr, wenn sich das nicht vor der Rushhour auflöst. Der Rechtsmediziner ist jetzt vor Ort und er hat danach noch einen Fall.« Roscoe legte die restlichen Meilen bis zum Autobahnkreuz in weniger als vier Minuten zurück und fuhr dann eine halbe Meile langsamer. Sie wusste nicht, wo genau der Chevrolet stand. Kim hätte behilflich sein können, war es aber nicht. Knapp fünfhundert Meter vom östlichen Ende des Autobahnkreuzes entfernt verlangsamte Roscoe auf Schrittgeschwindigkeit und suchte zwischen all den schon anwesenden Dienstfahrzeugen nach einer günstigen Parkmöglichkeit.

Ein Regenbogen von pulsierenden Warnleuchten blinkte in einem nicht aufeinander abgestimmten Rhythmus auf. Der Verkehr staute sich auf der Interstate in beide Richtungen so weit, wie Kim sehen konnte. Streifenwagen der GHP versperrten alle Einund Ausfahrten des Autobahnkreuzes. Beamte wiesen die Fahrer an, weiterzufahren, anstatt zu gaffen, aber keiner folgte den Anweisungen.

Kim zählte zwei Feuerwehrwagen, einen Lkw und einen Sanitätswagen, drei Vans mit der Aufschrift »Kriminaltechniker« auf den Seiten, zwei Abschleppwagen und eine zivile Limousine, die dem Rechtsmediziner gehören musste. Drei Kriminaltechniker arbeiteten gerade am Auto. Der Kofferraum war geöffnet, Kameras, Markierungen und andere Gerätschaften wurden eingesetzt. Dann gingen zwei Techniker zurück zu ihrem Van, während der dritte wartete, um alles festzuhalten, wenn die Leiche aus dem Auto genommen wurde. Die restliche Arbeit würde anstehen, wenn sie später das Auto untersuchten.

Uniformierte Ersthelfer standen neben dem Fahrzeug und warteten, bis sie an der Reihe waren. Keinem schien die Verzögerung etwas auszumachen. Es war ein schöner Herbsttag. Relativ warm. Leichter Wind. Keine Eile.

Zwei Nachrichten-Hubschrauber kreisten hoch über dem Chaos. Drei Übertragungswagen standen auf der gegenüberliegenden Straßenseite. Zwei Teams von Fotojournalisten und Reportern machten Liveaufnahmen.

»Was für ein Zirkus«, sagte Roscoe leise.

Kim sah drei Männer, zwei in GHP-Uniformen und der dritte in einem dunklen Anzug, die sich dem Chevrolet näherten. Einer der Leach-Brüder stand anderthalb Meter südwestlich des Autos; die Beine weit auseinander, die Arme verschränkt und die Flinte genau so, wie er gestern damit auf sie gezielt hatte. Er bemerkte die Männer auch und ging ihnen entgegen.

Roscoe fand ein kleines Stück grasbewachsenes Land neben dem Straßenrand, einen kurzen Marsch von dem eigentlichen Einsatzort entfernt. »Ich könnte näher heranfahren, aber dann könnten wir zugeparkt werden. Wenn wir das Auto hier lassen, können wir fahren, sobald wir fertig sind.«

Die drei Männer und der Leach-Bruder stellten sich jetzt neben den Chevrolet, genau dort, wo Gaspar zuvor den Hund eingefangen hatte.

Roscoe stellte ihren Lincoln an dem ausgewählten Platz ab.

Leach senkte die Flinte und streckte den Arm zum Türgriff des Chevrolet aus.

Roscoe langte nach ihrem Schlüssel.

Leach öffnete die Tür des Chevrolet genau in dem Moment, als Roscoe das Zündschloss klickend herumdrehte.

Das Klicken setzte den instinktiven Bereich in Kims Hirn und die dort schlummernden Erinnerungen an ihre Ausbildung in Gang.

In dem Moment sah sie, hörte sie und verstand sie.

»Runter!«, schrie sie.

Dann explodierte der Chevrolet.

KAPITEL 23

Die heftige Druckwelle schleuderte den Leach-Bruder, den Rechtsmediziner und die beiden GHP-Officer wie knochenlose Vogelscheuchen über die Wiese. Noch bevor sie auf dem Boden aufschlugen, waren sie tot. Dann erfüllte ein riesiger orangefarbener Feuerball den Himmel. Weiße Flammen verschluckten den Chevrolet in einem gleißenden heißen Blitz. Schwarzer Rauch stieg auf, breitete sich aus und löschte das Tageslicht aus. Kim schloss die Augen, hielt sich die Ohren zu und duckte sich. Kleinere Druckwellen rüttelten an Roscoes Town Car auf dem spärlich bewachsenen Randstreifen und drückten Kim die Luft aus dem Brustkorb. Schmerz durchfuhr sie, als wäre ihre

Lunge zerborsten.

In weiter Ferne gedämpfter Lärm.

Kim kniff die Augen noch fester zu und kauerte sich so weit in den Fußraum, wie es der Gurt erlaubte. Ihr Brustkorb schmerzte. Sie schnappte mit kurzen Atemzügen nach Luft.

Noch eine Explosion, eine kleinere, gefolgt von einer dritten. Unnatürliche Stille.

Kim wartete, versuchte zu atmen, spürte endlich, dass die Lungen wieder ihre Arbeit taten. Sie holte begierig Luft.

Wie viel Zeit war vergangen?

Sie öffnete wieder die Augen. Sah Roscoe noch angeschnallt hinter dem Lenkrad sitzen, bei Bewusstsein. Okay. Kim setzte sich mühsam wieder auf ihren Sitz. Nahm die Hände von den Ohren.

Außerhalb des Town Car brannte es an mehreren Stellen. Gedämpfte Geräusche drangen zu ihnen. Überall lagen Stücke,

Teile, Trümmer von irgendwas herum. Brennende Fahrzeuge. Rauch, durch den man nicht hindurchsehen konnte.

Der Chevrolet brannte immer noch.

Kims Gehirn verarbeitete die Informationen wie langsam fallende Dominosteine, eines führte zum anderen. Beide Abschleppfahrzeuge standen in Flammen. Abschleppwagen hatten normalerweise zusätzliches Benzin dabei. Daher die zweite und dritte Explosion? Zwei Streifenwagen brannten ebenfalls. Einer lag auf dem Dach, der andere auf der Seite im Graben. Von der ersten Druckwelle dorthin geschleudert?

Mehrere uniformierte Beamte lagen am Boden, verletzt, aber wahrscheinlich am Leben. Gaffer könnten auch verletzt sein, in Fahrzeugen, die näher am Chevrolet standen als Roscoes Town Car.

Auf dem Gelände rannten Rettungskräfte umher. Feuerwehrleute beeilten sich, die Flammen zu bekämpfen. Hubschrauber versuchten, mit ihren Rotorblättern den Rauch zu vertreiben. Der Lärm musste ohrenbetäubend sein, aber die Karosserie des Town Car und die Watte in Kims Kopf dämpften alles.

Roscoe saß ebenso benommen hinter dem Lenkrad, doch sie war bei Bewusstsein und blutete nicht.

»Gaspar?«, fragte Kim. Aber wie laut war ihre Stimme? Sie wusste es nicht. Und sie hörte keine Antwort. »Gaspar?«, rief sie lauter. Keine Antwort.

Sie schnallte sich ab. Sie machte eine Bestandsaufnahme ihres Körpers, der unverletzt und funktionsfähig zu sein schien. Sie drehte sich im Sitz um, konnte ihn über die hohe Lehne hinweg aber nicht sehen.

»Gaspar?«, fragte sie noch einmal. Sie streckte sich so hoch, wie es ging, ohne sich auf den Sitz zu knien, und blickte hinunter in den tiefen Fußraum.

Sie sah ihn, mit dem Gesicht nach unten liegend.

Sie erinnerte sich, dass er auf der Rückbank gelegen hatte, ohne angeschnallt zu sein. War er auf den Boden geworfen worden, als das Auto bebte? War er verletzt?

Kim kletterte aus der Limousine und riss die Hintertür auf.

»Sind Sie in Ordnung?«, schrie sie und langte nach ihm.

Er schrie nicht zurück. Stattdessen nickte er, stützte sich auf Händen und Knien ab und kroch rückwärts aus dem Fußraum heraus auf den grasbewachsenen roten Boden. Er stützte sich an der Tür ab, um aufzustehen. Kim fand, er sah unverletzt aus. Aber Verletzungen durch derartige Erschütterungen konnten sich Stunden oder Tage später bemerkbar machen, waren schwer zu erkennen und möglicherweise verheerend. Sie tasteten sich ab, suchten nach gebrochenen Knochen und Blut. Fanden nichts. Kim und Gaspar entfernten sich etwas vom Fahrzeug. Roscoe starrte geradeaus, blass, starr, entsetzt. Kim verstand. Die Toten, die Verletzten waren Roscoes Freunde und Kollegen. Sie hätte eine von ihnen sein können. Sie drei hätten beim Chevrolet sein können, als er explodierte, hätte Roscoe nicht weiter weg an der

Landstraße angehalten.

Und dann fing das Zittern an. Kim spürte es, konnte aber nicht aufhören.

Gaspar legte seine Arme um sie, drückte sie fest an sich.

»Was ist? Bist du verletzt?«, schrie er, tastete sie ab, suchte nach irgendwelchen Anzeichen.

Kim schüttelte den Kopf und gab geräuschlos von sich: »Nein, mir geht's gut.«

Dann dachte sie: *Gaspar hätte die Tür an diesem Morgen öffnen können, als er die Leiche fand.* Ihr Zittern wurde stärker. Ihre Zähne klapperten aufeinander. Sie konnte nicht aufhören.

Aber sie musste aufhören.

Sie musste diesen Leuten helfen. Sie war als Einsatzersthelferin ausgebildet worden. Wie alle. Ihr ging es gut. Sie war nicht verletzt. Sie musste helfen.

Sie schubste Gaspar von sich und ging drei Schritte mit Puddingbeinen auf das Gemetzel zu. Gaspar griff nach ihrem Arm, drehte sie zu sich herum.

»Sie haben genug Hilfe«, sagte er. »Und es kommt noch mehr.

Es ist besser, wir stehen ihnen nicht im Weg.«

Kim hörte ihn, als stünde er am Ende eines sehr langen Tunnels. Sie schaute sich um. Medizinisches Personal. Ersthelfer, Feuerwehrleute, Martinshörner, Hubschrauber. Sie schüttelte Gaspars Hand ab, setzte einen Fuß vor den anderen, mit einer Entschlossenheit, die so schwankend war wie ihre Schritte, doch sie ging weiter. Ihr nächster Gedanke war komplett verrückt: »Die Presse wird sich jetzt nicht mehr abwimmeln lassen, Roscoe. Niemals.«

Sie lächelte. Wie albern war das denn? Sie kicherte. Sie legte die Hand vor den Mund, drückte sie fest darauf, bis nur noch ersticktes Schweigen zu hören war.

Hysterie war das Letzte, was man hier gebrauchen konnte.

KAPITEL 24

Kim spürte wieder Gaspars Hand auf ihrer Schulter, nachdem sie nur gut fünf Meter gegangen war. Sie wandte sich zu ihm um, bemerkte sein Humpeln und ging langsamer. Vielleicht war er doch verletzt? Roscoe war zurückgeblieben. Sie hatte den Lincoln auf die andere Seite der Landstraße gestellt, mit blinkendem Blaulicht. Kim sah, dass sie telefonierte, wahrscheinlich mit Brent, um Straßensperren zu organisieren. Mehr Chaos zu verhindern war eine gute Idee.

Gaspar verstärkte den Griff auf ihre Schulter. Sie schaute zu ihm. Er beugte sich zu ihr, drückte ihre Schulter fester und hielt an. Er tippte auf seine Uhr und sprach langsam, damit sie die Worte verstand, die sie nicht hören konnte.

»Wir können nicht allzu lang bleiben«, sagte er. »Wir müssen hier weg, bevor unsere Anwesenheit protokolliert oder hinterfragt wird. Halte dich bedeckt. Rede mit niemandem.«

Sie nickte zustimmend. Er drückte noch einmal ihre Schulter, bevor sie weiter in das Gebiet hineingingen, das einem Kriegsschauplatz ähnelte. Roscoe rannte zu ihnen und stellte sich am äußeren Rand der Zone mit den schwersten Schäden neben sie. Die Novemberluft war nun rußgeschwärzt. Kim nahm den üblen Geruch wahr; Rauch brannte in den Augen. Trümmer versperrten alle normalen Wege. Heiße Teile glühten in Grassoden und drohten, erneut aufzulodern. Der Lärm um sie herum nahm zu, während Fahrzeuge und Retter in das Gebiet einfielen.

»Gott im Himmel«, sagte Gaspar und bekreuzigte sich, als die verkohlte Leiche des Leach-Bruders auf einer Bahre vorbeigetragen wurde. Er holte ein Leinentaschentuch aus seiner Brusttasche und reichte es Kim. »Hier, leg das über Mund und Nase. Du musst dieses Zeugs nicht mehr einatmen als nötig. Das ist giftig.« Er bedeckte sein Gesicht mit dem Ellbogen. Roscoe ebenfalls.

»Wir trennen uns«, sagte Kim durch den dünnen Leinenfilter hindurch. Flüsterte oder schrie sie? Sie sprach trotzdem lauter, nur für den Fall. »Wir treffen uns wieder hier oder telefonieren, okay?«

Er nickte in seine Ellenbeuge hinein und ging in südwestliche Richtung. Roscoe verschwand in der Menge der Ersthelfer.

Kim ging nach Norden, näherte sich nur langsam dem schwelenden Chevrolet. Auf dem Weg half sie, wo sie nur konnte, bis auch das letzte Opfer in ein Rettungsfahrzeug verfrachtet worden war. Dann erreichte sie schließlich das Zentrum des Brandes. Eine ganze Zeit lang stand sie abseits von dem Gewühl der Ermittler und starrte nur die Trümmer an.

Kim wusste, was das für eine Explosion gewesen war: eine USBV. Eine Unkonventionelle Sprengund Brandvorrichtung. Die Idiotenwaffe. Sie hatte in einer FBI-Fortbildung gelernt, dass Autobomben leicht zu bauen, immer wirkungsvoll und wahllos tödlich waren. Eine fast perfekte Katastrophenmaschine. Keine Erfahrung nötig.

Doch alles, was sie bisher beobachtet hatte, bestätigte, dass der Autobomber ein Fachmann war. Er hatte Fähigkeiten an den Tag gelegt, über die kein Idiot verfügen konnte.

Kim holte ihr Smartphone heraus, machte Videoaufnahmen und Fotos, während sie die Szenerie betrachtete. Ein Kreis aus verbranntem Gras umgab die geschwärzte Karosserie des Chevrolet. Das Fahrzeug und alle kriminaltechnisch verwendbaren Beweise, die sich darin befunden haben könnten, waren vernichtet. Vielleicht würde man hier und da noch verkohlte Teile des Toten finden, aber wahrscheinlich nicht.

Vor der Explosion, als Roscoe einen Parkplatz suchte, hatte Kim gesehen, dass der Kofferraumdeckel geöffnet gewesen war, während die Kriminaltechniker in aller Ruhe das Innere des Kofferraums untersucht hatten. Das hieß, es war kein Sprengstoff im Kofferraum gewesen. Der Chevrolet war nicht mit schwachem Sprengstoff vollgestopft worden, wie es die Idioten bei Autobomben oft machen. Man hatte etwas Stärkeres in kleinerer Menge genommen.

Angesichts der Art der Explosion und des beträchtlichen Schadens ging Kim davon aus, dass es sich bei der Bombe um PETN gehandelt haben musste. Ein geruchloser, starker militärischer Plastiksprengstoff, der zur ersten Wahl ernsthafter Terroristen geworden war. Er war stabil und verursachte maximalen Schaden mit einer geringen Menge. Ziemlich wirkungsvoll. Die Schwierigkeit sollte eigentlich darin bestehen, Zugang zu PETN zu bekommen. Theoretisch konnten es nur autorisierte Personen erwerben. Aber Gesetze waren etwas für gesetzestreue Bürger und wo ein Wille ist, da ist auch ein Weg. Die Beschaffung wurde nicht so streng kontrolliert, wie es das Ministerium für Innere Sicherheit der Bevölkerung weismachen wollte. Kims Team im Field Office von Detroit hatte allzu oft PETN von Radikalen beschlagnahmt.

Der Chevrolet war exakt platziert worden. Das Fahrzeug war explodiert und hatte zudem zwei daneben stehende Streifenwagen in die Luft gejagt. Abschleppwagen, die vor dem Chevrolet geparkt waren, hatten für die Sekundärexplosionen gesorgt. Fünf Fahrzeuge mit einer Bombe zerstört. Entweder kannte der Chevrolet-Bomber das Vorgehen der Einsatzkräfte vor Ort ganz genau oder er hatte einfach Glück gehabt.

Kim glaubte nicht an Glück.

Sie kam zu dem Schluss, dass die Bombe mit Bedacht konstruiert worden war, um den Verkehr auf der Interstate nach Norden und Süden über Meilen hinweg zu beeinträchtigen oder lahmzulegen. Das bedeutete, dass der Konstrukteur der Bombe nicht nur Kenntnisse über die Verkehrswege vor Ort hatte, sondern auch rücksichtslos war. Er war bereit, Polizisten zu töten, Pannenhelfer und auch unschuldige Reisende. Ein Schaudern ergriff Kim, sie bemerkte es und zwang sich, es zu unterbinden, bevor das Schaudern wieder zu heftigem Zittern wurde.

Vertieft in ihre Erkenntnisse und das Bemühen, die Selbstbeherrschung nicht zu verlieren, bemerkte sie das Vibrieren des Phantomhandys in ihrer Tasche nicht sofort.

KAPITEL 25

Wie lange hatte das Telefon schon geklingelt? Schwer zu sagen. Sie fischte es heraus, öffnete es und wieder zwickte die Hülle in ihren Daumen. Sie jonglierte mit den beiden Telefonen herum, um die eingerissene Plastikhülle von ihrer Haut zu lösen, und hielt dann das Handy ans Ohr. Sie machte Fotos, während sie redete. Zwei weitere schwarze Vans waren gekommen.

»Agent Otto«, sagte sie in eine Stille hinein. Vielleicht eine Verzögerung in der Übertragung, vielleicht war aber auch ihr Hörvermögen stärker beeinträchtigt, als sie dachte.

»Schadensmeldung?«, fragte ihr Boss. Lag Sorge in seinem Tonfall? Vielleicht war er erleichtert, ihre Stimme zu hören. In dem Fall hätte er es sagen können. Was hätte er getan, wenn jemand anderes geantwortet hätte, weil sie in der Explosion umgekommen wäre? Dumme Frage. Wenn sie gestorben wäre, hätte niemand geantwortet. Das Telefon wäre auch tot. Die vibrierende Beharrlichkeit wäre für immer ausgelöscht gewesen. Und das Phantomhandy war nicht ortbar, ob tot oder lebendig. Wenn jemand irgendwann Teile davon gefunden hätte, hätte das keinen Unterschied gemacht; der Boss wäre nie offiziell in den Fall verwickelt gewesen. Sie war unter dem Radar. Sie könnte jetzt tot sein. Machte ihm das etwas aus?

»Agent Otto?«, fragte er erneut und lauter. Nachdrücklicher dieses Mal. »Wie ist Ihr Status?«

»Keine körperlichen Schäden«, beantwortete Kim die Frage, die er hätte stellen sollen.

»Und Gaspar?«

»Gaspar geht es auch gut. Danke der Nachfrage.« Freche

Antwort. Zu abweisend. Vielleicht war sie einfach nur müde. Oder immer noch etwas hysterisch.

»Überhaupt keine Schäden?« Sie fand, er klang erleichtert. Also hatte er es gewusst. Das mit der Bombe. Als er sie heute Morgen vom Chevrolet wegbeorderte.

»Bei uns nicht«, sagte Kim.

»Das ist gut«, sagte er, als meinte er das tatsächlich.

Uniformierte Teams kamen von Fahrzeugen herbei, die auf allen Seiten der Unglücksstelle standen. Sie musste weg. Sie steckte ihr privates Handy wieder in die Tasche und entfernte sich von dem Chevrolet, während sie das Phantomhandy weiter ans Ohr hielt.

»Was ist da sonst los?«, fragte er.

»Sie sind schwer zu verstehen, Sir. Der Lärm ist ohrenbetäubend. Das Feuer ist unter Kontrolle. Verletzte werden weggebracht. Verluste aufgenommen. Die örtliche Polizei erledigt ihre Arbeit. Die Bundespolizei trifft planmäßig ein. Das FBI aus Atlanta ist wahrscheinlich hier oder auf dem Weg.« Sie fügte den letzten Satz hinzu, um ihn ins Schwitzen zu bringen.

»Wie schnell kommen Sie da weg und können Ihren Auftrag zu Ende bringen?«

Endlich kommt er auf den Punkt. Mit so etwas wie neugierigem Staunen bemerkte sie, dass sich ihre Nüchternheit in Wut verwandelte. Eine normale Reaktion? Unter diesen Umständen seltsam, merkte sie. Sie fragte: »Um welchen Auftrag handelt es sich, Sir? Das Reacher-Dossier? Oder den Fall Sylvia Black?«

»Beide«, sagte er, aber das Eingeständnis fiel ihm schwer.

Sie lächelte in sich hinein. »Morgen«, sagte sie. »Vielleicht länger.« Ach, was soll's, dachte sie, bevor sie weiter vorpreschte.

»Wir könnten etwas Hilfe gebrauchen.«

»Was für Hilfe?«

»Wir brauchen Hintergrundinformationen. Zumindest Zugang zu FBI-Datenbanken. Jemanden im Inneren, der uns Informationen geben kann, wenn wir sie brauchen. Senden Sie mir zunächst mal Sylvia Blacks Steuererklärungen, von der Zeit vor und nach ihrer Hochzeit mit Harry. Fügen Sie auch alle Anhänge bei.«

»Mal sehen, was ich tun kann.« Er schwieg kurz, versprach aber nichts. »Wann haben Sie einen Bericht für mich?«

Der Flammpunkt. Ihr siedender Schmerz explodierte wie eine weitere USBV. Sie spürte die vertraute, millisekundenlange Sequenz in ihrem Kopf: Klick, Druckwelle, Schlag, Splitter, Großfeuer, sich ausbreitender schwarzer Rauch, nicht atembare Luft.

Dunkelheit.

Sie nahm das Handy von ihrem Ohr. Klappte es zu. Es biss wieder in die Haut, die es schon zweimal verletzt hatte. Sie hielt das Ungeheuer von ihrem Körper weg. Sie drückte fest, um seinen Griff zu lösen. Der Spalt öffnete sich, zwickte und durchschnitt ihre Haut, wollte sie einfach nicht loslassen. Blut tropfte über das Handy und ihr Handgelenk.

Sie warf das verdammte Ding auf den Boden und zermalmte es mit dem Absatz ihrer vorgeschriebenen FBI-Schuhe. Sie ließ die Teile auf dem harten Boden liegen und ging weg.

Sie hatte die Absperrung durchbrochen, war da, wo sie aufhörte, sich Sorgen zu machen, und nur tat, was getan werden musste. Sie war schon einmal dort gewesen. Sie begrüßte dieses Gefühl, schlüpfte hinein wie in eine alte Lederjacke.

Gaspar wartete knapp zwanzig Meter weiter auf sie. Hinter ihm lagen die vier alten Lagerhäuser, die irgendwie auf Reachers Konto gingen.

Tod erzeugt Tod. Es kam noch mehr. Sie ging schneller.

KAPITEL 26

Margrave, Georgia
2. November 13:40 Uhr

Gaspar hielt mit Kim Schritt. »Augen und Ohren überall«, sagte er. »Wir müssen hier weg.«

Chemischer Rauch verdreckte die Luft, brannte in ihren Augen. Die klopfenden Rotorblätter der Hubschrauber erhöhten den Lärmpegel auf ein schmerzhaftes Maß. Presseleute fielen ein, vermehrten sich wie Wespen. Krankenwagen, Feuerwehr, Polizei und Abschleppwagen eilten von allen Seiten herbei und wieder fort. Ankommende Fahrzeuge bremsten ab, Martinshörner heulten, Warnleuchten blinkten überall, Insassen stürmten durch das Chaos. Das Gewimmel von Zivilisten sorgte für weitere Deckung und Verwirrung.

Kim und Gaspar gingen unbemerkt davon, die Zufahrt hinunter, die Landstraße entlang, weiter und weiter weg von der schwarzen Hülle des Chevrolet. Er atmete schwer, wurde aber nicht langsamer. Sie auch nicht. Sie erreichten Roscoes Auto. Gaspar drückte auf den Schlüsselanhänger, die Türschlösser sprangen auf. Er ging zur einen Seite, sie zur anderen, sie lösten sich voneinander wie Wide Receivers beim Football, rissen die Türen auf und setzten sich auf die Vordersitze.

Gaspar ließ den Motor an, wendete in drei Zügen, schaltete das Blaulicht ein. Kim riss das Kabel zur Autokamera heraus, die hinter der Windschutzscheibe angebracht war. Audio und Videoaufnahmen vorne waren ausgeschaltet, aber dies war ein verkabeltes, hochmodernes Polizeiauto, das jeden Augenblick aufzeichnete. Andere Installationen konnten noch laufen. Kein Ausschalter auf dem Armaturenbrett.

Nur eine Möglichkeit. Im Moment. Reden ist Silber, Schweigen ist Gold. Sie legte den Finger auf die Lippen. Gaspar nickte. Schweigend fuhr er gen Süden. Sie hielt ihre Hand auf.

Gaspar zuckte mit den Schultern und holte das Phantomhandy des Bosses heraus.

Sie deaktivierte das GPS, bevor sie es ausschaltete. Das wiederholte sie bei ihren beiden privaten Smartphones. Das verschaffte ihnen vielleicht fünf bis zehn Minuten mehr Luft, falls sie sie brauchten. Mehr nicht.

Glaubhafte Abstreitbarkeit war immer gut.

Sie sah das Schild für die Waschbrettpiste: Black Road. Sie zeigte darauf.

Bieg hier ab.

Gaspar bog ab. Der Regen hatte den Staub seit Montag festgestampft. Sie entdeckten den ramponierten Briefkasten, der die Zufahrt markierte.

Gaspar fuhr am Haus vorbei und parkte neben der Garage, die Motorhaube Richtung Ausfahrt, um schnell wegzukommen.

Gaspar öffnete Roscoes Handschuhfach und wühlte darin herum. Er fand vier Erdnusspackungen. Das Fach in der Mittelkonsole gab Schoko-Erdnuss-Kekse her. Er warf Kim die Hälfte zu und steckte sich seinen Teil in die Taschen. Gemeinsam zogen sie los und stellten sich unter das Blätterdach von Pekannussbäumen in den verunkrauteten Garten an der Seite des Hauses.

Gaspar schüttete sich eine halbe Erdnusspackung in den Mund. Kim aß langsam aus der Hand. »Ich will mir diesen Briefkasten mal genauer anschauen«, sagte sie. »Irgendwas stimmt damit nicht.«

Gaspar humpelte und sie ging die ausgefahrene, zweispurige Zufahrt entlang. Die Stille des ländlichen Novembernachmittags wurde nur durch die Insekten in der Nähe, die Krähen in der Ferne und die auf dem Kies knirschenden Sohlen unterbrochen. Die Sonne erwärmte die kühle Luft.

»Fünf Minuten Fußweg, um den zerstörten Briefkasten zu erreichen«, sagte Gaspar.

»Weniger, wenn man sauer ist und Vandalen jagt.«

»Warum sind wir hier?«, fragte er.

»Ich möchte mir alles noch mal inoffiziell angucken. Aktiv.« Er sagte: »Es ist beunruhigend, dass ich anfange, dich zu verstehen.«

»Wieso?«

»Du hast mit dem Boss geredet, oder? Wir arbeiten jetzt an dem Mord an Black und Reacher hat etwas damit zu tun. Wir müssen Sylvia finden. Ich sehe das an deinen Zuckungen.«

»Sylvia hat den Mord an Harry gestanden, aber das Geständnis ist faul. Zumindest was den chronologischen Ablauf angeht. Roscoe weiß das. Und wo ist das Motiv? Sicher keine eheliche Gewalt. Keinerlei Beweise dafür.«

Gaspar holte ein Stück versengtes Papier aus seiner Tasche.

»Das habe ich im Gras nicht weit entfernt vom Chevrolet gefunden. Da lagen überall Stücke herum.«

»Was du nicht sagst, Sherlock«, sagte Kim. Sie zeigte ihm identische verbrannte Stücke aus ihrer eigenen Tasche. »Das waren Hundert-Dollar-Scheine.«

Gaspar sah sie sich genauer an. »Raue Kanten, Fasern, grobe Struktur. Echt. Aber sie sind alt. Ben Franklins Gesicht ist auf den Neuen größer.«

»Reacher hat einen Chevy voller Bargeld in die Luft gejagt? Ergibt nicht viel Sinn.«

Sie stellten sich am Ende der Zufahrt unter eine Gruppe von Bäumen, die alle von Kletterpflanzen bewachsen waren, und schauten sich den zerbeulten Briefkasten an. Kim wischte sich das Salz der Erdnüsse von den Händen und steckte die Daumen in ihre Gesäßtaschen. »Mich stört an diesem Briefkasten«, sagte sie, »dass immer wieder darauf eingehämmert wurde. Muss in dieser Stille ordentlich Lärm gemacht haben.«

»Wer sollte sich beschweren? Die Heuschrecken?«

»Die Zerstörung des Briefkastens ist eine Straftat und Harry ist Polizist, richtig? Der Schläger weiß, er bekommt eine Haftstrafe und eine saftige Geldstrafe, wenn Harry ihn schnappt, also stellt er sicher, dass Harry nicht zu Hause ist. Das ergibt keinen Sinn.«

»Warum nicht?«

»Dazu ist Planung notwendig. Der Schläger nimmt einiges auf sich, um Harry zu ärgern, und dann verdrischt er nur den Briefkasten. Warum brennt er nicht das Haus ab oder verwüstet es zumindest?«

»Und was ist, wenn sie im Haus gekocht oder gedealt haben, womit auch der Chevy voller Hundert-Dollar-Scheine erklärt wäre? Der Schläger war ein Junkie?«

»Junkie vermöbelt Briefkasten?« Kim schüttelte den Kopf.

»Gefällt dir das nicht?«

»Warum hat Harry sich keinen neuen zugelegt?«

»Gott, ich würde wirklich nicht gern in deinem Kopf leben, Cosette. Hüpft da drinnen immer alles so herum?«

»Meistens, la Mancha. Es ist ein Fluch.« Sie ahmte seine Lieblingsgeste nach und zuckte mit den Schultern.

»Wie sieht also deine Hypothese aus?«

»Ich glaube, Sylvia hat den Briefkasten zerstört und Harry war es egal.«

»Warum?«

»Keine Ahnung.«

Er zuckte mit den Schultern. »Ich bin mir nicht sicher, ob das überhaupt eine Rolle spielt. Warum ist deren Post für uns wichtig? Für sie war sie es nicht.«

»Genau«, sagte Kim. »Aber irgendwann war sie ihnen wichtig genug, um einen Briefkasten anzuschaffen. Was hat sich also geändert? Ihre Verbindung zum Postdienst war zerstört und wenn man sich den Rost in den Dellen ansieht, haben ihn seit Monaten weder Harry noch Sylvia repariert. Wie bekommen sie ihre Post?«

»Gibt mehrere Möglichkeiten, nehme ich an. Postfach, in Harrys Büro umgeleitet … Was auch immer.«

»Weder Regen noch Graupel noch die Finsternis der Nacht

halten Postboten von der raschen Vollendung ihrer zugeteilten Runden ab.«

Er hob die Augenbrauen. »Du warst mal Postbotin? Hast du ihren Leitsatz auswendig gelernt?«

»Die Post hat keinen Leitsatz«, sagte sie und lächelte zum ersten Mal, seit der Chevrolet explodiert war. »Das war in einem Film mit Kevin Costner. Mann, ihr Chicanos seid aber langsam.« Gaspar lachte laut auf und das Geräusch gab ihr fast das Gefühl von Normalität. Fast.

»Wie wär's hiermit?«, fragte sie. »Die Post wird bei Regen und Sonnenschein zugestellt, aber nur wenn es einen Ort gibt, an dem man sie hinterlegen kann. Und niemand ist verpflichtet, einen Briefkasten aufzustellen oder die Zustellung anzunehmen.« Er dachte den Gedanken zu Ende. »Welcher Post wollte Sylvia also aus dem Weg gehen? Ausgereizte Kreditkartenabrechnungen für ihre kostspieligen Kleidungsgewohnheiten? Wäre nicht die erste Frau, die ihren Mann in den Bankrott geshoppt hat. Erklärt vielleicht auch, warum sie ihn getötet hat, falls er es he-

rausgefunden hat.«

»Finde die Post und du hast die Antwort.«

»Und wie stellen wir das an, Mrs Einstein?«

In der Ferne hörte sie Hubschrauber, die sie zur Eile drängten.

»Wir müssen in die Gänge kommen, Cheech.« Sie war ein paar Schritte die Zufahrt Richtung Haus gegangen, als sie merkte, dass er nicht hinterherkam. Er war näher an den Briefkasten herangetreten, der auf einem moosbewachsenen Kalkstein befestigt war, und schaute in den Dreck hinunter. »Ich sag's dir noch einmal: Cheech ist Mexikaner, kein Kubaner. Mann, ihr Deutschen seid dämlich.«

»Wir müssen gehen«, sagte sie. Sie stupste ihn am Arm an. Und bedauerte es sofort. Das Moos auf dem Stein, sein schmerzendes Bein und sein schlechtes Gleichgewicht taten sich alle zusammen und er rutschte aus, in den grasbewachsenen Graben, auf seinen Hintern, mit strampelnden Beinen und fuchtelnden Armen.

»Oh Mann«, sagte er, während sich seine Hose vollsog. Es

war ihm sichtlich peinlich.

Sie schüttelte gespielt verzweifelt den Kopf. »Du bist ein hoffnungsloser Fall, weißt du das? Hör auf, da unten rumzugammeln. Hopphopp. Wir müssen weiter.«

Er streckte die Hand aus. »Hilf mir hier raus.«

Kim stellte sich sicher hin. Sah einen dicken Stock über die trüben Wellen auf ihn zu treiben. Vielleicht Treibholz.

Kein Treibholz.

Gaspar langte hoch und wollte nach ihrem Handgelenk greifen.

Kim zog ihre Sig heraus und zielte auf einen Punkt gut zwei Zentimeter von seiner Ferse entfernt.

Er hielt sich die Ohren zu, den Bruchteil einer Sekunde zu spät.

Sie schoss einmal. Es dröhnte wie ein Donner. Dann noch einmal. Und noch einmal, um sicherzugehen.

Er zog ruckartig seinen rechten Fuß zurück, setzte sich auf und bekreuzigte sich schnell.

»Jesus, Maria und Josef, bist du verrückt geworden?«

Der blutige Kopf der Klapperschlange baumelte an einem noch zappelnden Körper, der den Umfang von Gaspars Knöchel hatte. Genau acht Zentimeter von der Stelle entfernt, an der sein rechter Fuß gestanden hatte.

»Du kannst später beten«, sagte sie. »Die hat Freunde und Familie in der Nähe. Wir müssen los.«

KAPITEL 27

Margrave, Georgia
2. November 14:15 Uhr

Das Haus von Harry Black war praktisch leer. Nichts, was aufgesaugt, eingesammelt oder in Taschen gepackt werden konnte, war noch da. Die Matratze war weg und das Bettzeug war weg.

Die Leiche von Harry Black war weg.

Aber sein Blut war noch da. Es war an der Vertäfelung zu rostigen Klumpen oxidiert. Kommodenschubladen standen auf und waren leer. Die Vorhänge von dem Milchglasfenster waren weg. Das Minibad und der Einbauschrank im Schlafzimmer waren ihres mageren Inhaltes entledigt worden.

Es gab sieben neue Dinge.

Sieben perfekt runde Löcher, mit einem Durchmesser von genau acht Zentimetern, die jemand mit einer Lochsäge in die Kiefervertäfelung gemacht hatte, um die sieben dort verbliebenen Kugeln unversehrt herauszuholen; zwei hinter dem Bett und fünf darunter.

Kim ging im Zimmer auf und ab, als ob hektische Bewegung zu schnellen Lösungen führen würde. »Mal sehen, ob wir herausfinden können, was hier los war, damit wir hier wieder abhauen können, solange es noch möglich ist, okay? Du dachtest, sie hätten hier vielleicht gekocht oder gedealt. Erzähl mir was darüber.«

»Das ist keine tolle Theorie«, sagte Gaspar. »Wahrscheinlich hab ich mich geirrt. Es sah hier zwar schlimm aus, aber dieses

Haus war für ein Crystal-Meth-Labor viel zu sauber. Und MethLabore brennen ab. Die durchschnittliche Lebenserwartung beträgt etwa einen Monat.«

»Sehe ich auch so«, sagte Kim. »Bessere Idee?«

Er zuckte mit den Schultern, sagte nichts, lehnte sich zurück und wartete.

Kim erreichte die Ecke des Zimmers, drehte sich herum und marschierte an der Wand entlang. »Jemand hat Harry Black umgebracht. Das wissen wir. War es Sylvia?«

Er nickte und blieb, wo er war. »Sie hat zugegeben, dass sie ihn erschossen hat. Kann ich mir vorstellen. Einem Typen zweimal in den Kopf ballern, während er schläft. Nicht allzu riskant. Aber kalt. Sylvia war so ruhig wie kein Killer, den ich jemals gesehen habe.« Sein Blick suchte eine Reaktion; sie nickte zustimmend. »Ich nehme an, Reacher hat die fünf anderen postmortalen Schüsse abgegeben, damit es mehr nach Leidenschaft aussah.«

»Möglich.« Sie erreichte die gegenüberliegende Ecke, drehte um und erhöhte ihre Geschwindigkeit. »Der Boss weiß, dass Harry tot ist, wahrscheinlich weiß er, wie und warum er starb. Schickte er uns unter einem Vorwand her? Ist Reacher eine Finte?«

Gaspar zuckte mit den Schultern. »Er weiß, dass Reacher hier ist und etwas damit zu tun hat. Will wissen, was los ist, ohne selbst aufzutauchen.«

Vielleicht. »Er wusste, dass wir hier sein würden, bevor Sylvia den Mord meldete. Woher?«

Er hob die Augenbraue, steckte die Hände in die Taschen. »Zu kompliziert.«

»Wir konfrontieren Roscoe mit Reacher und sie ist erleichtert, dass er lebt. Das heißt, sie hat ihn nicht gesehen. Sie ist erstaunt, als der Mord gemeldet wird. Also hat sie mit dem Mord an Harry nichts zu tun.« Sie erreichte wieder eine Ecke und wandte sich ihm über die lange Diagonale hinweg zu. »Stimmst du mir da zu?«

»Vielleicht«, sagte er.

»Sylvia war, wie du so nett beschrieben hast, zu heiß für

Harry und zu heiß für diesen Ort, und das schon seit Jahren. Warum also bringt sie ihn jetzt um?«

»Da bin ich überfragt.«

»Du bist wirklich keine große Hilfe, weißt du das?« Sie blieb kurz stehen und marschierte dann wieder weiter. Gaspar ging zu den drei Fernsehtischen, untersuchte die Sessel, die in optimaler Sichtweite davon entfernt standen, steckte die Hand zwischen die Polster, suchte die raue Wand und den kahlen Boden ab.

»Was machst du?«, fragte sie.

»Vielleicht geht's um Hardcore-Porno. Mit einem Star, der so heiß ist wie Sylvia gäbe es große Möglichkeiten. Vielleicht diente der große Bildschirm zum Begutachten des Produkts. Hast du die Fernbedienung gesehen?«

»Hier ist nichts. Ich seh im Schlafzimmer nach.« Sie kam fast augenblicklich zurück. »Nein.«

Laute Hubschrauber waren zu hören, die zum Autobahnkreuz pendelten. In der Ferne heulten Martinshörner. Wie viel Zeit hatten sie noch? »Vielleicht haben die Kriminaltechniker die Fernbedienung mitgenommen«, überlegte sie. »Sie haben alles mitgenommen, was nicht nietund nagelfest war.«

Gaspar ging zum Fernseher, tastete die Kanten ab. »Keine Schalter.« Er sah dahinter. »Eine bewegliche Wandhalterung.« Er fasste den Bildschirm an den Ecken und zog ihn von der Wandvertäfelung weg. Eine scherenartige Halterung ermöglichte es, den ganzen Fernseher acht Zentimeter von der Wand zu entfernen. Er sagte: »Harrys handwerkliche Fähigkeiten waren mies. Total stümperhaft gemacht.«

Nach einer kleineren Anstrengung hatte er die Kabel herausgezogen. Er schaute durch das Loch in der Wand. »Zu dunkel, um irgendwas zu sehen.«

»Wo ist die Videoquelle?«, fragte Kim.

»Da ist keine.«

Kim schaute auf die Uhr. Fünfundvierzig Minuten waren schon vergangen und außer einer Schlange hatten sie nichts erledigt.

»Ich arbeite so schnell, wie ich kann«, sagte Gaspar.

»Arbeite schneller.«

Er untersuchte die Wand vom vorderen Teil des Hauses bis

hin zum Schlafzimmer. Er überprüfte das Badezimmer und den Wandschrank. Er klopfte alle fünfzehn Zentimeter die Vertäfelung ab.

»Okay«, sagte er.

»Was ist okay?«

»Diese Wand ist zu dick.«

»Tatsächlich?«

»Innenwände sind normalerweise zehn bis zwölf Zentimeter dick, je nachdem, wie dick die Vertäfelung auf der Ständerwand ist. Diese hier ist mindestens sechzig Zentimeter dick, vielleicht auch siebzig.« Er klopfte mit den Fingerknöcheln die raue Kiefervertäfelung ab. »Falsche Wand. Über die gesamte Länge des Wohnzimmers. Acht Meter vielleicht, ungefähr.«

»Und ich habe schon Mobiltoiletten benutzt, die geräumiger waren als dieses Badezimmer«, sagte Kim.

Gaspar nickte. »Das Versteck verläuft auch durch das Badezimmer. Und den Wandschrank.« Er kletterte in den winzigen Verschlag hinein. Er klopfte die Wände mit den Fingerknöcheln ab und haute mit der flachen Hand dagegen. »Dahinter ist es hohl. Aber es gibt keinen Zugang. Keine Türangeln oder Schiebetüren. Nicht einmal ein Fingerloch.«

Kim quetschte sich neben ihn. Betrachtete das einzige Regal. Es ging von einer Seite des Schrankes zur anderen, vielleicht sechzig Zentimeter unterhalb der Decke. Es war etwa vierzig Zentimeter tief und in der Rückwand verankert. An der Unterseite war eine stabile Kleiderstange befestigt. Der gesamte Schrank war ausgestattet wie die übrigen Wände im Haus. Kiefervertäfelung, wellige Bretter, unvollendete Lücken, schlecht verarbeitete Übergänge von Boden und Decke zur Wand.

»Ich weiß«, sagte sie, »es klingt dämlich, aber wie wäre es, wenn wir die gesamte Rückwand aus dem Schrank herausreißen? Vielleicht indem wir an der Stange ziehen?«

Gaspar sah sich die stümperhaften Übergänge an, die geschlossene Fugen hätten sein müssen. »Wäre verdammt schwer. Das hätte Sylvia auf keinen Fall allein geschafft.« Er zuckte mit den Schultern. »Einen Versuch wär's wert, nehme ich an.«

Kim ging aus dem Weg. Gaspar umfasste die Kleiderstan

ge mit beiden Händen. Als er zog, bog sich die Rückwand. Er stöhnte und zerrte noch zweimal an der Stange, bis die Vertäfelung sich löste. Er kippte das Herausgerissene zur Seite. Keuchend wuchtete er das massive Kiefernholz aus dem Weg.

Hinter der großen Öffnung breitete sich ein dunkler Raum aus.

Kim suchte nach einer Taschenlampe und fand keine. Sie nahm ihr Handy aus der Tasche, schaltete es ein und benutzte die Taschenlampenfunktion, um sich in der Dunkelheit zurechtzufinden.

Gut einen Meter weiter hing eine einzelne Birne an einem flachen weißen Kabel von der Decke herab. Weiter hinten im Dunkeln hingen in regelmäßigem Abstand noch zwei Birnen. Sie ging hin, zog an jeder Schnur und machte so die Lampen an.

Sie nieste.

Hinter ihr sagte Gaspar: »Wäre nett gewesen, wenn wir etwas mehr als Staub gefunden hätten.«

»Haben wir«, sagte Kim. »Hier ist mehr als Staub.«

KAPITEL 28

Die Deckenhöhe in dem Versteck entsprach der im restlichen Haus, die standardmäßigen zwei Meter vierzig. Die Tiefe des Raumes war gering. Die Fernsehkabel waren an die Wand getackert. Stecker waren aus Geräten, an die der Fernseher wohl mal angeschlossen gewesen war, herausgezogen worden und hingen in der Luft. In einem Schrankordnungssystem wurden leere Kleidersäcke aufbewahrt, gepolsterte Bügel und durchsichtige Boxen in der perfekten Größe für Sylvias Schuhe. Das Hermès-Gepäck hatte staubfreie Vierecke auf dem Boden hinterlassen.

Vier identische freistehende Regale standen in dem Raum. Jedes war vielleicht einen Meter fünfzig breit, eins achtzig hoch und dreißig Zentimeter tief. Jedes hatte sechs Regalbretter, die dreißig Zentimeter auseinanderlagen, und bot – den Boden miteingerechnet – Stauraum auf sieben Ebenen. Auf jeder Ebene standen zwei Reihen mit je sechs Schuhkartons. Vierundachtzig Kartons auf jedem Regal.

In zwei Lücken mussten die beiden leeren Kartons gestanden haben, die sie am Tag zuvor gesehen hatte.

Kim zählte zweimal nach, um sicher zu sein, bevor sie aus ihrer Tasche Latexhandschuhe hervorholte, sie anzog und willkürlich ein paar Deckel anhob. Staub wirbelte ihr um die Nase herum, sie nieste erneut. Nach zehn Stichproben hob sie einfach jeden Stapel an, um sich von deren Leere zu überzeugen, während Gaspar vom gegenüberliegenden Ende niesend das gleiche Prozedere vornahm. Als sie fertig waren, trat Gaspar wieder in das Schlafzimmer, zog die Handschuhe aus und wischte sich den Schweiß von der

Stirn; roter Schmutz setzte sich in die Furchen.

»In diesen Kartons kann Harry nur eines aufbewahrt haben«, sagte er.

»So viel Bargeld mit Pornos?«

Gaspar zuckte mit den Schultern. »Irgendwas Perverses. Kinder, vielleicht. Oder Tiere. Wir sind hier auf dem Land. Egal, wir haben ein handfestes Motiv, mit dem wir Reacher drankriegen werden.«

Kim blinzelte. *Reacher?* »Du meinst also, Joe und Jack Reacher haben vor fünfzehn Jahren gemeinsam irgendwie Geld gemacht? Joe ist tot, aber Jack hat trotzdem mit Harry und Sylvia weitergemacht?«

»Kann ich mir vorstellen«, sagte Gaspar. »Oder Joe war damals sauber und Jack hat ihn umgebracht, um nicht verhaftet zu werden. Das kann ich mir auch vorstellen.«

»Reacher wartet also fünfzehn Jahre?«, sagte Kim. »Kommt zurück, um sein Geld zu holen, bringt Harry um, macht alles sauber, haut ab und lässt Sylvia zurück, damit sie es auf sich nimmt. So stellst du dir das vor?«

»Irgendwie so«, sagte Gaspar. »Es gab keine legale Möglichkeit für Harry, so viel Bargeld anzuhäufen. Tu nicht so, als sei ich dämlich. Es passt ebenso gut wie alles, was dir bisher einfiel.«

Sie hörten beide das unverwechselbare Geräusch von Hubschrauberrotoren, die sich ihnen näherten. Vielleicht noch fünf Minuten bis zum Touchdown, überlegte Kim. Sie zog ihr Smartphone heraus.

»Was hast du vor?«, fragte Gaspar.

»Uns absichern«, sagte sie. Sie startete das Video und fing an zu diktieren. »Dienstag, 2. November, vierzehn Uhr fünfunddreißig. Im Haus von Harry und Sylvia Black. Schlafzimmer. FBI-Agenten Carlos Gaspar und Kim Otto betraten das Haus durch unverschlossene Tür auf der Suche nach Beweismitteln für die gestern begonnenen Ermittlungen im Fall eines Tötungsdelikts und mutmaßlichen Terrorismus. Nach genauerer Untersuchung des Einbauschrankes im Schlafzimmer fanden wir den hier dargestellten versteckten Lagerraum, in dem sich dreihundertvierunddreißig leere Schuhkartons befanden und

Platz für die beiden Kartons, die von der örtlichen Polizei am Tatort gefunden wurden.«

Sie hielt kurz inne und richtete ihre Handykamera neu aus.

»Weiterhin befinden sich hier acht leere Kleidersäcke mit sechzehn gepolsterten Satinbügeln und zwölf leere Plastikschuhboxen – wahrscheinlich wurde darin die modebewusste Garderobe von Sylvia Black aufbewahrt.«

Sie filmte die ganze Regalreihe und öffnete mehrere Schuhkartons, um das leere Innere zu zeigen. »Aufgrund von Überresten und Proben, die heute Vormittag am Ort einer damit zusammenhängenden Autoexplosion gefunden wurden, liegt die Annahme nahe, dass diese Kartons US-amerikanische Zahlungsmittel enthielten, insbesondere Hundert-Dollar-Scheine, die mehr als zehn Jahre alt waren. Ausgehend von üblichen FBIProtokollen zum Volumen von Bargeld kann man annehmen, dass sich in jedem Karton etwa zweihunderttausend Dollar befanden. In dem Fall sind hier siebenundsechzig Millionen und zweihunderttausend Dollar versteckt worden.« Sie beendete die Videoaufnahme und machte einige Fotos der Kartons.

»Warum hast du nichts über Reacher gesagt?«, fragte Gaspar.

»Wir sind in dem Fall noch immer unter dem Radar. Und außerdem, wie wir Anwälte sagen, gibt es keine Beweise, die deine wilden Vermutungen stützen.«

»Aber du weißt, dass ich recht habe«, sagte er.

»Es geht darum, was ich beweisen kann, Zorro. Wenn du dir diese Schlinge um den Hals legen willst, nur zu. Ich möchte diese strahlend blauen Augen sehen, bevor ich sage, Reacher ist schuldig.« Sie stellte ihr Telefon wieder aus. Sie kroch noch einmal in den Schrank und holte einen von Sylvias durchsichtigen Schuhboxen einschließlich Deckel heraus.

»Fingerabdrücke«, sagte sie. Er nickte.

Sie verfrachtete die Vertäfelung wieder an ihren ursprünglichen Platz.

»Wir müssen den Boss anrufen«, sagte Gaspar.

Die Hubschrauber waren jetzt genau über dem Haus.

»Keine Zeit«, sagte Kim.

KAPITEL 29

Margrave, Georgia
2. November 14:50 Uhr

Das GHP-Luftfahrzeug, der UH-1H Huey, landete mit einem Riesengetöse im Vorgarten von Harry Blacks Haus. Der Boden war zu nass für Staub, aber die Kiefern bogen und wiegten sich. Uniformierte rannten durch den Abwind vornübergebeugt los und umschwärmten das Haus. Alle von hier. Noch keine Bundespolizei.

Roscoe und zwei andere kämpften sich als Letzte durch den peitschenden Wind. Dann hob der Huey wieder ab. Einer von Roscoes Begleitern war der überlebende Leach-Bruder. Er sah vollkommen mitgenommen aus. Seine Hände waren voller Ruß. Sein Gesicht war gezeichnet von Rauch, Schweiß und Entsetzen. An seiner Uniform waren große Flecken von getrocknetem Blut.

Dem Blut seines Bruders.

Roscoe stellte sie mit einem Kopfnicken vor: »FBI Special Agents Otto und Gaspar, GHP-Officer Archie Leach und Sam Friesen.«

Archie Leach starrte Löcher in Gaspars Brust. Kim spürte den brodelnden Showdown. Sie verstand das Bedürfnis eines Bruders nach Rache. Aber sie wusste nicht, warum er dieses Bedürfnis auf sie ausrichtete. Sie nahm sich vor, Archie Leach aus dem Weg zu gehen. Gaspar sollte es ebenso halten, fand sie.

»Wir haben am Ort der Explosion verkohlte Fetzen von

Hundert-Dollar-Scheinen gefunden«, sagte Kim. »Wir haben angenommen, sie wären im Auto gewesen und könnten von hier stammen.«

Roscoe nickte.

»Kliners«, sagte sie.

»Was ist das?«, fragte Gaspar.

»So nennen wir sie.«

»Was nennen Sie so?«

»Hör auf, dich dumm zu stellen, FBI-Trottel«, sagte Archie Leach. »Ihr wisst, was wir meinen. Gefälschte Hunderter. Von der alten Kliner-Operation. Habt ihr hier welche gefunden oder nicht?«

Kim zwinkerte.

In Harrys Versteck war kein Pornogeld gewesen. Sondern Falschgeld.

Das ergab Sinn.

Als habe er das schon die ganze Zeit gewusst, berichtete Gaspar: »Wir haben das Versteck entdeckt, aber keine Benjamins, wie sie da genannt werden, wo ich herkomme. Hier entlang.«

Sie folgten ihm ins Schlafzimmer. Er zeigte auf den Schrank und trat dann beiseite. Leach und Friesen rissen die Rückwand des Einbauschrankes heraus und legten das schwarze Loch frei. Leach holte seine Taschenlampe heraus. Seitlich schob er seine Masse durch den engen Eingang. Er zog nacheinander an den Zugschaltern der Lampen.

Roscoe starrte ins Loch, als hätte er die verlorene Stadt Atlantis offenbart.

Am äußersten Ende des Ganges drehte Leach sich zu ihnen um und schüttelte langsam den Kopf, ungläubig. Sein Kumpel Friesen pfiff, lang und tief. »Hat Harry Black hier etwa lauter Kliners gehortet? All die Jahre?«

In Kims Augen wirkten sie aufrichtig überrascht. Sie schaute Gaspar an, um ihr Gefühl bestätigen zu lassen. Er zuckte mit den Schultern, wollte seine Verdächtigungen nicht aufgeben. Harry Black war ein Polizist und hatte schmutziges Geld im Wert von siebenundsechzig Millionen in schmutziger Währung.

Auf selbstständiger Basis nur schwer durchzuziehen. Das Argument von Gaspar war überzeugend.

Dann übernahm Roscoe.

Kim folgte ihr nach draußen. Sie reihte ihre Untergebenen auf und sagte: »Funken Sie die GHP an. Sagen Sie denen, wir brauchen die Kriminaltechniker hier draußen noch einmal. Ein komplettes Team zum Sichern von Beweismaterial. Und zwar ordentlich dieses Mal. Sie sollen einen Sieben-Meter-Laster mitnehmen, wenn sie haben, einen Schubkarren und einen Werkzeugkasten. Sie brauchen Essbares und Kaffee. Sie werden eine Zeit lang hier sein.«

Sergeant Brent und Kraft waren da. Sie sahen sich fragend an. »Was ist los, Chief?«, fragte Brent.

Roscoe ignorierte seine Frage. »Reden Sie nur mit mir. Mit niemandem sonst. Wir müssen den Ort hier absperren. Niemand kommt ins Haus oder heraus, außer Polizisten, die sich korrekt ausweisen können. Bei Unklarheiten fragen Sie mich, und zwar nur mich, um Erlaubnis. Positionieren Sie sich auf der Zufahrt und notieren Sie jeden Besucher, einschließlich des Fahrzeuges, mit dem sie kommen. Das machen Sie, bis ich etwas anderes sage. Von jeder Person, die herein will, wird ein Foto gemacht und die Daten aufgenommen. Schicken Sie mir das augenblicklich zu. Alles verstanden?«

»Verstanden«, sagte Brent, machte aber keine Anstalten, ihren Wünschen nachzukommen. Kraft tat es ihm gleich und blieb stehen. »Wen suchen wir?«

»Erledigen Sie diese Anrufe«, sagte Roscoe. »Ich informiere Sie, sobald ich kann.«

Brent und Kraft joggten bis ans Ende der Zufahrt. Kim hoffte, dass Roscoe sich fragte, ob man ihnen trauen konnte. Sie musste es.

»Warum werden sie Kliners genannt?«, wollte Kim wissen.

Roscoe wischte sich die Haare mit einer schmutzigen Hand aus dem Gesicht. Ruß hatte sich in die sternenförmig angeordneten Fältchen um ihre Augen gesetzt. Müdigkeit lastete auf ihren Schultern. »Wegen der Kliner-Stiftung.«

»Was ist die Kliner-Stiftung?«

»Es war eine wohltätige Stiftung, die ihren Sitz in Margrave hatte, vor langer Zeit.«

»Wofür engagierte sich diese Stiftung?«

»Für nichts, wie sich herausstellte. Es war eine Scheinorganisation.«

»Für die Herstellung von Falschgeld?«

»In großem Stil«, sagte Roscoe. »In Margrave flatterten falsche Hunderter herum wie Blätter im Herbst.«

»Wie viel insgesamt?«

»Joe Reacher schätzte es auf vier Milliarden jährlich. Über fünf oder mehr Jahre hinweg.«

»Das macht zwanzig Milliarden«, sagte Kim.

»Könnte mehr gewesen sein. Wir haben nie eine genaue Zahl erhalten. Aber es war genug, um die Währung destabilisieren zu können. Deshalb war Joe Reacher in die Sache verwickelt. Dazu kam Mord, Bedrohung, Freiheitsberaubung, Bestechung, Diebstahl, Unterschlagung, Bankbetrug und illegaler Handel. Was Sie wollen. Alles, nur das Drucken von Falschgeld nicht. Soweit wir wissen, wurden die Scheine nicht hier gedruckt. Joe glaubte, das fand in Venezuela statt.«

Teile des Puzzles fügten sich zusammen. Joe Reachers Aufgabe beim Finanzministerium war es gewesen, die Fälscher vor Gericht zu bringen. Sein Tod in Ausübung seines Dienstes in dem kleinen Ort Margrave musste von der Kliner-Stiftung organisiert worden sein. Die Kellnerin in Eno's Diner geriet in Panik, als Gaspar die Rechnung mit seinem zerknitterten Hunderter bezahlte, weil sie geglaubt haben musste, es wäre ein Kliner-Schein.

Und Jack Reacher lebte in einer derartig totalen Unabhängigkeit, weil er mit so viel Bargeld und etwas Grips seine Spuren in allen Datenbanken bis in alle Ewigkeit auslöschen konnte.

»Ich dachte wirklich«, sagte Roscoe, »dieses ganze Chaos läge hinter uns. Aber Kliner hat das Bargeld ordentlich verteilt. Er kaufte sich das Schweigen. Und wie die Leute nun mal sind, haben sie wohl Scheine gehortet. Und in schlechten Zeiten ab und zu herausgeholt.«

»Aber?«, fragte Kim.

»Da könnten mehr als fünfzig Millionen versteckt gewesen sein.«

»Wir gehen von siebenundsechzig Millionen plus ein paar Zerquetschte aus«, sagte Kim. »Angenommen jeder Karton war voll. Einschließlich der Scheine in den beiden Kartons, die in dem Chevrolet gewesen sein müssen.«

Roscoe nickte. »Mir ist das schleierhaft. Harry konnte doch nicht fünfzehn Jahre, nachdem wir die Organisation zerschlagen haben, so viele Kliners angeschafft haben. Woher zum Teufel hatte er die?«

Kim sah Roscoe an und sagte: »Und wo sind sie jetzt?« Roscoe schüttelte nur den Kopf.

Kim wusste, dass Roscoe der Schlüssel zum Reacher-Dossier war. Ob sie vertrauenswürdig genug war, um ihnen zu helfen, das musste sie herausfinden. Kim beschloss, dass sie anhand der Antwort auf eine einzige einfache Frage ihr Urteil fällen konnte. Sie fragte: »Werden Sie Ihren Job wegen dieser Sache verlieren, Beverly?«

»Ja«, sagte Roscoe.

»Sind Sie sicher?«

»Ich bin sicher.«

»Wessen Entscheidung ist das?«

»Der Bürgermeister ernennt den Polizeichef.«

»Warum sollte er Sie nicht im Amt lassen?«

Roscoe ließ die Schultern hängen; sie kniff die Augen einen Moment lang zu. »Lange Geschichte. Familienrivalität. Geht ein Jahrhundert zurück. Die Teales denken, ihnen gehört Margrave.«

»Wie kam es, dass Sie dann überhaupt ernannt wurden?«

»Finlay beharrte darauf. Seit ich den Eid abgelegt habe, wartet Bürgermeister Teale auf einen guten Vorwand, um mich zu feuern.«

»Warum hat er Sie nicht schon vorher gefeuert?«

»Kein Anlass. Aber sehen Sie sich jetzt die Tatsachen an. Harry Black hat direkt vor meiner Nase agiert. Selbst die Leute, die glauben, dass ich nicht wusste, was mein Sergeant fabrizierte, werden mich für inkompetent halten. Sie wissen, wie schwer es heutzutage ist, Fälschungen unter die Leute zu bringen. Die Banken haben alte Scheine aus dem Umlauf genommen. Harrys Vorrat könnte all den alten Hundertern gleichen, die im ganzen Land noch existieren. Jedes Mal, wenn er versuchte, einen auszugeben, wäre er von den Scannern abgewiesen worden. Die Leute werden glauben, er hätte solche Scheine nirgends in Margrave, ach was, nirgends in Georgia ausgeben können, ohne dass ich davon gewusst hätte. Selbst ich kann es nicht glauben. Das ist definitiv das Ende meiner Karriere. Nicht einmal Finlay wird helfen können. Kann mir nicht vorstellen, dass unser kleines Bürgermeister-Arschloch sich so eine tolle Gelegenheit entgehen lässt. Würde ich an seiner Stelle auch nicht. Sie etwa? Es geht ja gar nicht so sehr darum, den Job zu verlieren. Wenn man dem Wohlgefallen eines hinterhältigen Mistkerls ausgeliefert ist, kann das jederzeit passieren. In Schande auszuscheiden, das tut weh. Meine ganze Familie war so stolz auf mich. Nach hundert Jahren des Lebens in der Bedeutungslosigkeit waren wir endlich wieder jemand in Margrave. Das mag Ihnen nicht so wichtig erscheinen, aber in unserer kleinen Welt, für meine Kinder und meinen Mann, für meine Eltern ist das sehr wichtig.«

Roscoe erschauderte und Kim beobachtete sie. Jetzt oder nie. Leben oder Tod. Ja oder nein? Sie wagte den Sprung.

»Ich kann Ihnen helfen, Chief.«

Roscoe hob den Kopf, sah tief in Kims Gesicht, achtsam und müde zugleich.

Sie fragte: »Und was wollen Sie dafür?«

»Reacher«, antwortete Kim.

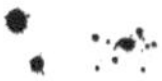

»Denken Sie darüber nach, Chief«, sagte Kim. »Wir wurden wegen Reacher hierher geschickt. Und denken Sie über die beiden Schüsse in Harrys Kopf nach. So starb Joe Reacher auch, oder? Das war eine Botschaft. Reacher hat Harry umgebracht. Er hat den Typen im Chevrolet umgebracht. Vielleicht war es Rache für seinen Bruder. Vielleicht ging es um Geld. Vielleicht um Sylvia. Vielleicht um etwas anderes.«

Roscoe hörte zu.

Kim fuhr fort. »Dann wurde Sylvia von Reacher gerettet.

Sie haben ihr Gesicht auf dem Video gesehen. Sie hat ihn erwartet. Sie war froh, ihn zu sehen.«

Ein seltsamer Ausdruck huschte über Roscoes Gesicht. Eifersucht?

Kim fuhr fort. »Ein cleverer Ausbruch, ein Leichtes für einen ehemaligen Militärpolizisten, oder? Er weiß, wo die Schwachpunkte sind. Und jetzt hat er Harrys Geld. Er kann für immer untertauchen, wenn wir ihn nicht bald finden.«

Sie flehte sie nicht an, aber ihre Argumente waren stichhaltig, auch wenn sie nicht alles beweisen konnte. Das musste Roscoe ihr zugestehen. »Helfen Sie uns, ihn zu finden. Und Sie haben mein Wort. Ich helfe Ihnen aus diesem Schlamassel heraus. Finlay ist nicht das einzige große Tier. Sie haben mich überprüft. Sie wissen, ich würde es nicht anbieten, wenn ich es nicht halten könnte.« Roscoe sah Kim eine gefühlte Ewigkeit an. Sie atmete ein, sie atmete aus. Sie schüttelte den Kopf, bedächtig und vielleicht bedauernd. »Selbst wenn ich wüsste«, sagte sie, »wo Reacher ist, würde ich es Ihnen nicht sagen. Obwohl ich ihn selbst gern wie-

dersehen würde.«

Kim zuckte mit den Schultern, eine schlechte Angewohnheit, die sie bereits von Gaspar übernommen hatte. Sie hatte es versucht. Sie hatte Roscoe das Bestmögliche angeboten. Traurig. Die Frau war ihr sympathisch geworden. Es würde kein Vergnügen werden, sie zu Fall zu bringen.

In der Ferne waren wieder Hubschrauber zu hören, sie wurden lauter. Zwei, vielleicht drei.

Roscoe sagte: »Die GHP wird nicht glauben, dass all diese Schuhkartons leer waren, als Sie sie gefunden haben. Sie werden Margrave heute Abend nicht verlassen können.« Sie nahm eine Karte und einen Schlüssel heraus und sagte: »Fühlen Sie sich wie zu Hause. Ich komme, sobald ich kann.«

Sie ging weg.

Kim schaute auf die Karte in ihrer Hand. Mr& Mrs David Trent, 37 Roscoe Place Drive, Margrave, Georgia.

KAPITEL 30

Margrave, Georgia
November 16:30 Uhr

Sie nahmen Roscoes Auto bis zur Margrave Police Station, stiegen dann in ihren Crown Vic um und fuhren südlich in Richtung Stadt. Die Landstraße verlief mitten durch Margrave hindurch. Unter dem Namen Main Street war sie jetzt nicht mehr als eine Reihe von Schlaglöchern, die durch mehrere Schichten von Asphaltflecken miteinander verbunden waren.

Das Navi fand einen Satelliten. »Die Strecke sieht einfach aus«, sagte Gaspar. »Wir bleiben auf der Main Street bis zum Roscoe Place Drive.«

»Wer hätte gedacht, dass Margrave so ein netter Ort ist?«, meinte Kim. Sie fuhren langsam und so konnte sie abblätternde Farbe, eingeschlagene Fenster und eingerissene Markisen betrachten. Auf beiden Seiten der vier Straßen langen Einkaufszone standen sich kleine Gebäude gegenüber. Fahrzeuge warteten auf die schrägen Parkplätze am Straßenrand, während die Stammkunden kamen und gingen. Aus den Rissen in den mit Graffiti verunstalteten Wänden und in den Gehwegen wucherte kräftiges Unkraut. Die Fußgänger gingen einfach darum herum. In der Novemberdämmerung waren die Schilder der Geschäfte und das Innere der Läden beleuchtet.

Teales Friseursalon hatte mehrere Bänke aufgestellt, sodass Kunden drinnen und draußen warten konnten. Teales Apotheke verkündete mithilfe eines blinkenden Neonlichts, dass

Grippeimpfungen noch zu haben waren. Die Fenster von Teales Immobilienbüro waren mit bunten Zetteln vollgehängt, die Mietund Kaufangebote anpriesen. Teales Kaufhaus nahm fast alle Schaufenster im mittleren Straßenblock ein. Die beschrifteten Fenster bewarben Preisnachlässe und Ausverkäufe von allem Möglichen, von Babykleidung bis hin zu Toilettenpapier. Kaufwillige wühlten sich durch Angebote, die auf langen Tischen gestapelt waren, schubsten und drängelten im Wettlauf um die besten Schnäppchen.

»Man sieht, warum die Teales denken, ihnen gehöre ganz Margrave«, sagte Gaspar.

»Roscoe hat recht«, sagte Kim. »Es ist erstaunlich, dass sie es so lange auf der falschen Seite von jemandem ausgehalten hat, der Teale heißt.«

Bei dem dritten Straßenblock entdeckte Kim das übliche einstöckige Backsteingebäude der Post, ungefähr aus dem Jahr 1960. Fahrzeuge warteten auf Parkplätze, während die Leute noch kurz vor Ladenschluss ein und aus gingen. An einem großen Fahnenmast hingen ordnungsgemäß die Stars and Stripes, beleuchtet von einem Flutlicht am Boden, aber die anderen Masten an der Mainstreet waren unbeflaggt.

»Sollen wir uns nach einem möglichen Postfach erkundigen?«, fragte Gaspar.

»Die haben jetzt zu viel zu tun. Setzen wir das lieber auf die Liste für morgen.«

»Ich hatte gehofft, dass du das sagst.«

Am südlichen Ortsausgang präsentierte eine Grünanlage, die ebenfalls eine Erhöhung des Budgets zur Instandhaltung von Margrave benötigte, die Statue eines vor Langem verstorbenen Stadtvaters, die auf einem platten Flecken eines seit Langem ausgetrockneten braunen Rasens mit Löwenzahn und verwilderten Hortensien stand. Vögel hatten die Statue auf die gewöhnliche Art und Weise verunstaltet, was es schwierig machte, die Bronze unter dem weißen Dreck auszumachen.

»Roscoe sollte sich daran ein Beispiel nehmen; die Vögel wissen, wie sie mit diesen Teales umzugehen haben«, sagte Kim und Gaspar lachte.

Zu einer Seite der Statue verlief eine Wohnstraße nach Westen. Beckman Drive, wie ein kaum sichtbares grünes Schild bekannt gab. Eine müde, weiße Kirche mit einem leeren Kiesparkplatz stand auf einem ungepflegten kreisförmigen Platz zwischen Beckman und Roscoe Place Drive. An der Ecke dieser nach Osten führenden Wohnstraße bot ein kleiner Markt Kaffee und Konversation an.

Dem Navi folgend bog Gaspar nach links ab, hinein in fast vollkommene Dunkelheit, die nur vom Mond erhellt wurde. Dies war früher Ackerland gewesen. Roscoe hatte gesagt, ihre Familie lebe seit hundert Jahren in Margrave, wahrscheinlich vor langer Zeit hier auf einer Farm.

Roscoe Place Drive führte in eine ruhige Wohnstraße, die nicht von Hecken oder Zäunen begrenzt war. Von dem Asphalt dehnten sich Rasenflächen aus bis hin zu roten Backsteinhäusern, die auf mehreren Morgen großen Grundstücken standen. Erbaut in den letzten zwanzig Jahren. Nicht prächtig, aber stattlich. Gepflegt.

Kim zählte im Vorbeifahren drei Auffahrten. Jeweils mit Solarlampen an den Seiten, die den Weg anzeigten, und aus Ziegeln gemauerten Briefkästen an der Straße. Jeder Briefkasten trug eine Nummer. 7, 17, 27.

Die Scheinwerfer des Crown Vic fielen auf das Haus am Ende der Straße.

Gleicher Jahrgang, ähnlicher Bau. Nummer 37. Niemand zu Hause. »Nette Hütte«, sagte Gaspar. »Etwas mehr, als ich mir mit meinem Gehaltszettel leisten kann. Glaubst du immer noch, Roscoe hat von diesen Kliner-Blüten nichts mitgehen lassen?«

»Lass uns online gehen«, wich Kim aus, »und möglichst viel überprüfen, bevor Roscoe kommt.«

Gaspar öffnete den Kofferraum und trat beiseite, während sie ihre Taschen herausnahm. Er dehnte sich wie eine Katze. Beugte den Rumpf in drei Richtungen. Ging ein paar Schritte. Nahm seinen Kram und ließ ihn auf dem Weg zum Haus fallen. »Du hast den Schlüssel, Sunshine. Mach etwas Licht, ich stell das Auto um.«

Roscoes Schlüssel öffnete die zweiflügelige Eingangstür zu

einer geräumigen, mit Teppich ausgelegten Diele. Kim knipste auf dem Weg die Lichter an. Fünf Meter weiter befanden sich zu beiden Seiten Glastüren. Links ein konventionelles Esszimmer, rechts ein Gästezimmer. Sie stellte ihre Reisetasche hinein und ging weiter durch den Bogengang.

Eine Treppe an der Wand zum Gästezimmer führte hinauf in die erste Etage, mit einem offenen Geländer zum Raum hin. Der Rest vom Erdgeschoss war geräumige Offenheit.

Selbst unbewohnt und kühl wirkte der Raum einladend. Auf der rechten Seite befand sich ein Wohnzimmer mit Parkett, Kamin und gemütlichen Möbeln. Links eine teuer eingerichtete Küche. Die beiden Bereiche waren getrennt durch eine drei Meter breite Kochinsel mit einer modernen Spüle und einer kostspieligen Ausstattung. Große Erkerfenster nach vorne hinaus.

»Treffen wir uns gleich wieder hier?«, schlug Gaspar vor. »Ich mache Kaffee. Wer zuerst da ist, treibt etwas Essbares auf, okay?«

»Perfekt.« Bis Kim ihren Kulturbeutel und frische Klamotten herausgeholt hatte und ins Gästebad neben der Küche gegangen war, breitete sich schon der himmlische Duft von frisch gekochtem Kaffee aus. Eine Dusche und die Aussicht auf Kaffee, Essen und Schlaf. Sie geriet fast ins Schwärmen. Zehn Minuten später saß sie bekleidet mit einer schwarzen Jeans, einem roten Pullover und Gymnastikschuhen, mit nassen Haaren, die ihr lose auf die Schultern fielen, und einer Tasse schwarzen Kaffee an ihrem Laptop am Küchentisch. Gaspars Rückkehr nahm sie kaum wahr.

»Für eine Frau bist du schnell«, sagte er. Er klappte seinen Laptop auf.

»Hat man mir gesagt.« Sie sah nicht von ihrer Arbeit auf.

»Meinen Anzug kann ich vergessen«, sagte er. »Wir müssen auf unserer Reise irgendwo einen neuen auftreiben.«

»Wie wär's mit Teales Kaufhaus? Die haben doch gerade einen Ausverkauf, oder?« Er hatte ähnlich wie sie Freizeitkleidung an, aber dünnerer Stoff zeugte von seinem Leben in Miami.

»Was zu essen gefunden?«

»Hab noch nicht nachgesehen. Wurde abgelenkt.«

»Von was?« Er schenkte sich einen Kaffee ein, nahm Sahne

aus dem Sub-Zero-Kühlschrank und suchte in der gut organisierten Speisekammer, bis er Zucker und einen Messlöffel fand.

»Sylvias und Harrys Steuererklärungen. Wir haben auch die Aussagen von Roscoe und Finlay zur Kliner-Stiftung. Und Bilder von ganzen Kliner-Scheinen.«

»Woher kommt das denn jetzt?« Um etwas für das Abendessen zu finden, suchte er die Schränke weiter durch und schob Roscoes Vorräte hin und her.

»Ich nehme an, der Boss hat es möglich gemacht. Sie waren da, als ich meine sichere Verbindung hergestellt habe.«

»Dann hat er also ein schlechtes Gewissen?« Anscheinend fand Gaspar unter den Vorräten nichts, was seinem Geschmack entsprach, denn er hatte seine Aufmerksamkeit nun wieder auf den Kühlschrank gelenkt.

»Oder so«, sagte sie säuerlich.

»Du weißt, dass wir diesen Job nicht ohne seine Hilfe zu Ende bringen können. Es muss dir ja nicht gefallen, aber bereite dich innerlich darauf vor, dass es so kommt.«

»Dafür habe ich ja dich, Nummer zwei.« Sie wandte sich wieder dem Bildschirm zu und vertiefte sich erneut.

Etwas später lagen verführerische Düfte in der Luft und kitzelten sie in der Nase. Ihr Magen hüpfte freudig aufgeregt herum. Aber sie sah nicht von ihrer Arbeit auf, bis er zwei Teller auf den Tisch stellte, ihr Kaffee nachschenkte und sich neben sie setzte.

»Ich hasse Eier«, sagte sie.

»Kein Problem.« Er nahm ihren Teller, schob die Eier auf seinen eigenen und schaufelte sich das Essen fast ohne Pause in den Mund. »Besser so?«

Sie grinste. Schnappte sich seinen Toast mit einer Hand und nahm ihren in die andere. Legte den Schinken zwischen die gebutterten Scheiben. »Hervorragend. Du bist ein guter Koch.«

»Ich habe viele Talente, die es noch zu entdecken gilt«, sagte er zwischen zwei Bissen. Er verputzte die ganze Ladung Eier und ging zum Kühlschrank, um noch mehr Schinken zu holen.

»Erzähl mir was, während ich koche.«

»Zunächst mal war Sylvias früherer Name Kent. Ist vielleicht aber nicht der Name, unter dem sie geboren wurde. Das prüfe ich gerade. Und die gemeinsame Steuererklärung von Mr und Mrs Black war unglaublich albern. Sie haben sogar die vereinfachte Erklärung abgegeben, weil sie nicht genug absetzbare Ausgaben hatten. Gaben nur sich selbst als abhängige Personen an.«

»Das heißt?« Er blieb am Herd stehen, bearbeitete Speck und Eier in der Pfanne und betätigte den Toaster.

»Harry und Sylvia betteln quasi darum, strafrechtlich verfolgt zu werden. Dem Finanzamt so einen offensichtlichen Betrug aufzutischen, ergibt keinen Sinn.«

»Nicht alles ergibt immer Sinn, Sunshine. Das hab ich dir schon mal erzählt. Selbst wenn die Gauner Polizisten sind, handeln sie doch nicht so rational, wie wir es ihnen zutrauen.« Er zuckte leicht zusammen.

»Du hörst mir nicht zu. Harry und Sylvia haben – wie alle schlauen Gauner – die Steuererklärungen abgegeben, weil sie wussten, sie nicht abzugeben, wäre der schnellste Weg ins Gefängnis.«

»Das ist mir bewusst. Wo also liegt das Problem?«

»Der zweitschnellste Weg, ohne Rückfahrschein ins lebenslange Uncle Sams Hotel zu kommen, ist es, falsche Erklärungen abzugeben. Kann jahrelang unentdeckt bleiben. Bei Verdacht schwerer nachzuweisen.«

»Wie gesagt, das ist mir bewusst.«

Er kniff die Augen zusammen, beobachtete etwas durch das Erkerfenster hindurch, doch Kim bemerkte es kaum.

»Schlaue Steuerhinterzieher unternehmen einen plausiblen Versuch, offensichtlichen Betrug zu vermeiden, damit sie die Geldstrafen bezahlen können und nicht ins Gefängnis kommen, selbst wenn sie erwischt werden.«

»Ich bin mir nicht sicher, wie schlau Harry war. Immerhin ist er tot, oder? Die meisten von uns schlauen Leuten versuchen, diesen Zustand zu vermeiden.«

»Er und Sylvia waren klug genug«, erwiderte sie, »um siebenundsechzig Millionen in Blüten anzuhäufen und sie vor aller Augen aus dem Haus zu schaffen.«

Er ging zum Fenster und ließ die durchsichtigen Rollos herunter; er stellte sich an eine Seite, hob das Rollo am Rahmen etwas an, um hinauszusehen. »Sie haben die Kliners also irgendwie gewaschen. Das haben wir uns schon gedacht.«

»So leicht ist das nicht. Vor allem nicht für so viel Bargeld. Unsere Finanzwelt ist zu kompliziert. Dank der Computer ist es einfach, Transaktionen zurückzuverfolgen und zu melden. Schon mal von den Superdollars gehört? Die besten Fälschungen aller Zeiten? Sogar besser als die echten?«

»Ich arbeite im Miami Field Office, Sunshine. Da werden wir auch informiert.«

»Tausende Superdollars wurden durch profane Schreibtischarbeit aufgespürt.«

»Ihr Erbsenzähler werdet uns alle umbringen.«

»Die gewöhnliche Geldwäsche erfordert normalerweise drei komplizierte Schritte, denn du musst das Falschgeld unter die Leute bringen, es durch mehrere legale Stellen schleusen, damit es sauber wird, und es dann zurückbekommen und etwas damit machen, das den Ablauf legal aussehen lässt, damit du dann darauf zurückgreifen kannst.«

»Stimmt«, kommentierte er abwesend.

»Aber ich denke, Harry hat einfach nur einen guten Austauschplan gefunden und es dabei belassen. Mit anderen Worten: Er platziert die Kliners irgendwo im Finanzsystem und bekommt echtes Geld zurück, das er irgendwo aufbewahrt. Und zwar nicht in seinem Schrankversteck.«

»Das ist der einfachste Plan.«

»Aber für Harry unmöglich durchzuführen.« Sie bemerkte, dass er sich nicht vom Fenster weggerührt hatte. »Was beobachtest du da?«

»Vielleicht nichts. Rede weiter. Warum hätte Harry den einfachen Plan nicht durchführen können?«

»Er hätte die alten Scheine hier in Margrave oder in der Umgebung nicht in Umlauf bringen können. Jeder würde vermuten, dass es Kliners sind, wie auch unsere Kellnerin. Alle üblichen Möglichkeiten, kleine Geldbeträge loszuwerden, würden bei der Menge ein Leben lang dauern. Er hat einen Job, also kann er nicht im Bundesstaat oder im Land herumreisen und hier und da etwas Kleines kaufen und echtes Geld zurückbekommen. Keine Bank wird sie nehmen. Jedes Unternehmen, das viel Bargeld einnimmt, wie eine Pferderennbahn, ein Freizeitpark oder Casino, hat gute Methoden zur Erkennung von Falschgeld.«

»Was bleibt dann noch? Offshore-Banking?«

»Heutzutage nicht so leicht. Sogar die Schweizer zeigen jetzt Steuerhinterzieher an. Er müsste die Blüten zunächst mal aus dem Land bekommen. Und wie soll er an das echte Geld kommen, wenn Sylvia ein neues Outfit haben will?«

Gaspar schien darüber nachzudenken. »Der Tote im Chevrolet und Reacher waren von vornherein darin verwickelt. Sie haben Harry und Sylvia bei der Geldwäsche geholfen.«

Sie hörte die Unaufmerksamkeit in seinem Tonfall. »So sehe ich das auch.«

»Warum wird Harry jetzt umgebracht?« Er stand noch immer am Fenster.

»Das ist die Siebenundsechzig-Millionen-Dollar-Frage, oder?« Sie schaute verärgert auf, um eine Antwort zu bekommen. »Und was zum Teufel beobachtest du nun da draußen?«

»Scheinwerfer. Kommen in diese Richtung.«

Ihr Herz machte einen beunruhigten Sprung. »Roscoe?«

»Kleineres Auto. Fährt auf die Auffahrt.«

Reflex. Die Hand glitt unter den Tisch und legte sich auf die Waffe, die auf dem Stuhl neben ihr im Holster lag.

Sie hörte, dass das Auto anhielt. Die Autotür ging auf, wurde zugeknallt.

»Männlich, groß. Haustür«, sagte Gaspar.

Zu spät, um das Licht in der Küche auszuschalten, ohne kundzutun, dass sie im Haus waren. Kim schnappte sich ihr Holster und griff hinein. Stellte sich mit dem Rücken zur Wand neben den offenen Bogengang, der in die Diele führte.

Stille. Ein Schlüssel im Schloss. Die Haustür ging auf. Eine tiefe Stimme. »Bin drin! Danke fürs Mitnehmen!«

Haustür knallte zu. Schritte über den Teppich näherten sich. Die gleiche Stimme, lauter. »Hallo! Bin zu Hause!«

Kim sah Gaspar fragend an. Er nickte. Gab ihr zu verstehen, dass das Auto weggefahren war. Sie blieb wachsam.

»Hier drinnen«, rief Gaspar, solange noch Zeit war, normal zu wirken.

Ein dunkelhaariger Junge in Jogginghose und mit offenen Sportschuhen kam durch den Bogengang, warf seinen Rucksack auf das Sofa, ließ seine bunte Zahnspange aufblitzen und ging schnurstracks auf den Kühlschrank zu. »Ich bin Davey Trent«, sagte der Junge. »Sie sind die Bekannten von Mom, richtig? Sie hat mir 'ne SMS geschickt.«

Kim entspannte sich etwas, aber ihre Stimme blieb irgendwo stecken. Davey Trent. Roscoes Dreizehnjähriger. Er sah aus wie eine dreißig Zentimeter größere Version seiner Mutter. Die gleichen erstaunlichen braunen Augen.

Freundlich sagte Gaspar: »Stimmt. Carlos Gaspar und Kim Otto.«

Davey nahm eine große Flasche mit einem blauen Getränk aus dem Kühlschrank und senkte bestätigend den Kopf. »Mom sagte, ich soll Sie nicht stören. Sie kommt später. Rufen Sie, wenn Sie was brauchen. Ich hab Hausaufgaben.« Der Junge schnappte sich seinen Rucksack und ging die Treppe hinauf.

Kim und Gaspar nickten sich zu. Jegliche strategische Unterhaltung war vorbei. Sie ging zu ihrem Platz zurück, legte ihr Holster aber nicht weg. Gaspar nahm sich seinen kalten Toast.

Er öffnete seinen Laptop und setzte sich ihr gegenüber an den Küchentisch.

»Schick mir die Aussagen«, sagte er. »Ich geh sie und alles, was mir der Boss sonst geschickt hat, durch, während du deinen Kram weitermachst.«

»Sieh dir auch mal die Bilder von den Blüten an. Die sind sehr gut«, sagte sie.

Mehrere Stunden lang arbeiteten sie so weiter, bis Gaspar letztendlich aufstand, sich reckte und auf die Wanduhr schaute.

»Ich brauche ein Bier.«

Kim sagte: »Ich brauche ein Nickerchen.«

»Das auch.«

»Was glaubst du, wann werden wir Margrave hinter uns lassen können?«

Gaspar drehte den Verschluss der Bierflasche auf, die er aus Roscoes Kühlschrank befreit hatte, und nahm einen großen Schluck. »Ohne etwas Unterstützung vom Boss nie.«

»Ich hätte nicht gedacht, dass du so schnell aufgibst.«

»Wie sieht dein Plan aus?«

»Ich gehe jetzt schlafen«, sagte Kim. »Wenn Roscoe kommt, kannst du ihr die Antworten entlocken. Vielleicht ergibt dieser Kram später mehr Sinn. Viel schlimmer kann es nicht mehr werden.«

Sie nahm ihren Laptop, sammelte ihre herumliegenden Sachen zusammen und ging ins Gästezimmer. Zehn Minuten später war sie in selige Bewusstlosigkeit versunken.

KAPITEL 31

Margrave, Georgia
November 0:45 Uhr

Sie war in einen tiefen Halbseitenschlaf eingetaucht, wie ein Delfin, der gerade noch so viel Bewusstsein aufrechterhielt, dass er vor Feinden sicher war. Sie schaukelte sanft auf und ab, mit jedem weichen Schwung kam sie weiter nach oben, bis an einem Scheitelpunkt ihr Augenlid zitterte. Ein orangener Schimmer wenige Zentimeter von ihr entfernt zeigte 0:45 Uhr an. Sie hatte drei Stunden geschlafen.

Doch jetzt war sie wach.

Denn: Im Haus wurde gedämpft geschrien. Echoortung wies auf zwei Frauen in sicherer Entfernung hin. Eine älter, eine jünger, beide wütend. Sie erkannte Roscoes Stimme.

Roscoes Gästezimmer war gemütlich. Die Temperatur war perfekt. Ein Gänsefederbett, eingehüllt in feine Baumwolle, schuf einen warmen Kokon. Sie kuschelte sich hinein, trieb sanft an des Schlafes Oberfläche, war aber noch wach. Sie seufzte.

Eine Rückkehr ins Nirwana erforderte ein Glas Wasser und den Gang zur Toilette. Sie lauschte, hörte kein leises Schreien und kam zu dem Schluss, dass schnelle Verstohlenheit jetzt möglich war. Wo war das Badezimmer? Durch die Diele, dachte sie, neben der Küche. Mit eingeschränkter Sicht – ihre Augenlider waren zu schwer, um sie ganz zu öffnen – ging sie zur Tür, dann nach links und schlurfte über den Teppich. Das schwache grüne Schimmern eines Computerbildschirms wies ihr den

Weg. Sie nahm warme Düfte wahr, die sie nicht identifizieren konnte. Holzrauch vielleicht? Und etwas Süßlicheres.

Sie kam zu dem Bogengang und trat in einen kalten offenen Raum. Sie erinnerte sich an die Küche zur Linken, ein Familienzimmer rechts und das Gästebad geradeaus.

Dann war der ganze Raum erleuchtet. Sofortige Blindheit. Kim riss ihren Unterarm hoch, um ihre Augen zu schützen. Ein großes, schlankes, blondes Mädchen hatte den Kühlschrank aufgemacht. Das war das Licht. Das Mädchen hielt eine Bierflasche in der Hand. Sie drehte sich um, sah Kim und hielt die Flasche wurfbereit in die Höhe.

»Wer sind Sie?«, fragte sie. »Und was machen Sie in meinem Haus?«

Das Mädchen war hübsch. Sie trug zerlumpte Jeans, einen labberigen Pullover und schwere, verdreckte Stiefel. Sie wurde durch den Kühlschrank von hinten beleuchtet. Sie war dreißig Zentimeter größer und fast dreißig Pfund schwerer und sie sah sehr fähig aus. Kim nahm an, die Flasche würde genau auf ihrem Kopf landen, sollte das Kind sie tatsächlich werfen.

Dann, aus dem Schatten rechts von Kim heraus, sagte Roscoe:

»Lass das Theater, Jack. Sieht sie aus wie ein Einbrecher? Barfuß? Roter Seidenpyjama?«

Das Mädchen regte sich keinen Millimeter.

Nur eine Möglichkeit.

Kim wollte lieber wegrennen, als dem Mädchen wehzutun.

»Kim, das ist meine Tochter Jacqueline«, sagte Roscoe, »von allen nur Jack genannt.«

Jack? Kim hatte das Gefühl, einen Faustschlag in die Magengrube erhalten zu haben. *Reachers Tochter?*

h 6

»Jack, das ist eine Bekannte von mir, Kim. Aber das wüsstest du ja bereits, wenn du pünktlich zu Hause gewesen wärst.«

Jack regte sich noch immer nicht.

»Es tut mir leid, Kim«, sagte Roscoe, »dass wir Sie aufgeweckt haben. Wir greifen unsere Gäste normalerweise nicht an. Jack entschuldigt sich auch. Nicht wahr, Jack?«

Das Mädchen entspannte sich, zuckte mit den Schultern und stellte das Bier zurück ins Fach.

»Wenn du meinst«, sagte sie wie eine Fünfzehnjährige. Sie schloss die Kühlschranktür.

Dunkelheit. Sofortige Blindheit.

»Oben schläft noch ein Bekannter«, sagte Roscoe. »Weck ihn nicht auf. Und deinen Bruder auch nicht.«

Das Mädchen sagte nichts. Roscoe sagte: »Gute Nacht, Jack.«

Das Mädchen stapfte nach oben und verteilte den Dreck auf dem Teppich. Roscoe musste zu erschöpft gewesen sein, um das zu bemerken.

Eine Tür ging auf. Eine Tür ging zu. Im Haus war es wieder still.

Kim fröstelte. Hightech-Mikrofaser-Pyjamas ließen sich zum Reisen gut verstauen, waren aber für den November in Georgia nicht warm genug.

»Heißen Kakao?«, fragte Roscoe.

»Nein, danke«, sagte Kim.

»Übersetzt: Sie haben Fragen und ich kann nicht schlafen.«

»Ich bin todmüde. Ich bin keine gute Gesellschaft.«

Übersetzt: Oder nicht wach genug, um etwas von Ihnen zu erfahren, was ich nicht schon weiß.

»Archie Leach will Sie befragen. Ich habe ihn heute Abend davon abhalten können, aber ich musste ihm sagen, wo Sie sind. Ich habe noch weitere Anrufe bekommen. Dies könnte unsere letzte Gelegenheit sein.«

Kim ließ sich in einen riesigen Sessel fallen und zog die bloßen Füße an. Roscoe gab ihr einen Becher. Kim erkannte den süßlichen Duft wieder, den sie bei ihrem schlaftrunkenen Umherirren wahrgenommen hatte. Heißer Kakao, gewürzt mit etwas Schärferem. Whiskey, dachte sie.

»Jack ist ein hübsches Mädchen«, sagte sie, nachdem das Schweigen sich eine Zeit lang ausgebreitet hatte.

Roscoe lächelte. »Haben Sie das Schild draußen nicht gesehen: ›Heißes Mädchen sucht böse Jungs‹?«

Kim lächelte ebenfalls. »Mein Vater hat mit einem drei Meter hohen Zaun um unser Grundstück gedroht, um die Jungs fernzuhalten, als meine Schwester in Jacks Alter war.«

»Hat es funktioniert?« Roscoe klang hoffnungsvoll.

Kim nippte an dem heißen Kakao, lehnte ihren Kopf zurück an die Sessellehne. »Die Jungs fernzuhalten, war eigentlich nicht das Problem. Das Problem war, meine Schwester im Haus zu halten.«

»Ganz genau«, sagte Roscoe. »Sie kommt nicht pünktlich nach Hause. Sie ruft mich nicht zurück. Sie simst bis in die Nacht. Sie steht nicht auf, wenn sie in die Schule muss. Ihre Noten sind miserabel.« Sie fuhr sich mit der Hand durch die Haare. »Und jetzt schleicht sie sich mitten in der Nacht aus dem Haus.«

»Um was zu machen?«

»Keine Ahnung.«

»Sie könnten sie in den Schrank sperren, bis sie einundzwanzig ist. Sie könnten eine alte Schachtel einstellen, die ihr Wasser und Brot bringt.«

»Glauben Sie nicht, ich hätte nicht daran gedacht. Als Jack geboren wurde, war jeder Moment ohne sie eine Qual. Und jetzt möchte ich ihr nach fünf Minuten im selben Raum eine klatschen. Aber was würde ich tun, wenn sie mich zurück schlagen würde?«

»Sofort schießen?« Roscoe lachte.

Kim sagte: »Da möchte man seine Mutter anrufen und sich entschuldigen, oder?«

»Jeden einzelnen Tag.«

»Sie wissen, dass das eine Phase ist, Beverly. Ein notwendiger Teil des Erwachsenwerdens.« Sie seufzte. »Wenn ich meine Böse-Jungs-Phase mit fünfzehn statt mit zwanzig gehabt hätte, wäre mein Leben vollkommen anders verlaufen. Ich würde zumindest nicht hier sitzen.«

»Ist er auf den rechten Pfad gekommen? Ihr böser Junge?«

»Sie kennen die Statistiken so gut wie jeder, Chief. Böse Jungs werden böser, nicht besser. Wenn Sie wirklich ein Update wollen, könnte ich wohl die Datenbanken der Gefängnisse überprüfen. Oder die Leichenschauhäuser.«

»Kinder?«, fragte Roscoe.

Kim schüttelte voller Grauen den Kopf, so heftig, dass ihr

Blick verschwamm. »Mit ihm? Für ewig an ihn gebunden? Immer ihn sehen, wenn ich das Kind anschaue? Immer, immer mit der Frage im Kopf, ob seine erbärmlichen Gene die Oberhand gewinnen könnten, egal wie sehr ich mich bemühe, dass sie es nicht tun? Mit Sicherheit nicht.«

Roscoe starrte ins Kaminfeuer. »Kluge Entscheidung, Agent Otto. Eine gute Polizistin zu sein ist einfacher, als eine gute Mutter zu sein.«

Sie drückte auf die Taste einer schmalen Fernbedienung. Mozarts Klavierkonzert Nr. 21 erfüllte den Raum.

»Wäre es so schlimm?«, fragte Kim. »Wenn Sie Ihren Job wegen des Harry-Black-Falls verlieren würden? Es ist nicht leicht, der Boss zu sein, auch nicht in der Polizeistation einer verschlafenen Kleinstadt. Sie könnten etwas machen, was Sie weniger in Anspruch nimmt. Mehr Zeit mit Jack verbringen. Sie auf den rechten Pfad bringen.«

»Machen Sie sich um mich keine Sorgen, Kim«, antwortete Roscoe. »Der alte Kliner hat vor fünfzehn Jahren meine Karriere in Gang gesetzt. Davor war Margrave nicht mal auf der Landkarte. Aber als Kliner aufflog, wurde ich hier in der Gegend zum Star. Das wäre ohne ihn nie passiert. Vielleicht macht er es gerade wieder. Haben Sie daran schon mal gedacht? Ich bereue nichts.« Sie zögerte kurz. »Ich mochte mein Kind nur vorher einfach lieber.«

»Vor was?«

»Bevor sie einen Busen bekam.«

»Und heute Abend kam sie zu spät nach Hause?«

Roscoe seufzte erneut, so als trüge sie die Last eines Atlas, mit einer viel zu kleinen Statur. Sie faltete die Hände, lehnte sie gegen ihr Kinn, beugte den Kopf und rieb sich mit einem Fingerknöchel über die Unterlippe. »Sie fing vor drei Tagen an, sich nachts hinauszuschleichen.«

Die Nacht vor dem Mord an Harry Black. Timing war vielleicht nicht alles, aber Gelegenheit macht Verbrechen und Verdächtige. Kein Wunder, dass die Henne sich um ihr Küken sorgte. »Sie befürchten, dass Jack irgendwas mit dem Fall Black zu tun hat?«

Roscoe schien erleichtert zu sein, dass Kim endlich begriff.

»Ich weiß, dass Jack nichts mit dem zu tun hatte, was Sonntagabend draußen bei Harry geschah.«

»Wie sicher sind Sie sich da?« Kims Gefühl sagte ihr, dass Roscoe sich nicht so sicher war, wie sie es gern wäre. Besorgte Polizistin, verängstigte Mutter. Einfache Gleichung.

»Sehr sicher«, sagte Roscoe. »Ich hab's überprüft. Persönlich.«

»Gaspar glaubt, Harry und Sylvia waren im Pornogeschäft tätig. Er meint, so haben sie die Kliners angehäuft und gewaschen. Glauben Sie, Jack hat sich daran beteiligt?«

Bestürzt riss Roscoe die Augen auf. »Nein! Natürlich nicht!«

»Glauben Sie, sie hat Sylvia geholfen, den Mord zu vertuschen und zu fliehen?«

»Nein.«

Leiser, aber besorgter. Sie kam der Sache näher.

»Sie glauben, sie war in den letzten drei Nächten mit Jack Reacher unterwegs?«

Roscoe holte Luft und hielt den Atem an. Die Hände fielen ihr schlaff in den Schoß.

Bingo?

Doch dann entspannte sich Roscoe. Sie grinste. »Bei all den Möglichkeiten, die ich in Betracht gezogen habe, als Jack in der Nacht nicht nach Hause kam, als mein Sergeant umgebracht wurde, Agent Otto, habe ich mir nicht ein Mal Sorgen gemacht, dass meine Tochter bis in die Puppen mit Jack Reacher durch die Gegend ziehen würde.«

Kim hatte das Gefühl, dass Roscoe die Wahrheit sagte. Schade.

Sie fragte: »Woher wollen Sie das wissen?«

Roscoe kicherte tatsächlich. Vielleicht lag es am Whiskey.

»Schätzchen, Sie sind so weit weg vom Ziel, Sie können das Schwarze nicht mal sehen.«

Kim setzte sich in ihrem Sessel auf. »Okay, verstehe. Sie glauben nicht, dass Reacher irgendetwas mit dem Fall Sylvia Black zu tun hat. Sagen Sie es mir zumindest ganz offen: warum nicht?«

»Zum einen: Wenn Reacher in der Stadt wäre, wüsste ich

es. Er hätte mich kontaktiert oder jemand hätte ihn gesehen. Er ist groß. Er ist offensichtlich nicht von hier. Er würde herausstechen. Deshalb wurde er vor fünfzehn Jahren verhaftet. Er könnte nicht heimlich nach Margrave kommen und wieder verschwinden, ohne dass es jemand erfährt.«

Wunschdenken. Der Kerl war ein Geist. Er hatte sich problemlos in kleinere Orte hineinund hinausgeschlichen, wann immer er es wollte. »Und?«

Roscoe nahm einen großen Schluck flüssigen Mutes. »Als Sie die Möglichkeit erwähnten, Reacher könnte was mit Sylvia haben, da haben Sie mich, zugegeben, aus dem Konzept gebracht.«

Jetzt kommen wir der Sache näher.

»Und Frauen wie Sylvia zu retten, ist genau so eine Sache, die zu ihm passen würde. Also habe ich Ihre Theorie überprüft. Und er war es nicht.«

»Woher wissen Sie das?«

»Ich weiß es einfach«, sagte Roscoe und klang dabei wie ihre Tochter.

»Können Sie hellsehen? Haben Sie eine Kristallkugel? Tarotkarten?«

»Haben Sie nichts über den Mann gelernt, Sie Ass? Reacher würde nichts von dem, was passiert ist, machen.«

»Wirklich? Sie sagen, Reacher würde niemanden umbringen? Aber als er vor fünfzehn Jahren hier war, starben zwölf Menschen, und ich denke, das war kein Zufall.« Kim wusste, dass sie genau dort hätte aufhören sollen, noch während sie weiterredete. »Versuchen Sie nicht, mir diesen Quatsch weiszumachen, Beverly. Sie haben dann so etwas von Bonnie mit ihrem Clyde.« Kurze Pause. *Ach, was soll's.* »Wieder einmal.«

»Wissen Sie, Kim«, sagte Roscoe, »für diese Bemerkung würde sogar Reacher Ihnen wehtun.«

»Weil sie zutrifft?«

»Nein. Sie kennen Jack nicht. Überhaupt nicht.«

»Dann klären Sie mich auf.«

»Sein Bruder Joe starb wegen dieses Geldes. Jack würde nie auf diese Weise von Joes Tod profitieren. Er würde sich einem Feind von Angesicht zu Angesicht stellen und ihn nicht im

Schlaf erschießen. Und er würde seine Zeit nie damit verbringen, alles so sauber zu hinterlassen. Nicht sein Stil.«

»Nicht?«

»Mit Sicherheit nicht.«

»Was hätte er denn gemacht?«

»Wenn er Harry wegen der Kliners umgebracht hätte, was er nicht hat, hätte er Harrys Haus komplett zerstört. Den Chevy hat er auch nicht in die Luft gejagt. Also kommen Sie mir erst gar nicht damit.«

»Und Sie wissen das, weil …?«

Die Musik wechselte zu Chopins Nocturne Nr. 20 und erfüllte den Raum mit disharmonischem Frieden.

Roscoe schien eine Entscheidung zu fällen. Sie wischte sich erneut übers Gesicht. Sie straffte die Schultern. »Reacher verließ damals den Ort und wollte nach Chicago, seitdem habe ich nichts von ihm gehört. Ich wollte Ihnen heute Abend sagen, dass er es nicht war. Auf dem Video. Der Sylvia gestern zur Flucht verhalf. Der falsche Marshal. Das war nicht Jack Reacher. Mit Sicherheit nicht.«

»Beweise? Fakten?«, fragte Kim. »Und sagen Sie mir nicht, Sie wissen es einfach, Beverly.«

Roscoe stand auf, ging zum Kamin, mit dem Rücken zum Raum. »Reacher ist größer, kräftiger gebaut. Breitere Schultern. Aufrechtere Haltung. Längere Arme. Tiefere Stimme. Anderer Gang.«

»Vielleicht hat er sich in den fünfzehn Jahren verändert«, sagte Kim.

Roscoe schwieg erneut und drehte sich dann zu Kim um. Die nächsten Beobachtungen beschrieb sie in einem sanfteren Ton und bestätigte damit Kims Intuition hinsichtlich ihrer Beziehung zu Reacher. »Reachers Handgelenke sind dicker und seine Hände sind zu breit für die Handschuhe in dem Video. Er ist freundlicher zu Frauen. Er würde Sylvia nicht so grob am Arm festhalten oder sie so ins Auto schubsen. Er ist feinfühliger und viel schlauer. Er strahlt es quasi aus. Und er ist ein sehr vorsichtiger Typ. Wenn er Sylvia Black aus unserem Gefängnis geholt hätte, würden keinerlei Beweisstücke ihn mit der Flucht in Verbindung bringen, genauso wie es keine Beweise dafür gibt, dass er vor fünfzehn Jahren jemals hier war. Einfach gesagt, wenn Reacher in der Nacht hier gewesen wäre, hätten wir kein Video, das wir analysieren könnten.«

Kim schwieg eine Weile. Sie hatte zu viele Vermutungen angestellt. Die Vermutungen hatten zu falschen Ausgangspunkten geführt und Zeit vergeudet. Sie wusste nicht, wer Jack Reacher war, und das Nichtwissen machte ihr mehr Angst als alles andere. Doch Roscoe hatte Reacher damals in jeder Hinsicht gekannt. Das war eindeutig. Wenn er sich also nicht stärker verändert hatte, als ein Mann in der Lage ist, sich zu verändern, hatte Roscoe recht.

Verdammt.

»Wer also war der Mann auf dem Video?«, fragte Kim.

»Sagen Sie es mir.«

»Würde ich, wenn ich es könnte«, sagte Kim. Dann hörte sie Gaspar die Treppe hinunterkommen.

KAPITEL 32

Margrave, Georgia
3. November 2:15 Uhr

Gaspar ließ seine Taschen auf den Boden in der Diele fallen und betrat das Zimmer – vollständig angezogen, hellwach und startbereit. »Unser Flug geht in fünfundneunzig Minuten ab Atlanta. Wir müssen uns beeilen. Wie fahren wir am besten aus dem Ort raus, Chief?«

Roscoe sagte: »Sie können nicht wegfahren. Die GHP will mit Ihnen reden.«

»Die können mir eine E-Mail schicken. Oder mich am Arsch lecken. Meine Marke glänzt mehr als deren.« Er ging in die Küche, fand die Kaffeekanne, füllte Wasser und Pulver in die Maschine. Er holte Becher heraus und kramte nach Zucker und Milch herum, als wollte er einen Geschwindigkeitsrekord aufstellen. Viel zu viel Energie. Kim schloss die Augen.

»Hey, Sunshine«, rief er. »Du solltest dir vielleicht etwas anziehen. Es ist da draußen etwas zu kühl für den Pyjama.«

Als sie sich nicht regte, sagte er: »Geh unter die Dusche. Wach auf. Ich schenk dir einen Kaffee ein, wenn er fertig ist. Komm schon. Shake 'n Bake. Hopphopp. Beweg dich.« Er redete wie ein Wasserfall. Vielleicht hatte er noch mehr Amphetamine aufgetrieben.

»Bevor wir gehen, Chief Roscoe«, sagte er, »müssen Sie mir noch ein paar Fragen dazu beantworten, wie die Kliner-Stiftung damals zu Fall gebracht wurde. Ich habe die Mitschriften gelesen. Mehrmals. Einige offene Punkte wären da noch.«

»Zum Beispiel?«

»Ihre Aussage beschrieb das Gröbste. Ich muss die Dinge wissen, die Sie ausgelassen haben. Reacher war das Schwergewicht in dem Fall, aber wie genau hat er es gemacht? Wie hat er es erkannt, wie gebannt und das alles? Und erzählen Sie mir, was danach geschah. Vor allem, nachdem der alte Teale starb. Der jetzige Bürgermeister ist wer? Sein Sohn?«

Kim glaubte an Vorbereitung. Die hatte ihr mehr als einmal das Leben gerettet. Sie versuchte, sich zu konzentrieren.

»Wir haben damals alle relevanten Fragen beantwortet«, sagte Roscoe. »Die Aussagen zogen sich wochenlang hin. Jede staatliche und nationale Behörde, die Sie sich vorstellen können, wurde einbezogen, sogar einige ausländische Regierungen.«

Kim glaubte nicht, dass sie alles beantwortet hatte; Gaspar sicher auch nicht.

»Und danach?«, fragte Gaspar.

»Nichts danach. Bis das ganze Chaos geklärt war, hatte sich Reacher längst verzogen. Ich kandidierte als Bürgermeisterin und verlor gegen Teale Junior. Er hat mir das nie verziehen. Wir alle kehrten zu dem Leben zurück, das wir vorher hatten.« Sie zuckte mit den Schultern. »So ist der Mensch wohl. Schwer, die Fesseln der Trägheit zu sprengen.«

»Offensichtlich kehrten nicht alle zurück«, sagte Gaspar.

»Sonst hätte Harry Black nicht diese Kliners anhäufen können.«

Der Kaffee war fertig. Er füllte einen großen Becher mit starkem schwarzen Treibstoff, der für einen kleinen Zug ausgereicht hätte, und trug ihn quer durch den Raum. Er hielt ihn wie Riechsalz unter Kims Nase. Sie langte danach; er zog seine Hand zurück wie ein Puppenspieler.

Nachdem sie aufgestanden war, belohnte er sie mit dem Becher, wies in Richtung Gästebad und schob sie zwischen den Schulterblättern leicht vorwärts. »Komm in die Gänge. Du willst sicher nicht, dass ich da mit dir reingehe, aber das werde ich, wenn es sein muss.«

Sie rümpfte die Nase und ging gemächlich außer Reichweite.

»Ja, ja, ja, Batista. Versuch du das nur. Wirst sehen, was dann passiert.«

Er grinste und nickte. »Das ist die richtige Einstellung. Ich fahre in fünfzehn Minuten. Wenn du nicht fertig bist, komme ich rein und hol dich.«

»Du und welche Armee?«

Als wäre sie auf seine Bitte hin losgerast, fuhr er mit Roscoe einfach dort fort, wo er aufgehört hatte, während er sich selbst einen Kaffee mischte. »Bei dem Kliner-Fiasko wurden auch 'ne Menge Polizisten getötet. Niemand kam vor Gericht. So etwas funktioniert nur, wenn Vereinbarungen getroffen wurden, auch wenn Reacher schon lange weg war.«

»Oberhalb meiner Gehaltsstufe«, sagte Roscoe.

»Lügnerin«, dachte Kim, während sie wegging. Roscoe war in der Befehlskette zu weit unten, um etwas damit zu tun zu haben, aber sie muss gewusst haben, was da vorging. Jeder musste das.

Gaspar ging nicht darauf ein. »Hat Harry in der Kliner-Zeit für das Police Department von Margrave gearbeitet? Könnte er quasi intern damals an die Blüten gekommen sein?«

»Er war Polizeischüler drüben in Calhoon County«, sagte Roscoe.

»Aber?«, rief Kim aus der Diele herüber.

Roscoes Gedanken schienen Jahre entfernt. »Reacher sagte damals, sicher wären wir nur, wenn wir davon ausgingen, dass alle darin verwickelt sind.«

Gaspar hatte vor wenigen Stunden fast genau die gleichen Worte zu Kim gesagt. Über Roscoe. Und Finlay. Und auch den Boss. Plötzlich wurde ihr klar, dass sie eine Geheimwaffe hatte. Und zwar Gaspar. *Reacher denkt genauso wie Gaspar.* Männer. Polizisten. Veteranen. Gleiches Fundament. Gleiche Ausbildung. Gleiche Erfahrung.

In dem Moment wusste Kim, warum sie ausgewählt worden war. Und sah, wie sie gewinnen würde.

Simpel und doch von Grund auf einfach: *Reacher denkt nicht wie ich.*

Kim drehte sich zur Küche um.

Gaspar hatte Berge von Zucker und einen Fluss Milch in seinen Becher geschüttet, dann noch einen Spritzer Kaffee hinzugegeben, einen Schluck genommen, sich die Lippen geleckt und ließ sich nun mit seinem Becher in dem Sessel nieder, den Kim gerade freigemacht hatte.

»Ich dachte, ich kenne Harry und Sylvia«, sagte Roscoe.

»Aber offensichtlich nicht. Ich bin mit Harry zur Schule gegangen. Sylvia hat für mich gearbeitet. Ich hätte geschworen, dass sie beide durch und durch ehrlich sind.«

Kim stand noch immer in der Diele.

Gaspar schaute auf und sagte: »Zehn Minuten. Und ich meine es ernst.«

»In Ordnung, geh ja schon.« Vom Gästebad aus konnte sie die restliche Unterhaltung nicht hören.

KAPITEL 33

Margrave, Georgia
3. November 2:40 Uhr

Ein riesiger Herbstmond zeigte Kim die Gebäude, die entlang der Landstraße durch Margrave in ihrem Seitenspiegel kleiner wurden: die Post, die Polizeistation und schließlich Eno's Diner. Sie ließ sie ohne Bedauern an sich vorbeiziehen.

Roscoe hatte ihnen geraten, durch die Erdnussfelder zu fahren und dem Autobahnkreuz fernzubleiben, wo sich immer noch Bundesbeamte aus vielen verschiedenen Zuständigkeitsbereichen tummeln würden. Der Rat kam Kim gerade recht.

Gaspar bog nach Westen in eine umherirrende Straße ein, die zu einem Ort namens Warburton führte. Sie fuhren meilenweit durch Ackerland, vorbei an holperigen Seitenwegen, die in einem Bogen wieder zurück auf die Straße führten und die dazu dienten, landwirtschaftliche Geräte und Arbeiter abzuladen. Ansonsten nichts als ununterbrochene Pampa.

Dann, sieben oder acht Meilen von der Stadt entfernt, wies Gaspar auf einen kleinen Baumbestand auf der rechten Seite. Ein kleines ovales Waldstück. Der einzige sichtbare Schutz inmitten von unzähligen Morgen gepflügter roter Erde. »Finlay hatte ausgesagt«, berichtete Gaspar, »dass drei Leichen, die mit Kliner in Verbindung gebracht wurden, in diesem Gehölz in einem ausgebrannten Buick gefunden wurden. In den Kofferraum gesteckt. Etwa eine Woche alt, nahm er an. Männlich.

Zwei mit der gleichen Waffe erschossen. Andere Waffe bei

dem ersten Opfer.«

Sie hatten kein einziges fahrendes Auto gesehen, seit sie Roscoes Haus verlassen hatten. Daher verstand Kim, wie die Leichen dort tagelang gelegen haben konnten, ohne entdeckt zu werden. Aber hatte sie keiner vermisst? Keiner nach ihnen gefragt? Sie fröstelte. Gaspar verstand das falsch. Er stellte die Heizung höher.

»Wer hat sie umgebracht?«, fragte sie.

»Wurde nie nachgewiesen, aber du weißt, auf wen ich setze.«

»Reacher?«

»Ziemlich praktischer Sündenbock, wie mir scheint«, sagte er.

»Und das soll heißen?«

»Du willst immer Beweise haben. Abgesehen von Roscoes Tochter, wo ist der Beweis dafür, dass Jack Reacher überhaupt jemals hier war? Gibt's nicht. Aber Joe starb hier. Das wissen wir. Das Kind könnte von Joe sein. Die Brüder sahen sich ähnlich, heißt es. Hast du das mal in Betracht gezogen?«

Sie hätte das anzweifeln können, aber seine Theorie war ebenso plausibel wie ihre. Vielleicht noch plausibler. *Was würde Reacher denken?* Sie zuckte mit den Schultern und kommunizierte mit ihm in seiner eigenen lautlosen Sprache.

Die Warburton Road führte weiter nach Westen, aber Roscoe hatte ihnen gesagt, sie sollten noch vor Warburton nach Norden abbiegen und dann etwa fünfundzwanzig Meilen von Margrave entfernt auf die Fernstraße auffahren. Gaspar hielt nach vereisten Flächen durch überfrorenen Tau Ausschau. Sonnenschein oder der Verkehr würde später alles erwärmen. Aber jetzt, im Mondlicht, waren die schwarzen Tücken unsichtbar.

Auf dem Highway mischte sich der Crown Vic unter den leichten Verkehr Richtung Norden und fuhr nun in monotoner Ruhe vor sich hin. Mehrere Male sah Kim, dass Gaspar auf seinem Sitz hin und her rutschte, um eine bequeme Position zu finden, die er, wie sie wusste, nie finden würde. Noch fünfundvierzig Meilen bis Hartsfield. Ihr Zeitplan war zu knapp. Wieder einmal. Schon jetzt rumorte ihr Magen. An den bevorstehenden Flug zu denken, war auch nicht hilfreich.

»Das wäre doch ein guter Zeitpunkt«, meinte sie, »mir zu erzählen, warum wir nach Washington D. C. fahren.«

Er wusste, dass sie Ablenkung brauchte. »Ich wünschte, ich könnte es dir erzählen. Aber nein. Ich habe ungefähr drei Stunden mit Hintergrundinformationen verbracht, während du und Roscoe euch mit der *malcriada* abgegeben habt und zu keinem Schluss gekommen seid.«

»Der was?«

»Der *malcriada*? Der schlecht erzogenen Göre. Meine Schwester wäre für so ein Benehmen zurück nach Kuba geschickt worden. Ayayayayay.« Er schüttelte die Hand mit lockerem Handgelenk wie Ricky Ricardo.

»Du hast eine Schwester?«, fragte Kim.

Er gab keine Antwort. Stattdessen: »Alles weist auf Washington D. C. hin. Das ist unsere beste Spur.«

»Oder schlechteste. Vielleicht hast du bemerkt, dass jemand in diesem Fall sehr gut darin ist, uns auf die falsche Fährte zu schicken?«

Er nahm eine Hand vom Lenkrad und zählte mithilfe seiner Finger auf: »Sylvia sagte, sie kam aus D. C., als sie sich für den Job in Margrave bewarb. Der Typ mit dem Chevy gab an, ein Anwalt aus D. C. zu sein. Finlays Hauptquartier war die letzten beiden Jahre in New York, aber davor, besonders als er angeblich die Empfehlung für Sylvia ausgesprochen hatte, wohnte er in

D. C. Könnte eine ausgeklügelte Finte sein, aber es ist schwer, über einen Zeitraum von fünf Jahren so viele Geschichten in Einklang zu bringen. Amateure würden versuchen, das alles zu vertuschen. Unmöglich. D. C. ist eine große Stadt, Menschen kommen und gehen ständig. Ist viel schlauer, da mit wahren Gegebenheiten zu arbeiten.«

Er schaute kurz zu ihr hinüber. Sie sagte nichts, dachte über alles nach. Vielleicht spürte er, dass er sie nicht überzeugt hatte, und bot ihr weitere Fakten an. »Ich habe eine Steuererklärung nur von Sylvia erhalten. Die gleiche Sozialversicherungsnummer wie bei den gemeinsamen Erklärungen, die du bekommen hast, und der gleiche Geburtsname. Ich brauchte eine Zeit lang, bis ich die zurückverfolgt hatte. Immer nur Washington D. C.«

»Okay«, sagte sie. »Du hast gewonnen. D. C. ist nicht nur die beste Spur, die wir haben, es ist die einzige. Meinst du das? Wenn alle Wege nach Rom führen?«

Er nickte. »Noch etwas: Die Sozialversicherungsnummer auf ihrer Steuererklärung ist eine echte Nummer und die wurde in D. C. ausgestellt.«

»Ach nee«, meinte sie ohne Groll.

»Was sind wir empfindlich.«

Vielleicht wusste er es nicht? »Sollte heißen, es ist offensichtlich, wo die Nummer ausgestellt wurde, weil sie mit 579 beginnt. Und das bedeutet D. C.«

»Das ist mir klar«, sagte er.

Sie erklärte die Logik. »Nummern abgleichen ist das, was Computer am besten können. Wenn Sylvia und Harry nicht bei jeder Erklärung die gleichen Identifizierungsnummern angegeben und mit dem Kram abgeglichen hätten, der schon im System war, dann hätten die Computer sie sofort auffliegen lassen, verstehst du?«

»Ich hab einen Freund angerufen. Um eine genauere Überprüfung gebeten«, sagte er.

Gereizt fragte sie: »Du hast den Boss angerufen?«

Er zuckte mit den Schultern. »Die Geburtsurkunde, die als Nachweis für die Nummer verwendet wurde, gehörte eigentlich einer Frau, die vier Jahre jünger war.«

»Lass mich raten. Du hast sie gefunden und sie lebt in Washington D. C.?«

»Nicht ganz. Sie starb bei einem Autounfall in D. C. Etwa ein Jahr, bevor Sylvia in Margrave auftauchte.«

»Wow«, sagte Kim. »Dann lagen wir mit unseren Vermutungen bezüglich Sylvia gar nicht so falsch.« Zeugenschutzprogramme schufen neue Identitäten; existierende Identitäten zu klauen, entsprach eher den Gepflogenheiten von Kriminellen.

»Ganz schön mutig, mit einer gestohlenen Identität bei der Polizei zu arbeiten.«

Es sei denn, Roscoe wusste davon.

»Mutig ist Sylvia auf alle Fälle«, sagte Gaspar. »Es wird aber noch besser. Die frühere Adresse der toten Frau ist ein Postfach in Crystal City. Aber in keiner der FBI-Datenbanken finden sich Einträge im Strafregister für Sylvia Kent vor oder seit dem Todesdatum, weder in D. C. noch sonst wo. Keine Regierungsangestellte, keine Veteranin, nicht einmal eine Sterbeurkunde.« Er schaute zu ihr herüber. »Und frag mich nicht, woher ich das alles weiß. Die Antwort würde dir nicht gefallen.«

Kim verglich, was er sagte, mit dem, was sie schon wusste. Identitätsdiebe, gegen die sie ermittelt hatte, machten sich um das Verbrechen selbst keine Sorgen. Das übliche Problem mit gestohlenen Identitäten als Freifahrtschein zu einem neuen Leben war, dass etwas am anderen Ende falsch lief: Ein Fehler im Papierkram wird von irgendeinem Computer bemerkt, ein skrupelloser Dealer verkauft die gleiche Identität mehrmals, die Identität gehört einem Straftäter, die Eigentümer tauchen auf und machen Ärger. Tausend Dinge können falsch laufen, und nie sieht man die Kugel kommen, die einen trifft. Kim hatte Diebe unter all diesen Umständen festgenommen, sehr oft. Fünf Jahre unentdeckt mit einer gestohlenen Identität zu leben, war eine bemerkenswerte Leistung.

Vielleicht unmöglich.

Es sei denn, alle waren eingeweiht.

»Also kannte sie Sylvia Kent gut genug, um sich als sie auszugeben«, sagte Kim.

Er nickte. »Es gab nur eine Panne.«

Sie ließ sich die Logik noch einmal durch den Kopf gehen. Sylvia Blacks Fingerabdrücke würden mit denen der toten Sylvia Kent nicht übereinstimmen. Fingerabdrücke sind einzigartig, selbst bei Zwillingen. Sylvia Blacks Fingerabdrücke wurden genommen und in die Datenbanken eingegeben, als Roscoe si einstellte. Sobald eine Datei besteht, bleibt sie für ewig erhalten. Wenn eine mögliche Übereinstimmung abgefragt wird und die Fingerabdrücke verschwunden sind, gibt es nur eine Möglichkeit:

Jemand hat sie beseitigt.

Es musste einen Insider irgendwo ziemlich weit oben geben. Einen sehr subtilen. Man hatte eine Andeutung gemacht, dass für Sylvia eine neue Identität geschaffen worden sei. Nachfragende Behörden würden unweigerlich davon ausgehen, dass sie im Zeugenschutzprogramm war. Das fiel in den Aufgabenbereich des U. S. Marshals Service. Und das erklärte, warum Sylvia von einem verkleideten Marshal befreit worden war.

»In D. C. gibt es übrigens auch Marshals«, sagte Gaspar, der anscheinend ihre Gedanken lesen konnte.

»Der Boss kontrolliert all diese Mittel auf die eine oder andere Art.«

»Glaubst du, er hat Sylvias Identität die ganze Zeit gekannt? Dass er uns benutzt hat? Uns aus irgendeinem Grund getäuscht hat?«

»Du nicht?«

Gaspar zuckte mit den Schultern.

Ein Sattelzug brauste auf der linken Spur vorbei, gefolgt von einem zweiten und dritten, die genug Luft umherwirbelten, um den Crown Vic Richtung Bankett zu drücken. Die geriffelten Seitenstreifen ließen die Reifen brummen. Gaspar umklammerte das Lenkrad bei zehn und zwei.

»Was hat Roscoe erzählt, während ich unter der Dusche war?«, wollte Kim wissen.

»Sie sagte, die Kliners waren die damaligen Superdollars. Fast besser als die echten. Niemand konnte sie als Fälschungen erkennen.«

»Keine Anzeichen, selbst wenn man wusste, was man in der Hand hatte?«

»Keine.«

»Was sonst noch?«

»Ich hab sie nach Finlay gefragt«, fuhr er fort. »Sie ist ein Fan von ihm. Nannte ihn brillant. Besonders in dem Kliner-Chaos. Hat sich gegen die Teales gestellt, was ihn in ihrer Welt zu Sir Galahad machte. Sie behauptete, Joe Reacher sei auch ein Genie gewesen. Beide Reachers waren anscheinend bewundernswert gut in dem, was sie taten.«

»Und ich bin Yo-Yo Ma.«

Er lachte. »Du hast nicht gefragt, ob ich ihr geglaubt habe.«

»Und? Hast du?«

»Sie gab sich ehrlich, aber nein, auf keinen Fall.«

»Glaubst du immer noch, sie und Finlay sind kriminelle Cops?«, fragte sie.

»Darauf kannst du deinen Arsch verwetten.« Er blinkte und reihte sich in die Anschlussspur zum Flughafen ein. Schwarzes Eis glitzerte unter den Straßenlampen. Für jemanden aus Miami war er auch unter gefährlichen Bedingungen kein schlechter Fahrer. Er brachte die tückische Überführung hinter sich, bevor er fragte: »Irgendwas Bemerkenswertes bei eurem nächtlichen Frauengespräch? Vielleicht warum Archie Leach wie ein unerbittlicher Javert auf Steroiden hinter uns her ist? Oder wer hier sonst noch so alles jemanden verfolgt?«

Kim warf eine Magentablette ein. Die sollte sich schon mal langsam auflösen. »Reacher wollte nach Chicago, als er Margrave verließ«, sagte sie.

»Das hat sie mir auch erzählt. Dahin wollte der Typ aus dem Chevy Sylvia doch bringen, oder? Kann kein Zufall sein. Was sonst noch?«

»Sie schwor hoch und heilig, dass der Große auf dem Video nicht Reacher war.«

Er war überrascht. »Hast *du* ihr geglaubt?«

»Ja.«

Zu dem Zeitpunkt.

»Was ist mit Jacqueline?«, fragte er.

»Was soll mit ihr sein?«

»Hat Roscoe zugegeben, dass sie Joes oder Jacks Kind ist?«

»Was denkst du?«

Sie kamen in den überwachten Kommunikationsbereich des Hartsfield-Jackson-Airports und beendeten die vertrauliche Unterhaltung. Sie fuhren auf den Kurzzeitparkplatz.

»Wir müssen uns sputen. Keine Zeit, den Mietwagen zurückzugeben«, sagte Gaspar. »Und so wie dieser Fall läuft, brauchen wir ihn vielleicht sowieso noch mal. Wir müssen vielleicht noch mal zurück.«

»Gott, ich hoffe nicht«, sagte Kim.

Fünfzehn Minuten später saßen sie im Flugzeug. Gaspar lehnte sich gegen das Fensterrollo und schlief schon, bevor die Kabinentür geschlossen war. Der Himmel war klar. Das hieß zwar nicht, dass sie einen ruhigen Flug vor sich hatten, aber Kim durfte hoffen.

Sie klappte ihren Laptop auf, sobald die Maschine die Flughöhe erreicht hatte. Die Flugdauer von Hartsfield bis Reagan National wurde mit hundertvierunddreißig Minuten angegeben. Nach fünfzig Minuten hörte sie das vertraute Klingeln aus den Lautsprechern über den Sitzen, das nie Gutes verhieß. Ihr Magen war bereits ein Säurekessel. Jetzt blubberte er, als könnte er gleich explodieren. Sie nahm zwei Magentabletten und kaute sie, damit sie sich schneller auflösten.

»Leute, hier spricht Ihr Kapitän Shaw. Der Kontrollturm in D. C. hat uns gerade mitgeteilt, das wir hier ein bisschen herumkreisen werden. Wir haben heute Morgen eine herrliche Luft. Wunderschöner Sonnenaufgang auf Steuerbord. Unsere Flugbegleiter werden Ihnen noch eine Tasse Kaffee vorbeibringen. Wir melden uns wieder, sobald wir weitere Informationen erhalten. Jetzt lehnen Sie sich erst mal zurück, entspannen Sie sich und genießen Sie den Flug.«

Den Flug genießen?

Wen wollte er veräppeln?

Gaspar schlief tief und fest, merkte nichts.

Kim kniff die Augen zu, rief Bilder ihrer Lieblingsmeditationszuflucht in den Great North Woods auf. Versuchte zu atmen. Nach einer Weile, als das Flugzeug in der Höhe blieb, schaffte sie es, ihre Krallen von der Lehne zu lösen.

Ablenkung. Das einzig verfügbare Heilmittel. Sie verbrachte einige Zeit damit, E-Mails an drei Kollegen aus der Steuerabteilung zu schicken.

Die echte Sylvia Kent hatte – mit etwas Glück – jedes Jahr Steuererklärungen abgegeben. Die Steuerbehörde hätte diese Erklärungen nicht mehr; sie wurden nach drei Jahren gelöscht. Aber die Daten müssten in irgendeiner Form noch da sein und diese Daten würden vielleicht irgendwohin führen. Vielleicht hatte sie endlich mal Glück.

Der Signalton über ihr ertönte erneut. Kims Hände flogen weg von der Tastatur und umklammerten die Armlehnen; ruckartig hob sie den Kopf. Sie schaute sich um. Starrte verstört aus dem Fenster. Das Flugzeug flog auf gleicher Höhe weiter. Kein Rauch kam aus den Motoren. Beide Flügel unversehrt.

»Leute, hier ist wieder Kapitän Shaw. Wir wurden soeben nach Baltimore umgeleitet. Sie werden in etwa dreißig Minuten am Gate sein. Das Bodenpersonal wird sich um Ihre Anschlussflüge kümmern. Wir entschuldigen uns für die Unannehmlichkeiten.«

Als das Flugzeug landete, rüttelte Kim Gaspar wach. Er nahm seine Taschen und folgte ihr. Als sie aus der Fluggastbrücke in den Terminal kamen, schaute er sich um und fragte: »Wo zum Teufel sind wir?«

KAPITEL 34

Washington, D. C.
3. November 7:55 Uhr

Gaspar lieh sich am Schalter wieder einen Crown Vic aus. Einwände waren sinnlos; Kim erhob keine. Sie kaufte eine Cola mit Eis, um die Kreide aus ihrem Mund zu spülen und ihren Magen zu beruhigen. Sie folgte ihm zum Auto, setzte sich auf den Beifahrersitz und blinzelte die Müdigkeit aus ihren Augen. Er navigierte sie um die Verkehrsknoten herum.

Zunächst hielten sie an einem kleinen Laden. Kim bezahlte sechs Prepaidhandys und sechs Prepaid-Geschenkekarten mit privatem Bargeld. Vierzig Minuten später parkte Gaspar an einer Ladenzeile. Postadresse Crystal City.

»Das ist es«, sagte er mit einem Blick auf seine Notizen. Amerikanische Einheitlichkeit vom Feinsten. Ein langes Gebäude aus Betonziegeln, eingeteilt in fünf Geschäfte mit einem angrenzenden Parkplatz. Beige gestrichene Fronten, passende Ladenschilder an dem braunen Walmdach, das sich über jeder Eingangstür befand. An den äußeren Enden ein Coffeeshop und ein Joghurtladen; Computergeschäft, Spirituosenladen und ihr heutiges Ziel in der Mitte.

Der Winter lag hier in der Luft, wie an allen Orten, in denen sie in den letzten Tagen gewesen waren. Der klare Himmel in zehntausend Metern Höhe war durch die unmittelbar über ihnen hängenden grauen Wolken nicht zu sehen. Bisher kein Schneegestöber, aber Kim roch es in der Luft. Sie stellte ihren

Kragen auf und kuschelte sich in ihre Jacke. Wünschte, sie hätte einen Mantel. Sie hasste die Kälte fast ebenso wie das Fliegen.

Nur eine Person war in dem kleinen Postbüro. Ein Typ mit Igelfrisur stand hinter dem Schalter, Ende zwanzig und von Kopf bis Fuß schwarz gekleidet. Ein klobiger Nasenring hing in der Grube über den aufgesprungenen Lippen. Gut zwei Zentimeter große Löcher zogen seine fleischigen Ohrläppchen in die Länge. Ein stümperhaftes Tattoo ersetzte seine rechte Augenbraue. Schwarzes Permanent-Make-up um die Augen vollendete die Wirkung.

»Wie kann ich Ihnen helfen?« Rauchige Stimme. Höflich. Vielleicht schlug ein echtes menschliches Herz in dieser furchterregenden Verpackung.

Gaspar zeigte seine Marke. »Wir müssen den Inhalt des Postfachs 4719 sehen.«

Freundlich: »Haben Sie eine richterliche Anordnung?«

»Wir können eine besorgen. Müssen wir das?« Der Typ bewegte sich nicht.

»Zeigen Sie mir Ihren Ausweis«, sagte Gaspar.

Der Typ hielt seinen Firmenausweis hoch, der an einem schwarzen Band um seinen Hals hing. Gaspar behielt Augenkontakt, machte mit seinem Handy ein Foto von dem Gesicht und dem Ausweis, schickte es ab und wählte eine Nummer.

»Jenny? Hier ist Carlos Gaspar. Kannst du den Typen überprüfen, den ich gerade geschickt hab? Alfred Lane, arbeitet bei *Mailboxes are Yours* in Crystal City. Mhm, so etwa siebenundzwanzig?« Alfred nickte. »Ah ja, genau, das ist er. *Wie viele?* Ja, okay, danke.«

Er beendete das Gespräch, ließ das Handy in seine Tasche gleiten und sagte: »Alfred Lane, Sie sind verhaftet.«

Dann fing er an, die Rechtsbelehrung aufzusagen, und kam bis »schweigen«, als der Typ mit den Schultern zuckte und sagte: »Ich dachte, das war alles geklärt. Tut mir leid. Kommen Sie mit.«

Eine lange Reihe von Postfachtüren war in die Wand eingelassen worden. Der Typ hielt an einer der größeren Türen an, vielleicht knapp dreißig mal dreißig Zentimeter groß, etwa in der Mitte der Reihe. Er fischte einen kleinen silbernen Schlüssel von einem Ring mit hundert ähnlichen Schlüsseln heraus. Öffnete die Messingtür von 4719. Die Umschläge in dem Fach waren so eng gepackt wie eingeschweißte Würstchen.

»Ist das alles?«, fragte Gaspar.

»Hinten ist mehr.«

Kim folgte dem schlurfenden Alfred Lane durch eine Tür in einen ordentlichen Lagerraum. Der Betonboden war sauber. Der Raum war gut ausgeleuchtet. Die Wände waren vor Kurzem gestrichen worden.

Lane zeigte auf eine gewöhnliche weiße Archivbox, die ordentlich inmitten identischer Kartons stand. Alle vier Seiten waren mit der Nummer 4719 in Schwarz beschriftet worden. Die Box darunter trug die Nummer 4720. Logisch.

»Ist das alles?«, fragte Kim. Für fünf Jahre schien das wenig Post zu sein.

»Wenn da mehr wäre, wäre es hier.« Der Typ verstieß gegen mehrere Bundesgesetze, indem er Post ohne gerichtlichen Beschluss herausgab. Kim wollte ihn auf der Stelle verhaften.

Stattdessen fragte sie: »Bringen Sie es für mich nach vorne?« Der Typ bückte sich und hob 4720 zusammen mit 4719 hoch,

wie es sich gehörte, mit gebeugten Knien und geradem Rücken. Die Übung schien ihn nicht anzustrengen. Er schlurfte an ihr vorbei in den Vorraum und rief zurück: »Passen Sie auf, dass die Tür richtig schließt, okay?«

»Okay.« Kim überlegte, wie 4720 wohl mit 4719 in Verbindung stand. Aber sie fragte nicht.

Der Typ stellte beide Kartons auf die Theke.

Gaspar sagte: »Ich brauche auch die Mietinformationen. Haben Sie die in Ihrem Computer?«

»Müssten da sein.« Er tippte herum, klickte und öffnete eine Kontoseite. Er tippte noch ein paarmal, fand eine gescannte Seite des Antragsformulars, einschließlich eines Fotos der Postfacheigentümerin Sylvia Kent. Das druckte er auch aus.

Gaspar fand eine Packkiste, warf einen Zehn-Dollar-Schein auf die Theke, um sie zu bezahlen, und packte den restlichen Inhalt von 4719 hinein.

»Was ist mit 4720?«, fragte Kim und hielt die Hand auf.

»Oh, stimmt. Tut mir leid.« Der Typ gab ihr den Schlüssel und wiederholte den Vorgang am Computer für 4720, zu konzentriert, um Gaspars fragenden Blick oder Kims darauf antwortendes Schulterzucken zu bemerken.

Sie öffnete das Postfach 4720, das genauso vollgestopft war wie 4719. Sie winkte Gaspar mit seiner Kiste herbei.

»Wissen Sie, wann diese Postfächer das letzte Mal geleert wurden?«, fragte sie.

Alfred Lane antwortete, während er weiter am Computer werkelte. »Wir überwachen die Kunden nicht. Sie holen ihre Post ab, wann immer sie wollen, und wir bewahren sie auf, bis sie es tun.«

»Wie viele Kunden haben Sie?«

»Unterschiedlich. Höchstens siebenhundertfünfzig. Im Moment ist alles besetzt. Manchmal haben wir freie Fächer.«

»Sie verlangen die gleichen Identitätsnachweise wie der U.S. Postal Service, wenn Sie diese Postfächer vermieten, richtig?«

»Gesetzlich vorgeschrieben, wir machen es. Sie können mir glauben, wir wollen hier keine Terroristen haben.«

»Können wir eine Kopie der Liste haben?«

»Warum nicht?«, sagte er. Er tippte etwas ein. Der Drucker summte. Gaspar nahm die Seiten heraus und legte sie in die Packkiste. »Danke, Alfred«, sagte er. »Jetzt helfen Sie mir, die nach draußen zum Auto zu schleppen, ja?«

»Kein Problem«, sagte Alfred, als würde er zahlenden Kunden helfen, als gehörte das alles zum Service. Als sei ihm daran gelegen, dass sie glücklich gingen. Und nicht, dass sie einfach nur gingen.

»Ich schlage vor«, sagte Gaspar, »dass Sie sich um diese ausstehenden richterlichen Vorladungen kümmern. Ansonsten sind Sie Anfang nächster Woche bei den Bundesbeamten zu Gast. Sie verstehen mich?«

»Is’ klar, Mann.«

Und Kim war klar, dass er im nächsten Bus stadtauswärts sitzen würde, sobald ihre Rücklichter um die Ecke verschwunden waren.

Gaspar machte den Kofferraum auf, verstaute die Kisten und knallte die Klappe zu.

»Haben Sie alles? Kann ich Ihnen sonst noch irgendwie behilflich sein?«, fragte Alfred, die Hände in tiefe Seitentaschen vergraben.

Gaspar holte noch einmal sein Smartphone heraus und öffnete die Fingerabdruck-App. »Legen Sie Ihren rechten Zeigefinger drauf.«

Alfred Lane tat, worum er gebeten wurde. Kein Protest.

»Danke.« Gaspar schickte den Fingerabdruck ab. »Aber vergessen Sie diese gerichtlichen Vorladungen nicht. Ich überprüfe das morgen. Wenn bis dahin nicht alles in Ordnung gebracht wurde, schicken die mich zurück, um Sie zu holen, verstanden?«

»Kein Problem.« Alfred Lane drehte sich um und schlurfte zurück in den Laden, die Schlüssel klimperten an der Kette, die an seiner Schlabberhose hing.

»Gerichtliche Vorladungen? Weswegen?«, fragte Kim, nachdem Gaspar den Crown Vic wieder auf die Straße gelenkt hatte.

»Er ist nach der Freilassung auf Kaution vor etwa drei Monaten in Jersey nicht zur Gerichtsverhandlung erschienen. Schwerer Diebstahl und gefährliche Körperverletzung in zwölf Fällen.«

»Und das hast du einfach ignoriert? Und ihn dagelassen? Bist du verrückt?«

»Du bist so naiv.« Er grinste und zwinkerte. »Die örtliche Polizei ist unterwegs. Die sind da, bevor er abhaut.«

Sie schlug ihm mit der Faust gegen die Schulter, weil er sie auf den Arm genommen hatte. Sie fühlte sich aber besser. »Irgendein Kautionsbürge in New Jersey wird sich auch freuen.«

»Und dazu gibt's eine Geschichte«, sagte Gaspar.

»Warum? Wer war der Bürge?«

»Bernard Owens.«

»Sagt mir nichts.«

»Mir auch nicht. Anscheinend als Bernie bekannt. Aber wir haben einen Bonus. Sie haben mir zu seinem Namen noch ein Foto geschickt.« Er warf ihr sein Handy in den Schoß. »Als ich ihn das letzte Mal gesehen hab, sah er etwas schlechter aus.«

Kim schaute sich das Foto an. Es verschlug ihr den Atem. Sie erkannte das Gesicht.

Bernie Owens, Kautionsbürge aus New Jersey, war der Befreier von Sylvia Black.

Der kleinere Typ auf Roscoes Video. Der Typ, der nicht L. Mark Newton war.

Sehr wahrscheinlich die verkohlte Leiche im Chevrolet.

KAPITEL 35

Gaspar fuhr weiter und sagte: »Und Alfred Lane, der Bernie Owens 'ne dicke Kaution schuldet, arbeitet gerade zufällig in dem Laden, in dem Sylvias Post fünf lange Jahre überwintert hat. Wird immer besser, oder? Mach nur. Du kannst mich jetzt brillant nennen. Roscoe würde es.«

Kim boxte ihn noch einmal, heftiger dieses Mal, und er lachte auch heftiger.

»Glück haben ist besser als gut sein«, sagte sie. Sie startete eine Internetsuche auf ihrem Handy und nach weniger als sechzig Sekunden sagte sie: »Rate mal, in was für einem anderen Geschäftszweig Bernie tätig ist.«

»Erzähl's mir«, sagte Gaspar.

»Datenschutzmanagement.«

»Und das wäre?«

»Ein Euphemismus dafür, Leuten zu helfen, die verschwinden wollen.«

»Unternehmungsfreudiger Kerl. Aber anscheinend ist zu viel Arbeit tödlich.«

»Die Steuerunterlagen werden es bestätigen oder auch nicht, aber ich wette, Bernie gehört auch dieser Postfachladen.«

»Weil?«

»Weil die Kaution bei schwerem Diebstahl und gefährlicher Körperverletzung in zwölf Fällen ziemlich deftig gewesen sein muss. Bernie hätte sich sein Geld zurückholen können, hat er aber nicht.«

»Wenn er gewusst hätte, wo er den Typen findet.«

»Der Typ hat sich ja nicht gerade versteckt. Sein Name

hing ihm um den Hals. Er war eine wandelnde Investition.   In Bernies eigenes Geschäft. Der Junge sagte, er dachte, seine ausstehenden gerichtlichen Vorladungen hätten sich erledigt. Er hat einen Deal mit Bernie abgeschlossen. Dem gehört der Postfachladen. Das ist die einzige Schlussfolgerung, die zu den Fakten passt.«

Er zuckte mit den Schultern.

»Kannst du nicht mal zugeben, dass ich recht habe?«

Er zuckte wieder mit den Schultern. Sie wollte ihn wieder boxen, dieses Mal mit Gefühl, doch er fing ihre Faust mit der rechten Hand ab und drückte sie. Ganz kurz. Nicht allzu stark, aber stark genug, dass es wehtat.

Eine hauchdünne Schicht Zivilisation unterscheidet die Menschen von den Tieren, hatte ihr Vater sie viele Male gewarnt. Wenn sie in ihrer Wachsamkeit nachließ, bedauerte sie es immer.

Durch das Verkehrschaos brachten sie zwei Kreuzungen nur langsam hinter sich. Gaspar sagte: »Wenn Bernie der Laden gehört, könnte das bedeuten, dass es da weitere fragwürdige Kunden gibt. Die Beamten sind schon auf dem Weg zum Richter, um Durchsuchungsbefehle für die übrigen Postfächer zu bekommen. Ich bezweifle, dass sie was Spektakuläres finden, aber man weiß ja nie.«

Sie nahm sein Zugeständnis als Entschuldigung dafür an, dass er ihr wehgetan hatte. Willkommen, aber nicht ausreichend. Egal. Sie hatte vor langer Zeit gelernt, ihr Herz wirksam zu schützen. Kim verstand das Spiel und spielte es perfekt, selbst wenn ihr nicht danach war. Nichts Persönliches. Nur Beruf. Professionalität erforderte nicht mehr und nicht weniger.

»Das Foto von 4719 ist eindeutig Sylvia Black. Aber wir werden keine verwendbaren Fingerabdrücke finden. Sie hat nie irgendwas in diesen Kartons angefasst. Gesichtserkennung?«

»Schon in Arbeit.«

»Vielleicht finden wir etwas, wenn wir die Post durchgehen.«

Gaspar lenkte den Crown Vic auf die Zufahrt zu einem Budgethotel. Den Inhalt aus dem Kofferraum stapelten sie auf einem Gepäckwagen.

»Ich check uns ein«, sagte sie. Sie nahm den Gepäckwagen

und ließ ihn das Auto abstellen.

An der Rezeption benutzte sie die erste der Prepaid-Geschenkekarten, um für zwei Nächte ein Zimmer im ersten Stock in der Nähe des Seitenausgangs zu reservieren. Sie benutzte Sylvia Blacks Namen und Adresse.

KAPITEL 36

Washington, D. C.
3. November 13:05 Uhr

Der Zimmerservice hatte ein begrenztes Angebot. Kim wählte Kaffee und Gebäck, eine Nussmischung und eine Wasserflasche. Sie bestellte und legte das Bargeld auf den Tisch, bevor sie ins Badezimmer ging. Sie verschloss die dünne hohle Tür und lehnte sich dagegen. Sie schloss die Augen. Atmete die abgestandene Luft und den schwachen antiseptischen Geruch in der Dunkelheit ein. So verharrte sie eine ganze Zeit. Sie nahm Gaspar entfernt wahr, als er die Lieferung des Zimmerservices annahm, regte sich aber dennoch nicht.

Irgendwann tat sie, was zu tun war, wusch sich, trocknete sich ab, band die Haare zu einem frischen Dutt zusammen und betrachtete sich im Spiegel.

Kompetent. Professionell. Unnachgiebig. Perfekt.

Sie straffte die Schultern, öffnete die Tür und ging – wohl oder übel – zu ihrem Partner.

Der ungeordnete Inhalt der Postfächer Nummer 4719 und 4720 lag auf dem einen Queensize-Bett und die zusätzlichen aus der Archivbox auf dem anderen. Jahrelang angehäufte Post ergab überraschend kleine Haufen. Gaspar hatte seine Schuhe und Jacke ausgezogen und die Ärmel hochgekrempelt. Sein Gebäck hatte er schon gegessen.

»Wer behält zwei Postfächer über fünf Jahre hinweg«, fragte er, »holt aber nie die Post ab?«

»Jemand, der nicht gefunden werden will«, antwortete Kim.

»Jeder bekommt Post. Irgendwohin muss sie ja geliefert werden.«

»Wenn sie nichts damit zu tun haben wollte, warum zahlte sie dann für die Aufbewahrung?«

»Wenn Post zurückgesendet wird, werden die Absender neugierig.«

»Und warum dann zwei Fächer? Eins müsste doch reichen, oder?«

Kim nahm einen Stapel Umschläge und blätterte ihn durch. Alle waren an Sylvia Kent adressiert, entweder ans Postfach 4719 oder 4720 in Crystal City. Alle waren vor fünf oder sechs Jahren abgestempelt worden.

»Vielleicht hatte sie vor, eines Tages zurückzukommen«, meinte sie.

Gaspars Augenbraue hob sich. Gut. Der Gedanke war ihm nicht gekommen. Sie musste ihm ein paar Schritte voraus bleiben, ahnen, was er tun könnte, einen Plan B erstellen.

»Aber wenn sie vorhatte zurückzukehren«, sagte er, »warum hat sie den Leuten nicht einfach erzählt, dass sie eine Auszeit von ein oder zwei Jahren nimmt und nach Frankreich geht oder so?«

Kim warf den Stapel Umschläge wieder in die Kiste. Sie dehnte sich, nahm sich einen schwarzen Kaffee von dem Tablett und sortierte weiter. Die Briefe waren enttäuschend ähnlich. Die meisten davon sah sie mehrmals, ohne Unterschiede außer dem Datum. »Vielleicht hat sie sich vor jemandem versteckt. Das hatte sie Roscoe erzählt. Könnte stimmen.«

Er zuckte mit den Schultern. Sie arbeiteten schweigend.

Gaspar ging den Stapel aus der Packkiste durch. »Sieht aus, als hätte Bernie diesen Alfred Lane schon vor Jahren einstellen sollen. Der vorherige Angestellte war nicht so kompetent. Der ältere Kram ist vollkommen durcheinander.«

Unter dem Stapel fand Kim den Computerausdruck von Alfred Lane. Acht Seiten. Der Drucker hatte nicht mehr viel Tinte gehabt. Die Schrift war winzig. Sie suchte helleres Licht zum Lesen.

Gaspars Telefon klingelte. Während er zuhörte, lockerte er die Beine. Dann sagte er: »Okay, halt mich auf dem Laufenden. Danke, Jenny.«

»Und? Ist Alfred Lane festgenommen worden?«, fragte sie. Sie schob die Gardinen zur Seite und hielt die Ausdrucke ins Licht. Sie überflog sie.

Auf Seite 2 hielt sie inne.

Wie konnte das sein?

Sie blätterte zur Seite 4. Gaspars Antwort auf ihre Frage nahm sie kaum wahr.

»Nein«, berichtete er. »Irgendein Schlaumeier wurde im Gericht aufgehalten. Der diensthabende Richter war zum Essen oder so. Als sie endlich nach Crystal City kamen, war Alfred schon lange weg.«

Sie fragte dennoch: »Haben Sie irgendwelche Daten gesichert?«

»Der ganze verdammte Laden stand in Flammen. Sie sind noch immer dabei, das Feuer zu bekämpfen. Jenny meint, außer Asche wird nichts übrig bleiben.«

Dann klopfte es hinter ihr an der Tür.

Das Klopfen war rhythmisch. Wie ein verabredeter Code. Wie Morsezeichen.

Dum-diddy-dum-dum dum-dum. Das Zimmermädchen?

Kim sah Gaspar an. Der einzige an der Rezeption registrierte Name war der einer Frau. Also rief Kim: »Wer ist da?«

Eine Stimme: »Sylvia? Ich bin's, Elle. Gabrielle. Kann ich reinkommen, Schätzchen?«

Was zum Teufel war das?

Gaspar schüttelte den Kopf, hob beide Hände in Ahnungslosigkeit.

Das Klopfen ertönte erneut. Dum-diddy-dum-dum dumdum. Elle oder Gabrielle klang fröhlich, aber drängend. Und zu laut. »Ich möchte dich sehen, Sylvia. Das weißt du. Komm schon, lass mich rein.«

Kim ging um das Bett herum und schaute durch den Spion.

Sie sah eine Frau etwa in Sylvias Alter, gut angezogen.

»Wie hast du mich gefunden?«, fragte Kim laut flüsternd und beobachtete sie.

Elle kicherte und sagte: »Manche Dinge haben sich nicht geändert, Schätzchen. Ich kenne immer noch jeden an der Rezeption und jeden Sicherheitschef in allen Hotels von D. C. Ich wusste, dass du in der Stadt bist. Ich hab meine Freunde gebeten anzurufen, wenn du irgendwo eincheckst.«

Durch den Spion war sonst niemand zu sehen. »Bist du allein?«

»Nur meine Wenigkeit, Schätzchen. Mach die Tür auf.«

Gaspar zog seine Waffe heraus und ging lautlos ins Badezimmer, ließ die Tür aber wenige Zentimeter auf. Kim faltete Alfreds Ausdrucke zusammen und stopfte sie in die Gesäßtasche ihrer Hose. Sie legte sich ihr Holster um und zog die Jacke darüber, um beide Ausbeulungen zu verdecken. Sie kippte den Sicherheitsriegel um, schloss die Tür auf und drehte den Knauf herum. Dann stellte sie sich etwas hinter die Tür, damit Elle sie nicht sofort sah, und machte die Tür auf.

Elle rauschte wie ein Laufstegmodel herein, mit vorgestreckten Hüften stakste sie durch die Tür. Sie trug den Jackie-Kennedy-Vintage-Look in Pink, vom Pillbox-Hut und dem blassen Lippenstift bis hin zur hautfarbenen Feinstrumpfhose und den Pumps. Sie hatte Chanel No. 5 aufgelegt. Und kicherte wie ein Teenager.

»Ich kann's nicht glauben, dass du wieder da bist, Süße. Du bist so lange weg gewesen! Ich dachte, ich würde dich nie wiedersehen!«

Elle betrat den Raum.

Kim drückte die Tür zu und verriegelte sie. Elle drehte sich um.

Sie zwinkerte mehrmals, als würde Kim zu Sylvia werden, sobald ihre smaragdgrünen Kontaktlinsen wieder an die richtige Stelle flutschten.

Das passierte nicht.

Sie sagte: »Wer sind Sie?«

Von Nahem sah sie einige Jahre älter aus als Sylvia. Gepflegtes Äußeres, teurer Stil. Eine rosa Handtasche in weißen Handschuhen. Überlegte vielleicht, ob sie das Pfefferspray jetzt rausholen sollte.

»Ich bin eine Freundin von Sylvia«, sagte Kim.

Elle schaute sich im Zimmer um. Sah das Tablett, mit zwei Gedecken. Sah zwei Koffer. Zwei Laptoptaschen. Sylvias Namen auf der Post.

Sie rief: »Ich bin so froh, dass du diesen Kram abgeholt hast, Sylvia.« Offensichtlich dachte sie, Sylvia wäre im Badezimmer.

»Ich war da und hab es ein paarmal geleert, wie du mich gebeten hast. Irgendein neuer Typ hat da in diesem Sommer angefangen zu arbeiten. Ein echter Pedant. Der ließ mich nichts mehr mitnehmen.«

Dann sah Elle die Schuhe und die Jacke von Gaspar. »Wo ist Sylvia?«

»Sie ist gerade noch mal los, um ein paar Sachen zu holen«, sagte Kim. »Sie kennen sie ja.«

Breites Grinsen von Elle. Und ein Zwinkern. »Seit Ewigkeiten, Schätzchen. Wir haben auf der ganzen Welt zusammengearbeitet. Ich meine, im Ernst, Zürich, Paris, New York. Ich und Sylvia, wir hatten wirklich eine tolle Zeit. Sie ist wie ich. Liebt die Arbeit. Liebt das Abenteuer. Es ist aufregend, wissen Sie? Kommt sie noch vor der Party zurück? Ich hab das Mädchen echt vermisst. Ich würde sie gern sehen, bevor die sich alle auf sie stürzen.«

Das Boss-Handy klingelte. Elle schaute in die Richtung, aus der das Geräusch kam: Gaspars Jacke. Sie nickte wissend, als ob das hartnäckige Telefonklingeln in einer Männertasche unbedingt immer ignoriert werden müsste.

Warum rief er genau in diesem Moment an?

Blitzschnelle Entscheidung. »Ich treffe Sylvia gleich unten in der Bar«, sagte Kim. »Warum kommen Sie nicht mit? Das wird witzig.«

Es klingelte erneut.

Sie führte Elle auf den Flur hinaus und schloss die Tür hinter sich. Gaspar konnte sich um den Boss kümmern. Im Aufzug sagte Elle: »Sie sehen nicht aus wie eine von uns.« Sie blickte abschätzend auf Kims schwarzen Anzug und ihre Boots. »Gehen Sie als Bulle? Wollen die das? In dem Kostüm könnten Sie echt vom FBI sein. Kennen Sie Sylvias FBI-Freund? War er das im Bad? Oh mein Gott! Ich hab Sie doch nicht unterbrochen, oder? Sie waren fertig, stimmt's? Die Bullen wollen sowieso nur Blowjobs.«

Kim überspielte den Schock mit – wie sie hoffte – dem richtigen Maß an Anzüglichkeit. »Ihren FBI-Freund?«

Elle plapperte unbeeindruckt weiter, als hätten sie und Kim eine Menge gemeinsam. »Ich hab ihn nur einmal getroffen. Groß, gut gebaut, himmlische Augen. Hohes Tier da im Hoover Building. Er war derjenige, der Sylvia vor dem Gefängnis bewahrt hat, als wir alle vor ein paar Jahren festgesetzt wurden. Hat sie irgendwo außerhalb der Stadt untergebracht. Sie konnte gar nicht genug von ihm schwärmen. Klang für mich so, als wär's ihr Freund.«

Elle sah Kims aufkommende Übelkeit und tätschelte ihr die Hand. »Aber vielleicht hab ich das falsch gedeutet. Ich bin sicher, sie sind nur befreundet, Schätzchen. Machen Sie sich keine Sorgen. Sylvia ist vernünftig. Sie konzentriert sich aufs Geld. Mädchen wie ich und Sylvia fangen keine blöden Romanzen an. Das ist nichts für uns. Das stört nur, verstehen Sie?«

Im Foyer öffnete sich der Aufzug. Elle winkte ihrem Freund an der Rezeption zu. Sie gingen in die Bar; den Mann hinter der Theke kannte Elle ebenfalls.

»Jimmy, bring uns zwei Gin Martini, ja, Schätzchen? Blue-Cheese-Oliven dazu? Ein klein wenig dreckig, wie ich. Danke, Schätzchen. Aber nicht so stark, okay?« Sie setzte sich in die erste Nische. Kicherte. Verpasste Kims Magen noch einen Bodyslam. »Möchte nicht betrunken sein, bevor wir da sind. Marion Wallace schmeißt die besten Partys in D. C. Alkohol in Mengen. Und das Essen! Dafür könnte ich sterben, Schätzchen, Sie werden sehen.«

Elle lachte, als ob kostenloser Alkohol in Mengen auf einer Party bei Marion Wallace die höchste aller luxuriösen Freuden sei.

Marion Wallace?

Wie konnte das alles sein?

KAPITEL 38

Washington, D. C.
3. November 17:05 Uhr

Die Wallaces wohnten in der Dumbarton Street in Georgetown, »seit Eva in den Apfel gebissen hat«, wie Marion Wallace oft betonte. Gaspar parkte am Ende der Straße und Kim sah, wie er zu ihr zurückhumpelte und versuchte, sich die Schmerzen nicht anmerken zu lassen. Sie wusste, er würde sich lockerlaufen, und wünschte, ihre eigene Angst wäre ebenso leicht in den Griff zu kriegen.

Sie sah Herbstlaub, Grünflächen und müde Kürbislaternen auf Eingangstreppen. Sie verkroch sich in ihre Jacke, um sich vor dem frostigen Wind zu schützen. Sie wiederholte ihr stilles Mantra in einer Endlosschleife: *eine Möglichkeit, richtige Möglichkeit. Eine Möglichkeit, richtige Möglichkeit. Eine Möglichkeit, richtige Möglichkeit.*

Das Haus von Marion Wallace war ein Herrenhaus im Kolonialstil, roter Backstein, weiße Leisten, dorische Säulen, Fledermausfenster und Schlusssteine. Die Fassade war seit dem neunzehnten Jahrhundert gut erhalten. Könige hatten hier geschlafen und Walzer getanzt. Diplomaten. Präsidenten, Senatoren, Gouverneure. Von Zeit zu Zeit ein paar andere würdige Berühmtheiten.

»Wo ist deine neue beste Freundin?«, fragte Gaspar etwas außer Atem, als er sie eingeholt hatte.

Kim deutete mit dem Kopf in Richtung Haus. Er hob die

Augenbraue. Sie konnte noch nicht richtig reden. Aber das würde sie. Sie öffnete das weiße schmiedeeiserne Tor. Ging vor ihm einen rot gepflasterten Fußweg entlang, der von gepflegten Hecken gesäumt war. Nach vier Stufen befand sich unter einem Vordach eine zweiflügelige Haustür, die Vergangenheit von Gegenwart trennte. Kim drückte auf die Klingel und hörte im Inneren Glocken läuten. Sie kämpfte gegen die Übelkeit an.

Eine Möglichkeit, richtige Möglichkeit.

Ein Butler in Livree öffnete die Tür. »Willkommen im Wallace House«, sagte er. Er zeigte auf einen offenen Bogengang zu seiner Rechten. »Die Gäste werden im Tanzsaal empfangen.«

»Danke«, sagte Gaspar.

Eine Möglichkeit, richtige Möglichkeit.

Kim trat über die Schwelle.

Im Tanzsaal wimmelte es von schönen Frauen. Champagner und Horsd'œuvres wurden serviert und von Kellnern im Smoking wieder mitgenommen. Ein Streichquartett spielte hinten in der Ecke lebendige Klassiker. Stargazer-Lilien und Gardenien verströmten um die Wette erlesene Düfte.

»Wow«, meinte Gaspar. »Was feiern wir?«

Eine Möglichkeit, richtige Möglichkeit.

Sie räusperte sich.

»Mittwoch«, sagte sie.

»Das heißt?«

»Mittwochsparty. Jede Woche.«

Gaspar nickte. Schaute sich im Raum um, als wäre er nie auf einem Abschlussball gewesen. »Versteh mich nicht falsch. Ich liebe all diese wunderschönen Frauen. Aber wo sind die Männer?«

»Zu früh. Veranstaltungen fangen um sieben an.«

»Welche Veranstaltungen?«

»Alle Veranstaltungen. Ballett, Symphoniekonzerte, Staatsbankette, Theater. Was immer heute Abend in D. C. los ist und wo Diplomaten und Würdenträger Begleitdamen brauchen.«

»Diese wunderschönen Geschöpfe sind Nutten?«

Gaspar wirkte verwirrt; sie hatte keine Geduld für Dummheit. Nicht jetzt.

»Das hier ist *Wallace and Company*. Versuch, nicht so ein Miami-Landei zu sein, ja?«

Zu barsch.

Er schnauzte zurück: »Die kleine Miss Detroit kennt sich in Washington aus?«

Freundlichere Antwort. »Vier Jahre Jurastudium an der Georgetown University für meinen MBA Juris Doctor haben mir keine Wahl gelassen. D. C. nimmt einen noch mehr ein als New York. Dringt bis in die Knochen ein. Geht nie wieder weg.«

Eine Möglichkeit, richtige Möglichkeit.

Kim führte Gaspar zu einer Schlange von Gästen, welche ihrer Gastgeberin entgegengingen, die selbstsicher inmitten einer Schar von Schönheiten am begrüßenden Ende der Schlange stand. Mit jedem begrüßten Gast schoben sie sich vorwärts, der Erniedrigung immer näher. Ihr Herz raste, sie atmete nur flach. Säure brodelte in ihrem Magen. Sie wischte ihre Schweißhände an den Oberschenkeln ab. Trockener wurden ihre Hände nicht.

Die letzte Gruppe ging nun an ihrer Gastgeberin vorbei. Genau vor ihnen stand Marion Wallace. Vielleicht die berühmteste amtierende Kurtisane seit Madame de Pompadour. Unergründlich lebhaft. Vornehme Alabasterhaut. Erstaunliche, violette Augen und tiefschwarze Wimpern. Üppige, fortwährend lächelnde Lippen. Eine Löwenmähne, die offen bis unters straffe Kinn fiel. Diamanten und Saphire schmückten Ohrläppchen und Schlüsselbein über einem perfekten Halsausschnitt.

Höllisch einschüchternd.

Und so giftig, wie sie es zu Kims Hochzeit gewesen war.

»Willkommen in meinem Haus«, sagte Marion. Weiß behandschuhte Finger wurden für einen kurzen Druck ausgestreckt.

Kims Stimme ließ sie im Stich. Sie erwiderte den Händedruck und wurde entlassen.

Gaspar trat heran. Er nannte ihre Namen und reichte der Gastgeberin zwei Visitenkarten, für jeden von ihnen eine. Marion warf einen kurzen Blick auf die Karten und legte sie auf ein silbernes Tablett neben ihrem Thron zu all den anderen.

»Wir werden Sie nicht lange in Anspruch nehmen, Mrs Wallace«, sagte Gaspar. »Fünf Minuten vielleicht. Nachdem Sie Ihre Gäste begrüßt haben.«

Marion stellte eine Würde zur Schau, die sie auch unter Druck bewahrte – eine Fähigkeit, die Kim erst noch lernen musste. »Ich freue mich, wenn ich Ihnen behilflich sein kann. Wir werden ungestört in meinem Salon reden, sobald ich verfügbar bin. In der Zwischenzeit bitte ich Sie, amüsieren Sie sich doch.«

Nachdem sie mit diesen Worten entlassen waren, winkte ein Angestellter sie weiter.

War es möglich, dass sich Marion überhaupt nicht an Kim erinnerte?

Danke, Gott!

Gaspar trat von einem Fuß auf den anderen, verschränkte die Hände und sagte: »Lass uns in eine unauffälligere Ecke gehen, um uns die Beine in den Bauch zu stehen. Ich fühle mich wie eine Pflaume, die underdressed in einem Biskuitkuchen steckt.« Kim ging zu Marions Salon. Er folgte ihr, verzückt von dem Spektakel.

»Keine Sorge«, sagte sie. »Mit diesen hässlichen FBI-Klamotten werden die Leute uns für das Securityteam halten. Vollkommen ignorierbar.«

»Wo ist unsere Gabrielle?«, fragte Gaspar, nachdem er sich gegen die Wand gelehnt hatte. »Sie klang spaßig. Vielleicht sogar mit einem Regierungsgehalt erschwinglich.«

»Sie wird uns finden, da bin ich mir sicher.«

»Ich habe mit dem Boss geredet«, sagte er. »Ich muss dich auf den aktuellen Stand bringen. Und Roscoe versucht, dich zu erreichen. Wollte nicht sagen, warum. Und während deines Getratsches mit Elle bin ich den Rest von Sylvias Post durchgegangen.«

»Was gefunden?«

»Ich hab einen Stapel Briefe gefunden, die nach Margrave weitergeleitet und als unzustellbar zurück an 4719 geschickt wurden. Alle mit einem Datum vor etwa drei Monaten, als unser Junge Alfred Lane die Bühne betrat. Wie hat Elle ihn genannt? Pedant? Scheint so, als hättest du mit dem demolierten

Briefkasten recht gehabt.«

»Was sonst noch?«

»4720 gab mehr her. Ich erzähl dir die Einzelheiten später im Auto.« Er holte sein Handy heraus, rief ein Bild auf. »Aber ich bin dabei auf dieses alte Verbrecherfoto gestoßen.«

Kim sah sich das Foto an. Die Beschuldigte war als Susan Kane identifiziert worden. Sie sah gut aus. Schick. Gepflegt. Umwerfendes Lächeln. Haare und Make-up ungefähr gleich. Ebenso wie Marion Wallace war auch sie nicht älter geworden.

Um achtzehn Uhr bemerkte Kim eine Veränderung im Geräuschpegel. Die Menge wurde übersichtlicher, als die Eskortdamen mit zuvor vereinbarten Verpflichtungen zu ihrem Rendezvous aufbrachen. Zwei oder drei gut gekleidete Herren unterhielten sich in der Nähe des Eingangs, wo sich wieder eine Begrüßungsschlange bilden würde.

Gaspar fuhr fort. »Auszug aus dem Strafregister kam ziemlich schnell, nachdem ich den richtigen Namen hatte. Prostitution in drei Fällen. Genau hier in D. C., ob du's glaubst oder nicht. Ziemlich großer Skandal. Plädierte auf schuldig. Bewährungsstrafe.«

Kim gab ihm das Telefon zurück, war plötzlich ganz müde. Zwei Jahre nach Vans Fahnenflucht. Ein Jahr nach ihrer Aussage. Ein Senator und zwei russische Diplomaten waren beim harten Sex mit Nutten erwischt worden, die Lobbyisten ihnen vermittelt hatten. Endlich. Aber es hatte wenige Verhaftungen gegeben und noch weniger Rücktritte. Nur Opferlämmer. Wright & Company machte dicht, aber nur kurz.

Jetzt, sechs kurze Jahre später, führte Marion Wallace den Laden wie gehabt. Der Groll war unauslöschlich in Kims Herz geätzt.

»Kimmy! Schätzchen! Sehen Sie mal, wen ich gefunden habe!« Die Stimme ertönte aus sechs Metern Entfernung über den Partylärm hinweg.

Kim öffnete die Augen und sah Elle, die so geschwind, wie es in dem engen Rock nur ging, und wie ein Cheerleader plappernd herüberkam – Arm in Arm mit der unverwechselbaren Sylvia Kent Black. Oder Susan Kane. Oder wer immer sie auch war.

Kim erinnerte sich sofort wieder an das Bargespräch mit Elle.

»Kimmy, das ist ein tolles Leben, finden Sie nicht? Jede Nacht ist wie ein Theaterstück. Andere Namen, andere Textbücher. Eine Bühne, auf der ich der Star bin. Das Telefon klingelt, der Vorhang geht hoch, das Stück beginnt. Immer eine kleine Anspannung, Kimmy. Das Adrenalin ist nie ganz weg. Wenn es nicht so gut ist, ist die Bezahlung trotzdem noch gut. Sylvia ist genau so wie ich. Deshalb verstehen wir uns so gut, wissen Sie?«

Elle war jetzt drei Meter entfernt. Sylvia wirkte zögerlich. Dann, als hätte man den Moment bis ins Einzelne inszeniert, ging die Salontür weit auf und offenbarte geschmackvolle Möbel in historischen Farbtönen.

Unverändert, dachte Kim. Unwirklich.

Pfirsichund elfenbeinfarbener Brokat, goldene Quasten und grasgrüne Streifen vereinten sich wohlgefällig. Plüschteppich, gemütliches Feuer und Marion Wallace saß in demselben grünen Louis-XV-Brokatsessel, am selben Ende derselben rechteckig angeordneten Sitzgruppe. Zu ihren beiden Seiten standen sich weiße Brokatsofas gegenüber. Sogar das silberne Teeservice zierte den Tisch dazwischen. Beim Anblick des gesamten Bildes wurde Kim schwindelig.

»Mr Gaspar, Ms Otto, Mrs Wallace kann Sie jetzt empfangen.« Eine perfekt gestylte Assistentin winkte sie unter dem Einsatz ihres ganzen Körpers herein, so als stellte sie einen weiteren Bühnendarsteller vor.

Genau in dem Moment kam Elle an, etwas außer Atem. Sie hielt an dem geöffneten Eingang zum Salon an und die Assistentin sagte: »Danke, Gabrielle. Susan, Mrs Wallace möchte Sie auch hineinbitten. Hier entlang, bitte.«

Elle grinste und ließ Sylvias Arm los. »Geh nur, Schätzchen. Wir sehen uns alle später noch.«

Was, fragte sich Kim jetzt, war an Sylvia Black echt? Ihr Name nicht. Das war verwirrend. Namen waren für Kim wichtig. Sie bedeuteten etwas. Aber diese Frau war niemals Sylvia Black. Hatte sie Van gekannt?

Die Assistentin verließ den Raum und Sylvia näherte sich Marion Wallace, wie eine Bürgerliche sich vielleicht einer Königin genähert hätte, mit unterwürfigem Lächeln und Luftküssen – und keiner Berührung.

»Du siehst wunderbar aus, meine Liebe«, sagte Sylvia. »Ich habe dich vermisst. Es tut mir so leid, dass wir so lange voneinander getrennt waren.«

Marion schenkte ihr das gleiche offizielle Lächeln und den gleichen behandschuhten Händedruck wie allen anderen. Soweit Kim wusste, hatte Marion Wallace nie echte Freunde gehabt und würde sie auch nie haben. Alles nur geschäftlich, immer, damals wie heute.

Sylvia hockte sich auf eines der Sofas, wie es junge Frauen vor langer, langer Zeit auf dem Mädchenpensionat gelernt hatten. Der Rock war, so weit es ging, über ihre zusammengedrückten Knie geschoben; die Fußgelenke über Kreuz. Sie zog weiße Handschuhe aus, die sie ordentlich neben ihre Handtasche legte. Marion wandte sich Kim und Gaspar zu, als seien sie Diplomaten auf Besuch, und reichte jedem noch einmal die Hand.

Wies auf das Sofa gegenüber von Sylvia.

»Wo ist dein gut aussehender Freund, Susan?«, fragte Marion, nachdem sie Tee aus der silbernen Kanne in die feinen ChinaBone-Tassen geschenkt hatte.

»Arbeit, leider.« Sylvia rührte die Teetasse nicht an. Kim auch nicht.

Marion reichte ein kleines Tablett mit Gebäck. Nur Gaspar nahm etwas.

Marion fragte: »Hat er sein Büro noch immer oben im Hoover Building?«

Die Frage schreckte Sylvia kurz auf. »Ja, sicher.«

»Ich nehme an, es gibt auf der Welt nur eine bessere Adresse«, überlegte Marion. »Das war aber sehr nützlich für dich,   als diese unselige Sache da geschah, nicht wahr?« Sie schaute   auf ihre Armbanduhr hinunter, als hätte sie sich gerade an einen wichtigen Termin erinnert. »Entschuldigen Sie mich? Ich muss mich um etwas kümmern. Bitte unterhalten Sie sich doch weiter.«

Marion ging hinaus und Sylvia blieb mit Kim und Gaspar

zurück. Gaspar stand auf und platzierte sich am Ausgang, so als wolle er deutlich machen, dass Sylvia den Raum nicht so leicht verlassen könnte wie Roscoes Gefängniszelle.

»Ich hätte wissen müssen, dass Marion am Mittwoch keine Zeit für Besuch hat.« Sylvia lächelte, als zeige sie sich nachsichtig gegenüber einer älteren Tante. Sie zog ihre Handschuhe wieder an. »Ich werde auch noch woanders erwartet. Gab es etwas Bestimmtes, das Sie mich fragen wollten?«

»Warum verraten Sie uns«, sagte Gaspar, »für den Anfang nicht einfach mal Ihren echten Namen?«

»Elle erzählte mir, dass sie meine Post lesen, Agent Gaspar. Ich bin sicher, Sie wissen bereits alles über mich.«

»Warum haben Sie Harry Black umgebracht?«, fragte Kim. Eine ziemlich öde Taktik.

»Harry umgebracht? Meine Güte, warum sollte ich das tun?«

»Hören Sie auf, Sylvia«, sagte Gaspar, »oder wie immer Sie auch heißen. Was zum Teufel geht hier vor?«

»Ich nehme an, Sie haben sich in letzter Zeit nicht auf dem Laufenden gehalten«, sagte Sylvia. »Das sollten Sie vielleicht tun, bevor Sie mir gegenüber zu ungehobelt werden, Agent Gaspar. Ihren Bossen wird Ihr Ton nicht gefallen.«

»Sie haben einen Mord gestanden«, sagte er. Sylvia amüsierte sich. »Sind Sie sicher?«

»Sie haben einen Notruf abgesetzt. Sie sagten, Sie haben Harry Black getötet.«

»Habe ich nicht. Haben Sie das Band selbst gehört?«

Was bewies, dass sie nicht einfach nur schlau, sondern auch durchtrieben war. Und gut informiert. Weder Kim noch Gaspar hatten den Mitschnitt des Notrufs selbst gehört. Roscoe auch nicht. Und Sylvia wusste das alles? Aber woher?

Was hatte Sylvia damals gesagt? Kim kramte in ihrem Gedächtnis. Rief sich Roscoes Bericht genau in Erinnerung. »*Mir wurde berichtet, Sylvia habe gesagt, Zitat: ›Ich habe auf ihn geschossen. Er ist tot. Ich konnte ihn einfach nicht mehr ertragen.‹*«

Ein feiner Unterschied. »Ich habe auf ihn geschossen.« Nicht: »Ich habe ihn erschossen.« Haarspalterei? Vielleicht. Aber Strafverfolgungen wurden wegen ganz anderer Nichtigkeiten eingestellt. Harry war durch zwei Kugeln in den Kopf getötet worden, aber es war insgesamt sieben Mal auf ihn geschossen worden. Fünf Schüsse postmortal. Sylvia könnte auf ihn geschossen haben, nachdem er schon tot gewesen war.

Nichts brachte Sylvia wirklich mit dem Mord an Harry in Verbindung. Wiederholt hatte Roscoe erwähnt, dass der Tatort vollkommen sauber gewesen war. Sylvia war aus Roscoes Gefängnis geflohen, aber ein guter Anwalt würde argumentieren, dass sie fälschlicherweise festgenommen und inhaftiert worden war. Er würde Margrave verklagen und Sylvia würde am Ende der ganze Ort gehören.

War es wirklich möglich, dass Sylvia unbehelligt davonkäme? Sie hatten keinen Haftbefehl. Und aufgrund der vorliegenden Beweise bekämen sie auch keinen.

Das wusste Sylvia auch.

»Wir haben das Geld gefunden, Sylvia«, sagte Kim leise.

»Welches Geld?«, fragte Sylvia ausdruckslos.

»Bernie Owens ist auch tot.«

Künstliche Bestürzung. »Sie haben Bernie getötet?«

»Sie wissen, dass wir es nicht waren. Ihr Liebhaber hat den Chevy mit genug Sprengstoff in die Luft gejagt, um Bernie meilenweit zu zerstreuen.«

Winzige Reaktion. Kim schloss daraus, dass Bernie Sylvia etwas bedeutet hatte, aber nicht so viel wie das Geld. Immerhin war sie eine Nutte. Kim sagte: »Das ganze Bargeld in Bernies Auto ging auch in die Luft. Ein paar Hunderttausend, mindestens. Vielleicht mehr.«

Sylvia saß regungslos da, ungerührt, doch Kim konnte sehen, dass sich an ihren Schläfen und über ihrer Oberlippe Schweißperlen bildeten. Ihre Hände lagen fest verschränkt auf dem Schoß.

Kim kannte jetzt Sylvias Achillesferse. Sie sagte: »Er hat Harrys Geld gestohlen und dann Harry getötet. Er hat Bernies Geld gestohlen und dann Bernie getötet. Im Moment stiehlt er Ihr Geld. Aber machen Sie sich nicht allzu viele Sorgen. Sie werden nie arm sein. Denn sobald er es hat, sind Sie auch tot.«

»Sie lügen«, sagte Sylvia mit einem so trockenen Mund, dass die Worte kaum herauskamen.

»Glauben Sie?« Gaspar zeigte ihr das Foto, das er gemacht hatte, als er durch das Fenster des Chevrolets geschaut hatte. »Das ist doch Bernie, oder? Zwei Kugeln in den Hinterkopf. Genau wie bei Harry.«

Aus seiner Tasche holte er verkohlte Papierfetzen heraus. Er legte sie in Sylvias Hand. »Und das ist Bernies Geld.«

Sylvia starrte auf die verbrannten Scheine. Sie fing an zu zittern. Zunächst nur wenig. Dann mehr. »Das ist nicht wirklich Bernie. Und auch nicht sein Geld. Sie haben das Foto bearbeitet. Und diese Scheine haben Sie selbst verbrannt.«

»Ihr Liebhaber hat acht Menschen getötet und Dutzende mehr verletzt.« Gaspar war wütend. »Sie kannten Jim Leach, oder? Es gibt Videoaufnahmen. Wollen Sie mit eigenen Augen sehen, wie Jim Leach in Stücke gerissen wird? Sehr unterhaltsam.«

Kims Tonfall war sanfter. »Wir sind so froh, dass es Ihnen gut geht. Zuerst dachten wir, Sie wären in dem Kofferraum. Können Sie sich das vorstellen? Im Kofferraum zu liegen, wenn das Auto explodiert? Dieser Chevrolet brannte so heiß, dass nichts als Asche übrig blieb. Alles, was auf dem Rücksitz war? Genau da, wo Sie saßen? Geröstet. Weggepustet. Asche.« Kim hob beide Hände, legte die Finger aufeinander und riss sie auf. »Puff! Vom Winde verweht. Einfach so.«

Sylvia fing an zu schluchzen. Ihre Schultern bebten. Mehrere Minuten lang.

Theater? Oder echt?

Kim gab ihr eine Tücherbox von Marion Wallace' Beistelltisch. Sylvia nahm sich eine Handvoll heraus. Tupfte sich übers Gesicht.

»Sie helfen uns, wir helfen Ihnen«, sagte Gaspar. »Ansonsten sind Sie auf dem Weg ins Bundesgefängnis. Wenn Sie Glück haben.«

»Was soll ich machen?« Ihre Stimme stockte.

»Aussagen«, antwortete Kim.

»Worüber?« Schniefen.

»Alles«, sagte Gaspar.

Sylvias Gesichtsausdruck erhellte sich. Sie zeigte ein strahlendes, unschuldiges Lächeln.

»Ist das alles?«, fragte sie. »Das kann ich machen. Wann soll's losgehen?«

KAPITEL 39

Kim hörte Geräusche aus dem Tanzsaal. Es wurde lauter, tiefere Töne. Männer trafen ein. Die Party begann.

»Okay, lassen Sie uns gehen«, sagte Gaspar. »Jetzt.«

»Wohin?«, fragte Sylvia.

Kim fragte sich das auch. Gefängnis von Margrave?

Gaspar klappte das Phantomhandy vom Boss auf und drückte auf die Rückruftaste. »Wir haben eine Zeugin«, sagte er. »Sylvia Black.« Er lauschte den kurzen Anweisungen und beendete das Gespräch. Er sagte: »Unser Boss möchte Sie sehen.«

Sylvia lächelte. Ein blendendes Megawattlächeln. »Ich bin ja so froh«, sagte sie. »Würde es Ihnen etwas ausmachen, wenn ich nur noch schnell mal auf die Damentoilette verschwinde, um mir, ähm, die Nase etwas zu pudern? Sie dürfen gern zunächst nach Fluchtwegen Ausschau halten.« Sie kicherte. Wieder flirtend. Eine Nutte. Gaspar begleitete sie zu der Gästetoilette in der hinteren Ecke des Salons. Sie wartete kurz daneben, während er schnell hineinschaute und wieder herauskam.

»Schließen Sie die Tür nicht ab«, sagte er.

»Warum sollte ich das tun?«

Gaspar hielt Wache, die linke Hand über das rechte Handgelenk gelegt, die Uhr sichtbar und die Zeit im Auge.

Die Tür zum Salon wurde geöffnet. Marion Wallace kam zurück. »Wollten Sie sonst noch etwas von mir, bevor ich zu meinen Gästen zurückkehre, Agent Otto?«

Kims Magenschlange wand sich heftig. Säure blubberte die Speiseröhre hinauf. Aber sie weigerte sich zusammenzuzucken. Sie schluckte.

»Nein.«

»Vereinbaren Sie einen Termin mit meiner Assistentin, wenn Sie mich noch einmal sprechen möchten«, sagte Marion und Kim sah ihr hinterher, während sie wieder durch die Tür verschwand.

»Agent Otto, Agent Gaspar.«

Tiefe Männerstimme. Wie aus dem Radio. Unverwechselbar. Kim bekam eine Gänsehaut.

»Hallo, Hale«, sagte sie.

So kurz angebunden, wie sie es gegenüber der rechten Hand des Bosses zu sein wagte.

Michael Hale. Angestammter Mitarbeiter, bevor der Boss sie oder Gaspar angeworben hatte. Die Beziehung zwischen Hale und dem Boss konnte man als einfach unangenehm bis hin zu vollkommen ekelerregend beschreiben. Kim mied Hale, wann immer es möglich war.

»Wo ist sie?«, fragte Hale. Fordernd wie immer.

»Macht sich hübsch«, sagte Gaspar und zeigte auf die Damentoilette.

»Cooper hat mich hergeschickt, um die Lage einzuschätzen und zu berichten.« Hales abgeleitete Macht war riesig. Er zeigte sie offenkundiger, als der Boss es je tun würde. »Holen Sie sie da raus.«

Gaspar klopfte zweimal gegen die Toilettentür.

Sylvia kam heraus. Sie erkannte den anderen Mann im Raum. Sie ging auf ihn zu. Die Lippen mit dem frischen Gloss geöffnet. Sie zeigte ihr unschuldiges Lächeln.

»Mr Hale, wie schön, Sie wiederzusehen.« Sylvia streckte ihre behandschuhte Hand aus und berührte seinen Arm flüchtig. Besitz. Das Streicheln eines Liebhabers. »Wie geht es Mr Cooper?«

Sie kannten sich alle. Das überraschte kaum. Vielleicht hatte Hale Sylvia flachgelegt. Nichts Besonderes. Hale war ein notorischer Frauenheld. Sicher nicht der Typ für feste Beziehungen.

Aber Cooper?

Elle hatte Sylvias FBI-Freund beschrieben. *Groß. Gut gebaut. Himmlische Augen. Hohes Tier da im Hoover Building.*

Cooper. Selbsternannter Serienmonogamist. Könnte er so dämlich gewesen sein? Vielleicht war Hale nicht der Einzige aus dem Hoover Building, den Sylvia gevögelt hatte.

Kim schimpfte mit sich selbst, weil sie so dumm war.

Aber alles ist so offensichtlich, wenn man es erst einmal weiß.

Hale ignorierte Sylvias Begrüßung. »Otto, was ist hier los?«

Sylvia ging auf ihren Platz auf dem weißen Sofa zurück. Sie war entspannter als alle anderem im Raum. Kim berichtete routinemäßig: »Susan Kane, alias Sylvia Kent Black, hat sich einverstanden erklärt, gegen ihre Komplizen im Mordfall Harry Black auszusagen.«

Hale sah Sylvia unverblümt an.

»Ist das so?«, sagte er. »Wirst du alles zugeben?«

Sylvia klimperte mit den Wimpern, hob die rechte Hand und sagte: »Die Wahrheit, die ganze Wahrheit und nichts als die Wahrheit, so wahr mir Gott helfe.«

Hale lief rot an, von seinem steifen weißen Kragen bis hoch zu seinem rotblonden Haaransatz. Er kniff die Augen zusammen, entweder unverständig oder berechnend. Kim konnte es nicht deuten. Sein Tonfall war scharf genug, um Diamanten zu schneiden. »Und was bekommst du dafür?«

»Gefährliche Leute werden mich suchen. Du und Mr Cooper, ihr könnt das regeln, nicht wahr?« Sylvias Tonfall war so zuckersüß, dass Kim Zahnschmerzen bekam.

Hales Gesicht wurde noch roter. »Wir hatten vereinbart, dass wir dir nicht noch einmal helfen müssten. Und jetzt bist du hier, und dieses Mal geht es nicht um eine Anzeige wegen Prostitution, stimmt's?«

Sylvias atemlose dünne Stimme bettelte: »Ich bin unschuldig, Mickey. Du weißt, dass ich niemanden getötet habe. Mir noch einmal zu helfen, sollte für Charlie doch kein Problem sein, oder?«

Mickey?

Charlie?

Hale sah aus, als hätte er einen Scheißhaufen verschluckt. Seine Augen traten hervor. »Wir verscherbeln keine Immunität. Aber wenn deine Aussage gut genug ist, könnten wir wohl helfen. Was bietest du?«

»Den Mörder von Harry«, sagte sie.

Hale war unbeeindruckt. »Das könnte für die Polizeichefin von Margrave von geringem Interesse sein. Für mich ist es gar nicht von Interesse.«

Sylvia schwieg eine Weile. Dann sah sie zu Kim und Gaspar. Dann wanderte ihr Blick wieder zu Hale. »Ich nehme an, ich könnte auch erzählen, *warum* er Harry getötet hat.«

Kim musste es ihr lassen. Die Männer folgten Frauen wie Sylvia seit Sexgedenken über jede Klippe. Sylvia war heiß. Wenn auch nicht brillant, so war sie unbestreitbar clever. Harry Black, der arme Kerl, hatte keine Chance gehabt. Mhm, Sylvia war ein eiskaltes Luder.

Hales Augen waren nur noch Schlitze. »Was genau meinst du damit?«

Sylvia strich ihren Rock glatt, schlug ihre bemerkenswert langen Beine übereinander und schenkte ihm einen guten Blick auf den Oberschenkel und aufwärts. »Ich sollte wohl nichts mehr sagen, bis mein Anwalt anwesend ist, nicht wahr? Vielleicht können wir die ganze Wahrheit morgen zu Protokoll geben? Würde das gehen? Ich bin im Hay Adams. Diese Agenten können mich begleiten. Ich rufe meinen Anwalt an und wir kümmern uns morgen um alles. Wie wäre das?«

Hale ging zu Sylvia, packte sie am Arm, riss sie vom Sofa und schob sie rüde zu Gaspar. »Bringen Sie sie morgen früh in Coopers Büro. Punkt acht Uhr.«

Dann marschierte er hinaus.

In dem Moment war Kim sich sicher. Hale war entbehrlich. Sie alle waren es. Außer Cooper. Ein hoher Dienstgrad hatte seine Vorteile. Cooper hatte das Sagen. Ohne stichfeste Beweise war er unantastbar. Selbstmord, wenn man es versuchte.

Wenn die Sache daneben ging, bekämen andere es ab. Gaspar hatte die ganze Zeit recht gehabt.

Sie waren alle darin verwickelt. Reacher auch. Musste einfach.

Cooper war der Anführer. Hatte Reacher ihn irgendwie verärgert? Hatte Cooper sie geschickt, um Reacher aus persönlichen Gründen zu finden?

Möglich.

Es gab glaubhafte Abstreitbarkeit in Mengen, wenn sie Erfolg hatten. Wenn sie versagten, würden alle – außer Cooper – untergehen. Cooper würde es so einrichten.

KAPITEL 40

Washington, D. C.
3. November 18:35 Uhr

Kim ging eine geschlagene halbe Stunde im Raum auf und ab, suchte nach Lösungen, wurde aber nur ungeduldig und dreißig Minuten älter. Gaspar wartete schweigsam, saß im Sessel, die langen Beine ausgestreckt, die Fußgelenke überkreuzt, die Hände gefaltet und die Augen geschlossen. »Wir könnten einmal einfach nur einen Befehl ausführen. Wir könnten Sylvia morgen früh abgeben. Und zurück ins normale Leben gehen.«

Seinen lakonischen Stil kannte sie mittlerweile, er trieb sie aber nicht minder in den Wahnsinn. »Aber kommst du dir nicht richtig dämlich vor? Und was sagen wir Roscoe? Hast du darüber mal nachgedacht? Sie geht mit Pauken und Trompeten unter und Sylvia kommt davon? Wieder einmal? Um siebenundsechzig Millionen Dollar reicher? Und Cooper auch? Findest du das richtig? Und was ist mit Reacher? Lassen wir ihn da draußen weiter Gott weiß was mit Gott weiß wem anstellen?«

Keine Antwort.

Sie ballte die Hände zusammen. »Und?«

»Wutanfälle funktionieren bei mir nie«, sagte er ungerührt.

»Aber egal, um deine Fragen chronologisch zu beantworten: ja, weiß ich nicht, ja, Scheiße, Scheiße, Scheiße, Scheiße, nein, ist mir egal, Scheiße, schwierig.«

Sie fand das nicht witzig. »Hilfst du mir nun oder nicht?«

Er stand auf und dehnte sich. Er humpelte durch den weitläufigen Raum. Er blieb vor Sylvias Schlafzimmertür stehen und starrte darauf, als hätte er einen Röntgenblick oder ein Ultraschallgehör. Er fuhr sich durch das Haar. Humpelte weiter. Setzte sich wieder.

Und sagte: »Natürlich helfe ich dir. Aber wobei? Irgendwas passiert hier, und das geht ganz tief. Ich weiß nicht mal, worum es hier geht, geschweige denn, dass ich es beweisen könnte. Wir übergeben dies alles einer internen Ermittlungsgruppe, die versagen auch, und dann? Eine geniale Idee und ich bin dabei. Ansonsten sehe ich keinen anderen Weg, als dass wir Sylvia morgen früh abliefern.«

Sie seufzte.

Er drängte weiter. »Irgendwelche tollen Vorschläge? Vorzugsweise etwas, das uns nicht den Job kostet? Hatte ich erwähnt, dass ich eine große Familie habe?«

Sie sagte nichts.

»Dachte ich mir doch«, sagte er. »Du hast nix.«

Genau genommen lag er falsch. Sie hatte eine letzte verzweifelte Möglichkeit. Aber sie legte sie nicht offen. Vielleicht brauchte sie das nicht. Vielleicht ergab sich noch etwas anderes. Sie ging wieder auf und ab. Währenddessen redete sie.

»Roscoe sagt, Archie Leach tobt, weil wir weggefahren sind, bevor er uns befragt hat. Er will Rache für seinen Bruder.«

»Wir haben seinen Bruder nicht getötet«, sagte Gaspar. »Warum also ist Archie Leach unser Problem?«

»Cooper hat dich nach dem Feuer in dem Postfachladen angerufen.«

»Richtig.«

»Er hat dich nach Sylvias Post gefragt. Du hast ihm alles erzählt. Die Theorie über den zertrümmerten Briefkasten, die weitergeleiteten Briefe, die Liste der Postfachinhaber und wie du ihr Verbrecherfoto gefunden hast.«

»Ja.«

»Er wollte nicht die Liste sehen?«

»Nein.«

»Das ist seltsam, oder?«

»Nein.«

»Du hast die Liste genauso gesehen wie ich. Sein Name stand darauf. Meiner ebenfalls. Und deiner. Er war nicht mal interessiert?«

Sanft, so als beruhigte er einen Selbstmörder, sagte Gaspar:

»Aber das alles wusste ich nicht, als ich mit ihm geredet habe. Du hast die Liste mitgenommen, weißt du noch? In die Bar? In deiner Tasche?«

»Aber er musste es wissen, oder? Also ist es seltsam, dass er nicht gefragt hat oder irgendwie darauf eingegangen ist, oder nicht?«

»Du machst mich fertig.«

»Oder nicht?«

»Wir sind das schon durchgegangen, Sunshine. Wir haben nur die Liste. Sonst nichts. Wenn es hart auf hart kommt, wird er sagen, er hätte keine Ahnung, warum sein Name auf der Liste war, und er wird sagen, er hätte kein Postfach in Bernies Laden gehabt, und wir werden ihm glauben, weil wir ebenfalls keine Ahnung haben, warum unsere Namen auf der Liste waren, und wir hatten mit Sicherheit keine Postfächer bei Bernie.«

»Cooper hat was mit Sylvia.«

»Sex ist nicht illegal.«

»Sylvia hat das Geld gewaschen, es Harry gestohlen und ihn getötet.«

»Vielleicht. Aber es gibt keine Beweise. Und nichts bringt Cooper mit irgendetwas davon in Zusammenhang.«

Als sie nichts mehr erwiderte, sagte er: »Kann ich jetzt schlafen gehen?«

Sie klopfte sich ab, überprüfte ihre Waffe und ihre Taschen und ging zur Tür.

Ausgestreckt im Sessel, mit geschlossenen Augen, fragte Gaspar: »Wohin gehst du?«

»Finlay anrufen.«

Er zuckte mit keiner Wimper. Aber sein Tonfall verriet die katastrophalen Konsequenzen, die sie in Gedanken schon durchgegangen war. »Falls jemand fragen sollte: Du agierst auf eigene Faust. Ich habe eine Familie zu ernähren. Hatte ich das erwähnt? Hab noch zwanzig Jahre. Bin für keine andere Arbeit fit genug. Nicht mal für diese, um ehrlich zu sein. Ich bin ein Fall für die Wohlfahrt. Du kannst deine Karriere zum Fenster rauswerfen, aber bitte sieh zu, dass du meine dabei nicht gleich mit auf der Deponie ablädst.«

»Cooper ist nicht Gott, weißt du«, erinnerte sie ihn mit seinen eigenen Worten.

»Er ist der Gott meines Familienessens. Und auch deines. Was immer du für besondere Beziehungen zu haben glaubst, Sunshine, mach keinen Fehler. Er wirft dich so schnell vor den Zug, wie du gar nicht gucken kannst, und wird sich kein einziges Mal umsehen.«

Nur eine Möglichkeit.

Sie öffnete die Tür. Drehte sich um. Er hatte sich nicht gerührt.

»Ich hab mich in dir getäuscht«, sagte sie. »Du bist nicht Zorro.«

»Traurig, aber wahr«, sagte er. Die Tür knallte hinter ihr zu.

KAPITEL 41

Washington, D. C.
3. November 19:15 Uhr

Kim stieg vor dem Hotel in ein Taxi und feilte spontan an ihrem Plan. Es war kalt, aber das nahm sie kaum wahr. Sie überdachte ihre Überwachungsabwehroptionen, wusste aber, dass sie kaum in der Lage sein würde, sich zu verstecken. Unüberwachte Kommunikation war in Washington D. C. ebenso selten wie unschuldige Verbrecher. Überall und zu jeder Tageszeit wimmelte es von Augen und Ohren.

Im günstigsten Fall war Cooper in diesem Moment anderweitig beschäftigt. Er führte allein und inoffiziell eine private Operation durch. Es musste unweigerlich Überwachungsblackouts geben. Er war nicht Gott. Er könnte die Puzzleteile später finden, aber er beobachtete vielleicht nicht in Echtzeit.

Aber er würde ihren Anruf bei Finlay voraussehen. Er wäre bereit einzuschreiten. Das Problem machte ihr zu schaffen. Sie rieb an Finlays Visitenkarte in ihrer Tasche herum. Sie brauchte einen nicht vorhersehbaren Ort. Und zwar schnell. Das Stadion der Redskins wäre nicht schlecht, aber sie hatte nicht genug Zeit, um rechtzeitig hinund wieder zurückzukommen.

Nur eine Möglichkeit.

Und die war das Verizon Center heute Abend während des Hockeyspiels.

Über zwanzigtausend Zuschauer; die meisten von ihnen benutzten elektronische Geräte. Nur ein Prepaidhandy, und sie wäre so anonym wie ein Halm unter vielen im Heuhaufen.

Die Taxifahrt vom Hotel bis zum Stadion dauerte achtzig Minuten bei wenig Verkehr. Das Spiel hatte schon angefangen. Sie benutzte den Presseeingang an der Ecke 6th Street und G Street Northwest. Sie zeigte ihre Marke überall dort, wo es sich als nötig erwies und suchte einen Ort, an dem sie einen einigermaßen guten Empfang hatte. Sie steckte einen Finger in das andere Ohr, um die schreiende Menge auszusperren. Sie wählte die Nummer.

Finlay antwortete nach dem vierten Klingeln. Bostoner Akzent. Voller Bariton.

»Wie kann ich Ihnen helfen?«, fragte er.

»Ich hatte gehofft, Sie erzählen mir das«, sagte sie. »Wir sind in ein Schlangennest getreten.«

»Weiß Ihr Partner, dass Sie anrufen?«

»Ja, aber er hat mir davon abgeraten.«

»Weil Sie sich die Nahrungskette hinauf bis zum Killerwal vorgearbeitet haben?«

»Korrekt.«

»Und Sie wollen, dass ich Ihnen die Hindernisse aus dem Weg räume. Warum sollte ich das tun?«

Gefälligkeiten. Was hatte Kim, das Finlay wollte? »Sagen Sie's mir.«

»Es hat sich viel getan, seit wir uns getroffen haben. Sie operieren nun unter hellem Scheinwerferlicht.«

Aber sein Preis könnte zu hoch sein. »Können Sie helfen oder nicht?«

»Kommt drauf an.«

»Worauf?«

»Wie weit zu gehen Sie bereit sind.«

Kim schwieg kurz. Ein Reflex. *Nur eine Möglichkeit.* »Ich denke, wir verstehen uns, Mr Finlay. Noch etwas. Roscoe steckt in Schwierigkeiten. Eigenbeschuss. Bringen Sie das in Ordnung.«

Schweigen. Hatte er ihre Bitte nicht vorausgesehen? Er sagte:

»Einverstanden. Ich habe in der Schweizer Botschaft ein Päckchen für Sie hinterlegt. Das Angebot läuft in zwanzig Minuten aus. Ihr Taxi wartet.«

Verbindung beendet.

Sie sah auf die Uhr. Fünfzehn Minuten Fahrt in die entgegengesetzte Richtung unter aktuellen Bedingungen. Sie brauchte zusätzlich fünf Minuten, um das Telefon loszuwerden, verließ das Stadion an der F Street und winkte selbst nach einem neuen Taxi. »2900 Cathedral Avenue Northwest. Und ich hab's eilig.«

Das Taxi hielt vor einem unscheinbaren Gebäude. Die sandfarbenen Ziegelkästen neben der braunen Glasstruktur mit Fensterkreuzen schienen alle menschenleer zu sein. Ein einsamer Sicherheitsbeamter wartete hinter dem verschlossenen Tor. Kim bat den Taxifahrer zu warten.

»Ausweis, bitte«, sagte der Wärter, als sie zu ihm kam. Sie zeigte ihre Marke. Er sah auf die Uhr, betrachtete das Foto, verglich es mit ihrem Gesicht. Gab ihr den Ausweis zurück.

»Einen Moment«, sagte er.

Er ging hinter einen majestätischen Ahornbaum und holte eine eingeschweißte Fächermappe hervor. Er gab sie ihr durch das Gitter hindurch. Er wandte sich ab. Kim rannte zurück zu ihrem Taxi.

»Hay Adams Hotel, bitte.« Keine Zeit für weitere Überwachungsabwehrmanöver; sie war schon zu lange weg gewesen. Sie riss die Folie ab, schob das Gummiband zur Seite, öffnete die Fächermappe und zog den Inhalt heraus. Sie hielt die Papiere an das Fenster des Taxis, um die Lichter von der Straße zu nutzen. Sie blickte starr auf die Unterlagen. Blätterte sie durch. Zu dunkel. Die Tinte verschwamm auf den Seiten.

Ihr Smartphone klingelte. Sie antwortete, ohne zu überlegen:

»Agent Otto.«

Gaspar war dran. »Wir wurden freigestellt. Wo bist du jetzt?«

»Auf dem Weg.« Sie war vielleicht fünf Straßen entfernt, aber der Verkehr regte sich kaum.

»Ich treffe dich im Foyer.«

Kim verstand etwas nicht. »Was ist mit Sylvia?«

»Sie ist weg.«

»Weg?«

»Cooper hat sie vor zwanzig Minuten von Hale abholen lassen.«

Sie sah das Hay Adams Hotel in der Ferne vor sich, aber der Verkehr ging in keine Richtung mehr voran.

»Warte am Vordereingang auf mich. Bin in fünf Minuten da.« Sie beendete die Verbindung, nahm Bargeld aus der Tasche, bezahlte den Fahrer und stieg aus dem Taxi.

KAPITEL 42

Kim hatte während ihres Jurastudiums im Washington Hilton gearbeitet, einem der größten und belebtesten Hotels in D. C. Sie kannte die tausendeinhundert Hotelzimmer, die immense Nutzfläche, die zweiundvierzig Besprechungsräume, die vier Restaurants und Bars. Sie erinnerte sich an den Serviceflur, die Laderampen und den Lastenaufzug. Heute Abend, wie jeden Abend, schwirrte eine Menschenmenge durch das Hotel, die ihnen Deckung bieten würde. Der Night Manager war ihr gern behilflich. Die Rückkehr war fast wie eine Heimkehr.

Gaspar hatte in der vergangenen Stunde, während sie Sylvias Post aus dem Crown Vic holten und ins Hilton umzogen, keine Fragen gestellt. Er hatte vielleicht ihre Dringlichkeit gespürt, aber er war – aus welchem Grund auch immer – bei ihr geblieben und hatte keine Erklärungen verlangt.

Sie fragte sich, wie lange er noch warten würde.

Kim nahm die Packkiste mit Sylvias neuerer Post aus dem Postfach 4720 und leerte sie auf einem der Betten aus. Sie schob die Briefe mit beiden Händen hin und her auf der Suche nach bekannten Logos zwischen der Werbepost. Marketingleute waren raffiniert. Es war nicht einfach, das Gold vom Schlamm zu trennen. Beweise wurden leicht übersehen.

Fünf Briefe sahen vielversprechend aus.

Die Werbepost warf sie in die Kiste und schob sie beiseite.

Sie legte möglicherweise Interessantes auf den Schreibtisch und suchte nach einem Brieföffner. Sie faltete die Post auf und stapelte sie.

Zwei Absender: Jensen & Partner, C.P.A. und The Empire Bank of Switzerland.

»Okay, Sunshine, ich gebe auf«, sagte Gaspar. »Worum geht's hier?«

Kim schaute auf die Uhr. Dreiundsiebzig Minuten Geduld. Sie fragte sich, ob das eine Art persönliche Bestleistung war. Wahrscheinlich. Sie sagte: »Ich weiß, warum sie Harry getötet haben.«

Er zuckte mit den Schultern. »Jeder weiß, warum sie Harry getötet haben. Wegen des Geldes.«

»Es ist komplizierter. Wenn ich recht habe, standen Sylvia und Harry auf Kriegsfuß mit dem Finanzamt wegen Steuerrückständen, Strafzahlungen und Zinsen in Höhe von hundertsiebenunddreißig Millionen Dollar. Mehr als das Doppelte von Harrys Kliner-Bargeld. Sie hätten alles verloren und wären ins Gefängnis gewandert.«

Keine Reaktion.

»Und sie hätten Cooper mit sich in den Abgrund gerissen«, sagte sie. »Was immer noch möglich ist.«

»Wie?«

»Du musst dich entscheiden, ob du das wirklich hören willst. Es wird nicht nett. Das wird eine unabwendbare Katastrophe.«

»Aber du bleibst dabei.«

»Du musst es nicht.«

»Weil ich nicht Zorro bin.«

»Du hast eine Familie. Und noch zwanzig Jahre vor dir.«

»Erzähl mir, was du weißt.«

»Sicher?«

»Bist du taub? Wie oft soll ich das noch sagen?«

»Sylvias Post erzählt die Geschichte«, sagte sie. Dann zögerte sie. Sie atmete tief durch. »Und Finlay hat sie mir bestätigt.«

Gaspar sagte nichts. Er ging einfach nur auf einen der gepolsterten Stühle zu.

»Mach es dir nicht zu bequem«, sagte Kim. »Wir haben in

dreißig Minuten einen Termin in der Schweizer Botschaft und einen Flug nach Zürich um zwölf nach eins.«

»Bring mich auf den neuesten Stand, Susie Q.«, sagte er.

Sie holte die Unterlagen aus der Fächermappe und teilte sie in drei Stapel auf. »Wir hatten recht in Bezug auf die Geldwäsche. Harry fand einen Weg, die Kliners gegen echtes Geld einzutauschen. Karibische Casinos.« Sie warf ihm das erste Bündel in den Schoß. »Fotos von Harry und Sylvia an Black-Jack-Tischen in vier verschiedenen Etablissements über vier Jahre hinweg. Altbewährt. Sie bringen die Kliners in kleinen Mengen aus Atlanta heraus. Sie kaufen Chips, spielen etwas, tauschen die Chips gegen echtes Geld ein. Ziemlich einfach, auch bei Harrys Vollzeitjob. Kurze Flüge von Atlanta in die Karibik. Lässt sich mit Fluglisten leicht bestätigen.«

»Aber was haben sie mit dem sauberen Geld gemacht?«, wollte Gaspar wissen. »Ist doch blöd, es zurückzubringen und im Wandschrank zu verstecken.«

Kim warf ihm den zweiten Stapel aus der Fächermappe zu.

»Kontoauszüge. Einzahlungen auf Banken in der Karibik.« Gaspar blätterte das halbe Dutzend Auszüge durch. »Die decken knapp fünf Jahre ab. Hören vor drei Monaten abrupt auf. Offshore, wie wir dachten.«

»Aber dann haben sie Mist gebaut.«

»Wie?«

»In zweierlei Hinsicht. Zum einen haben sie nie ihre Spielgewinne bei ihren Einkommenssteuererklärungen erwähnt, um das saubere Geld in offizielle Unterlagen zu bekommen. So wäre der Betrug viel schwerer nachzuweisen gewesen, wenn das Finanzamt ihnen auf die Spur gekommen wäre. Hätte ihnen Zeit verschafft.«

Er zuckte mit den Schultern. Steuerangelegenheiten hatten ihn nie sehr beeindruckt. Sie nahm an, er war noch nie mit dem Finanzamt in Konflikt geraten. Diese Mistkerle waren um einiges fieser als das FBI.

»Und zum anderen?«

In beiden zittrigen Händen hielt sie Unterlagen. Finlays Beitrag in der Linken hob sie zuerst in die Höhe. »Die Bankauszüge der karibischen Banken sind auch gefälscht. Sollten Harry vielleicht beruhigen. Das Geld war nicht da. Es lag irgendwo anders. Könnte immer noch da sein.«

Gaspar hob eine Augenbraue. Griff nicht nach dem Blatt. Berühren hieß, glaubhafte Abstreitbarkeit zerstören.

Kim hob Susan Kanes Post aus dem Postfach 4720 in der rechten Hand hoch. »Diese hier bestätigen es.«

»Und wo ist das Geld nun?«

»Auf der Empire Bank of Switzerland.«

Gaspar lächelte. »Von allen Kaschemmen der ganzen Welt …« Sie erwiderte das Lächeln. »Poetisch, oder?«

KAPITEL 43

Washington, D. C.
November 23:25 Uhr

Die Schweizer Botschaft war hell erleuchtet und belebt, als sie kurz vor einem drohenden Sturm eintrafen. Die Temperaturen waren gefallen und in der Ferne waren Blitze zu sehen. Wind war aufgekommen. Noch kein Regen, aber Kim spürte den sinkenden Luftdruck in den Knochen. Der Taxifahrer sagte: »Ich warte, aber wenn Sie es in einer Stunde zum Flughafen Dulles schaffen wollen, sollten Sie sich beeilen. Es wurden golfballgroße Hagelkörner angekündigt.«

Kim versuchte, alles zu ignorieren, was sie über Flüge während eines Gewitters wusste, während sie vor Gaspar in den Glasbau eilte, der die beiden Ziegelgebäude verband. Es blitzte erneut, gefolgt von ohrenbetäubendem Donner, und dann peitschte auch schon der Regen über sie hinweg. Das Gefühl, inmitten des Sturms zu stehen und gleichzeitig geschützt zu sein und nichts von der wütenden Natur zu spüren, war unwirklich. Sie wurden rasch zu Finlays Kontaktperson weit hinten im Nordflügel geführt. Das Büro glich dem altmodischer Banker. Teakboden, abgenutzte Orientteppiche, antike Vasen. Wahrscheinlich echt. Wie auch Wilfred Schmidt, dem Namensschild auf dem Schreibtisch zufolge.

Schmidt bot ihnen zwei harte Stühle auf der anderen Seite des Schreibtisches an. Er verschränkte manikürte Hände auf einer burgunderroten Schreibunterlage. Goldene Manschettenknöpfe schmückten die gestärkten weißen Ärmelaufschläge. Er sprach präzises Englisch, sicher nicht seine Muttersprache und vielleicht auch nicht die erste Fremdsprache.

»Bitte entschuldigen Sie die nötige Eile«, sagte er. »Mein Terminplan ist recht eng, so wie es auch morgen in Zürich der Fall sein wird. Ich wurde angewiesen, bestimmte Informationen herauszugeben. Ich darf keine Fragen beantworten. Einverstanden?« Kim nickte, denn sie war nicht in der Position, mehr zu verlangen.

Schmidt hakte nach: »Ja?«

Vielleicht wurde das Gespräch aufgenommen.

»Einverstanden«, sagte Gaspar.

Schmidt gab den Standardsatz von sich, den er wahrscheinlich unzähligen Kunden in den vergangenen zwölf Monaten mitgegeben hatte: »Wie Sie wissen, wird die Empire Bank of Switzerland gemäß neuer Vereinbarungen, die von unseren Regierungen getroffen wurden, dem amerikanischen Finanzamt eine Liste von Kontoinhabern und Kontobeträgen zur Verfügung stellen. Sie verstehen?«

Kim nickte. Er wartete. Sie sagte: »Ja.«

Jeder wusste, dass das US-Finanzamt wie ein ausgehungerter Rottweiler vor dem Fressen sabberte. Verhandlungen mit den Schweizer Banken und im letzten Jahr getroffene Vereinbarungen waren weltweit publik gemacht worden. Drohende Fristen für die Offenbarung von Steuersündern waren einer Phase der bald auslaufenden Steueramnestie gefolgt. Spannungen an der Wall Street und Main Street und in jedem kriminellen Unternehmen, das mit dem Land zu tun hatte, hatten zu einer Panik unter rechtmäßigen und unrechtmäßigen Anlegern gleichermaßen geführt.

Wenn Kims Theorien zutrafen, hatte genau diese Panik Sylvia Black veranlasst, ihren Mann zu töten. Panik, die zu einer handfesten Aussage gegen Cooper führen konnte.

Schmidt bemerkte, dass Kim ihren Gedanken nachging. Er räusperte sich, um sie wieder ins Hier und Jetzt zu holen.

Als Nächstes gab er einen einstudierten Haftungsausschluss von sich, mit angemessener Betonung. »Das Schweizer Datenschutzgesetz erfordert strengste Geheimhaltung. Die Strafen für einen Verstoß gegen dieses Gesetz sind hoch. Konten werden exakt wie angefordert offenbart. Private Kontoinhaber haben sechs Tage lang die Möglichkeit, zufriedenstellende Vereinbarungen über die Anlagen und Übereinkünfte mit den betreffenden Regierungen zu treffen. Wir haben keinerlei Informationen über den Status solcher Absprachen. Sie verstehen?«

»Ja«, sagte Kim. Sie verstand. Die Schweiz blieb politisch so neutral wie möglich. Eine Politik, die – wie manche sagten – notwendig war, um das opportunistischste Land der Welt zu bleiben. Aller Freund ist niemandes Freund, fand Kim, egal wie viel Geld im Spiel ist.

Schmidt kam zum Kern der Sache. »In diesem Fall sind vier private Einleger relevant. Vier Nummernkonten und zwei Bankfächer. Die Inhalte der Bankfächer sind der Bank nicht bekannt. Sie verstehen?«

»Wir verstehen«, sagte Gaspar. »Wer sind die vier Einleger?« Schmidt übergab Kim eine weitere eingeschweißte Fächer-mappe.

Sie riss die Folie ab, schob das Gummiband zur Seite und nahm vier Kontoauszüge und zwei kleine Messingschlüssel mit Anhänger heraus. Sie prüfte die Namen der Kontobesitzer. Der Name Susan Kane auf einem Auszug ergab Sinn. Aber die anderen? Sie zwinkerte. Noch einmal. Die Namen änderten sich nicht: Charles Cooper, Carlos Gaspar und Kim Otto. Wie konnte das sein?

Die Magenschlange wickelte sich aus.

Nichts ist jemals das, wofür du es hältst.

Gaspar fragte: »Wo befinden sich die Bankfächer?«

»Zürich«, antwortete Schmidt. »Man ist dort auf Ihr Kommen vorbereitet. Ihr Taxi wartet.«

KAPITEL 44

Zürich, Schweiz
November 16:00 Uhr Ortszeit

Ein verspäteter Abflug von Dulles aufgrund der schlechten Wetterbedingungen sorgte dafür, dass sie ihren Termin in Zürich verpassten. Aber es bestand noch die Möglichkeit, es zur Bank zu schaffen, bevor sie schloss. Sie joggte und er humpelte durch den makellosen Terminal, den ganzen Weg zu einem makellosen Taxi am makellosen Straßenrand. »Beunruhigt es dich nicht, dass Finlay das macht?«, fragte er.

»Sollte es?«, fragte Kim zurück. Sie sah Zürich durch das Seitenfenster an sich vorbeiziehen.

»Cooper ist ein rücksichtsloser Typ.«

»Finlay ist offensichtlich genauso rücksichtslos.«

»Eben. Zwei rücksichtslose Typen kämpfen, andere Menschen sterben.«

Sie zuckte mit den Schultern. Nützliche Geste, wie sie nun fand. Sagte alles und nichts. Zweckmäßig war sie auch. »Jeder stirbt einmal.«

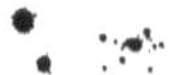

Das Taxi hielt dreißig Minuten zu spät, aber immer noch dreißig Minuten vor Geschäftsschluss vor einem imposanten grauen Backsteinhochhaus. Zusammen stiegen sie aus, in eine trockene, aber verhangene Dämmerung hinein. Das EBS-Logo prangte auf dem Gebäude. Es war identisch mit dem Logo, das auf den Briefen im Postfach 4720, auf den vier Kontoauszügen und den beiden Schlüsseln in der zweiten Fächermappe abgebildet war.

In der Bank liefen Kunden herum. Kim war etwas überrascht. Wer ging denn noch persönlich zur Bank? Kims Gehaltsschecks wurden automatisch eingezahlt, Geld hob sie am Automaten ab und Rechnungen bezahlte sie online oder per Bankeinzug.

Am Empfang saß ein sehr formeller Herr hinter einer Mahagonitheke. »Haben Sie einen Termin?«, erkundigte er sich.

»Herr Gartner erwartet uns.« Kim zeigte Bedauern und ihren Führerschein. »Unser Flug hat sich etwas verspätet, fürchte ich.« Der Rezeptionist schaute auf einen Ausdruck mit den Terminen des Tages, die diskret und von Kims Standort aus nicht lesbar aufgelistet waren. »Ja, ich verstehe«, sagte er. Er klang wie ein Bösewicht in einem schlechten Film. »Vielleicht ist es möglich, Sie noch unterzubringen. Bitte setzen Sie sich. Ich werde Herrn Gartner benachrichtigen.«

Fünf Minuten später betrat ein Mann mittleren Alters das Foyer durch eine der schweren Holztüren auf der linken Seite. Er sagte: »Hier entlang, bitte.« Sie folgten ihm über einen schmalen, mit Teppichboden ausgelegten Flur. Auf beiden Seiten befand sich alle drei Meter eine graue Stahltür. Nach sechs Metern blieb er stehen. Er schloss eine Tür zu einem ebenfalls mit Teppich ausgelegten, winzigen, quadratischen, fensterlosen Raum auf. Darin standen ein Holztisch und vier gnadenlose Stühle.

Im Raum fragte er: »Darf ich Ihre Ausweise sehen, bitte?«

Sie holten ihre Dienstausweise heraus. Diese fotografierte er zuerst, gefolgt von Aufnahmen ihrer Gesichter. Dann reichte er beiden nacheinander sein Gerät. »Bitte.«

Beide Agenten drückten einen Zeigefinger auf den Bildschirm. Ein grünes Licht leuchtete bestätigend auf. Der Mann schien zufrieden zu sein.

»Bitte warten Sie hier. Die Schließfachkisten kommen sofort.«

Kim merkte sich die Uhrzeit. Prüfte die Türklinke, nachdem

er gegangen war. Sie waren eingesperrt. Eine Überwachungskamera war in einer Ecke unter der Decke angebracht, eine rote Lampe zeigte an, dass sie aufzeichnete. Kim nahm an, dass Kunden der Kamera den Rücken zuwandten, während andere versteckte Linsen unauslöschliche Aufnahmen machten. Wenn sie den Anweisungen nicht folgten, wären die Folgen unmittelbar und unangenehm.

Genau acht Minuten später kehrte der Mann mittleren Alters mit einem stabilen Rollwagen zurück, auf dem zwei Flaschen Mineralwasser standen, zwei Gläser, eine versilberte Kaffeekanne, zwei Tassen, zwei Unterteller, zwei Löffel, Sahne und Zucker.

Und zwei schwere Metallkisten.

Vielleicht vierzig mal dreißig mal vierzig Zentimeter. Jede Kiste hatte zwei Schlösser.

Der Mann nahm zwei Schlüssel aus seiner Tasche und legte sie auf den Tisch. »Sie haben Einlegerschlüssel mitgebracht, richtig? Ich werde sie an mich nehmen, bevor Sie gehen. Sie dürfen nichts aus diesem Raum mitnehmen. Ihre Autorisierung erlaubt nur die Ansicht. Keinerlei Fotos oder Aufnahmen. Wir schließen in dreißig Minuten.«

Er wies auf ein kleines Rechteck an der Wand. »Drücken Sie auf diesen Knopf, dann komme ich und bringe Sie zum Ausgang. Irgendwelche Fragen?«

»Nein«, log Kim. Unmengen von Fragen brodelten in ihr. Der Mann ging ohne weitere Worte.

Kim benutzte die Schlüssel der Bank und Gaspar benutzte die Einlegerschlüssel, die Finlay zur Verfügung gestellt hatte. Sie klappten die schweren Deckel auf.

Sie schauten in die Kisten. Susan Kanes war voll.

Charles Coopers war fast leer.

Kim nahm Latexhandschuhe aus ihrer Tasche. »Ich nehme Kane, du nimmst Cooper.«

Sie arbeiteten schnell und hielten sich an die Vorschriften. Sie untersuchten und sortierten den Inhalt. Sie machten mit ihren Smartphones heimlich Fotos, nutzten aber nicht die Diktierfunktion. Die Videoerfassung der Bank war unausweichlich, aber sie würden nicht auch noch Audioaufnahmen hinterlassen.

Gaspar war zuerst fertig. Er schenkte Kaffee ein, ging zu einem Stuhl und schaute Coopers Schätze durch.

Kim katalogisierte Kanes Inhalt mechanisch. Sie hatte oft genug Razzien im Rotlichtmilieu durchgeführt, um die üblichen Utensilien des Prostitutionsgewerbes zu erkennen. Sie waren in einem kleinen Matchbeutel aus Baumwolle verstaut. Riemen, Körperfarbe, SM-Paddel, Gummiriemen, Spikeschuhe. French Tickler, Seidenhandschuhe, Massagehandschuhe, Massageöl. Eine Polaroidkamera, aber kein Film und keine Fotos.

In einem roten Seidensäckchen befanden sich noch einige andere, etwas exotischere Gegenstände. Ein komplizierter DualControl-Vibrator namens »Fleißiger Biber«. Essbare Unterwäsche. Liebeskugeln in einer Samtbox. Ein silbernes Ei, mit Blei gefüllt. Ein dazu passender, fünf Zentimeter breiter Ring.

Unter den nostalgischen Andenken lagen drei veraltete USB-Sticks in einer Cartier-Uhrenschachtel: silber, gold, schwarz. Keine Beschriftung.

Als sie fertig war, sah sie, dass Gaspar schon lange seine entspannte Haltung angenommen hatte. Mit unbeteiligtem Tonfall sagte sie: »Hier ist nichts Bemerkenswertes drin. In den letzten fünf Jahren, mindestens, wurde nichts mehr hinzugefügt.«

Er verstand. Presste den Kiefer zusammen. Er fügte eine neue Beleidigung zu seiner langen Liste von Finlay-Beschwerden hinzu. Er nickte, hielt die Augen aber verschlossen. »Hier auch nur altes Zeugs.«

Kim packte alles zusammen und schob die Cartierschachtel wieder in Sichtweite der Überwachungskamera. Sie legte das rote Seidensäckchen und den Matchbeutel wieder zurück. Mit ihrer rechten Hand nahm sie das Handy, versteckte dahinter alle drei Speichersticks und ließ sie in ihre Tasche gleiten, während sie mit der linken Hand nach dem Einlegerschlüssel griff. Sie verschloss die Kiste wieder. Ließ den Schlüssel wie angewiesen stecken. Sie nahm eine Wasserflasche.

Ihre Uhr zeigte an, dass die Bank vor zehn Minuten geschlossen hatte.

»Wir wollen nicht eingeschlossen werden«, sagte sie.

Sie nahm an, dass er genauso bereit war wie sie, den winzigen Raum zu verlassen. Fünf Minuten, falls ihr Wachhund in der Nähe war. Sie langte zur Klingel und drückte darauf, bevor Gaspar reagieren konnte. Sie hatte seine Zeichen verkannt.

Eilig stellte er sich vor die Tür. Sein Gesichtsausdruck war nicht zu deuten. Er flüsterte: »Sieh dir diese Fotos an. Fotografier sie, falls meine verloren gehen. Sieh zu, dass wir mehrere Back-ups haben.«

Sie sah vier Fotos aus Coopers Kiste auf dem Tisch liegen. Das erste zeigte Angehörige des Marine Corps in Arbeitsuniformen. Schwer, das Alter einzuschätzen, aber der Hintergrund und das Foto selbst waren alt. Verblasst. Vielleicht 76 ×127 mm statt der später üblicheren 102 ×152 mm-Fotos. Sie drehte es um. Kodak-Papier. Kein Datum. Späte 60er?

Der Soldat in der Mitte war ein junger und gut aussehender Charles Cooper. Neben ihm stand ein Riese. Konnte nicht Jack Reacher sein. Reacher war viel jünger als Cooper. Außerdem Army und nicht Marine Corps. Die anderen erkannte sie nicht. Ein primitives handgemaltes Straßenschild verkündete: 472 Meilen bis Hanoi. Ihre geografischen Kenntnisse von Vietnam waren eingerostet. Da Nang, vielleicht?

Es klopfte an der Tür.

»Eine Minute«, rief Gaspar.

Das zweite Foto stammte aus der gleichen Zeit. Ähnlicher Ort. Vielleicht derselbe Fotoapparat und dasselbe Labor. Das Foto zeigte einen Mann und zwei Jungen. Den Riesen vom ersten Foto, anscheinend mit seinen Söhnen, einer ein paar Jahre älter als der andere.

Säure blubberte ihr in der Kehle.

Sie beeilte sich.

Die beiden anderen Fotos waren viel neuer. Höchstens sechs Monate alt, nahm Kim an. Das dritte zeigte Roscoe und ihre Familie. Roscoes modischer Haarschnitt, Sohn David im Basketballtrikot, die launische Jack mit einem unerklärlichen Lächeln.

Das vierte war der Schnappschuss einer Gruppe. Draußen. Picknicktisch. Sommer. Bier und Lachen. Roscoe, Brent, Kraft, Harry Black, Sylvia Black, Jim Leach, Archie Leach.

Noch ein Klopfen. Eine nachdrückliche Stimme. »Bitte. Wir

haben jetzt geschlossen. Sie müssen morgen wiederkommen, wenn Sie nicht fertig sind.«

Kim machte ihre Aufnahmen und legte die Originale zurück in die Kiste. Schloss den Deckel. Blickte fragend zu Gaspar, die Hand am Schlüssel.

»Noch nicht«, sagte er. Er hielt ihr einen weißen Standardbriefumschlag hin. Proppevoll. Sie hob die Lasche an. Nahm einen dicken Stapel Hunderter heraus. »Kliners?«

Durch die Tür ertönte: »Bitte, Sie müssen jetzt gehen. Sonst wird der Sicherheitsdienst Sie hinausbegleiten.«

»Zwei Minuten noch«, rief Gaspar. »Wir kommen gleich.« Nur für sie hörbar: »Ich kann nicht erkennen, ob es Blüten sind. Du?«

Die üblichen Merkmale der Echtheit waren alle vorhanden. Mit dem Schnellscan ihrer Handy-App waren keine Metallstreifen sichtbar. Ältere Scheine. Könnten echt sein. Könnten gefälscht sein. Könnten Kliners sein. Sie brauchte einen Fachmann.

Heftiger, stärker werdender Schmerz in ihrem Magen. Gaspar drängte. »Jetzt oder nie. Wie sieht's aus, Frau Staatsanwältin?«

»Jetzt legst du dich mit Cooper und mit Finlay an, Che?«

Er zuckte mit den Schultern. »Ich bin kein Revolutionär. Ich bin Gesetzeshüter, genau wie du. Aber ich erkenne eine aussichtslose Situation, wenn ich eine sehe.«

Der Angestellte hämmerte gegen die Tür.

»Ich geb dir Rückendeckung«, sagte Gaspar. »Ich sage dem, dir ist übel. Lass mich nicht als Lügner dastehen. Ich verschaff dir fünf Minuten.«

Er schlüpfte hinaus auf den Flur und schloss die Tür hinter sich.

Kim wusste, was das Richtige war. Entweder mit leeren Händen gehen oder bei den Beweisen bleiben. Sie stand im Dienste von Recht und Gesetz. Sie hatte ihren Eid voller Stolz abgelegt. Sie hatte immer noch Ideale. Sie hatte vor, eines Tages Leiterin des FBI zu werden. Breite Grenzen trennten ihr Verhalten von den weniger Ehrgeizigen und Pflichtbewussten. Grenzen, die sie nie überschreiten wollte.

Dennoch sah sie sich nach einem Abfalleimer um, nur für den Fall.

Die Hundert-Dollar-Scheine waren stichhaltige Beweise. Sie waren der einzige konkrete Hinweis darauf, dass es noch Kliners gab und dass Cooper welche besaß.

Keine richterliche Anordnung. Keine Zeit, eine zu organisieren, selbst wenn sie könnte.

Wenn sie den Umschlag ohne richterliche Anordnung an sich nahm, verstieß sie nicht nur gegen das Gesetz. Das Beweisstück wäre vor Gericht nicht einmal zulässig.

Wenn sie den Umschlag dort ließe, bis sie eine richterliche Anordnung hätte, würde das Beweisstück verschwinden.

Sie würde vielleicht nie mehr einen Kliner finden. Cooper könnte davonkommen.

Sie könnte im Besitz des Falschgeldes erwischt, festgenommen und verurteilt werden.

Keine Zeit mehr zum Nachdenken.

Tu etwas.

Sorg zumindest für einen Nachweis.

Gaspar diskutierte im Flur mit dem Mitarbeiter. Stimmen wurden mal lauter, mal leiser.

Sie arbeitete so schnell, wie sie konnte, versteckte ihr Tun, so gut es ging, vor den Kameras, während sie den Umschlag und dessen Inhalt fotografierte. Sie zählte zweihundertfünfzig Scheine, alles Hunderter. Sie legte mehrere auf den Tisch. Fotografierte beide Seiten. Diktierte leise eine Reihe von Seriennummern, bedacht darauf, unterhalb der Lautstärke von Gaspars Diskussion auf der anderen Seite der Tür zu bleiben.

Jetzt oder nie. Cooper stürzen oder ihn gewinnen lassen? Wie sieht's aus?

Mit zitternder Hand schob sie vier Scheine in ihre Tasche. Den Rest packte sie wieder in den Umschlag und dann in die Kiste. Sie verschloss die Kiste. Sie ließ den Einlegerschlüssel stecken.

Sie hätte ihren Magen unter Kontrolle halten können, aber Gaspars Ausrede machte die Mühe unnötig. Sie schaffte es gerade noch zu dem winzigen Plastikeimer in der Ecke, bevor sie sich übergab. Erbrochenes spritzte gegen die Wand und lief ihr das Kinn hinunter. Sie übergab sich noch einmal.

Sie schüttete sich das Wasser aus der Flasche über das Gesicht.

Spülte den Mund mit Gaspars Kaffee aus.

Dann straffte sie die Schultern, zupfte die Jacke zurecht und klingelte.

Gaspar öffnete die Tür. Der säuerliche Gestank von Erbrochenem hing in der Luft. Der Mann vom Sicherheitsdienst floh. Der Bankangestellte wurde grün und brachte sie auf schnellstem Wege zum Ausgang. Fast schubste er sie hinaus in die Nacht.

»Das Kotzen war etwas übertrieben, findest du nicht?«, meinte Gaspar.

»Ganz und gar nicht«, sagte sie. Sie atmete tief die abgasgeladene Luft ein. Sie leerte ihre Wasserflasche, während Gaspar ein Taxi anhielt. Die vier Kliner-Scheine steckten wie nuklearer Abfall in ihrer Tasche.

Washington, D. C.
November 21:45 Uhr

Sie landeten in Dulles. Koffein und Angst hielten Kim in der Vertikalen. Sie hatte den ganzen Flug über gearbeitet. Sie sah grauenhaft aus und roch noch schlimmer. Sie fühlte sich entmenschlicht. Nichts, was eine lange Dusche, ein warmes Essen, Rotwein, zwei Wochen im Bett, eine Magentransplantation und eine neue Karriere nicht richten könnten.

»Wie sieht der Plan aus?«, fragte Gaspar.

Ihr Leben ging den Bach runter. Sie grinste vor sich hin und sagte: »Im Morgengrauen greifen wir an.«

Er grinste mit. »Ich würde dich mal umarmen, aber du stinkst.« Erste Phase: Geheimwaffe anwenden. *Gaspar denkt wie Reacher.*

»Erzähl mir noch mal, was passiert ist, als Hale gestern Abend Sylvia abgeholt hat«, forderte sie ihn auf.

»Gibt nicht viel zu erzählen. Vielleicht zehn Minuten, nachdem du gegangen bist, tauchte Hale auf und nahm sie mit.«

»Wie hat sie reagiert?«

»Sie hatte mit ihrem Anwalt geredet. Sie hat es erwartet.«

»Wie sah sie aus?«

»Wie siebenundsechzig Millionen Dollar.«

»Wie? Ganz grün und zerknittert?«

»Nein, perfekt. Saubere Klamotten, frisches Make-up.«

»Was hat sie mitgenommen?«

»Die Birkin Bag. Sie erwartet keine lange Haft.«

»Hat Hale sie festgenommen?«

»Seit wann machst du Stand-up-Comedy?«

»Was hatte er an?«

»Die meisten Männer ziehen sich einmal am Tag an, es sei denn, jemand stößt sie in einen Graben voll schleimigem Wasser.«

»Du bist hineingefallen.«

»Du hast meinen Arm berührt. Streng genommen war das Körperverletzung.«

Sie fragte erneut: »Was hatte Hale an?«

»Trenchcoat. Handschuhe. Es ist kalt draußen, falls du's vergessen hast.«

»Was genau hat er gesagt?«

Gaspar wurde das Thema leid. »Die ganze Anekdote dauerte ein Jahr weniger als diese Inquisition.«

Sie schoben sich inmitten der Menge auf dem Flughafen voran. Kamen langsam vorwärts.

Er lenkte ein. »Hale hat gesagt, Cooper hätte ihn geschickt, um sie zu holen. Er sagte, der Generalstaatsanwalt sei bereit. Ich sagte, okay. Er klopfte an die Schlafzimmertür. Sie kam heraus. Ich fragte, ob wir nicht warten sollten. Er meinte, nicht nötig. Sie sagte auf Wiedersehen und dann gingen sie.«

»Das ist alles?«

»Ja.«

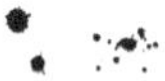

Zehn Minuten später saßen sie wieder in einem Taxi. Dickes Plastik trennte den Vordersitz von der Rückbank. Drei münzgroße Löcher ermöglichten den Austausch von Lauten. Im Fahrgastbereich befanden sich eine Grube für Barzahlungen und ein Lesegerät für Kreditkarten.

»Washington Hilton«, sagte Kim und das Taxi mischte sich in den Verkehr stadtauswärts. Dann sagte sie: »Ich hab im Flugzeug

Sylvias Speichersticks durchgesehen. Auf einem befanden

sich Kopien der Kontoauszüge von der Bank in der Karibik, die Finlay uns gegeben hat.«

Gaspar hob eine Augenbraue. »Huhn oder Ei?«

»Bitte?«

Er drosselte das Tempo, als spräche er mit einem Dummkopf. »Hat Finlay die Auszüge aus Sylvias Tresorfach herausgenommen? Oder hat er die Auszüge in ihr Fach gelegt?«

Sie zuckte mit den Schultern; mittlerweile fand sie wirklich Gefallen an dieser Antwort. »Wie auch immer, die Auszüge beweisen, dass Sylvia und Harry die Kliners offshore gewaschen haben. Die Auszüge belaufen sich auf achtundfünfzig Millionen über vier Jahre hinweg.«

»Also sind noch neun Millionen ungewaschen?«

»Vielleicht. Oder auf einem der anderen drei Konten untergebracht.«

»Wir sind erst seit vier Tagen an diesem Fall dran.«

»Cooper könnte die Sache von langer Hand geplant haben. Mit dem Wissen, dass er uns früher oder später darin verwickelt?« Manches ergab für sie noch immer keinen Sinn.

Er zuckte mit den Schultern. »Unwahrscheinlich.«

»Die Auszüge beweisen, dass jemand mindestens einmal auf das Bankfach zugegriffen hat, nachdem das abgekartete Spiel mit Sylvia anfing. Vor fünf Jahren hatte sie noch kein Geld gewaschen. Die Speichersticks waren alt. Wie auch die Daten.«

»War Sylvia diejenige, die das Bankfach besucht hat?«

»Vielleicht.«

»Wann?«

»Da bin ich mir nicht sicher.«

Er zuckte mit den Schultern. »Irgendwas auf den anderen Speichersticks?«

»Auf einem waren Sylvias Memoiren. Nichts, was wir uns nicht denken konnten.«

»Freund?«

»Sie nannte ihn ›Mein Mann‹ oder ›MM‹.«

Gaspar bemerkte ihr Zögern. »Was ist mit dem dritten Stick? Irgendwas über Harry? Die Kliners? Cooper? Reacher?«

Sie zeigte auf das Hotel vor ihnen. »Das zeige ich dir lieber.«

Das Taxi setzte sie am Personaleingang ab. In ihrem Zimmer nahm sie den dritten Speicherstick aus der Tasche. Warf ihn
Gaspar zu. »Sieh dir das an, während ich dusche.«
Was würde er finden, das sie falsch gedeutet hatte?

KAPITEL 46

Washington, D. C.
November 1:15 Uhr

Dusche, Essen, Kaffee, Reden. Sie fühlte sich gestärkt. Ihr Plan stand. Redundante Informationen und Back-ups waren erledigt. Elektronische Beweismittel befanden sich an sicheren Orten. Sie hatte später noch zwei Stunden Arbeit vor sich. Der Morgen brach in fünf Stunden an.

Drei Stunden schlafen. Zwei Stunden arbeiten. Plan umsetzen. Bingo.

Gaspar saß in dem einzigen Sessel, der sich im Zimmer befand. Sie fragte nicht, warum er nicht auf dem anderen Bett lag. Sie zog sich einen Pyjama und den Bademantel des Hotels an. Sie stellte den Wecker. Klopfte ihr Kissen zurecht. Stellte ihr Handy aus. Sie schaltete die Nachttischlampe aus.

Sie legte sich hin.

Sie schloss die Augen.

»Was ich noch fragen wollte«, sagte Gaspar. »Hast du jemanden auf dem letzten Speicherstick erkannt?«

Bevor sie in den Abgrund fiel, murmelte sie: »Der schleimige Kerl, der den Fleißigen Biber benutzt hat, war bis letztes Jahr der US-Botschafter in der Schweiz. Und der Typ mit dem silbernen Ring ist heute ein ziemlich großes Tier im Büro des Generalstaatsanwaltes.«

Eine gefühlte Minute später servierte der Zimmerservice ein 4:00-Uhr-Frühstück.

Gaspar hatte schon geduscht, sich angezogen und gepackt. Er kümmerte sich um den Kellner. Sekunden später futterte er Eier, Schinken und Toast.

Ekelhaft.

Kim war wie erschlagen, als sie aufstand. Dopte sich mit Kaffee vor, während und nach der Dusche. Kaute, während sie packte, auf trockenem Toast herum. Zwanzig Minuten später waren sie auf dem Weg nach Baltimore. Es war noch stockdunkel. Wenig Verkehr. Es war kalt. Kein Niederschlag.

»Hast du deine Nachrichten abgehört?«, fragte Gaspar.

»Roscoe hat mich vor einer Stunde noch mal angerufen. Suchte nach dir. Kam mir etwas hektisch vor.«

Kim schaltete ihr Smartphone ein und entdeckte drei Sprachnachrichten, allesamt von Roscoe. Sie hörte sie ab. »Sie sagt, Archie Leach ist unterwegs. Sagt, er ist außer sich vor Trauer. Gefährlich, so drückte sie sich aus.«

»Irgendwas stimmt mit dem Typen nicht. Er hatte die Ruhe weg neulich im Eno’s Diner, als sein Bruderherz seine Waffe auf uns gerichtet hatte. Jetzt ist er so von Trauer übermannt, dass er zwei FBI-Agenten jagt?«

Kim zuckte mit den Schultern. »Wir haben so schon eine Menge um die Ohren. Legen wir Archie Leach erst mal auf Eis.« Gaspar folgte der Strecke, die sie ausgearbeitet hatten. Achtundvierzig Minuten später kamen sie an dem Busbahnhof an. Kim eilte hinein und fand zwei Schließfächer, die man für sechzig Tage im Voraus bezahlen konnte. In jedes stopfte sie Kopien des Beweismaterials, die sie in der Nacht zuvor gemacht hatte. Die Schlüssel verpackte sie jeweils in einen gepolsterten und frankierten Umschlag. Einen schickte sie am Busbahnhof ab, den anderen von einem anderen Postkasten irgendwo an der Straße. Diesen Vorgang wiederholte sie am Bahnhof und am Flughafen.

Vor dem Flughafen Baltimore Washington International setzte sie sich wieder zu Gaspar ins Auto.

»Können wir loslegen?«, fragte er.

»Wir sind so gut abgesichert wie nur irgend möglich«, sagte sie.

Sie sah auf die Uhr. Genau rechtzeitig. Die Sonne tauchte gerade am Horizont auf.

Angriff bei Morgengrauen.

Aber der Angriff würde scheitern, sollte Sylvia sich weigern, ihnen zu helfen. Was gut möglich war. Falls sie Sylvia überhaupt dem Einflussbereich von Marion Wallace und Charles Cooper entziehen konnten.

Washington, D. C.
5. November 8:50 Uhr

Kim klingelte dreimal, bevor Elle im Bademantel die Tür öffnete. »Meine Güte, Kimmy. Es ist schrecklich früh. Erwartet Marion Sie?«

Kim trat über die Schwelle und ging weiter. »Ist sie im Frühstückszimmer? Wir finden den Weg.«

Gaspar folgte.

»Sie ist im Salon, glaube ich«, rief Elle hinterher.

Perfekt gekleidet schaute Marion von ihrer Morgenzeitung auf. Kaffee dampfte in ihrer Porzellantasse. Französisches Gebäck füllte einen Korb auf ihrem Silbertablett. »Ich habe mich schon gefragt, wann Sie wohl wiederkämen. Agent Otto ist es jetzt, richtig? Nicht mehr Mrs Nguyen?«

Kim zuckte mit den Schultern. Ignorierte den Köder. Ihr ging es hier nicht um Marion, sondern um ihren Frühstücksgast, Sylvia Black. Sie war hier. Leuchtende Wangen. Teure Reisekleidung. Jeans, Seidenbluse, Lederjacke. Modische, bequeme Stiefel.

Die Kleidung beunruhigte Kim. Sylvia war schon fast weg.

»Agent Otto, Agent Gaspar«, sagte Sylvia und erhob sich, als begrüße sie alte Freunde. »Wie kann ich Ihnen helfen?«

Kim wählte die bestmögliche Eröffnung. Sie berührte Sylvias Arm, stellte eine Verbindung her. Sanfte, leise Stimme. »Cooper hat Sie fallen lassen, Sylvia. Er schiebt Ihnen alles zu.

Er hat uns nach Zürich geschickt, damit wir Beweise gegen Sie finden.«

Sylvia zuckte kaum mit der Wimper, doch Kim bemerkte es. Sie sagte: »Er hat Sie beim letzten Mal geopfert. Er macht es wieder. Sie werden ins Gefängnis gehen.«

»Das ist nicht wahr.« Schwaches Flüstern, zitterndes Kinn, trockener Mund.

»Glauben Sie, er wird ewig Ihr MM bleiben? Kommen Sie. Sie sind schlauer, oder?«

»Schlauer als Sie glauben.«

»Ich halte Sie für eine sehr schlaue Frau«, sagte Kim. »Deswegen bin ich hier. Kommen Sie mit uns mit. Dieses Mal ist alles wirklich vorbereitet.«

Keine Antwort. Kim spürte das Ticken der Uhr. Sylvia suchte mit einem Blick zu Marion nach Hilfe. Fünfzehn Jahre lang hatte Marion ihren jüngeren Protegé beschützt. Sylvia vertraute ihr.

Noch ein Verrat.

Kim drängte behutsam. »Ich dachte auch einmal, Marion wäre meine Freundin. Aber glauben Sie mir, Sie rettet immer zuerst ihre eigene Haut.«

Keine Antwort.

»Wachen Sie auf, Sylvia«, sagte Gaspar. »Sie waren vor fünf Jahren entbehrlich und Sie sind jetzt entbehrlich. Cooper hätte Sie in dem Chevrolet zusammen mit Bernie Owens getötet, aber er brauchte Sie noch. Wenn er jemanden nicht mehr braucht, ist es das Ende. Und es kommt auf Sie zu.«

Keine Antwort.

»Er ist auf dem Weg hierher, um Sie mitzunehmen, oder?«, fragte Kim.

Sylvias Gesichtsausdruck genügte als Antwort.

Kim fuhr fort: »Sie verlassen D. C., Sie verlassen das Land. Und wenn niemand in der Nähe ist, der ihn beobachtet? Er wird Sie töten, Sylvia. Sie wissen es. Sie wissen es genau.«

Sylvia schaute auf ihre Hände hinab. Sie stand kurz davor, in Panik auszubrechen. Kim erkannte die Anzeichen.

Ein letzter fester Schubs.

»Er *benutzt* Sie, Sylvia«, sagte Kim. »Er *liebt* Sie nicht.«

»Und ob er mich liebt.« Abwehrend und unsicher, aber trotzig. Kim überlegte, ob sie die Wahrheit sagen sollte. Dass Cooper niemanden liebte. Nie loyal gegenüber jemandem war. Es nie gewesen war und nie sein würde. Aber Kim hatte Sylvias Tagebuch gelesen. Sie war nicht das eiskalte Luder, für das Gaspar sie hielt. Sie war biegsam. Zerbrechlich. Irgendwo unter all der Erfahrung steckte noch das Bauernmädchen aus Iowa.

Und Kim kannte sich mit Bauernmädchen aus. Sie war selbst eines gewesen, vor langer, langer Zeit. Die DNA wurde man nicht los. Unmöglich. Auch nach jahrelangen Bemühungen nicht. Nach dem Tod wäre Sylvias Bauernmädchen-DNA präzise zu bestimmen. Keine Fluchtmöglichkeit. Nur Kapitulation. Kim musste es zu Sylvias Entscheidung machen.

Sylvia liebte Cooper. Und sie wollte glauben, dass Cooper sie liebte. Aber sie war so schlau, wie sie behauptete. Oder zumindest so clever. Selbsterhaltung war vorrangig. Sie kannte die Wahrheit. Also würde sie es letztendlich durchschauen, genau so, wie Kim es geplant hatte.

Aber wie lange würde Sylvia brauchen, um an diesem Punkt anzukommen? Cooper war nah. Kim spürte es, so wie sie die Temperatur in dem Raum spürte.

»Sie wurden schon einmal verraten, Sylvia«, sagte Kim. »Sie wissen, wie sich das anfühlt. Ihr Herz schmerzt. Ihr Verstand warnt Sie permanent, aber Sie machen weiter, glauben, dass Sie davonkommen, dass es nur Angst ist, dass Sie es schaffen, dass Sie wirklich sicher sind. Aber Sie wissen, Sie sind es nicht. *Sie wissen es.* Vertrauen Sie Ihrem Gefühl, Sylvia. Vertrauen Sie *mir*.«

Keine Antwort.

»Wir müssen hier weg, bevor er auftaucht«, sagte Kim. »Wir sitzen hier wie Zielscheiben, Sylvia. Kommen Sie mit uns oder nicht?«

Sie war so auf Sylvia fixiert, dass die Stimme von Marion Wallace sie aufschreckte.

»Du solltest darüber nachdenken, meine liebe Sylvia«, sagte Marion gedankenverloren, während sie raschelnd ihre Zeitung umblätterte. »Ich meine, warum gehst du nicht einfach mit ihnen mit? Er hat dich schon einmal gerettet. Er wird es wieder tun. Und wenn er es tut, kannst du dir sicher sein, dass er dich liebt und dass alles, was diese Leute dir erzählen, Unsinn ist.«

Übersetzung: Benutze den Notfallplan. Die Damen aus dem Gewerbe hatten immer einen. Diese beiden Damen waren schlauer als die meisten und sie waren schon früher in brenzligen Situationen gewesen. Sylvia hob den Kopf und schaute Marion direkt in die Augen. Irgendetwas geschah zwischen ihnen. Eine Verbindung, die in früheren Zeiten und engeren Kämpfen entstanden war, wurde spürbar. Sylvia nickte kaum merklich.

»Okay«, sagte sie. »Lassen Sie mich meine Tasche holen. Ich beeile mich.«

Sie ging die Treppe hinauf.

Marion wandte ihren Blick wieder der Zeitung zu. »Immer noch zu vertrauensselig, Agent Otto. Sie könnte verschwinden.«

»Sie sagten ihr, sie solle mit uns mitkommen. Das wird sie.«

»Sie überschätzen mich. Menschen tun, was sie tun wollen.« Doch fünf Minuten später kam Sylvia mit ihrer Tasche wieder herunter.

Sylvia umarmte Marion und sagte: »Auf ein Wiedersehen, Süße.« Dann führte sie Otto und Gaspar durch entlegene Flure zu einem Hinterausgang, der ursprünglich für Lieferungen benutzt worden war. Sie traten hinaus auf eine schmale gepflasterte Gasse, die parallel zur Dumbarton Street verlief. Überall lagen Hundehaufen, zerbrochene Flaschen, leere Dosen, Müll und bleiches, langes Unkraut. Überquellende Müllcontainer warteten auf die Abfuhr. Eine tiefe, dunkle Wolkendecke über ihnen bot Sichtschutz. Der Wind peitschte um die Ecken und zwischen den Gebäuden hindurch. Sie gingen schnell, die Hände wärmesuchend in die Taschen gesteckt.

Sie waren sechs Meter vom Ende der Gasse entfernt, als Archie Leach aus dem Dunkel heraustrat.

# KAPITEL 48

Sie blieben abrupt stehen. Leach war mindestens eins neunzig groß und mehr als hundert Kilo schwer. Er füllte die Breite der Gasse zur Hälfte aus. Eine wirkungsvolle Barriere. Er blickte finster drein, sagte aber nichts. Er trug eine Jeans, Stiefel und Jacke.

»Was wollen Sie, Leach?«, fragte Kim.

Leach holte mit der rechten Hand eine Schrotflinte hinter seinem Bein hervor. Nicht die Browning A-5, die sein Bruder in Eno's Diner benutzt hatte. Es war eine Remington SP-10. Er richtete sie genau auf Gaspar. Kims höchster Alarmstufenmodus schaltete sich ein. Sie sah jedes Detail. Sie hörte jedes einzelne Staubpartikel im Wind umherwirbeln. Sie roch Knoblauch, Kürbis, verfaulte Eier und Katzenurin.

Leach machte sechs Schritte vorwärts, senkte dabei den Lauf der Flinte keinen Millimeter. Sein Blick war starr auf Gaspar gerichtet. Als er nah genug war, um gehört zu werden, sagte er: »Du hast meinen Bruder umgebracht und das kann ich nicht durchgehen lassen.«

Gaspar hielt Augenkontakt und schob Sylvia aus dem Weg. Kim zog sie zu sich heran. Hielt aber die eigene rechte Hand frei. Sylvia zitterte. Fühlte sich ziemlich echt an.

»Sie glauben nicht tatsächlich, dass ich Ihren Bruder getötet habe, und das wird auch sonst niemand glauben«, sagte Gaspar.

Leach kam noch näher, laut knirschende Schritte auf dem Pflaster. »Du hättest die Autotür öffnen sollen, bevor Jim überhaupt dorthin ging, du Arschloch. Du hast Bernie da drin gesehen. Er hätte noch leben können. Du hättest ihn retten können.

Du bist ein FBI-Agent. Du hättest überprüfen müssen, ob er noch lebt.«

Das ist verrückt, dachte Kim unmittelbar. Sie verstand, was Roscoe versucht hatte, ihr mitzuteilen. Archie Leach war bewaffnet, gefährlich und von Sinnen. Kim dachte: Ich könnte heute sterben. Genau hier in dieser Gasse, mitten zwischen Hundescheiße, Unkraut und verrottendem Müll.

Worauf wartete Leach?

Dann hörte sie Schritte hinter sich. Sie schaute sich um.

Michael Hale.

Hale war aus der Hintertür des Wallace-Hauses heraus auf die Gasse gekommen. Er kam ohne Zögern näher. Konnte Leach ihn nicht sehen?

Hale kam bis ganz zu ihnen heran und griff nach Sylvias Arm. Da wusste Kim es.

Der Griff, die Handschuhe, das Schweigen. Sie kannte diese Szene.

Hale hatte die gleichen Bewegungen in der Nacht gemacht, als er Sylvia aus dem Gefängnis in Margrave herausgeholt hatte.

Hale drehte sich wieder um und zog Sylvia mit sich.

Gaspar wendete den Blick keine Sekunde von Leach ab.

»Hale? Cooper wird dich auch umbringen. Das weißt du, oder? Er bringt jeden um.«

Hale ging weiter. Sylvia stolperte neben ihm her.

»Hale?«, rief Gaspar. »Es ist nicht zu spät. Du kannst dich immer noch retten.«

Hale blieb stehen und drehte sich um. Klassische Bewegungen, die Kim Tausende Male trainiert hatte. Gaspar ebenfalls. Sie waren alle FBI-Agenten. Sie hatten die gleiche Ausbildung. Alle drei wussten ganz genau, was Hale tun würde.

Was als Nächstes geschah, breitete sich in Kims Sichtfeld wie die Stop-Motion-Animation eines komplizierten Tanzes aus. Ein Rennen in quälender Zeitlupe.

Kim rief ihrem Partner eine Warnung zu. Gaspar warf einen raschen Blick zurück. Kim langte mit einer fließenden Bewegung in ihr Holster, wie sie es Tausende Male geübt hatte.

Muskelgedächtnis.

Gaspar war den Bruchteil einer Sekunde langsamer als sie. Kim übernahm.

Hale schoss zuerst.

Vier schnelle Schüsse, drei bewusst nach oben, einer nicht. Gaspar fiel und rollte sich hinter einen Müllcontainer.

Hale riss Sylvia in die Schusslinie, noch bevor Kim einen Schuss abgeben konnte.

Archie Leach hatte sich auf Gaspar konzentriert und deshalb Hales Bewegungen nicht verfolgt. Gaspar hatte sich auf Archie konzentriert und deshalb den Abzug seiner Glock betätigt. Zweimal. Zwei Treffer in die rechte Schulter von Leach. Die große Remington schwenkte zur Seite und nach oben, während Archie fiel. Die Schüsse der Flinte gingen nutzlos in die Luft. Kim schaute hinter sich. Hale und Sylvia waren verschwunden. Archie ging zu Boden. Blut breitete sich auf seiner Schulter aus. Am Boden liegend, entschlossen, voller Schmerzen, lang-

sam, zielte er mit der Flinte, um noch einmal zu schießen.

Gaspar feuerte drei Kugeln in seinen Hals.

Die Flinte knallte auf den Asphalt. Der riesige Körper von Leach erschlaffte. Kollabierte. Blut spritzte aus Löchern im Hals. Der Mund bewegte sich wie bei einem Fisch. Kein Laut. Die Augen verrieten Bewusstsein. Wurden glasig. Die Pupillenreaktion setzte aus, während das Blut noch eine Weile sachte weiter blubberte. Das dann nicht mehr schlagende Herz beendete das Blubbern.

Durchtrennte Luftröhre, dachte Kim. Durchtrennte Drosselvene. Durchtrennte Halswirbel. Sie rannte durch die Gasse zu Gaspar, der mit geschlossenen Augen auf dem Boden lag. Blut sickerte auf der rechten Seite durch sein Hemd.

Martinshörner in der Ferne kamen näher. Jemand hatte einen Notruf abgesetzt.

»Carlos?«, fragte Kim. »Bist du okay?«

Gaspar schaute auf. Er stöhnte. Und sagte: »Wir müssen

weg. Wenn wir hier bleiben, haben wir mehr Papierkram am Hals, als wir beide je überleben werden. Hilf mir hoch.«

Kim half ihm auf die Beine. Er stützte sich schwer auf ihre Schulter und mehrere Male dachte sie, er würde fallen, aber sie schafften es zurück zum Crown Vic. Er legte sich auf den Rücksitz. Sie brachte einige Distanz zwischen sich und die Leiche von Archie Leach und hielt dann auf einem verlassenen Parkplatz in Crystal City an.

Sie griff nach hinten und fand das Phantomhandy in seiner Tasche.

Sie wählte.

Nur eine Möglichkeit.

KAPITEL 49

Washington, D. C.
5. November 10:35 Uhr

Cooper antwortete nach dem ersten Klingeln. »Wie geht's Gaspar?«, fragte er.

»Sie wissen das schon?«

»Natürlich.«

»Er braucht einen Arzt.«

»Kein Arzt. Kümmern Sie sich darum.«

»Wie?«

»Sie sind ausgebildet. Die Apotheken sind auf.«

»Es könnte ernster sein.«

»Wenn das so ist, rufen Sie mich wieder an.«

Es war nicht ernster. Kim versorgte ihn auf dem Rücksitz des Crown Vic. Die Wunde war oberflächlich. Eine Fleischwunde. Wasser, Desinfektionsmittel und Klammerpflaster aus der Apotheke erfüllten den Zweck. Er würde wieder in Ordnung kommen. Mit der Zeit. Aber im Moment hatte er Schmerzen.

Er fragte: »Hale?«

»Immer noch auf freiem Fuß«, sagte sie.

»Nicht mehr lange.«

»Wieso?«

»Das kannst du dir denken, Boss Lady.«

Sie rief Cooper erneut an. Der Adrenalinspiegel war gesunken. Ein Schamgefühl trieb sie jetzt an. Sie war für Gaspars Verletzung verantwortlich. Cooper antwortete sofort. Sie erstattete ihm einen ausführlichen Bericht, ohne Ausflüchte. Er sagte:

»Hört sich für mich so an, als hätte Hale Leach getötet. Stimmt doch, oder? Und die Schießerei war gerechtfertigt. Ich kümmere mich um Hale. Sagen Sie Gaspar, er soll sich keine Sorgen machen. Sie auch nicht.«

»Das reicht mir nicht«, sagte Kim. Sie wollte nicht, dass sich Cooper um Hale kümmerte. Das würde sie selbst übernehmen. Sobald Gaspar fit genug war. »Sie wussten die ganze Zeit, dass es Hale war, oder? Er hat Sylvia manipuliert. Er hat Harry getötet. Er hat den Chevy in die Luft gejagt. Sie wussten es. Wir waren alle menschliche Zielscheiben. Jetzt ist Gaspar verletzt und andere sind tot.«

Seine Stimme blieb leise und kontrolliert. Er sagte: »Ich wünschte, ich hätte eine solche Macht. Glauben Sie mir, die Welt sähe ganz anders aus.«

»Ich glaube Ihnen nicht«, sagte Kim. »Vielleicht glaube ich Ihnen nie mehr.«

»Ach, kommen Sie. Halten Sie sich zumindest an den Spruch ›Vertrauen ist gut, Kontrolle ist besser‹. Das funktionierte, um die Sowjets zu erledigen. Sollte auch für Sie funktionieren.«

»Okay, dann kontrollieren wir mal«, sagte Kim. »Sie wussten, dass Harry bereits tot war, als Sie uns nach Margrave schickten. Richtig?«

»Ja.«

»Wer hat ihn getötet? Hale? Owens? Oder Sylvia?«

»Spielt es wirklich eine Rolle, wer die tödlichen Schüsse abgegeben hat?«

Guter Punkt, dachte Kim. Rechtlich, moralisch, praktisch spielte es keine Rolle. Sie sagte: »Hale und Owens haben Sylvia geholfen, den Tatort zu säubern und die Kliners zu stehlen und zu waschen.«

Er klang enttäuscht. »Ich wollte Ihren Sachverstand. Ich hatte erwartet, dass Sie herausfinden, wer noch darin verwickelt war. Bei Archie und Jim Leach wissen wir das jetzt mit Sicherheit.

Wahrscheinlich gibt es noch andere. Ich hatte gehofft, Sie würden das herausfinden. Sie haben mich enttäuscht.«

»Sie kennen Reacher. Persönlich.«

»Habe nie das Gegenteil behauptet.«

»Sie kannten seinen Vater.«

»Auch das habe ich nie geleugnet.«

»Sie wissen, wo Reacher ist.«

»Ich wünschte, es wäre so. Das ist noch etwas, das Sie nicht geschafft haben.«

Sie ignorierte den Vorwurf. »Sie haben ein beträchtliches Guthaben auf einem Nummernkonto und einen Haufen Kliners in einem Bankfach der Empire Bank in Zürich.«

Zum ersten Mal schwieg er. Das Schweigen dauerte zu lang. Er sprach leise.

»Gut zu wissen«, sagte er. Da erkannte sie es.

»Finlay hasst Sie.«

»Das beruht auf Gegenseitigkeit. Sie haben den Mann einmal getroffen. Seien Sie vorsichtig. Roscoe kennt ihn nicht so gut, wie sie glaubt. Der Mann ist ein eiskalter Mörder.«

»Und Sie nicht?«

»Man muss einer sein, um einen zu erkennen.«

Sie nahm die Replik wie einen körperlichen Schlag wahr. Sie fragte: »Was ist mit Sylvia?«

»Was soll mit ihr sein?«

»Sie werden zulassen, dass Hale sie benutzt und sie dann umbringt?«

»Werde ich, wenn Sie es werden.«

»Was soll das bedeuten?«

»Was immer Sie wollen, was es bedeutet.« Sie antwortete nicht.

»Sind wir jetzt fertig?«, fragte er.

»Zum Teufel, nein«, sagte sie. »Wo ist Hale?«

»Auf dem Weg nach Phoenix, Arizona.«

»Reacher auch?«

»Vielleicht sollten Sie Ihrem Kumpel Finlay diese Frage stellen.«

»Sie sind ein Arschloch, wissen Sie das?« Er seufzte. »Wurde mir schon mal gesagt.«

Sie sagte: »Ich muss einen Flug erwischen.«

KAPITEL 50

Washington, D. C.
5. November 12:15 Uhr

Gaspar hatte sich behutsam hinter das Lenkrad des Crown Vic gesetzt. Er war die Nummer zwei und die Nummer zwei fuhr. So einfach war das. Er rief mit seinem Privathandy zu Hause an.

»Ich weiß. Ich bin bald zu Hause. Mach dir keine Sorgen. Gib den Mädchen einen Kuss von mir.« Er hörte seiner Frau zu und sagte dann: »Ja, ich liebe dich auch.«

»Alles in Ordnung daheim?«, fragte Kim, als sie sich ins Auto setzte. Sie gab ihm das Phantomhandy zurück. Bis sie die Sache mit Hale zu ihrer Zufriedenheit geklärt hatte, gab es ihrerseits keinen Gesprächsbedarf mit Cooper.

»Alles in Ordnung daheim«, sagte Gaspar. »Wohin geht's jetzt, Boss Lady?«

Sie erkannte seinen Versuch, ihre Beziehung wieder zu normalisieren, nachdem sie ihn in der Gasse im Stich gelassen hatte. Er war großzügiger, als sie es gewesen wäre.

»Phoenix, Arizona«, sagte sie.

»Wegen?«

»Hale und Sylvia.«

»Was ist mit Reacher? Ist er bei ihnen?«

»Cooper sagt, er weiß es nicht.«

»Glaubst du das?«

»Nicht mehr als du. Er organisiert ein Fahrzeug und schickt Anweisungen.« Sie sah, dass er Schmerzen hatte. »Soll ich fahren?«

»Ich sagte, mir geht's gut.«

»Wenn wir ihn finden, wird Hale dich nicht mehr absichtlich verwunden. Dieses Mal wird er schießen, um zu töten.«

Er zuckte mit den Schultern. »Was hast du dem Boss erzählt?«

»Dass es dir gut geht.«

»Danke.«

»Das Mindeste, was ich tun konnte, findest du nicht?«

»Warum?«

Sie wandte den Blick ab.

»Wenn du so einem verrückten Boss-Lady-Alpha-Weibchen-Gedanken nachhängst, von wegen du hättest Hale erwischen müssen, bevor er mich erwischt, dann vergiss das mal ganz schnell. Ich hab es auch nicht kommen sehen.«

Aber du hast nicht hingeschaut. Ich schon.

Kim verscheuchte den Gedanken. »Vielleicht hab ich zu viel Zeit mit Roscoe verbracht.«

Er sagte: »Ich bin müde, das ist alles. Ich werde im Flugzeug schlafen. Ich bin wieder auf dem Damm, wenn wir dort ankommen. Mach dir keine Sorgen.«

Sie lachte: »Sorgen? Ich?«

Er lächelte. »Stimmt. Wie komme ich nur darauf?« Er fädelte sich in den Verkehr ein. »Wann geht der Flug?«

KAPITEL 51

Phoenix, Arizona
November 15:45 Uhr Ortszeit

Die Fakten waren nicht zu leugnen: Hale hatte drei Stunden Vorsprung. Und Phoenix war ihre letzte Gelegenheit, ihn zu schnappen, bevor er das Land verließ. Sie wollte ihn nicht über den ganzen Globus verfolgen.

Aber sie würde es tun, wenn es sein musste.

Als sie auf dem Phoenix Sky Harbor International landeten, stand ihr Plan. Gaspar hatte die ganze Zeit geschlafen, vom Abheben bis zum Aufsetzen. Er hatte geleugnet, Schmerzen zu haben, aber die Fältchen, die sich tief in sein Gesicht gruben, offenbarten die Lüge. Sein Humpeln war auch stärker geworden. Er hatte sich geweigert zu erklären, wie schlimm seine frühe re Verletzung war und inwiefern Hales Schüsse sie noch beeinträchtigt haben könnten. Er tat ihre Sorgen ab. Aber die Ich-binunerschütterlich-Masche nahm sie ihm nicht ab. Und sie fühlte sich dabei schlechter, nicht besser.

Ein kleiner, absonderlicher Schreibtischagent vom FBI Field Office in Phoenix wartete, wie von Cooper versprochen, mit einem Transportmittel auf sie. »Agenten Otto und Gaspar? Ich bin Agent Picard. Hier entlang, bitte.«

Sie folgten ihm zu dem üblichen schwarzen Geländewagen.

Er hielt die Schlüssel in die Höhe. Gaspar streckte die Hand aus. »Ich bin die Nummer zwei«, sagte er.

Picard riss hinter seiner Brille die Augen auf. Er schluckte und wies sie dann kurz ein. »Dieses Fahrzeug verfügt über eine Special-Task-Force-Ausstattung. Waffen sind hinten drin, falls Sie sie benötigen. Vollkommen verkabelt. Melden Sie sich, wenn Sie Unterstützung brauchen. Ich stehe Ihnen so lange zur Verfügung, wie Sie mich brauchen, aber ansonsten werden Sie nicht überwacht. In der Konsole sind zusätzliche Telefone für schnelle Eingreiftruppen. Eine Kühlbox mit Essen und Wasser. Das GPS ist vorprogrammiert. Sie haben Zugang mit Ihrem Sicherheitscode. Brauchen Sie sonst noch etwas?«

»Das wird reichen, danke«, sagte Kim.

Picard nickte. »Viel Glück.« Er kehrte zu seinem eigenen Fahrzeug zurück.

Gaspar öffnete die Kühlbox und holte zwei Sandwiches und zwei Flaschen Wasser heraus. Sie setzten sich ins Auto. Kim stöpselte ihr Smartphone ein, um den Akku aufzuladen. Innerhalb von Sekunden kam eine SMS von Cooper mit einem Sicherheitscode aus sieben Buchstaben für das GPS. Sie gab ihn ein. Die vorprogrammierte Karte zeigte den schnellsten Weg zum Coolidge Municipal Airport. Eine Stunde Fahrt. Achtundfünfzig Meilen.

»Vielleicht kommen wir nicht zu spät«, sagte Gaspar. »Er sitzt in einem Privatflugzeug. Die fliegen langsamer und haben weniger Treibstoff an Bord. Ihr Flug könnte länger gedauert haben. Vielleicht mussten sie zwischenlanden.«

Sie hatte sich das alles schon überlegt, während er geschlafen hatte, aber es gefiel ihr, dass er wieder anfing, strategisch zu denken. »Wäre gut, wenn du recht hast«, sagte sie.

»Sieh mal nach, welche Privatjets gerade hereinkommen und welche in der letzten halben Stunde gelandet sind.«

Sie drückte auf ein paar Knöpfe des speziellen Navisystems und konnte das Flughafenradar aufrufen. »Zeigt Flugpläne für einen Heli-Start. Wartet auf hereinkommende Passagiere. Sonst den Rest des Tages nichts mehr.«

»Hubschrauber?«, fragte er.

Sie nickte. Das Einzige, was Kim noch mehr verabscheute als das Fliegen, war das Fliegen in kleinen Flugzeugen. Und das Einzige, was schlimmer war als kleine Flugzeuge, das waren Hubschrauber. Die stürzten ab. Ständig. Es gab Leute, die überlebten Heli-Abstürze, aber es starben auch viele. Die Überlebensrate war bei Abstürzen ins Wasser höher. In der Wüste Arizonas war das wenig hilfreich.

Und Gaspar würde einen Hubschrauberflug nicht schaffen.

Sie wäre allein.

Nur eine Möglichkeit.

Sie nahm Hohlspitzgeschosse aus der Vorratskiste des Geländewagens und steckte sie sich in die Tasche. Eine andere Munition konnte sie in einem Hubschrauber nicht riskieren. Sie wollte Patronen mit ausreichender Durchschlagskraft, um lebenswichtige Organe zu erreichen und dort zu bleiben. Sie sollten außer Gefecht setzten. Aber nicht sofort. Kopfschüsse waren nicht angebracht.

Das Radargerät im Auto piepte und identifizierte einen Learjet, der in einer Höhe von dreieinhalbtausend Fuß von Westen hereinkam. Verbindung zum Tower. Pilotin bat um Landeerlaubnis. Zum Landeanflug freigegeben.

Kim sah Gaspar an.

Er hatte die Stimme der Pilotin auch erkannt. Sylvia Black.

Was?

Hales rücksichtsloser Angriff in der Gasse erschien nun weniger unsinnig.

»Hale hat sich Sylvia geschnappt«, sagte Gaspar, »weil er eine Pilotin brauchte, keine Geisel.«

Das bestätigte einen Verdacht, der Kim während des Fluges gekommen war. Sylvia war nie eine entbehrliche Schachfigur in Hales Spiel gewesen. Sie war eine unverzichtbare Akteurin in einem langfristigen kriminellen Unterfangen. Sie sagte: »Hale und Sylvia hatten geplant, Archie Leach im Haus von Marion Wallace zu treffen. Sie hatten vor, uns in dem Kreuzfeuer umzubringen.«

»Wie viel Zeit haben wir?«

»Sie sind im Landeanflug. Fünf Minuten vielleicht?« Gaspar trat aufs Gaspedal.

KAPITEL 52

Die Landebedingungen waren nahezu perfekt. Der Wind blies mit zehn Knoten genau entlang der Landebahn. Wolken in sechstausend Fuß. Sylvia flog einen Bogen, um die Landebahn anzufliegen. Sie würden landen, in den wartenden Hubschrauber umsteigen und wieder starten. Vielleicht zu einem Ziel in den Bergen? Wo der Learjet nicht landen konnte?

Gaspar drückte das Pedal durch und raste mit dem Learjet um die Wette zur Landebahn.

Er schaffte es nicht. Zu weit.

Sylvia landete, rollte zügig weiter und kam in der Nähe eines wartenden Huey zum Stehen. Sie und Hale gingen von dem Jet zum Hubschrauber. Nur die beiden. Kein Dritter. Kein Reacher.

Kim war kurzzeitig verwirrt. Aus der Luft musste Hale den Geländewagen als ein Task-Force-Fahrzeug des FBI erkannt haben. Er hätte die Landung abbrechen und weiterfliegen müssen. Er wäre außerhalb des US-Luftraums gewesen, noch bevor Kim irgendetwas dagegen hätte unternehmen können.

Also wusste Hale, wer am Boden war – und warum.

Die Rotorblätter des Hubschraubers fingen an, sich zu drehen. Gaspar bremste den Geländewagen scharf ab.

Kim öffnete ihre Tür.

»Weißt du, wie man einen Hubschrauber flugunfähig macht?«, fragte Gaspar.

»Ich überleg mir was«, sagte Kim. »Aber falls du eine tolle Idee hast, nur her damit.«

Sie sprang aus dem Wagen und rannte unter dem Abwind

der wummernden Rotorblätter und dem Lärm der Turbine hindurch. Sylvia saß auf dem Pilotensitz des Huey und Hale wollte gerade auf den Sitz des Copiloten klettern. Ein Fuß stand auf dem Boden, der andere auf der Trittstufe des Hubschraubers.

Kim zog die Waffe.

Sie rief: »FBI! Stehenbleiben!« Vorschriftsmäßig.

Gesetzmäßig.

Hale hielt nicht inne. Er war einem Entkommen, das er zu viele Jahre geplant hatte, zu nahe. Vielleicht war aber auch Kims Stimme von dem Lärm des Huey verschluckt worden.

Gaspar war sehr nah an den Hubschrauber herangefahren, aber der Vogel würde sich durch das Auto nicht vom Abheben abhalten lassen. Das lag in der Natur der Helikopter.

Kim zielte und schoss.

Kugeln trafen die Rotoren und prallten ab.

Hale duckte sich halb in das Cockpit und erwiderte das Feuer. Deckungsfeuer. Nicht gezielt. Er wollte, dass Gaspar im Geländewagen blieb und Kim nichts machen konnte, bis der Huey abhob.

Die Turbine fuhr hoch, die Blätter drehten sich immer schneller. Der Staub auf dem Landeplatz wirbelte und tanzte. Der Huey wurde leicht, dann schwebte er. Er ging stetig höher. Hale stand immer noch mit einem Fuß auf der Trittstufe, den anderen Fuß nun im Hubschrauber, mit einer Hand hielt er sich fest, mit der anderen schoss er.

Kim hatte keine Möglichkeit, in den Hubschrauber zu gelangen. Sie war nicht erleichtert.

Sie zielte.

Sie schoss.

Vier Schüsse direkt auf Hales sich entfernenden Körper. Zwei daneben.

Aber eine Kugel traf ihn in die Hüfte, eine zweite in den Oberschenkel.

Er fiel.

Vornüber in das Cockpit des Hubschraubers.

Mist!

Sylvia ging höher.

Außer dem Hubschrauber selbst gab es nun kein Ziel mehr. Kim schoss den Inhalt ihres Magazins ins Heck. Allesamt

Volltreffer. Aber ohne Ergebnis.

Sylvia drehte den Huey direkt auf den Geländewagen zu.

Gaspar war bei der Waffenkiste des Geländewagens. Er hatte ein Gewehr. Er legte an. Er zielte.

Er schoss.

Genau auf Sylvia, als sie direkt auf ihn zu flog. Der erste Schuss traf die Scheibe und prallte ab. Der zweite Schuss prallte ab.

Schusssicher. Der Huey war für Kriegsgebiete ausgestattet. Der Learjet nicht. Sie hatten einen Zwischenstopp eingelegt, um ein gepanzertes Fluggerät zu nehmen.

Wohin wollten sie?

Gaspar schoss erneut. Er traf das Glas an genau der richtigen Stelle, um Sylvias Hirn wegzublasen.

Die Kugel prallte ab.

Der Huey stieg höher und höher. Er drehte gen Süden ab, Richtung Mexiko, zu den Bergen hin.

Kim nahm ein Scharfschützengewehr aus der Ablage. Sie stützte sich am Geländewagen ab. Sie zielte. Sie feuerte.

Sie traf.

Ohne Ergebnis.

Sie blickte dem davonfliegenden Helikopter starr hinterher. Sie hatte verloren.

Sie hatte versagt. Sie waren fort.

Dann wurden die Rotorblätter des Hueys langsamer. Das Heck sackte ab.

Kims Kugeln hatten den Huey beschädigt.

Vielleicht gerade genug, um Sylvia zur Landung zu zwingen.

Vielleicht nicht genug, um sie abstürzen zu lassen.

Sie feuerte noch einmal, noch einmal, noch einmal. Sie traf den Huey jedes Mal. Er fing an zu schlenkern und zu schwanken. Er verlor an Kraft. Er verlor an Höhe.

»Steig ein!«, rief sie Gaspar zu. »Fahr!« Sie kletterten in den Geländewagen.

Der Huey fiel.

Gaspar fuhr dem Hubschrauber hinterher. Der Huey verlor seine Rotorblätter. Stürzte ab.

Gaspar erreichte das Ende der Landebahn und raste weiter über das Vorfeld. Kim beobachtete, wie der Huey fiel und auf den Wüstenboden krachte.

Fünfzehn Meter weiter hielt Gaspar den Wagen an.

Kim sprang heraus und rannte. Gaspar humpelte hinterher. Kim spürte die Hitze. Roch den Treibstoff.

Sylvia blutete, lebte aber. Sie löste den Gurt, versuchte aufzustehen. Hale hatte seine Pistole in der Hand.

Sylvia öffnete die Tür und setzte ein Bein hinaus. Hale schoss ihr in den Rücken.

# KAPITEL 53

Später nahm Kim an, dass diese Pattsituation keine zehn Sekunden gedauert hatte, aber zu dem Zeitpunkt fühlte es sich an wie zehn Stunden. Hale lebte noch, konnte sich aber nicht bewegen. Er hatte eine Verletzung am Bein, durch ihre Pistolensalven, und war vom Absturz mitgenommen. Er blieb auf seinem Sitz. Kleine Flammen züngelten. Die Wüstenluft flirrte heiß und dampfend.

Sie ging auf den lahmgelegten Huey zu. Gaspar versuchte, sie aufzuhalten, doch sie schüttelte ihn ab. Sie sagte: »Hale, ich kann Ihnen helfen. Halten Sie durch, ich hol Sie da raus.«

Hale hob seine Waffe an, anscheinend unter großer Anstrengung, und zielte auf sie.

»Sind Sie verrückt?«, rief sie. »Sie kommen da nicht raus, wenn wir Ihnen nicht helfen.«

Die Flammen loderten auf, wirbelten und rasten, suchten Luft und Treibstoff. Gaspar kam hinter ihr her, durch seine Verletzungen behindert. Er rief ihr etwas zu. Sie konnte die Worte nicht verstehen, wusste aber, dass er sie aufhalten wollte, bevor der Huey explodierte.

Das Feuer wütete jetzt. Schwarzer Rauch und der Gestank von Kerosin hingen in der Luft.

Hale fiel aus seinem Sitz, auf den Boden des Cockpits, dann auf die Stufe und dann auf die Landebahn. Er versuchte wegzukriechen, aber er war benommen, und die Verletzungen an Hüfte und Bein waren zu schwer.

Er blieb, wo er war.

Kim ging um das Heck herum. Gaspar hatte sie eingeholt.

»Wir müssen hier weg«, sagte er.

»Hale! Hale!«, rief sie über die prasselnden Flammen hinweg. Hale hörte sie. Er rollte sich auf den Rücken. Starrte sie an. Er zielte mit der Waffe auf Gaspars Brustkorb.

Instinkt. Muskelgedächtnis. Training.

Kim hielt inne, legte an und schoss. Einmal, zweimal, dreimal.

Hale regte sich nicht. Gaspar zog sie zurück.

Sie stand noch einen Moment da und sah den ersten Menschen an, den sie je getötet hatte.

 KAPITEL 54

Am nächsten Tag saßen sie in einem Coffee Shop gegenüber dem Hoover Building, dem Hauptquartier des FBI. Coopers Höhle. Ihre offiziellen verschlüsselten Berichte für Cooper waren fertiggestellt, alle Einzelheiten der letzten fünf Tage druckreif zusammengefasst. Sie hatten den Papierkram in zwei Hälften geteilt: das Reacher-Dossier und die Ermittlungen im Fall Harry Black. Sie würden es anderen überlassen, zu Black auszusagen. Sie selbst waren unter dem Radar und würden dort auch bleiben. Ihre persönliche Verwicklung in das Margrave-Chaos, wie sie es mittlerweile in privaten Gesprächen nannten, war in den Akten vollkommen unsichtbar. Sie wussten nicht, wie Cooper es geschafft hatte, sie aus der Beweisführung herauszuzaubern, und sie wollten es auch nicht wissen. Beide Agenten waren dankbar, sprachen es aber nicht aus.

Kims letzte Aufgabe bestand darin, alles in ihren persönlichen Sicherheitsspeicher zu kopieren. *Meinen Versicherungsbeitrag* nannte sie das. Sie tippte auf die Senden-Taste, verfolgte den Upload und klappte dann den Laptop zu.

»Fühlt sich gut an«, sagte sie.

Gaspar lächelte: »Aber schade um unsere Schweizer Bankkonten. Mit dem ganzen Geld hätte ich ein paar Mädels glücklich machen können.«

Kim nickte und trank einen Schluck Kaffee. »Hast du deine

Meinung über Finlay geändert?«

»Sollte ich?«

»Finlay hat uns zur Empire Bank geschickt. So haben wir herausgefunden, dass Hale die Konten in unserem und Coopers Namen eingerichtet hat. Diese Konten hätten ewig gelebt. Wo wären wir ohne Finlay? Wir müssten in einer Voruntersuchung aussagen und mit dem Finanzamt Versteck spielen.«

»Wenn er uns informiert hat, dann hatte er seine Gründe.«

»Ich hab mich in ihm getäuscht«, sagte Kim. »Und zumindest kann ich es zugeben. Er hasste Hale, nicht Cooper.«

»Wahrscheinlich hasste er beide.«

»Vielleicht.«

Auf der anderen Straßenseite verließ ein junger Mann im Anzug die Betonfestung. Ein Junior Agent. Kaum mehr als ein Bote.

»Und was jetzt, *compadre*?«, fragte Kim. »Zurück nach Miami? Die Kinder umarmen, der Frau Hallo sagen, süßen Kaffee trinken und die nächsten zwanzig Jahre hinter deinem Schreibtisch sitzen?«

Der junge Mann in dem Anzug kam über die Straße. Genau auf sie zu.

»Das wäre ein wunderbares Leben«, sagte Gaspar. »Aber ich denke, jemand hat andere Pläne für mich. Reacher ist immer noch irgendwo.«

»Er hatte mit all dem nichts zu tun, oder?«

»Er war vor fünfzehn Jahren in Margrave. Ich wette, er war danach nie wieder da. Warum auch? Also, nein, er hatte nichts damit zu tun. Wir haben eine Menge Zeit verschwendet.«

Der Junior Agent kam zu ihrem Tisch. »Otto? Gaspar?« Als sie bestätigend nickten, gab er jedem von ihnen einen kleinen gepolsterten Umschlag.

Unbeschriftet. Aber wiedererkennbar.

Gaspar riss seinen auf. Ein Handy. Er zuckte mit den Schultern. Er steckte das Handy in die Tasche. Kim sah hinauf zu Coopers Büro. Stand er hinter dem verspiegelten Glas? Genau in diesem Moment? Beobachtete er sie? Sie sah dem Boten hinterher, der wieder zurück zum Gebäude ging.

Und sie sah auch einen Mann, der regungslos in einem dunklen Hauseingang stand. Er sah genau zu ihr. Er war groß, locker eins fünfundneunzig, kräftig gebaut, locker hundertzehn Kilo. Ein Riese, wirklich. Er trug eine Jeans, eine Lederjacke und Boots. Er hatte blonde Haare, ein gebräuntes Gesicht und große Hände. Eine Sonnenbrille verbarg seine Augen. Er sah unendlich geduldig aus, stand einfach nur da, beherrscht, selbstbewusst, wachsam und entspannt zugleich, sowohl freundlich als auch gefährlich.

Sie wandte sich Gaspar zu, um ihm den Typen zu zeigen. Als sie sich wieder umdrehte, war er fort.

DANKSAGUNG

Danke an einige der besten Leser der Welt dafür, dass ihr an unserem Spiel zur Namensfindung für die Nebenfiguren teilgenommen habt: Natalie Chernow, Angie Shaw (Noah Daniel), Dan Chillman (Danimal), Lynette Bartos (Derek Bartos), Teresa Burgess (Trista Blanke). Euer Beitrag hat dieses Buch persönlicher und unterhaltsamer gemacht.

REACHER-REPORT

von Lee Child
2. März 2012

… Die andere große Neuigkeit ist, dass Diane Capri, eine Freundin von mir, ein Buch geschrieben hat, das die Ereignisse aus *Größenwahn* in Margrave, Georgia aufgreift. Sie stellt ein FBI-Team vor, das herausfinden soll, wo sich Reacher heute aufhält. Diese beiden Agenten befragen zunächst Leute, die ihn kannten – angefangen mit Roscoe und Finlay. Werfen Sie mal einen Blick auf diese Rezension:

»Oh, Mann, ja! Ich liebe dieses Buch. Ich bin ein Riesenfan von Reacher. Wenn Sie nicht wissen, wer Jack ist (Wortspiel beabsichtigt!), dann begeben Sie sich in den Buchladen – oder wo immer Sie Ihren Stoff kaufen – und holen Sie sich eines der vielen Jack-Reacher-Bücher von Lee Child. Ach was, holen Sie sich alle. Lesen Sie vor allem *Größenwahn*. Dann kommen Sie zurück und lesen *Findet Jack*. Dieses Buch greift die Geschichte aus der Perspektive von Kim und Gaspar auf – FBI-Agenten, die ein Dossier über Jack Reacher erstellen sollen. Das Problem ist – und das kann jeder, der weiß, wer Reacher ist, bestätigen –, dass er vollkommen unsichtbar lebt. Kein Handy, kein Haus, kein Auto … Er ist ungebunden. Eine ziemlich beängstigende Aufgabe, finden Sie nicht?

Die ersten Zeilen: ›Fakten. Und zwar nicht besonders viele. Das Dossier über Jack Reacher war zu fade und zu dünn, um glaubwürdig zu sein. Kein Mensch konnte so unsichtbar sein, wie Reacher es zu sein schien, egal ob er nun gerade auf- oder abgetaucht war. Entweder die Unterlagen waren gesäubert worden oder Reacher war der unabhängigste Paranoiker, von dem Kim Otto je gehört hatte.‹ Sofort habe ich ein Gefühl dafür, wer Kim Otto ist, und ich bin erfreut, dass ich etwas weiß, was sie nicht weiß. Denn sehen Sie, *ich weiß,* wer Jack ist. Und *ich weiß,* dass er nicht paranoid ist. Nicht wirklich jedenfalls. Ich weiß, warum er so lebt, wie er lebt, und ich weiß, was für eine Art Mann er ist. Es war toll, Kim und Gaspar dies vorauszuhaben. Wenn Sie keinen Reacher-Roman gelesen haben, dann wird dieses Buch für Sie eine gute, solide eigenständige Story sein. Wenn Sie jedoch wissen, wer Jack ist … ja, dann werden Sie auch das Gefühl haben, dem FBI überlegen zu sein. Das ist ein tolles Gefühl!

Kim und Gaspar werden von einem geheimnisvollen Boss nach Margrave geschickt, der mich an Charlie aus *Drei Engel für Charlie* erinnert. Man sieht ihn nie, man hört ihn nur. Er verrät ihnen nie alle Fakten. Also stehen sie da mit einem riesigen Haufen Nichts. Sie werden in einen Mordfall verwickelt, der irgendwie mit Reacher zu tun hat, aber sie wissen nicht wie. Es reicht wohl der Hinweis, dass die Bemühungen, den Mörder – und Reacher – zu finden und dabei nicht selbst Kopf und Kragen zu verlieren, eine unterhaltsame Lektüre abgeben.

Mir gefällt es, wie die Autorin die ganze Story in Angriff genommen hat. Das Tempo ist tödlich (ok, noch ein beabsichtigtes Wortspiel), die Handlung voller überraschender Wendungen, wie es auch ein Reacher-Roman wäre, nur dass es eine ganz andere Sicht auf eine Reacher-Story ist. Es ist eine Annäherung an Reacher von außen nach innen.

Vielleicht fragen Sie sich: Finden sie ihn? Lernen sie den berühmtberüchtigten Jack Reacher letzten Endes kennen? Los … lesen Sie … finden Sie es heraus … jetzt!«

Klingt toll, oder? Es ist bereits erschienen. Überzeugen Sie sich selbst und lassen Sie mich wissen, was Sie davon halten.

Das wär's für dieses Mal. Danke noch einmal, dass Sie *The Affair* gelesen haben, und ich hoffe, Ihnen wird *A Wanted Man* im September ebenso gefallen.

Lee Child

Weitere Bücher von
Diane Capri

THRILLER MIT JESSICA KIMBALL
Fatal Enemy
Fatal Distraction
Fatal Demand
Fatal Error
Fatal Fall
Fatal Edge (novella)
Fatal Game
Fatal Bond
Fatal Past (coming soon)
Fatal Dawn (coming soon)

THE HEIR HUNTER SERIES:
Blood Trails
Trace Evidence

Besuchen Sie unsere Website für mehr Informationen:
dianecapri.com/books/